Peter Ustinov

Halb auf dem Baum

und andere Komödien

List Taschenbuch

Besuchen Sie uns im Internet:
www.list-taschenbuch.de

Umwelthinweis:
Dieses Buch wurde auf chlor- und säurefreiem Papier gedruckt.

Ungekürzte Ausgabe im List Taschenbuch
List ist ein Verlag der Ullstein Buchverlage GmbH, Berlin.
1. Auflage November 2005

Umschlagkonzept: HildenDesign, München – Stefan Hilden
Umschlaggestaltung: Hauptmann und Kompanie Werbeagentur,
München – Zürich
Umschlagabbildung: © Eric Tucker/getty
Gesetzt aus der Sabon Linotype
Satz: Heinrich Fanslau GmbH, Düsseldorf
Druck und Bindearbeiten: Clausen & Bosse, Leck
Printed in Germany
ISBN-13: 978-3-548-60587-6
ISBN-10: 3-548-60587-7

INHALT

VORWORT

Ich habe als Bühnenautor begonnen und bin trotz meiner jüngsten Hinwendung zur Prosa im Herzen Dramatiker geblieben. Das Drama ist eine schwierigere Disziplin als etwa der Roman, es hinterläßt mehr Spuren als das geschriebene Wort; und wenngleich das Drama die ältere Kunstform ist, gibt es weit weniger große Stücke als große Romane.

Schreibe ich einen Roman, muß ich wissen, was ich schreiben will; schreibe ich aber ein Stück, muß ich sowohl wissen, was ich schreiben will, als auch was ich nicht schreiben will. Der Roman ist die stille Zwiesprache zwischen dem Autor und dem einzelnen Leser. Er ist nicht darauf angelegt, in einem Rutsch gelesen zu werden, sonst wäre ja auch das Lesezeichen nicht erfunden worden. Dagegen hat das Theaterstück Ähnlichkeit mit einer demokratischen Wahl – es ist eine öffentliche Angelegenheit, bei der die Entscheidung im Laufe des Abends vom Publikum gefällt wird. Natürlich hofft der Autor die Mehrheit für sich und sein Stück zu gewinnen. Manchmal hat er Glück! Ich denke, die Kurzgeschichte ist das natürliche Bindeglied zwischen diesen beiden so unterschiedlichen Kunstformen.

Die Liebe der vier Obersten und *Romanoff und Julia* sind beides Komödien, in denen ich versucht habe, die Leichtigkeit und Heiterkeit des 18. Jahrhunderts mit durchweg neuzeitlichen Mitteln wiederzuentdecken. Vor allem aber war ich in beiden Stücken auf der Suche nach der Transparenz jener Zeit – obwohl es ja paradoxerweise um etwas so Häßliches und Gemeines wie den Kalten Krieg geht. In Deutschland wirkte sich der Einmarsch der Sowjets in Ungarn recht ungünstig auf die Aufführungsdauer von *Romanoff und Julia* aus; *Die Liebe der vier Obersten* aber blieb gnädigerweise von ähnlichen Vorkommnissen verschont und lief mit großem Erfolg im Berliner Schloßparktheater.

In Rußland hat sich die Einstellung zu meiner Arbeit übrigens mit den Jahren auf interessante Weise verändert, und diese veränderte Haltung spiegelt auch den sicher viel einschneidenderen Wandel vom doktrinären Kommunismus zu der heutigen Rückkehr des Landes in die internationale Staatengemeinschaft wider. Dieser

Prozeß hat, wie ich meine, schon sehr viel früher eingesetzt als man allgemein annimmt.

Endspurt, das dritte Stück in diesem Band, ist ein autobiographisches Abenteuer. Vier Schauspieler stellen ein und denselben Menschen zu verschiedenen Zeiten seines Lebens dar, und jedes Alter ego ist in der Lage, mit den anderen zu kommunizieren; sie erteilen einander auf Grund ihrer jeweiligen Lebenserfahrung gerne Ratschläge – die sie dann in Augenblicken der Erregung auch entschieden zurückweisen. Unser Held bekommt im reifen Alter von achtzig Jahren sogar die Gelegenheit, mit seinem früh verstorbenen Vater zusammenzutreffen. Diese Rolle wurde bei verschiedenen Aufführungen von Martin Held respektive Heinz Rühmann ganz wunderbar gespielt. Das Stück kam in den späten Tagen der Sowjetunion auch in St. Petersburg zur Aufführung und erregte dort ob seines »ungewöhnlichen Mangels an politischem Inhalt« einiges Aufsehen.

Halb auf dem Baum schließlich ist eine phantastische Komödie, die die gewaltigen Veränderungen im Beziehungsgeflecht einer Gesellschaft zum Thema hat, die über einen derart langen Zeitraum so borniert und förmlich gewesen ist, wie die englische. Das Stück stand in London ein Jahr lang auf dem Spielplan, fand aber nirgends soviel Anklang wie in Moskau, wo es dreizehn Jahre zum Repertoire des Mossowjet Theater gehörte. Es wurde zum Lieblingsstück des großartigen Schauspielers Rostislaw Plyatt und erst nach seinem Tod vom Spielplan abgesetzt. Auch hier deutete sich bereits die weitere Entwicklung in Rußland an: Die sowjetische Zensur ließ – zu meinem ungeheuren Erstaunen – die Darstellung der Hippie-Kultur und anderer ausländischer Phänomene auf der Bühne zu, und das Publikum fand diese Dinge instruktiv und unterhaltsam, was ganz sicher auch der erstklassigen Interpretation durch die Schauspieler zu verdanken war. Eine große Farbaufnahme des Ensembles wurde sogar in den offiziellen Moskauer Theaterführer aufgenommen!

Manchmal höre ich, wie man meine Stücke dem »Boulevardtheater« zuordnet. Ich weiß zwar nicht genau, was das bedeuten soll – vorsichtshalber halte ich es aber für einen Irrtum. Meine Stücke so zu spielen, als ginge es in ihnen einzig und allein um vergnügliche Unterhaltung, hieße sie verraten. Nicht daß ich bei ihrer Verteidigung jetzt ernst und feierlich werden will. Ich möchte lediglich

sagen: Wenn man sie nur ernsthaft genug spielt, erhalten meine Stücke genau die Komik, die sie meinem Wunsch nach haben sollen. Für mich ist eine Tragödie nur eine Komödie, die schiefgegangen, eine Komödie nur eine Tragödie, die danebengegangen ist.
Wer dies im Auge behält, kann meine Stücke weder als Schauspieler noch als Leser mißverstehen. Und schließlich: Dramen sollten für sich selbst sprechen, im Theater oder wo auch immer.

Peter Ustinov
London, im Juli 1996

DIE LIEBE
DER VIER OBERSTEN

(1951)

EIN STÜCK IN DREI AKTEN

Deutsch von
Peter Sandberg und Albert Bessler

PERSONEN

Oberst Desmond de S. Rinder-Sparrow
Oberst Wesley Breitenspiegel
Oberst Aimé Frappot
Oberst Alexander Ikonenko
Der Bürgermeister von Herzogenburg
Die Bösc Fee
Die Gute Fee
Die Prinzessin
Mrs. Breitenspiegel
Mme. Frappot
Mrs. Rinder-Sparrow
Mme. Ikonenko

ERSTER AKT

Das Büro der Alliierten Militärregierung in Herzogenburg, einem Dorf im Harz, um das sich nach dem Zweiten Weltkrieg England, Frankreich, Amerika und Rußland streiten. Infolge dieses auf höchster Ebene ausgetragenen Streites ist das landschaftlich reizvolle und unschuldige Dörfchen jetzt mit vier Obersten »gesegnet«, die von ihren Regierungen damit beauftragt worden sind, den Zank im Intimeren fortzusetzen. Das Schlachtfeld ist ein schäbiges Zimmer, das deutliche Zeichen der Zerstörung verrät, jedoch durch reichliche Verwendung von Sperrholz, Pappe und Asbest bewohnbar gemacht worden ist. Die Einrichtung ist so nüchtern und zweckmäßig, wie es nur beim Militär möglich ist. Ein Tisch (Platte auf zwei Böcken), vier Stühle, einige Aktenschränke. Die Wände sind restlos mit alten Bekanntmachungen bedeckt, die alle entweder »dringend« oder »wichtig« sind. Ferner hängen an den Wänden ein großes Foto einer nackten Frau, die sich spielerisch hinter einem großen Ball versteckt; eine Zeichnung einer Bulldogge mit ihren Jungen; die Reproduktion einer Straßenszene von Utrillo und ein gerahmtes Porträt von Josef Stalin. Vom Fenster in der Hinterwand kann man einen dichten Wald sehen, aus dem in der Ferne die Zinnen eines Schlosses undeutlich hervorragen.
Rechts und links je eine Tür.
Beim Aufgehen des Vorhangs sieht man Oberst Wesley Breitenspiegel gefährlich weit in seinen Stuhl zurückgelehnt, Füße auf dem Tisch. Er raucht eine Zigarre. Er ist kahlköpfig und trägt eine randlose Brille. Oberst Desmond de S. Rinder-Sparrow sitzt ganz vorn auf der Kante eines Stuhles, Pfeife rauchend. Seine Augen sind verschleiert, nach der Art eines Mannes, der ein Weltreich auf seinen Schultern zu tragen hat und von seinem größten Feind hypnotisiert ist – dem Horizont. Nunmehr folgt die längste Pause in der Geschichte des Theaters; gegen Ende dieser Pause muß der Zuschauer überzeugt sein, daß die Schauspieler Opfer einer technischen Panne waren. Ende der Pause, wenn die Zuschauer wirklich genug Zeit gehabt haben, unruhig und verlegen zu werden.

DESMOND: Mir scheint, uns ist der Gesprächsstoff ausgegangen. *(Noch eine lange Pause)*

WESLEY: Yeah...

DESMOND: Was?

WESLEY: Yeah...

DESMOND: Ja... *(Pause)*

WESLEY: Haben Sie schon mal an Selbstmord gedacht?

DESMOND *(äußerst interessiert)*: Weiß Gott nein. Sie?

WESLEY: Nein.

DESMOND: Hören Sie, alter Junge, Sie sind doch nicht... ich meine...

WESLEY *(etwas irritiert)*: Weshalb sind Sie so verlegen?

DESMOND: Ja, ich möchte es eigentlich gar nicht sagen.

WESLEY: Dann lassen Sie's doch.

DESMOND: Sie werden doch nichts Unbesonnenes tun?

WESLEY: Nein. Wenn Sie es nicht unbesonnen nennen, mit Ihnen Golf zu spielen.

DESMOND: Das ist durchaus nicht, was ich meinte. Sie sprachen so plötzlich von Selbstmord...

WESLEY: Ach, du lieber Gott. Meine Frau würde schön toben. *(Desmond lacht)* Worüber lachen Sie denn?

DESMOND: Weil Sie dabei Ihre Frau erwähnt haben.

WESLEY: Meine Frau ist nicht komisch. Sie ist absolut nicht komisch. Übrigens mach' ich mir auch nicht viel aus Lachen. Im Herzen bin ich ein romantischer Mensch. *(Desmond lacht wieder)* Worüber freuen Sie sich denn jetzt?

DESMOND: Ich hab' mir einen Romantiker immer sehr groß und hager vorgestellt, mit langen Haaren und so.

WESLEY: Soll das heißen, Sie haben noch nicht einmal genug Phantasie, um sich einen Romantiker mit Glatze vorzustellen?

DESMOND: Wenn ich ehrlich sein soll, ich hab' noch nie drüber nachgedacht.

WESLEY *(kräftig)*: Dann wird's Zeit, daß Sie Sie's tun! Vor Ihnen sitzt ein Mann, der nur von einem träumt – einen Befehl in der denkbar glanzvollsten Weise zu verweigern.

DESMOND *(schockiert)*: Einen Befehl zu verweigern?

WESLEY: Ja... am liebsten hätte ich bei Waterloo gegen den Rat aller Sachverständigen angegriffen und nicht auf die Nacht und die Preußen gewartet.

DESMOND *(mit Besitzerstolz)*: Dazu hätten Sie erst mal britischer Offizier sein müssen.
WESLEY: Sie sind wie eine Frau: auf alles gleich die Hand drauf halten, was?
DESMOND: Ich führe Tatsachen an.
WESLEY: O. K., O. K. Ich lasse Ihnen Ihr Waterloo.
DESMOND: Ich will es gar nicht unbedingt haben.
WESLEY: Und dann gönnen Sie's mir nicht mal?
DESMOND: Oh, ich schenk's Ihnen, wenn Sie unbedingt wollen.
WESLEY: Jetzt will ich's nicht mehr. Ich bin verärgert.
DESMOND: Das tut mir leid. Es war nicht meine Absicht, solche Umstände zu machen.
WESLEY *(trotzig)*: Immerhin hab' ich noch Washington und die Belagerung von Yorktown.
DESMOND: Ja, das haben Sie wohl.
WESLEY: Passen Sie auf, jetzt werd' ich Ihnen mal erzählen, wie romantisch ich bin.
DESMOND: Sind Sie ganz sicher, daß Sie mir das noch nicht erzählt haben?
WESLEY: Wissen Sie, Sie sind der erste Mann, der es fertigbringt, mir jede Lust zur Unterhaltung zu nehmen.
DESMOND: Ich habe Schweigen immer vorgezogen.
WESLEY *(rachsüchtig)*: Dann tut's mir leid, daß ich Sie enttäuschen muß.
DESMOND: Ich bin Enttäuschungen gewöhnt, alter Junge.
WESLEY: Na, also ich nicht. Mein Romantizismus ist völlig ichbezogen und selbstsüchtig. Er ist nach innen gekehrt, wie mir mein Psychoanalytiker sagt, und zwar hauptsächlich infolge einer gewissen Unzulänglichkeit meines Vaters.
DESMOND: Jedenfalls scheint er doch imstande gewesen zu sein, Sie in die Welt zu setzen.
WESLEY: Den Ausgleich bildete die Vollnatur meiner Mutter und ein gewisser Doktor Purkiss.
DESMOND: War das der Hausarzt?
WESLEY: In mehr als einer Hinsicht.
DESMOND: Ach so...
WESLEY: Es wurde ein Kompromiß erzielt. Einer meiner Vornamen ist Purkiss.
DESMOND: Wie ungewöhnlich.

WESLEY: Wie mir mein Analytiker versichert, ist es völlig normal, und er hat gesagt, es ist falsch, solche Dinge zu verbergen, weil ihre Verdrängung nur Komplexe hervorruft. Haben Sie einen Therapeuten?

DESMOND: In England können wir uns das nicht leisten. Gott sei Dank.

(Oberst Aimé Frappot tritt ein. Klein und etwas säuerlich, untersetzt, stets mit einer erloschenen Zigarette im Mund)

DESMOND: Hallo, Aimé.

AIMÉ: Ikonenko noch nicht da?

DESMOND: Hat sich noch nicht blicken lassen.

AIMÉ: Die Sitzung sollte schon vor fünf Minuten anfangen. Ich hatte gehofft, zu spät zu kommen.

DESMOND *(lächelnd)*: Nicht gerade drauf versessen, was?

AIMÉ: Enorm. Letzte Woche haben wir alle französisch gesprochen. Einmal wenigstens konnte ich mich da gehenlassen und euch allen sagen, was ich von euch denke, ohne daß mir jemand widersprechen konnte.

DESMOND: Ich versteh' nicht, warum wir französisch sprechen müssen, wo ihr alle Englisch könnt.

AIMÉ: Es ist eine Frage der Ehre. Englisch mag bequemer sein, aber es kann nicht benutzt werden, wenn dadurch ein Schatten auf die französische Sprache fallen könnte. *(Er sucht in der Tasche nach einem Streichholz, findet keines, geht hinüber zu Desmond, der grade seine Pfeife anzündet)* Darf ich? *(Desmond gibt ihm Feuer)*

WESLEY: Nächste Woche müssen wir alle russisch sprechen.

AIMÉ: Ja, und dann drückt Ikonenko immer alle seine Anträge durch, und wir haben die Scherereien.

WESLEY: Yeah. Der Bastard.

AIMÉ: Er ist kein schlechter Kerl.

DESMOND: Schlau.

AIMÉ: Wir dürfen nicht so kleinlich sein und ihm das übelnehmen.

WESLEY: Schließlich sind wir ja auch schlau, auf unsere Art.

AIMÉ *(mit einem Lächeln und einem Blick auf Wesley)*: Ja. *(Kurze Pause)* Merkwürdig, wie ich diesen Raum hasse, obwohl ich schon jetzt weiß, daß ich ungern hier weggehen werde.

DESMOND: Ja, merkwürdig.

AIMÉ: Nein, eigentlich nicht. Es war dumm von mir, es merkwürdig zu nennen. Ist Ihnen nie aufgefallen, daß im Leben Haß ein ebenso enges Band ist wie die Liebe? Die schmerzliche Erregung, mit der man eine verhaßte Schule verläßt oder eine Geliebte, die anfängt, einen zu langweilen?

DESMOND *(liebenswürdig)*: Oh, ich langweile sie immer zuerst.

AIMÉ *(etwas entwaffnet)*: Das muß ich mir merken. Das ist eine wunderbare Bemerkung.

DESMOND *(überrascht)*: Tatsächlich?

WESLEY: Warum sind Sie Soldat geworden?

AIMÉ: Mein Vater hielt es für das beste Sprungbrett zur Politik. Er war von seiner eigenen Mittelmäßigkeit hypnotisiert.

DESMOND: Aber ich bitte Sie. Das sind harte Worte, wenn man über seinen alten Herrn spricht. Was war er denn?

AIMÉ: 1912 war er zehn Minuten lang Minister für Landwirtschaft. *(Die anderen lachen)* Wissen Sie, Desmond, Sie sehen aus wie ein Mann, der nie im Leben in die Verlegenheit gekommen ist, sich entscheiden zu müssen.

DESMOND: Ja, in meinem Fall gab's ja nur zwei Möglichkeiten: Armee oder Kirche. Glücklicherweise war die Armee damals nicht so überfüllt, und so brauchte ich gar keine Entscheidung zu treffen. Sie verstehen, ich war nicht grade sehr aufgeweckt.

AIMÉ *(taktvoll)*: Ich verstehe vollkommen.

DESMOND *(lacht plötzlich)*: Bevor Sie hereinkamen, sagte Wesley grade, er sei ein Romantiker.

AIMÉ: Ich weiß, daß er einer ist.

DESMOND *(jetzt unsicher)*: Wirklich?

AIMÉ: Ja. Er ist Romantiker. Ich bin Realist. Und Sie ... Sie sind ein durch und durch netter Kerl.

DESMOND *(kaum hörbar)*: Danke.

AIMÉ: Deshalb kommen wir so schlecht miteinander aus. Denken Sie einen Augenblick über uns nach, und denken Sie an die Beschränktheit unserer Arbeitgeber. Zweieinhalb Jahre sitzen wir jetzt hier, seit die umstrittene Zone geschaffen wurde, und in dieser ganzen Zeit haben wir uns über nichts weiter geeinigt, als daß wir unser Hauptquartier gern von hier in dieses zugewachsene Schloß dort verlegen wollen. *(Er schaut aus dem Fenster zum Schloß)*

WESLEY: Ich habe hier die letzten Berichte von den Truppen, die versuchen, zum Schloß durchzukommen.

AIMÉ: Irgendein Ergebnis?

WESLEY: Nein. Leutnant Coppermaker berichtet, sein erster Eindruck war, daß das im Laufe des Tages entfernte Gestrüpp nachts von der einheimischen Bevölkerung auf irgendeine mysteriöse Weise wieder erneuert worden sei. Jetzt ist er aber überzeugt, daß die Sträucher im Laufe der Nacht von selbst immer wieder zusammenwachsen. Ferner ergeht er sich in einigen sinnlosen Spekulationen über die Wirkung einer Atomexplosion auf Flora und Fauna und macht schließlich den Vorschlag, einen Fachmann aus Washington anzufordern.

DESMOND: Und werden die einen schicken?

WESLEY: Wenn Sie eine Ahnung von Washington hätten, dann wüßten Sie, daß es nichts Schwachsinnigeres gibt, als so was von denen dort zu verlangen. Ich habe Leutnant Coppermaker erst mal zum Nervenarzt geschickt.

AIMÉ *(lächelt)*: Sie sind skeptisch, weil Sie ein Romantiker sind. Ich als Realist kann den Bericht von Leutnant Coppermaker akzeptieren.

WESLEY: Was soll das heißen?

AIMÉ *(freundlich)*: Ich glaube an Feen.

DESMOND: Na ja, wissen Sie, in Irland –

WESLEY: Ich weiß, Riesen und Zwerge. Ich will Ihnen mal was sagen –

(Die Türe öffnet sich, Oberst Ikonenko tritt ein. Ein vollkommen ausdrucksloser Mann mit Aktentasche. Sein Eintreten ruft eine elektrische Stille hervor)

WESLEY: Wir warten auf Sie.

(Ikonenko antwortet nicht. Er setzt sich einfach auf seinen Platz, breitet seine Papiere vor sich aus, schraubt seinen Füller auf und sagt dann)

IKONENKO: Jetzt warte ich auf Sie. *(Die anderen beeilen sich, Platz zu nehmen)* Oberst Breitenspiegel, da Sie in dieser Woche den Vorsitz führen, wünsche ich Ihre Aufmerksamkeit darauf zu lenken, daß turnusmäßig nächste Woche ich den Vorsitz führe und daß die Verhandlungssprache während der sieben Tage, beginnend… *(er konsultiert sein Notizbuch)* beginnend am 18., Russisch sein wird.

WESLEY: Es ist überflüssig, uns das unter die Nase zu reiben.

AIMÉ: Oberst Ikonenko, darf ich mir die Ehre geben, Ihre freundliche Aufmerksamkeit auf die Tatsache zu lenken, daß während der am… *(er konsultiert sein Notizbuch)* zweiten beginnenden Woche, daß heißt also acht Tage nach dem Ende Ihrer Amtszeit als Vorsitzender, ich als Vorsitzender fungieren werde und die zugelassene Sprache Französisch sein wird.

IKONENKO *(steif)*: Das ist allgemein bekannt.

DESMOND: Ich hoffe, niemand hat vergessen, daß *(blättert in seinem Notizbuch)* – wo sind wir denn eigentlich? – ja – daß am 25. ich dran bin und wir alle englisch sprechen.

AIMÉ: Im Namen meiner Regierung stimme ich zu.

WESLEY: Es ist doch wohl unnötig, daß wir über all dies abstimmen.

IKONENKO *(geheimnistuerisch)*: Es ist vielleicht doch besser.

WESLEY: Aber Herrgott, wir sind uns ja alle einig.

IKONENKO: Man kann nie wissen.

WESLEY: Also, ich bin dagegen. Es ist einfach lachhaft. Zeitverschwendung.

IKONENKO: Ich muß darauf bestehen.

WESLEY: In diesem Fall stelle ich den folgenden Antrag: Die Versammlung wünscht über den Beschluß, der getroffenen Vereinbarung zuzustimmen, nicht abzustimmen, und zwar wegen der absoluten Überflüssigkeit einer solchen Abstimmung. Wollen alle diejenigen, die nicht abzustimmen wünschen, bitte ihre Ansicht in der üblichen Weise zum Ausdruck bringen? *(Wesley, Desmond und Aimé erheben ihre Hände)* Wollen jetzt alle, die abzustimmen wünschen, die Hand erheben? *(Ikonenko hebt die Hand)* Der Ausschuß hat mit drei Stimmen gegen eine dem Antrag zugestimmt, nicht abzustimmen. *(Ikonenko packt seine sämtlichen Dokumente ein und verläßt das Zimmer)*

AIMÉ: Wird gleich wiederkommen.

DESMOND: Erstaunliche Kraftverschwendung.

(Pause. Ikonenko kommt wieder herein und breitet seine Papiere mit völlig ausdruckslosem Gesicht wie vorher aus)

IKONENKO: Was ist der nächste Punkt der Tagesordnung?

WESLEY: Bisher haben Sie mir nicht grade viel Zeit gelassen, meine Notizen anzusehen, nicht?

IKONENKO: Haben Sie von Ihrem Untergebenen schon einen Bericht über die Situation beim Schloß bekommen?

WESLEY: Ja. Alles zu seiner Zeit.

IKONENKO: Ich muß es auf mich nehmen, auf eine Entscheidung zu dringen.

WESLEY: Auf der Tagesordnung steht vorher ein anderer Punkt.

IKONENKO: Ich muß auf eine Änderung der Tagesordnung dringen.
WESLEY *(verärgert)*: Warum?
IKONENKO: Unabhängig von Ihnen habe ich auch einen Bericht über die Lage erhalten. Leutnant dritten Grades Bulganow –
WESLEY *(wütend)*: Das ist eine glatte Verletzung unseres Übereinkommens, wonach die Aufgabe der Erforschung und Beseitigung des Unterholzes rund um das Schloß den Streitkräften der Vereinigten Staaten zufallen sollte. Leutnant Coppermaker hat nicht im Interesse der Vereinigten Staaten, sondern im Interesse aller –
IKONENKO *(mit Festigkeit)*: Das Wort des Leutnants dritten Grades Bulganow ist über jeden Verdacht erhaben. Er ist Held von Stalingrad, Held der Arbeit und Träger des Suworow-Ordens Zweiter Klasse.
WESLEY: Das hat überhaupt nichts damit zu tun! Leutnant Coppermaker hat die Harvard-Universität absolviert und ist eingetragenes Mitglied der New Yorker Effektenbörse. Sein Bericht ist der einzig gültige Bericht, und die Sache wird dann behandelt werden, wenn sie laut Tagesordnung an der Reihe ist.
AIMÉ: Ich dachte, Sie sagten, er sei zum Nervenarzt geschickt worden?
WESLEY *(stockend)*: Er sollte ihm seine Aufwartung machen. Der Nervenarzt ist ein persönlicher Freund von ihm.
AIMÉ: Von der Effektenbörse?
WESLEY: Nein, von Harvard.
IKONENKO: Sie weigern sich, die Tagesordnung zu ändern?
WESLEY: Als dieswöchiger Vorsitzender lehne ich Ihren Antrag formell ab. *(Ikonenko rafft seine Papiere zusammen und verläßt das Zimmer)* Wollen Sie ihn bitte herholen!
DESMOND: Sehr unschicklich, wissen Sie.
AIMÉ: Er will nicht aus der Übung kommen.
(Ikonenko kehrt zurück, ausdruckslos, und legt seine Papiere wieder auf den Tisch)
IKONENKO: Was ist der nächste Punkt der Tagesordnung?
WESLEY: Sie sollen Ihren Willen haben, Ikonenko. Wir werden jetzt doch das Schloß erörtern. Ich habe es satt mit Ihnen, und ich will diese Sache mit Ihnen ausfechten, und zwar jetzt auf der Stelle! Ich beginne mit dem Bericht von Leutnant Coppermaker. Mummummummum ... *(er überspringt Stellen, die ihm unwesentlich erscheinen)* »... insofern als ich nach dreitägiger Arbeit am Unterholz,

während der wir nicht nur Hacken und Spaten, sondern auch Erdbagger und Raupenschlepper benutzten, zu der Überzeugung gelangt bin, daß irgendein botanisches Phänomen unser Vorwärtskommen hemmt. So viele Sträucher wir auch tagsüber beseitigten, sie waren alle ohne Ausnahme am nächsten Morgen wieder tief in der Erde. Für den, der auch nur die elementarsten Kenntnisse im Gartenbau besitzt, ist es klar, daß die erneute Einpflanzung der Sträucher viel säuberlicher und genauer erfolgt ist, als es durch Menschenhand möglich wäre. Daher bin ich der Meinung ...« mummummummum ... Das ist der Auszug aus dem Bericht von Leutnant Coppermaker.

IKONENKO: Oberst Breitenspiegel, wir sind hier, um unsere Karten offen auf den Tisch zu legen. Unsere Beziehungen schließen Auszüge aus. Was, Oberst Breitenspiegel, hatten Sie zu murmeln?

WESLEY: Leeres bürokratisches Geschwätz, Oberst Ikonenko. Unverfälschtes Schreibstubengeschmiere, mit dem ich Ihnen, aus einer erstaunlichen Nächstenliebe heraus, nicht lästig fallen wollte!

IKONENKO: Ihre Haltung ist mir äußerst widerwärtig. Ehe ich mit Ihnen diskutiere, will ich Ihnen lieber ein Beispiel geben. Im Gegensatz zu der Hysterie, die Leutnant Coppermaker an den Tag legt, ist der Bericht des Leutnants dritten Grades Bulganow nicht nur glänzend abgefaßt, sondern trifft auch den Kern der Sache. *(Er öffnet ein Dokument)* Mummummummum ... »Es liegt auf der Hand, daß der mangelnde Fortschritt bei der Beseitigung des Unterholzes folgende Gründe hat: 1. der mangelnde Arbeitswille der amerikanischen Soldaten, die mit der Theorie des Sozialismus nicht vertraut sind; 2. die konsequente Sabotage durch reaktionäre Schädlinge und faschistische Hyänen ...«

(Wesley will etwas erwidern, kommt aber nicht dazu)

DESMOND: Jemand, der wirklich was von Hyänen weiß, würde ihnen niemals irgendwelche politischen Überzeugungen zuschreiben.

WESLEY *(verärgert)*: Um Himmels willen, Desmond, reden Sie nicht dazwischen. Was soll denn Ihr Gemurmel bedeuten, Ikonenko? Ich möchte einen Antrag zur Abstimmung bringen, Jungens.

IKONENKO: Ich erhebe Einspruch.

WESLEY: Mein Antrag lautet: »Die Versammlung mißbilligt die hinterlistige, versteckte und aufdringliche Art des sowjetischen Vorgehens anläßlich des Berichtes über die Maßnahmen zur Befreiung des Schlosses von dem Dickicht, das es umgibt.« Wollen alle diejenigen, die für den Antrag sind, so freundlich sein, die Hand zu heben?

(Wesley und Desmond heben die Hand, aber Aimé steht auf und geht zur Tür. Sofort wird die Spannung im Raum fühlbar. Alle anderen erheben sich halb von ihren Stühlen)

IKONENKO: Bringen Sie mit diesem Schritt die offizielle Haltung Frankreichs zum Ausdruck?

AIMÉ: Was?

WESLEY: Bedeutet das eine Spaltung des Atlantik-Blocks?

AIMÉ: Wieso?

IKONENKO: Ich muß sofort nach Moskau telegrafieren.

AIMÉ: Warum denn?

WESLEY: Ich muß Sie darauf hinweisen, daß Ihr Vorgehen die amerikanische Wirtschaftshilfe in Frage stellen könnte.

AIMÉ: Welches Vorgehen?

DESMOND: Denken Sie an Verdun, alter Junge. Lassen Sie uns jetzt nicht im Stich!

AIMÉ: Wen lasse ich denn im Stich?

WESLEY: Uns. Indem Sie ausgerechnet jetzt die Sitzung verlassen.

AIMÉ: Irgendwann am Tage kommt stets ein Augenblick, wo auch der stärkste Mann mal rausgehen muß. Ich bin gleich wieder da.

(Aimé geht hinaus)

WESLEY: Irgendwann kommt der Augenblick, wo die Natur ihr Recht verlangt, Ikonenko, und über alle Regierungen triumphiert. Das sollte Ihnen einen kleinen Dämpfer aufsetzen.

IKONENKO: Die Sowjetregierung hat niemals versucht, das Vorhandensein der Natur in der Welt in Abrede zu stellen. Andererseits sind wir die Träger des sozialistischen Realismus, und die unaufrichtige Art, in der Oberst Frappot das Zimmer verlassen hat, zeigt den frivolen und dekadenten Zustand der gegenwärtigen sogenannten französischen Zivilisation.

DESMOND: Wie erleichtert sich dann ein sozialistischer Realist?

IKONENKO: Diese Frage verstehe ich nicht.

WESLEY: Wie hätten Sie sich denn aus der Affäre gezogen?

IKONENKO: Ich hätte mein Vorhaben klar zum Ausdruck gebracht.

DESMOND: Wie peinlich.

WESLEY: Als sozialistischer Realist würde ich –

IKONENKO: Aber Sie sind ja gar keiner.

WESLEY: O. K. Als – was war es doch gleich? Plutodemokrat –
IKONENKO: Sie verurteilen sich selbst!
WESLEY: Es ist ganz lustig. Macht mir Spaß. Also, als so ein Plutodemokrat halte ich Stalin für ein Stinktier.
IKONENKO: Und ich Truman.
WESLEY: Ich ebenfalls. Ich bin Republikaner.
(Aimé kommt zurück)
AIMÉ: Der Bürgermeister wartet draußen ... Hat ihn jemand von euch herbestellt?
WESLEY: Ja, ich.
IKONENKO: Ohne uns zu befragen?
WESLEY: Holen Sie ihn bitte herein. *(Zu Ikonenko)* Wenn Sie jetzt wieder rausgehen, werden Sie was versäumen.
(Aimé geht zur Tür und kommt mit dem Bürgermeister von Herzogenburg zurück. Sehr alt, sehr gütig)
WESLEY: Kommen Sie nur rein, Doktor Busch. Kommen Sie nur rein.
BUSCH *(strahlend)*: Very nice. *(Er schüttelt Wesley die Hand)* Oberst Breitenspiegel. Ich erinnere mich Ihres Namens. Es ist ein guter alter deutscher Name.
WESLEY: Meine Familie stammt von den Grafen Breitenspiegel ab.
BUSCH: Das wußte ich gar nicht. Aber als ich noch ein kleiner Boy war, hatten wir im Ort einen Scherenschleifer ... ein Mann, der Messer scharf macht, wissen Sie. Er hatte exactly den gleichen Namen wie Sie – Breitenspiegel.
AIMÉ: Aha ... Na, Oberst Frappot kennen Sie ja.
BUSCH: Oh, yes. *(In grauenhaftem Französisch)* Schä ü l'honnör de wu rankongträ ... em ... descha ...
AIMÉ: En effet, Monsieur le Maire.
DESMOND: Guten Abend, Herr Bürgermeister.
WESLEY: Oberst Rinder-Sparrow.
BUSCH *(lacht)*: Excuse me. Den Namen konnte ich nicht so gut behalten. Breitenspiegel –
WESLEY: Oberst Ikonenko.
(Ikonenko blickt nicht auf)
BUSCH *(entschlossen, sich ihm bemerkbar zu machen)*: Da, da, da, nitschewo. Ja was lublu.
WESLEY: Wollen Sie nicht Platz nehmen?

IKONENKO: Ich möchte meine Haltung klarstellen. Ich bin mit Ihrem Besuch hier nicht einverstanden.
BUSCH: Warum nicht?
IKONENKO: Ich bin nicht gefragt worden.
BUSCH *(mitleidig)*: Ist das Ihr einziger Grund?
WESLEY: Später werden ihm noch mehr einfallen. Kommen Sie, setzen Sie sich. Nehmen Sie sich eine Zigarre. Also, Herr Busch, wir wollen sofort zur Sache kommen.
BUSCH *(mit der unendlichen Nachsicht eines alten Mannes)*: Sie wollen natürlich Fragen über das Schloß stellen, of course.
DESMOND: Woher wissen Sie das?
IKONENKO: Nichts wird hier vertraulich behandelt.
BUSCH: Aber mein lieber Boy, warum sollte es auch? Ich bin selber Offizier in einer Besatzungsarmee gewesen – Galizien, 1914. Nein, dear Boys, wenn Sie Geheimnisse haben, dann hüten Sie sie voreinander, nicht vor mir.
(Die Obersten rücken nervös hin und her)
WESLEY: Nun erzählen Sie uns mal was über das Schloß.
BUSCH: Schlagen Sie sich das Schloß aus dem Kopf. Ich habe Ihre Soldaten bei der Arbeit gesehen, und ich sah sogar einen russischen Offizier, der im Gebüsch saß und sie beobachtete, und ich dachte by myself: »Soviel Schweiß vergeudet, und dieser arme Offizier kann die ganze Nacht hinterm Busch sitzen und wird doch nichts finden. Nothing.«
WESLEY: Wieso denn nicht?
BUSCH: Fragen Sie mich nicht. Selbst wenn ich es wüßte –
IKONENKO: Er blufft.
BUSCH *(sonderbar)*: Ich weiß nichts darüber.
WESLEY: Aber Sie wissen doch, daß sich die Pflanzen rings ums Schloß höchst eigenartig benehmen.
IKONENKO *(laut)*: Ob er es weiß? Er ist verantwortlich dafür!
BUSCH: Ich weiß, daß es schwer ist, zum Schloß zu gelangen …
WESLEY: Schwer? Unmöglich ist es, verdammt noch mal!
BUSCH: Ich selbst habe es niemals versucht.
WESLEY: Warum nicht? Man sollte doch denken, menschliche Neugierde allein würde schon –
BUSCH: Wir hier wissen, warum wir's nicht versuchen. Wir überlassen das anderen.
AIMÉ *(interessiert)*: Welchen anderen?

BUSCH: Den Beamten. Leuten wie Ihnen. Vor acht Jahren gab es einen Gauleiter, der kam hierher. Er sah es von weitem und wollte sein Büro dort einrichten. Er versuchte hineinzukommen, aber es gelang ihm nicht.
DESMOND: Gütiger Gott, wir sind doch nicht in Tibet. Was sind das für dunkle Geheimnisse?
BUSCH: Und vorher war da ein Beamter von der Gestapo, der kam auch hierher. Auch er versuchte es, und auch ihm gelang es nicht. Jetzt ist er in einem Irrenhaus.
WESLEY: Wieso?
BUSCH: So wirkte der Mißerfolg auf die Mentalität eines Mannes, der zu jener Zeit eben nur Erfolg gewohnt war.
IKONENKO: Herr Busch, Sie haben sich uns gegenüber in höchst verdächtiger und unverständlicher Weise geäußert, und Ihre Haltung macht Ihnen keine Ehre, wenn sie auch völlig unbegreiflich ist. Ich muß Sie auf die furchtbare Gefahr hinweisen, die Unverständlichkeit in Zukunft mit sich bringen wird.
BUSCH: Ich fürchte mich nicht vor Ihnen, liebes Kind. Warum wollen Sie etwas nehmen, das Ihnen nicht gehört?
WESLEY: Das ist nicht die richtige Ausdrucksweise, Bürgermeister. Sie müssen begreifen, daß Deutschland Dresche bekommen hat und daß wir als Besatzungstruppe hier sind. Sie haben kein Recht, mit uns zu streiten.
BUSCH: Sie haben Deutschland besiegt, aber Sie haben mich nicht besiegt, und Sie haben die Vergangenheit nicht besiegt, und Sie haben unsere Erde nicht besiegt.
DESMOND: Nun sehen Sie mal, Herr Bürgermeister, wenn ich Sie richtig verstanden habe, haben Sie angedeutet, daß wir Diebe sind. Soweit ich sehe, gehört aber das Schloß gar niemandem – also wen berauben wir?
BUSCH: Sie berauben die Geschichte.
DESMOND: Das ist Unsinn.
AIMÉ: Aber höchst poetisch.
IKONENKO: Poesie soll man Poeten überlassen.
AIMÉ: Weshalb?
IKONENKO: Es ist ihre Aufgabe. Unsere Aufgabe ist Verwaltung. Gleichgültig, was hier beschlossen wird, gebe ich heute abend den mir unterstellten sowjetischen Truppen Befehl, in den frühen Morgenstunden die militärischen Operationen zur Besetzung des

Schlosses einzuleiten, damit es wieder in die Hände des rechtmäßigen Eigentümers zurückgelangt: des Volkes! *(Busch lacht)* Ihr Lachen kann ernste Konsequenzen nach sich ziehen.

BUSCH: Sie sagen, das Schloß gehört dem Volk. Wie sollen die Leute alle darin Platz finden?

AIMÉ *(der inzwischen aufgeregt hin und her gegangen ist)*: Ich bitte Sie, mon Colonel, sich den Befehl an Ihre Truppen noch einmal zu überlegen.

IKONENKO: Taten sind verständlicher als Worte!

AIMÉ: Und gefährlicher.

IKONENKO: Die Sieger müssen die Besiegten erziehen. Unsere Situation hier ist lächerlich geworden, und zwar erstens durch die mangelnde Initiative der amerikanischen Truppen bei der Beseitigung des Unterholzes und zweitens durch die Wall-Street-Taktik des...

WESLEY *(springt auf)*: Jetzt langt's mir aber!

DESMOND: *(springt auf)*: Darf ich um etwas guten soliden gesunden britischen Menschenverstand bitten?

IKONENKO: Was haben Sie vorzubringen!?

DESMOND: Im Augenblick noch nichts, aber ich denke angestrengt nach.

(Wesley holt einige Pillen aus der Tasche sowie einen Inhalator. Er nimmt rasch die Pillen)

BUSCH: *(sanft)*: Dear boys, ihr macht euch krank, und es ist alles so albern. Ihr müßt auf euch achtgeben. Seid ihr verheiratet? Oberst Ikonenko?

IKONENKO: Ich erörtere meine Familienangelegenheiten nicht in der Öffentlichkeit.

BUSCH: Ihre Frau ist auch Geheimsache?

(Wesley inhaliert tief, wobei er erst das eine, dann das andere Nasenloch zuhält)

AIMÉ: Ich bin verheiratet. Wir sind alle verheiratet.

BUSCH: Und sind Sie glücklich?

AIMÉ: Was mich betrifft – sie ist die Mutter meiner Kinder.

BUSCH: Und das ist alles?

AIMÉ: Ich lebe mit einer Schauspielerin zusammen. Sie lebt mit einem Spediteur. Abgesehen davon sind wir unzertrennlich.

BUSCH: Aber Ihre Kinder?

AIMÉ *(einfach)*: Ich liebe sie.

DESMOND: Was hat das alles mit dem Schloß zu tun?

BUSCH: Eine ganze Menge, Herr Oberst. Haben Sie eine Frau und ein Heim?

DESMOND: Ja, und drei Hunde.

BUSCH: Und Sie lieben sie?

DESMOND: Ja, ich züchte sie. Dingos. Wilde Hunde, wissen Sie.

BUSCH: Und ich vermute, Herr Breitenspiegel ist auch verheiratet.

WESLEY: Sprechen Sie mich nicht an. Der Arzt hat mir gesagt, ich soll mich vor allen Aufregungen hüten.

BUSCH: Also, meine Kinder, da ihr alle etwas habt, für das zu leben sich lohnt, bitte ich euch, keine Fragen mehr über das Schloß zu stellen. Seid glücklich, daß ihr am Leben seid, und gebt euch damit zufrieden. Ich flehe euch an, ehe es zu spät ist!

DESMOND: Zu spät? Zu spät wofür?

BUSCH *(sehr leise)*: ... Ich weiß nur eins – als ich dem Gauleiter erzählte, was ich über das Schloß gehört hatte, da öffnete sich langsam die Tür, ohne daß wir es bemerkten ...

(Die Tür beginnt sich langsam zu öffnen)

AIMÉ: Und wer kam herein?

BUSCH *(großes Erstaunen in der Stimme)*: Niemand ...

IKONENKO *(lacht plötzlich)*: Ungeheuer dramatisch!

DESMOND: Wer hat denn die Tür aufgemacht?

IKONENKO: Der Wind.

AIMÉ *(am Fenster)*: Sehen Sie mal die Bäume. Es ist ganz windstill heute.

BUSCH *(schmerzerfüllt)*: Ach, meine lieben Kinder, wechselt das Thema!

AIMÉ: Was geschah dann?

BUSCH: Eine Glocke begann zu läuten. Eine schreckliche, zersprungene Kirchenglocke.

IKONENKO *(nach einer Pause, triumphierend)*: Nichts!

(Man hört das mißtönende Läuten einer entfernten Kirchenglocke)

BUSCH *(leidenschaftlich)*: Ihr Narren!

AIMÉ *(schreit)*: Was geschah dann?

(Die Gestalt eines Mannes erscheint schweigend an der Tür, in der Kleidung eines Landstreichers. Er ist sehr groß, hager und lächelt. Busch drückt das größte Entsetzen aus, schrumpft zusammen, bekreuzigt sich, setzt seinen Hut auf und will entfliehen)

MANN *(ruhig)*: 'n Abend, Herr Busch.

BUSCH *(zieht seinen Hut)*: Guten Abend ... *(Er läuft hinaus)*

IKONENKO: Wer sind Sie? Haben Sie Ihre Papiere?
MANN: Ich habe Papiere für alle möglichen Dinge, aber ich kann es mir leisten, sie zu ignorieren.
IKONENKO: Nein, mein Freund, Sie können es sich nicht leisten. Ohne Papiere dürfen Sie sich nicht frei bewegen, und Sie können hier nicht hereinkommen, ohne angemeldet zu sein.
MANN: Ich bin angemeldet.
IKONENKO: An Sitzungstagen wird nie jemand empfangen.
MANN: Sie brauchen nur in Ihrem Vormerkbuch nachzusehen.
IKONENKO: Zwecklos, ich weiß, wir haben niemanden bestellt. Wollen Sie sich jetzt bitte entfernen, bevor ich die Wache rufe.
MANN: Die Soldaten schlafen alle. Ich sah sie, als ich heraufkam, sie schliefen so fest wie Babies.
IKONENKO: Was? Sie lügen?
MANN: Ach, Sie sind ein schlechter Mensch. Was für eklige Dinge Sie sagen!
DESMOND *(der sich mit dem Vormerkbuch beschäftigt hat)*: Na so was, das stimmt ja.
IKONENKO: Was?
DESMOND: Hier ist jemand vorgemerkt.
WESLEY: Wer denn?
DESMOND: Kann ich nicht lesen. Es ist russisch.
IKONENKO: Lassen Sie sehen. *(Desmond gibt ihm das Vormerkbuch)* Professor Diabolikow. Habe ich nicht eingetragen.
DESMOND: Es ist Ihre Handschrift, alter Junge.
IKONENKO: Diabolikow. Ist das Ihr Name?
MANN: Es war der Spitzname, den mir Katharina die Große gab ... um mit Voltaire zu scherzen. Beide haben sich sehr amüsiert. Ich fand ihn nie so komisch.
IKONENKO: Ich muß Sie darauf hinweisen –
MANN: – daß Unverständlichkeit gefährlich ist. Ich weiß.
IKONENKO: Was? *(Nimmt einen neuen Anlauf)* Sind Sie russischer Staatsbürger?
MANN: Nicht nur.
IKONENKO: Ich erwarte eine präzise Antwort.
MANN: Ich erwarte eine intelligente Frage, Darling.
DESMOND: Ich muß leider feststellen, der Kerl ist Engländer.
MANN: Nicht ganz. Ich spreche nur englisch, weil hier diese Woche englisch gesprochen wird. Wenn Sie meinen Besuch erst nächste

Woche ausgelöst hätten, hätte ich mit dem größten Vergnügen russisch gesprochen.

AIMÉ: Wieso wußten Sie von unseren Bestimmungen?

MANN: Wieso kannte ... und liebte ich ... Katharina die Große?

AIMÉ: Liebte?

MANN: Auf meine Weise ...

AIMÉ: Vous l'avez aimé?

MANN *(in perfektem Französisch)*: À ma façon ...

IKONENKO: Sie haben mir immer noch kein ordnungsgemäßes Dokument vorgelegt.

MANN *(sucht in seinem riesigen Mantel)*: Sie sind wirklich schwer zu überzeugen. Was haben wir denn hier? *(Er zieht eine Papierrolle hervor)* Ach nein. Das ist die Erlaubnis von Nero, daß ich die Löwen necken durfte, bevor sie die Märtyrer verspeisten. Aber hier hab' ich's. Nein. Ein Parkettplatz erste Reihe für die Hinrichtung Robespierres. Ein enttäuschendes Ereignis. Das Wetter war gar nicht gut. Es gibt da eine besondere Art von Wetter – ideal für Hinrichtungen, wissen Sie – man braucht eigentlich einen Herbstmorgen, um der Szene einen Duft von poetischer Melancholie zu geben, und grade so viel orangefarbene Sonne, um das Messer aufblitzen zu lassen. Für Löwen hinwiederum eignet sich am besten eine richtige Hochsommerhitze, in der die armen Viecher zwischen Blutgier und einer lähmenden Trägheit hin und her gerissen werden. Diese Löwen-Neurose verlängert den Todeskampf der Märtyrer auf köstliche Weise. *(Kichert)* Aber was fällt mir denn ein, so darüber zu reden, als ob es das heute noch gäbe. Ach nein, wahrhaftig nicht! *(Er seufzt)* Der Geschmack an Greueltaten bescheidenen Umfangs ist verlorengegangen. Eine Dekadenz setzte ein. Heutzutage machen wir alles im Riesenmaßstab, mit Kanonen und Bomben und Giftgas, und es ist erstaunlich, wie die Gattung Mensch in dieser Hinsicht all unseren Launen gehorcht ... *(Sieht die Obersten an)* Alle fein herausgeputzt in ihrer niedlichen Arbeitskluft, mit allerlei Gold- und Silberlitze, um den Grad ihrer Schuld zu kennzeichnen. *(Er lacht)* O Gott, o Gott, o Gott ...

IKONENKO *(furchterweckend)*: Wo sind Ihre Papiere?

MANN *(feminin)*: Nu hör schon auf, mich zu ärgern, Sascha! Ich hab' es ja. Guck mal. Hast du selbst unterschrieben. *(Er gibt Ikonenko einen Erlaubnisschein)* Dieser Mann darf jederzeit überall hingehen, alles tun und alles sagen. Gezeichnet Ikonenko.

IKONENKO *(seine Hand zittert)*: Dieses Dokument ist eine Fälschung und wird beschlagnahmt.
MANN: Macht mir gar nichts aus. Ich hab' noch 'ne ganze Menge. Guck mal, hier ist dasselbe mit Stalins Unterschrift, auf amtlichem Papier.
IKONENKO *(ergreift das Papier)*: Dieses Dokument ist ebenfalls –
MANN *(unheimlich)*: Seien Sie vorsichtig mit dem, was Sie sagen. Wagen Sie zu behaupten, daß dies auch eine Fälschung ist? *(In schrecklich genauem und bedrohlichem Russisch)* Astarodschna, Towarischtsch Polkovnik! *(Droht mit dem Finger)* Astarodschna! Ich könnte sehr gut ein Beamter der M. W. D. sein. Man kann nie wissen.
IKONENKO: Der Vorfall kann einer erneuten Prüfung unterzogen werden.
WESLEY: Was soll das bedeuten?
IKONENKO: Dies ist eine rein sowjetische Angelegenheit.
DESMOND: Das will ich auch verdammt hoffen.
IKONENKO: Die Verhältnisse in der Stadt sind gefährlich für Besucher. Ich bin daher so frei, Sie in Schutzhaft zu nehmen, bis Sie sich ohne Gefahr frei bewegen können. *(Er läutet)*
MANN: Ich habe Ihnen doch schon gesagt, die Soldaten schlafen. Niemand wird kommen.
IKONENKO: Das werden wir sehen.
MANN *(bietet Desmond Tabaksbeutel an)*: Tabak, Herr Oberst?
DESMOND: Nein, vielen Dank. Ich rauche nur meine eigene Marke.
MANN: McPherson's feiner alter Krüllschnitt.
DESMOND: Woher wissen Sie?
MANN: Die einzige Sorte, die ich bei mir habe.
DESMOND: Aber er ist doch gar nicht erhältlich außerhalb der Shetland-Inseln.
MANN: Ich weiß. Ärgerlich, nicht wahr? *(Er gibt Desmond den Beutel. Zu Wesley)* Zigarre?
WESLEY *(herausfordernd)*: Ich wette, meine Marke haben Sie nicht.
MANN: Cherokee Blues?
WESLEY: Hat der Mensch Worte! *(Der Mann wirft sie ihm zu)*
MANN: Mon Colonel, Gauloise Bleue?
AIMÉ *(freundlich)*: Je ne dirai pas non.
MANN *(gibt ihm das Päckchen Zigaretten)*: Voilà. Genosse Oberst.
IKONENKO: Ich bin Nichtraucher.

MANN: Dann habe ich das Richtige getroffen. Ich habe Ihnen nichts mitgebracht.

(Ikonenko läutet wieder, grimmig)

DESMOND: Hören Sie mal, ich habe mir was überlegt.

MANN: Ja?

DESMOND: Eben ist mir der Gedanke gekommen ...

MANN: Ja?

DESMOND: Wer sind Sie eigentlich?

MANN *(seufzt traurig)*: Das ist eine lange Geschichte.

AIMÉ: Wie lang?

MANN *(etwas verwundert)*: Sehr, sehr lang.

AIMÉ: Ich habe kein Feuer.

MANN: Ach, entschuldigen Sie vielmals.

(Er zieht einen enormen und komplizierten Tischanzünder aus seinen Gewändern, aus dem eine Flamme wie aus einer Lötlampe hervorschießt. Alle starren äußerst verblüfft darauf. Mit einiger Unruhe zündet Aimé an der Flamme seine Zigarette an. Pause)

AIMÉ: Wissen Sie, für wen ich Sie halte?

MANN: Nein.

AIMÉ: Für den Teufel.

(Der Mann läßt fast den Anzünder fallen)

MANN *(falsett)*: Für wen?

AIMÉ *(liebenswürdig)*: Für den Teufel.

MANN: Was, seh' ich so aus?

DESMOND: Nur mit der Ruhe.

AIMÉ: Ich weiß nicht. Ich bin ihm nie begegnet. Aber er ist jemand, den ich schon immer mal kennenlernen wollte. Wir haben so viele Gemeinsamkeiten.

MANN: Ich bin sehr froh, daß Sie ihm nie begegnet sind, Süßer, denn selbst von den Leuten, die uns beide gut kennen, hat mir noch keiner gesagt, daß ich so aussehe wie er. Ich möchte nicht boshaft sein oder hinter seinem Rücken irgend etwas sagen, das ihn beleidigen könnte, denn ich schätze ihn außerordentlich – aber ich glaube nicht, daß sein Äußeres seine stärkste Seite ist. Ach nein, weiß Gott nicht.

DESMOND: Das ist einfach lächerlich. Jetzt werden Sie uns wahrscheinlich gleich erzählen, daß Gott auch ein Bekannter von Ihnen ist.

MANN *(sein wunder Punkt)*: Ich gebe mir immer besondere Mühe, ihn anzulächeln, aber er läßt mich immer links liegen.

IKONENKO *(der inzwischen wütend geläutet hat)*: Der Mann ist verrückt. Ich werde jetzt die Wache holen.
MANN: Es tut mir leid, wenn ich Sie mit Gott und dem Teufel – Verzeihung, mit dem Teufel und Gott gelangweilt habe.
IKONENKO: Diese Gestalten existieren für mich nicht. *(Er stampft hinaus)*
AIMÉ: Nun, wer sind Sie also?
WESLEY: Er ist aus dem Irrenhaus entsprungen.
DESMOND: Wie erklären Sie dann all seine Tricks? Wie wollen Sie den Tabak erklären?
WESLEY: Er ist ein Zauberkünstler, der verrückt geworden ist. Yeah, das ist er, der Kerl ist ein verrückt gewordener Zauberkünstler.
DESMOND: Ich fürchte, es steckt doch mehr dahinter, Wesley. Dieser Tabak zum Beispiel. Er ist absolut echt. Unglaublich. Gehört allerhand dazu, mich zu überzeugen, aber jetzt ...
AIMÉ: Wovon hat er Sie denn überzeugt?
DESMOND: Das weiß ich noch nicht genau ...
(Alle starren den Mann an. Er ziert sich)
MANN: Es klingelt mir in den Ohren, wenn Sie so über mich reden.
WESLEY: Warum sind Sie hierhergekommen?
MANN: Ich gehorchte einem Ruf.
WESLEY: Wer hat Sie denn gerufen?
MANN: Ich bin gekommen, um Sie zum Schloß zu führen.
DESMOND: Zum Schloß!
(Ikonenko kommt zurück)
IKONENKO: Die Soldaten sind alle betäubt worden! Das bedeutet Sabotage und konterrevolutionäre Betätigung der gefährlichsten Art. *(Zu dem Mann)* Sie sind verhaftet.
MANN: Seien Sie doch nicht albern. *(Der Mann steht auf)*
IKONENKO: Bleiben Sie, wo Sie sind!
MANN: Ich will mir die Beine vertreten.
IKONENKO *(zieht einen Revolver, brüllt)*: Bleiben Sie, wo Sie sind!
DESMOND: Ikonenko!
WESLEY: Legen Sie das Ding weg! *(Gleichzeitig)*
AIMÉ: Ich verbiete Ihnen das!
MANN: Machen Sie sich um mich keine Sorgen. *(Er nähert sich Ikonenko)* Also machen Sie keinen Unsinn. Seien Sie brav.
(Ikonenko feuert einmal; zweimal; dann viermal rasch hintereinander. Der Mann kratzt sich am Bauch)

MANN *(katzenhaft)*: Schrecklich, wie die Kugeln kitzeln.

IKONENKO *(außer sich)*: Er lebt! *(Er bricht auf einem Sofa zusammen)*

DESMOND *(militärisch)*: Äußern Sie sich, bitte.

MANN: Wer?

DESMOND: Sie, Sir.

MANN: Ich?

DESMOND: Ja, Sie, Sir. Warum sind Sie nicht tot?

MANN: Weshalb sollte ich tot sein?

DESMOND: Weichen Sie mir nicht aus, Sir. Ihr Betragen ist äußerst rücksichtslos. Schließlich sind wir in gewissem Sinne mit den Russen verbündet, und nun sehen Sie sich bloß an, was Sie mit meinem Freund dort gemacht haben. *(Ikonenko ist in einem Zustand völligen Zusammenbruchs)* Er ist in einer entsetzlichen Verfassung. Was Sie gemacht haben, Sir, ist weder fair noch amüsant. Ich kann es nur einem Mangel an Erziehung zuschreiben. Also jetzt raus damit!

MANN: Raus mit was? Ich hab' es vom Teufel selbst, daß Engländerinnen leicht zu Fall zu bringen sind, während Engländer in fast jeder Hinsicht die unmöglichsten Schwierigkeiten machen.

DESMOND: Ich dulde keine Bemerkungen zweifelhafter Art über die Frauen meines Landes, weder vom Teufel noch von sonst wem. Wollen Sie die Güte haben, sich sofort bei Oberst Ikonenko zu entschuldigen, und wenn Sie die Soldaten tatsächlich betäubt haben, so fordere ich Sie auf, sie ohne Verzug wieder zu Bewußtsein zu bringen.

MANN: In meinem endlosen Leben bin ich noch nie so tyrannisiert worden! Warum soll ich mich bei Ikonenko entschuldigen? Er hat mich beschimpft, und ich bin sehr empfindlich. Was die Soldaten betrifft, so sind sie nicht betäubt, sondern schlafen.

DESMOND: Dann wecken Sie sie auf. Wenn sie noch lange schlafen, werden sie ihren Nachmittagstee versäumen, was Ikonenko betrifft, so müßte Ihr Ehrgefühl, soweit vorhanden, Ihnen sagen, daß ein gewaltiger Unterschied besteht zwischen einem Offizier, der seine Pflicht tut, und einem Kerl, der mit scharfer Munition im Leibe hier herumclownt und sich weigert, nachzugeben.

MANN: Nein, ich werde mich nicht entschuldigen. Im Augenblick schmolle ich.

DESMOND: Dann bleibt mir keine andere Wahl, als Sie in Untersuchungshaft zu nehmen. *(Zu seinen Kollegen)* Sind Sie einverstanden?

WESLEY: Na ja, wenn's sein muß, aber nicht sehr. Sagen Sie mal, wie machen Sie das bloß alles? In Chicago, in den zwanziger Jahren, hätten Sie eine große Zukunft gehabt.

MANN *(lacht)*: Hätte ich eine große Zukunft gehabt. Für einen bloßen Sterblichen bringen Sie die Zeiten ganz schön durcheinander! Was Sie meinen, ist, daß ich eine große Vergangenheit hatte. *(Mit amerikanischem Gehabe)* Habe mit Al Capone viele Dinger gedreht. War dabei, als sie Dillinger umlegten.

WESLEY: Also, das glaube ich Ihnen nicht.

DESMOND: Gleich werden Sie uns in Ihrer verantwortungslosen Art erzählen, daß Sie dabei waren, als Cäsar den Rubikon überschritt.

MANN: Nein, ich war nicht dabei. Allerdings konnte ich Cäsar auch nicht leiden, und wenn ich Leute nicht mag, dann können sie mir gestohlen bleiben. Was machen Sie denn? *(Desmond läutet)*

DESMOND: Ich klingle nach Sergeant Daniels.

MANN: Sie haben ja gesehen, was vorhin passiert ist. Die Leute schlafen alle.

DESMOND: Wenn ich klingle, werden sie schon kommen.

AIMÉ: Erzählen Sie uns etwas über das Schloß.

DESMOND: Ich rate Ihnen, sprechen Sie nicht mit dem Kerl.

AIMÉ: Ich möchte es aber gern wissen. Sehen Sie, ich finde auch, wir sollten ihn verhaften, aber ich glaube nicht, daß wir es können.

MANN: Bravo! Das Schloß? Ja. Ich werde euch hinführen, wenn ihr sehr, sehr brav seid.

DESMOND: Wenn ich gehe, dann gehe ich allein.

MANN: Sie werden nicht hineinkommen. Sehen Sie, es ist kein Schloß wie andere. Es ist ein Zauberschloß.

(Ein A. T. S.-Mädchen, bildschön, aber sehr steif und korrekt, erscheint in der Tür. A. T. S. = Auxiliary Territorial Service: Weibliche Hilfstruppen der britischen Territorialarmee)

MÄDCHEN: Sie haben geläutet, Sir?

MANN *(entsetzt)*: Du? Hier?

DESMOND: Wer, zum Kuckuck, sind Sie?

MÄDCHEN: Soldat Donovan. Ihr neuer Fahrer, Sir. Melde mich zum Dienst.

DESMOND: Ich hab' Ihnen ja gesagt, daß jemand kommt, wenn ich klingle. Aber sagen Sie mir mal, was ist denn mit dem Soldaten Nash los?

MÄDCHEN: Krank geschrieben, Sir.

MANN *(heftig)*: Warum bist du gekommen? Grade als ich so schön im Zug war!

DESMOND: Donovan. Kennen Sie diesen Mann?

MÄDCHEN *(traurig)*: Ja, Sir.

DESMOND: Wer ist er?

MÄDCHEN: Ich kenne ihn schon jahrelang, Sir.

DESMOND: Äh? Woher?

MÄDCHEN: Überall her.

DESMOND: Jahrelang? Wie viele Jahre?

MÄDCHEN: Ungefähr sechstausend.

DESMOND: Donovan, ich muß Sie verwarnen. Ich bin nicht zu Späßen aufgelegt.

MÄDCHEN: Ich sage die Wahrheit, Sir. Ich habe den Wagen vorgefahren.

DESMOND: Wozu denn?

MÄDCHEN: Um Sie zum Schloß zu fahren.

DESMOND: Ich habe ihn ja gar nicht bestellt.

MÄDCHEN: Sie wollten es aber doch, Sir.

DESMOND: Aber Sie haben ja noch nicht mal meine erste Frage beantwortet. Wer ist dieser Kerl?

MÄDCHEN: Er ist ein alter Feind von mir. *(Neuer Gedanke)* Im Schloß werden Sie reichlich Zeit haben, ihn kennenzulernen, Sir.

MANN *(traurig)*: Kommst du auch mit?

MÄDCHEN: Ich fahre euch hin.

MANN: Mein Spaß ist vorbei.

AIMÉ: Spaß? Was für ein Spaß?

MÄDCHEN *(sieht Ikonenko, der immer noch in einem desolaten Zustand ist)*: Oh, der arme Oberst! *(Sie nimmt ihn auf den Schoß und schaukelt ihn, wobei sie ihm Riechsalz unter die Nase hält, das sie aus ihrer Tasche genommen hat)*

DESMOND: Donovan, wollen Sie so freundlich sein, den Oberst abzusetzen und mich zuerst mal über Sie und dann über diesen Mann zu informieren.

MÄDCHEN *(lächelt)*: Wie geht es Ihren Hunden, Sir, Räuber, Donnerkeil und Schwarzer Schrecken?

DESMOND: Gut in Schuß, danke Ihnen, nach allem, was ich höre. Woher wissen Sie von ihnen?

MÄDCHEN: Ach, Oberst Breitenspiegel, es war falsch von Ihnen, dem Psychoanalytiker Ihrer Frau zu vertrauen.

WESLEY: Wieso?
MÄDCHEN: Er nutzt Ihre Abwesenheit aus. Gestern abend ging er mit Ihrer Frau in einen Nachtclub und hinterher –
WESLEY *(springt mit einem Schrei auf)*: Was!
MANN: Spielverderber!
MÄDCHEN: Und Sie, Oberst Frappot. Es war eine Sünde von Ihnen, dem Bürgermeister zu erzählen, daß Ihre Frau mit einem Spediteur lebt, während Sie mit einer Schauspielerin leben. Es stimmt, daß Sie mit einer Schauspielerin leben, aber Ihre Frau ist Ihnen bis zum heutigen Tage völlig treu und hofft...
AIMÉ *(nicht überrascht)*: Manchmal lügt man ein bißchen, um sein Gewissen zu beruhigen – und dann, mir erschien die Treue meiner Frau schon immer so peinlich unfranzösisch.
MÄDCHEN: Oder war sie Ihnen nur peinlich?
AIMÉ: Auch das ist möglich.
IKONENKO *(richtet sich auf)*: Wo bin ich?
MÄDCHEN *(geht zu ihm)*: Sie waren sehr unartig, Oberst Ikonenko. Auf einen Menschen zu schießen!
IKONENKO: Ist er tot?
MÄDCHEN: Nein.
IKONENKO *(krümmt sich)*: Ich habe versagt! Ich habe versagt!
MÄDCHEN: Nein, lieber Oberst, das haben Sie nicht.
IKONENKO: Mein Leben ist zu Ende. Ich muß nach Moskau fahren und ein Geständnis ablegen.
MÄDCHEN: Sie kommen mit uns zum Schloß.
IKONENKO: Zum Schloß...
MÄDCHEN: Ja, um Dornröschen zu besuchen.
DESMOND: Was ist das?
MÄDCHEN: Ja, Sir, es ist das Schloß, in dem Dornröschen seit hundert Jahren schläft.
DESMOND: Donovan, ich muß Sie verwarnen. Sie sind sicher ein ausgezeichneter Fahrer, aber ich verbiete Ihnen, aufzuschneiden.
WESLEY: Aufzuschneiden!
AIMÉ: La Belle Au Bois Dormant.
DESMOND: Was?
AIMÉ: Dornröschen.
IKONENKO: Tschaikowsky.
AIMÉ: Ja, aber, wer sind Sie, Fräulein Donovan?

DESMOND: Reden Sie sie einfach mit Donovan an, Aimé. Sie ist im Dienst.

AIMÉ: Sie ist zu schön für solche Vertraulichkeiten, zumindest am Anfang... Liebes Fräulein Donovan, bitte sagen Sie uns, wer sind. *(Das Mädchen sieht sich einen Augenblick lang ratlos um)*

MANN *(beleidigt)*: Jetzt kannst du's ihnen schon sagen. Das Unglück ist geschehen. Und schuld bist du, du albernes unsterbliches Luder.

MÄDCHEN *(lächelt strahlend)*: In der sichtbaren Welt habe ich viele Namen. In grauer Vorzeit war ich der Engel, dem die schmerzliche Pflicht auferlegt war, Adam und Eva aus dem Paradies zu vertreiben. *(Mit bitterer Reue)* Oh, wäre ich nur zuerst dort gewesen, ich hätte sie warnen können...

MANN *(spöttisch)*: Aber du warst nicht zuerst da.

MÄDCHEN *(traurig)*: Ich war es nicht. Und in der Welt der Träume und Märchen nennt man mich die Gute Fee.

AIMÉ *(leise)*: Und wie sollen wir Sie nennen?

MÄDCHEN *(zuckt die Achseln und lächelt bezaubernd)*: Donovan.

MANN *(pikiert)*: Na... Will niemand wissen, wer ich bin?

DESMOND: Wir haben Sie andauernd danach gefragt. Ich kann es nur als bezeichnend für Ihren Charakter ansehen, daß Sie erst durch Donovans gutes Beispiel zu einem Bekenntnis veranlaßt wurden. *(Beiseite)* Einen rauf, Donovan.

MANN *(spöttisch)*: Gutes Beispiel, ach du heiliger Bimbam! Auch ich habe viele Namen in der überspannten Welt der Dinge, Fakten und Zahlen. In grauer Vorzeit errang ich meinen ersten Sieg über Donovan und zwar in demselben Paradies, wo ihr zum ersten Mal klar wurde, mit wem sie es zu tun hatte. Ja. *(Rachsüchtig)* Ich war die Schlange, die Eva den verbotenen Apfel gab. Der Teufel war nicht da. Die Bedeutung des Augenblicks war ihm entgangen. Seitdem kämpfen Donovan und ich um die Zügel des wackligen Gefährts, das man die Menschheit nennt – ein Gefährt, in dem alle Lebenden sich stoßen, auf der harten Straße, die sie fahren. Ich kann verführen, und Donovan auch, und Sie, meine Herren, bilden den Schauplatz unserer Kämpfe. Sie und Eva und Dornröschen, und alle Völker und Träume der Welt. *(Plötzlich schmerzzerrissen)* Und Sie haben die herrliche Möglichkeit, zu wählen...

AIMÉ: Wählen? Warum glauben Sie, daß uns das solches Vergnügen machen würde? Ich persönlich begrüße eine Flucht in diese Welt der

Träume und Märchen, wo Donovan ihren prosaischen Namen einbüßt und zur Guten Fee wird. Sie haben uns noch nicht verraten, mon serpent, wie Sie in jener süßeren Welt heißen?

MANN: Ich? *(Ein lautes fröhliches Lachen, gefolgt von einer schwungvoll übertriebenen Geste)* Dummer Junge, ich bin die Böse Fee!

VORHANG

ZWEITER AKT

Innerhalb des Schlosses. Wenn der Vorhang aufgeht, ist alles dunkel. Zu hören ist nur ein Ton, den man für Musik halten kann, tief, geheimnisvoll und atmosphärisch. Bäume bewegen sich und seufzen. Das Geräusch eines Autos ist zu hören. Bremsen quietschen. Türen schlagen. Ein Gewirr von Stimmen

WESLEYS STIMME: Los, kommt, hier hinein.

AIMÉS STIMME: Au!

DESMONDS STIMME: Was ist denn? Oh, verdammt!

IKONENKOS STIMME: 'ne Stufe, zwei Stufen, ai!

(Eine Taschenlampe leuchtet auf)

WESLEY *(eingeschüchert)*: Könnt ihr was erkennen?

(Während die Obersten hereinkommen, leuchtet Wesley mit seiner Taschenlampe die Szene ab, die nichts enthüllt außer einem beängstigend großen, sich bauschenden Schleiervorhang)

WESLEY: Bißchen unheimlich.

BÖSE FEE: Sie haben's ja so gewollt.

DESMOND: Kann man hier kein Licht machen?

BÖSE FEE: Wie soll ich denn hier Licht machen können?

DESMOND: Na, durch Zauberei.

BÖSE FEE: Sie geben also zu, daß es so etwas gibt?

DESMOND: Einem geschenkten Gaul sieht man nicht ins Maul.

(Die Vorderbühne wird heller)

IKONENKO *(seine Augen leuchten)*: Sieht nach einem Schloß aus, wo Juwelen versteckt sind.

AIMÉ: Hab' ich richtig gehört? Der Repräsentant des Volkes hofft, Juwelen zu finden?

BÖSE FEE: Der Repräsentant des Volkes hat einer deutschen Herzogin eine diamantenbesetzte Armbanduhr gestohlen.

IKONENKO: Das ist eine Lüge. Ich hab' sie getauscht gegen eine sowjetische Kuckucksuhr.

AIMÉ: Wohin wollen Sie uns jetzt führen?

BÖSE FEE: Eigentlich seid ihr doch große Kinder, alle vier. Ihr würdet viel lieber alles selbst erforschen, als euch irgendwas zeigen lassen, was?

WESLEY: Na klar – jedenfalls was mich betrifft.

BÖSE FEE: Na, dann los. Und wenn ihr nichts gefunden habt, dann werd' ich euch alles zeigen, was ihr wissen wollt.
WESLEY: Also los, Jungs.
DESMOND: Und wo bleiben Sie inzwischen? Sie werden uns doch hier nicht allein lassen?
BÖSE FEE: Wir werden nicht. Ich möchte nur ein paar Worte mit Donovan reden.
DESMOND: Ich habe Ihr Wort?
GUTE FEE *(kommt herein)*: Sie haben mein Wort.
DESMOND: Das genügt mir, Donovan.
IKONENKO: Ich werde es mit den Dielen probieren ... *(Sie gehen)*
GUTE FEE: Du willst mit mir sprechen? Warum?
BÖSE FEE: Ich weiß kaum, wo ich anfangen soll. Seltsam bei jemandem wie mir, nicht?
GUTE FEE: Du willst doch nicht etwa aufrichtig sein?
BÖSE FEE *(wendet den Blick ab)*: Doch. Beschämend, nicht wahr? *(Pause)* Siehst du, auf irgendeine merkwürdige Weise rühren mich diese vier Idioten ...
GUTE FEE: Was soll denn das wieder für ein Trick sein?
BÖSE FEE: Mein liebes Kind, wenn ich Tricks anwenden wollte, dann würde ich das in der üblichen Weise tun. Für Neuerungen bin ich zu alt, zu festgefahren. *(Leiser)* Soweit es mir überhaupt gegeben ist, aufrichtig zu sein, meinte ich es wirklich so.
GUTE FEE: Wie kann es sein, daß diese Vier dich gerührt haben, wo du doch rücksichtslos über Leichen, ja sogar über Sterbende gegangen bist? Wo du doch während unserer ganzen Unsterblichkeit dein schlafloses Dasein damit verbracht hast, dich an Elend und Laster zu weiden?
BÖSE FEE: Das ist es ja eben. Ich fange an, müde zu werden. *(Pause)* O Donovan, wenn du wüßtest, wenn du ahnen könntest ...
GUTE FEE: Was?
BÖSE FEE: Wie ich mich danach sehne, eine gute Tat zu tun!
GUTE FEE: Ssst! *(Nervös)* Gib acht, was du sagst ...
BÖSE FEE: Ich bin schon ganz tollkühn geworden. Manchmal kann ich's einfach nicht ertragen, das zu tun, was auf der Hand liegt. Ich bin so perfekt im Bösen, daß es keinen Reiz mehr für mich hat. Ich möchte neue Welten erobern. Ich träume davon, eines Tages ein Leben zu retten ... oder mindestens einmal jemandem die Treue zu halten. Kannst du das verstehen?

GUTE FEE: Nur zu gut! Wenn du wüßtest, wie diese abgeschmackte unmenschliche Güte anfängt, mir zum Halse herauszuhängen! Vollkommenheit ist eine abgestandene Sache. O Schlange, ich sehne mich danach, schlecht zu sein. Wenigstens ein einziges Mal.
BÖSE FEE: Jetzt könnte ich fast vergessen, wer ich bin, und mich verlieben.
GUTE FEE: In mich? Doch wohl kaum.
BÖSE FEE: Doch. Ein Kuß würde mir Frieden geben für Jahrhunderte. Von deinen Lippen könnte ich ein wenig Güte trinken, und sie würde durch die Jahre fortleben und den Geist mit Süßigkeit erfüllen. Und der leere Raum, den ich mein Herz nenne, wäre dann der Erinnerung wert.
GUTE FEE: Und ich könnte das Gift deiner Zunge spüren. Die Traurigkeit der Welt überfiele mich wie ein stechender Schmerz, und ich würde mich einen Augenblick in der tödlichen Blässe deiner Augen verlieren. Dann würde ich jenes bittere Etwas schmecken, das Wirklichkeit heißt. *(Sie stehen sehr nahe beieinander)* Wagen wir es?
BÖSE FEE *(aus tiefster Herzensnot)*: Nein!
GUTE FEE *(löst sich von ihm)*: Es war ein dummes Spiel.
BÖSE FEE: Wenn die Extreme aufeinanderprallten, so würden sie alles Leben vernichten. *(Gefaßt und bitter)* Wir müssen unsere Pflicht tun.
GUTE FEE: Wie ich die Sterblichen beneide.
BÖSE FEE: Sie können zwischen uns beiden wählen. Wir haben keine Wahl.
GUTE FEE: Wir müssen zu unseren vorbestimmten Aufgaben zurückkehren. *(Pause)*
BÖSE FEE *(sanft)*: Donovan ...
GUTE FEE: Mm?
BÖSE FEE: Wäre es Pflichtverletzung, wenn wir uns einigten, einmal nicht einzugreifen?
GUTE FEE: An was denkst du?
BÖSE FEE: An die vier Idioten.
GUTE FEE: Es sind gute Menschen.
BÖSE FEE: Idioten.
GUTE FEE: Du meinst, wenn wir ihnen die Prinzessin zeigen, dann soll jeder auf seine Art versuchen, ihre Liebe zu erwecken, ohne daß wir uns einmischen?
BÖSE FEE: Ja.

GUTE FEE: Ist das denn möglich? Wie können die Menschen ohne Gut und Böse auskommen? Dann gäb es ja für sie auch keine Freude am Pläneschmieden mehr, keine Möglichkeiten zu wählen.

BÖSE FEE: Aber Liebe ist stärker als die Freiheit der Wahl. Die Liebe hat uns beide schon zum Gespött gemacht. Erinnerst du dich unserer Kämpfe um Romeo und Julia, um Paolo und Francesca, diese ganze Gesellschaft von sternengleichen Liebenden, die uns entkamen und einen reinen und beneidenswerten Tod fanden? Liebe ist unser einziger gemeinsamer Feind.

GUTE FEE: Die Liebe ist mein Freund.

BÖSE FEE: Fleischliche Liebe?

GUTE FEE: Vergeistigte Liebe.

BÖSE FEE: Und die Liebe, die zum Selbstmord führt? Nein, mein Kind, wir wissen nicht, woran wir mit der Liebe sind. Schließlich hat sie selbst uns beide beeinflußt... Du bist das Gewissen, ich das primitive Verlangen. Wir mögen um die Herzen kämpfen..

GUTE FEE: ... aber keiner von uns kann den Kampf je gewinnen.

BÖSE FEE *(gequält)*: Das dürfen diese armen Sterblichen nie erfahren. Das ist unser schreckliches Geheimnis...

GUTE FEE: Aber werden wir es fertigbringen, uns nicht einzumischen?

BÖSE FEE: Du meinst, ob ich es fertigbringe?

GUTE FEE *(scheu)*: Ja...

BÖSE FEE: Ich werde versuchen, artig zu sein. Mehr kann ich nicht versprechen.

GUTE FEE *(zärtlich)*: Nein, das kannst du nicht...

(Sie macht instinktiv eine Bewegung auf ihn zu, geht jedoch von ihm weg, da man die Stimmen der Obersten hört. Die vier Obersten kommen zurück)

WESLEY: Das reinste Labyrinth.

AIMÉ: Welcher Stil ist das Ganze?

BÖSE FEE *(in Gedanken, in zärtlicher Betrachtung der Guten Fee versunken)*: Modern...

AIMÉ: Was?

BÖSE FEE *(kommt zu sich)*: Oh, ich bitte vielmals um Entschuldigung. Verhältnismäßig modern. Dreizehntes Jahrhundert. Das Schloß wurde erbaut von Otho, dem ersten Großherzog von Burg zu Burg-Burg von Herzogenburg. Ein reizender Mensch.

GUTE FEE: Ein Vieh.

BÖSE FEE: Sein Nachfolger Willibald, ein verhältnismäßig schwächlicher Junge von zwei Meter zehn, war ein ausgesprochenes Scheusal.

GUTE FEE: Er befreite mich von einem großen Teil meiner Sorgen.

BÖSE FEE: Ja, er war der erste, der einen Keuschheitsgürtel mit einer Art primitivem Sicherheitsschloß ausrüstete.

IKONENKO: Dürfen wir auch ein paar andere Zimmer sehen?

BÖSE FEE: Mehr als das. Sie werden Dornröschen sehen. Sie wird bald aufwachen.

AIMÉ: Aber im Märchen heißt es doch, sie wird erst aufwachen, wenn der Königssohn sie küßt. Nach hundert Jahren.

BÖSE FEE: Euch zu Gefallen wird sie vorübergehend erwachen. Nachher muß sie wieder schlafen. Außer natürlich, Sie haben Erfolg.

IKONENKO: Erfolg?

WESLEY: Na, worauf warten wir dann noch? Ist sie scharf?

BÖSE FEE: Ist sie was?

WESLEY: Hat sie das gewisse Etwas?

BÖSE FEE: Was?

DESMOND: Ist sie attraktiv?

AIMÉ: Est-ce qu'elle a du chien?

BÖSE FEE: Du chien?

IKONENKO: Hat sie sexuelle Anziehungskraft?

DESMOND: Verdammt rüde, dieser Bursche.

BÖSE FEE: Ich muß Sie jetzt alle bitten, sich absolut ruhig zu verhalten. Der nächste Schritt ist mit großen technischen Schwierigkeiten verbunden. Keine Zeit, das jetzt zu erklären ... Donovan!

(Die beiden Feen stehen mit dem Rücken zum Publikum und heben ihre Arme. Daraufhin wird die Bühne dunkel, während eine kalte, gläserne Musik ertönt. Wenn es wieder hell wird, sieht man das Proszenium eines Hoftheaters aus dem frühen 19. Jahrhundert. Es ist überladen und golden, mit der ganzen symbolischen Ornamentik dieser Art Architektur. Links eine kleine Königsloge, darin der König und die Königin, schlafend. Der König lehnt betrunken über der Brüstung. Die Königin sitzt zurückgelehnt, schlafend, mit entsetztem Gesichtsausdruck. Rechts eine Loge, leer. Auf der Bühne ein phantastisches und außerordentlich kunstvolles Bett, in dem die verschleierte und zarte Gestalt Dornröschens liegt. Musik aus)

IKONENKO *(plötzlich von etwas Wunderbarem berührt)*: Es ist genau, wie ich es mir immer vorgestellt hatte.
AIMÉ: Nein es ist genauso, wie ich es oft auf Bildern gesehen habe, und daher nicht, wie ich es mir immer vorgestellt hatte. Der Geist Frankreichs ist der Geist des Mißtrauens.
DESMOND: Zum Philosophieren ist später noch Zeit. Donovan, erklären Sie mir das, bitte.
GUTE FEE: Jawohl, Sir. Wir befinden uns im Hoftheater König Florestans des Vierundzwanzigsten, einem Anbau aus dem Jahre 1816. Trotz des Vorhandenseins einer Königin, die Sie da oben schlafen sehen, stand er in ... in morganatischen Beziehungen zu einer Schauspielerin.
BÖSE FEE *(lacht spöttisch)*: Er liebte es, sich König zu nennen. In Wirklichkeit war er nur Großherzog.
GUTE FEE: Es geschah heute vor hundert Jahren. Es war Auroras Geburtstag, und ich war unter den Gästen. Mein Freund hier, Carabosse –
DESMOND: Wer?
BÖSE FEE: Ich. Carabosse. Nicht mein richtiger Name. 'ne Art Künstlername.
DESMOND: Ach so. fahren Sie fort, Donovan.
GUTE FEE: Carabosse stand begreiflicherweise nicht im Gästebuch des Königs, und so wurde er nicht zu der Taufe –
IKONENKO: Aber diese Geschichte kennt ja jedes Kind!
DESMOND: Schon möglich, aber es gibt eben noch ein paar Obersten, die sie nicht kennen. Donovan.
GUTE FEE: Er beschloß, sich zu rächen, und schleuderte daher einen furchtbaren Fluch gegen das Königshaus.
WESLEY: Was Sie nicht sagen!
GUTE FEE: Der Fluch besagte, daß Aurora sterben würde, wenn sie sich jemals mit etwas Spitzem in den Finger stechen sollte. Natürlich ließen wir nichts an sie herankommen, das auch nur im entferntesten spitz war. Alles ging gut, bis zu jenem Tag. *(Bescheiden und zurückhaltend)* In meiner unendlichen Unschuld ...
BÖSE FEE *(gackernd)*: Bravo!
GUTE FEE: In meiner unendlichen Unschuld verfaßte ich ein Theaterstück, ein Schäferspiel in hübsch gereimten Versen, sanft und lieblich wie der erste Morgenstrahl ...
BÖSE FEE: Süßlich wie Türkischer Honig.

GUTE FEE: – und darin kam törichterweise ein Spinnrad vor. Aber es war ja nur ein Spiel, eine kleine Unterhaltung, Schein – nicht Wirklichkeit. Die Spindel war aus zusammengedrehtem Silberpapier und hätte nicht einmal einer Fliege weh tun können. *(Reumütig)* Ich ahnte ja nicht, daß der Haushofmeister, der jetzt hinter den Kulissen schläft – ich konnte ja nicht ahnen, daß er unzuverlässig war. Er war mit der Regie beauftragt worden, und er ersetzte die Papierspindel durch eine...

WESLEY *(mitfühlend)*: O nein, sagen Sie bloß das nicht!

GUTE FEE: – durch eine richtige.

WESLEY *(qualvoll)*: O nein, o nein.

GUTE FEE: Der Rest der Geschichte wird Ihnen ja klar sein.

IKONENKO *(in seinem gewöhnlichen Warnton)*: Es ist aber etwas anders als in dem Ballett.

GUTE FEE: Die Dinge sind oft etwas anders. Aurora stach sich im dritten Akt in den Finger, gerade als der ganze Hof von ihrer vollendeten Reinheit entzückt war. Sie starb. Ich rief sie wieder ins Leben zurück, aber sie fiel in einen tiefen Schlaf, und nun liegt sie hier...

BÖSE FEE: Der Rest ist eure Sache.

WESLEY: Was können wir tun?

BÖSE FEE: Ihr Herz gewinnen. Verführt sie, wie ich Eva verführt habe – allerdings sag' ich euch gleich, eure Aufgabe wird viel schwieriger sein, da sie noch nicht verheiratet ist.

WESLEY: Die wird uns doch nicht angucken.

BÖSE FEE: Warum denn nicht?

WESLEY: Na, sehen Sie mich an, zum Beispiel. Und ich brauch' sogar noch 'ne Lesebrille.

BÖSE FEE: Meinen Sie nicht, daß nach einem langen parfümierten Dasein, in dem Schönheit etwas Alltägliches geworden ist, ein kurzsichtiger Mann Seltenheitswert haben und folglich eine liebliche Erscheinung sein kann?

WESLEY: Was? Ich eine liebliche Erscheinung? Das ist weibisches Gerede. Ich schlag' Sie kurz und klein, wenn Sie...

(Wesley nimmt eine drohende Haltung ein. Die Böse Fee hebt die Hand, und Wesley ist festgebannt, in kriegerischer Unbeweglichkeit. Während die anderen Wesley anstarren, fährt die Böse Fee ungerührt fort)

BÖSE FEE: Oder vielleicht zieht Aurora auch den spärlichen rötlichen Bartwuchs von Oberst Rinder-Sparrow vor, oder den knoblauchduftenden Atem von Oberst Frappot, oder die großporige Nase des Oberst Ikonenko. Im Märchenland sind solche Dinge so selten wie Radium.

(Die Gute Fee erblickt Wesley)

GUTE FEE *(verärgert)*: Carabosse!

(Sie pustet Wesley sanft an, und er ist vom Banne befreit. Die anderen scharen sich um ihn)

DESMOND: Alles in Ordnung, alter Bursche?

BÖSE FEE *(zur Guten Fee)*: Ob wir sie jetzt zu ihr lassen, was meinst du?

GUTE FEE *(zur Bösen Fee: wie zwei Lehrer, die die Zukunft ihrer Schüler erörtern)*: Es kann ja wohl nichts schaden, solange sie sie nicht anfassen.

(Die vier Obersten klettern mühsam auf die Bühne)

GUTE FEE: Was machen wir jetzt?

BÖSE FEE *(grausam)*: Warum fragst du mich?

GUTE FEE: Das Böse tut immer den ersten Schritt.

(Wesley stößt den üblichen leisen Pfiff aus)

GUTE FEE: Siehst du. Ich bin nur diejenige, die dich hindert, deine Ziele zu erreichen.

BÖSE FEE: Manchmal.

GUTE FEE *(traurig)*: Manchmal...

BÖSE FEE: Übrigens, ich habe wirklich einen guten Einfall.

GUTE FEE *(voller Zweifel)*: Mm. Was denn?

BÖSE FEE: Wir werden die Theatervorstellung nach einer Pause von hundert Jahren einfach fortsetzen. Wir werden eine Vorstellung geben, die das zum Ausdruck bringt, was in der Phantasie der Obersten verborgen ist.

GUTE FEE: Verstehe ich nicht.

BÖSE FEE: Sieh sie dir an da oben, wie sie um sie herumlungern, wie Wölfe um den Schafstall. Für sie ist sie das Ideal. Jeder der vier sieht sie anders. Gemeinsam ist ihnen allen nur die Gier.

GUTE FEE *(leidvoll)*: Ja.

BÖSE FEE: Dann wollen wir jetzt Aurora vorübergehend zum Leben erwecken, und –

WESLEY *(ruft von der Bühne herunter)*: Hey, Feen, ich bin verliebt.

BÖSE FEE: Was hab' ich dir gesagt?

DESMOND: Sie ist verdammt anziehend. Eine liebliche englische Rose mit blondem Haar.

WESLEY: Blond? Ihr Haar ist rot, wie eine Flamme.
AIMÉ: Rot? Ihre Schönheit verkörpert den dunklen Mittelmeer-Typ, wie man ihn in Marseille findet.
IKONENKO: Dunkel? Eine typische Verdrehung der Tatsachen. Sie ist flachshaarig, wie die Bauernmädchen in der Ukraine. Ihr Gesicht verrät eine gefestigte Weltanschauung und das Verlangen nach baldiger Mutterschaft.
BÖSE FEE: Ihr seid alle verliebt in sie?
WESLEY *(mit grenzenloser Begeisterung)*: Na, sicher!
DESMOND: Ich muß sagen, sie hat eine Saite in mir berührt, die seit meiner Kadettenzeit nicht mehr erklungen ist.
AIMÉ: Ich weiß nicht, ob ich fähig bin, eine Liebe zu empfinden, die von den selbstsüchtigen Manövern des fleischlichen Verlangens frei ist. Ich bin jedoch kein Dummkopf. Ich würde gern mit ihr schlafen.
IKONENKO: Ich habe meinen Standpunkt in dieser Angelegenheit bereits zum Ausdruck gebracht.
BÖSE FEE: Also gut. Aber vorher, meine Herren ... *(Er geht zur Mitte der Bühne hinauf und winkt die Obersten zu sich. Geheimnisvoll)* Noch ein Wort über ...
(Die Böse Fee zeigt auf die Prinzessin. Es sieht so aus, als ob er den Obersten etwas Vertrauliches mitteilt. Sie drängen sich um ihn, in der Mitte der oberen Bühne, nahe der Fußrampe. Plötzlich fällt der Zwischenvorhang, so, daß die Obersten davor stehen. Die Böse Fee stößt ein gackerndes Gelächter aus. Die Obersten sind völlig überrascht und verärgert)
WESLEY: Hey, wo ist denn das Mädchen geblieben?
BÖSE FEE: Ihr werdet sie schon sehen, wenn ihr artig seid. *(Die Obersten mühen sich ab, durch den Zwischenvorhang zu dringen)* Nein, ihr könnt dort nicht durch, tut mir leid.
(Die Obersten kommen von der Bühne herunter)
AIMÉ: Also, was sollen wir jetzt tun?
BÖSE FEE: Ihr Interesse ist also geweckt.
AIMÉ: Und ob. Mein Leben ist ein Experiment gewesen. Ich habe alle Seitenpfade der Sinnlichkeit erforscht, und fast bin ich zu einer Überzeugung gelangt. Zu einer Überzeugung zu gelangen, war das letzte, was ich wollte.
GUTE FEE: Sie haben zu eifrig gesucht und eine falsche Überzeugung gewonnen!
AIMÉ: Daß wir Tiere sind, gequält von einem denkenden Hirn? Daß

es keine Schönheit gibt, die dauert, daß sie eine flüchtige Flamme ist, süß, aber in ihrer Süßigkeit schon getränkt von dem Wissen um den scheußlichen Nachgeschmack? Nein, meine Liebe, Existenz ist eine schreckliche Sache. Und Existenz ist Liebe.

BÖSE FEE: Dann beweisen Sie es jetzt. Aber werden Sie zuerst einmal der, der Sie schon in Ihren Kindheitsträumen immer sein wollten.

AIMÉ: Ich habe keine Illusionen. Ich wollte immer nur ich selbst sein.

BÖSE FEE: Haben Sie nicht wenigstens irgendeine Lieblingsepoche in der Geschichte?

AIMÉ: O ja. Das ist etwas anderes. Die Wende des siebzehnten Jahrhunderts, als Frankreich sich in der Sonne seines stolzen Herrschers spiegelte.

BÖSE FEE: Wollen Sie zuerst gehen?

AIMÉ: Wohin?

BÖSE FEE: Um Ihrem Ideal Ihre Liebe zu zeigen?

AIMÉ *(zaudernd)*: Hier?

BÖSE FEE: Auf der Bühne! Jetzt! Gehen Sie hinter die Bühne, dort finden Sie alles Nötige für Ihre geheimsten Träume.

AIMÉ: Und sie wird erscheinen?

BÖSE FEE: Als Ihr Ideal. Als Ihre Hoffnung. Als das, was Sie hinter sich zurückließen, als Sie zum ersten Mal eine Frau erlebten!

(Nach einem Augenblick des Zögerns erliegt Aimé der Versuchung und rennt nach der Seite ab)

BÖSE FEE: Musik!

GUTE FEE *(drängend)*: Oh, weck den Dirigenten nicht auf! Er bringt das Orchester nur durcheinander, wenn er wach ist. Er ist so hinfällig, der Arme!

BÖSE FEE: Was schlägst du vor?

GUTE FEE: Für das angehende achtzehnte Jahrhundert? Wecke Herrn Doktor Gimpel, den Harfenisten; Herrn Doktor Straubel, den Flötisten, und – Herrn Professor Kampff, den Violinisten.

BÖSE FEE *(ruft in das Orchester)*: Herr Doktor Gimpel, Herr Doktor Straubel, Herr Professor Kampff! Musik des achtzehnten Jahrhunderts, bitte! He Presto! He Lento, he Allegro – ma non Troppo!

(Unter den Palmblättern, die die Musiker abdecken, werden Lichter sichtbar. Das Licht im Hoftheater wird schwächer. Die Fußrampe geht an. Die drei Musiker stimmen ihre Instrumente)

DESMOND: Sagen Sie mal, was ist denn los? Sollen wir hier eine Theatervorstellung sehen? Und wenn ja, wozu?
BÖSE FEE: Als nächster kommen Sie dran.
DESMOND: Ich?
BÖSE FEE: Ja. Auch Sie werden auf der Bühne den verborgenen Teil Ihres Selbst darstellen, auf der Suche nach Ihrem Ideal. Jetzt setzen Sie sich.
WESLEY: Wohin denn?
BÖSE FEE: Hier hinein. *(Er zeigt auf eine der Logen seitlich der Bühne)* Ich werde hier sitzen – *(er zeigt auf die gegenüberliegende Loge)* – und du, mein Gutes, hier. *(Er holt einen vergoldeten Stuhl für die Gute Fee und stellt ihn vor seinen eigenen)*
GUTE FEE: Wie reizend von dir, mir einen Stuhl zu bringen.
BÖSE FEE: Ich widme ja so viel von meiner Zeit den oberen Klassen. *(Die Musik beginnt)*
IKONENKO: Ich begreife nicht, was diese Vorstellung beweisen soll.
BÖSE FEE: Würden Sie sich bitte ruhig verhalten! Schließlich sind Sie in einem Theater, meine Herren. Ich bitte um Ruhe, während wir Zeuge sind, wie die hüllenlose Seele eines gewissen Aimé Frappot dem flüchtigen Vogel nachjagt, der in seinem Herzen wohnt. Möge er ihn fangen!
WESLEY: Bevor wir beginnen – ist das irgend 'ne Art von Psycho-Spielchen?
(Die Böse Fee bringt ihn mit einer ungeduldigen Geste zum Schweigen. Der Zwischenvorhang hebt sich langsam. Die angedeutete Dekoration zeigt ein Interieur um 1700. Die Prinzessin sitzt an einem Toilettentisch, mit ihrem Gesicht beschäftigt. Sie ist im Korsett. Ihr schwarzes Haar hängt ihr tief in den Rücken. Ihre Perücke hängt auf dem Perückenständer)
DESMOND: Wer ist das?
GUTE FEE *(bezaubert)*: Die Prinzessin. Wie entzückend sie aussieht in diesem Kostüm.
IKONENKO *(laut)*: Das ist nicht die Prinzessin!
BÖSE FEE: Natürlich ist sie's, Idiot. Aimés Prinzessin.
PRINZESSIN *(nachdem die Musik aufgehört hat)*: Ei ja. Es ist erst elf Uhr am Morgen, und doch bin ich schon auf, denn wenn eine Frau von Welt sich einen Gatten zu wählen hat, empfiehlt es sich, früh aufzustehen. *(Sie pudert sich)*
IKONENKO: Elf Uhr vormittags ist spät, nicht früh.

BÖSE FEE: Ssst! Ihr Kollege ist dran.

PRINZESSIN: Gatte! Was für ein lästiges Ding ist doch ein Mann, wenn er den widerwärtigen Namen Gatte trägt! – Und doch, gäbe es keinen Gatten, so würden die kleinen Fehltritte, für die wir Frauen von Welt so schwärmen, der Würze ermangeln. *(Sie lacht)* Es stimmt, ich habe Häubchen mit Schleifen, so schöne Kleider wie irgend jemand in Paris, Perücken und Spielwerk und Flitterzeug, hübsche kleine Hunde, Mohrenknaben, um mir die Schokolade zu bringen, eine holländische Putzmacherin, einen italienischen Tanzlehrer, und alles, was Verwöhntheit sich nur wünschen kann. *(Melancholisch)* Und doch, es fehlt mir jetzt ein Liebhaber. Aber zuerst ein Gatte, denn ohne einen betrogenen Gatten ist der Liebhaber nur ein halbes Vergnügen. Doch still, es kommt jemand. Ich werde mich verstellen.

(Aimé tritt auf, ungeheuer romantisch im Kostüm der Zeit, und blinzelt den Zuschauern zu)

AIMÉ *(verbeugt sich tief)*: Mademoiselle, mich deuchte, dies hier sei ein Kaffeehaus.

PRINZESSIN: Ein Kaffeehaus, mein Herr? Ein Kaffeehaus? Wie konnten Sie denn auf eine solche Idee verfallen?

AIMÉ: Ich weiß es nicht, und es ist auch ganz einerlei. *(Beiseite)* Ich hatte Sie durch das Fenster erblickt, als ich mich auf der Suche nach einem Kaffeehaus befand. Die Lust auf den Kaffee verging mir.

PRINZESSIN *(beiseite)*: Ein dreister Galan, zu schade für einen Gatten. Ich werde vorgeben, ihn zu hassen. *(Zu Aimé)* Mein Herr, daß Sie sich auf der Suche nach einem Kaffeehaus befanden, daran zweifle ich nicht. Daß Sie jedoch eins gefunden haben, daran zweifle ich sehr. Nun ist bei einem Mann nichts abscheulicher als eine Natur, die wie ein Schmetterling stets hierhin und dorthin flattert, von Entschluß zu Entschluß, und deshalb, mein Herr, bitte ich Sie, wenn Ihnen an meiner Achtung gelegen ist: entfernen Sie sich und finden Sie ein Kaffeehaus.

AIMÉ *(beiseite)*: Daß heißt, sie liebt mich. *(Zu ihr)* Selbst wenn ich wüßte, Mademoiselle, daß im Kaffeehaus Reize wie die Ihren zu finden wären, würde ich nicht gehen, denn jeder Schritt, der mich von Ihnen entfernte, wäre Verdruß, und überdies, welcher Narr wäre zufrieden, Ihre Achtung zu erringen und sie dann nicht zu genießen?

PRINZESSIN *(beiseite)*: Ich zweifle, daß es meine Achtung ist, die er genießen will. O weh, als Gatte ist er zu schade, und als Liebhaber verfrüht! *(Zu ihm)* Fürchten Sie nicht, mein Herr, mich zu erzürnen?

AIMÉ: Nein, Mademoiselle, denn es ist à la mode, diejenigen nach außen hin zu verabscheuen, die man in Wirklichkeit aufs Kreuz legen möchte.

PRINZESSIN *(beiseite)*: Er spricht wie ein richtiger Gentleman. *(Zu ihm)* Dann, mein Herr, gehe ich nicht mit der Mode, denn wenn ich hasse, dann hasse ich, und damit basta.

AIMÉ *(beiseite)*: Ihre Liebe wächst mit jedem Satz. *(Zu ihr)* Dann, Madame, hat mein Hiersein einen doppelten Sinn.

PRINZESSIN: Nicht doch, nicht doch, warum sagen Sie auf einmal »Madame« zu mir?

AIMÉ: In Neckereien sind Sie dürftig bewandert, Madame, was darauf hindeutet, daß Sie erst kürzlich im Bette eines Gatten heimisch geworden und seines abgelebten Gesichtes auf Ihrem Kissen noch nicht müde sind.

PRINZESSIN *(beiseite)*: Jetzt könnte ich ihn lieben. Wär's besser, zu bekennen, daß ich Mädchen bin, oder seufzend zu sagen: »Weh mir, mein Herr, was Sie vermuten, ist wahr. Ich habe einen Gatten.«

AIMÉ *(beiseite)*: Seht, wie sie seufzt und stöhnt, und jede Hebung dieser Zwillingshügel scheint mir zu winken.

PRINZESSIN: Mein Herr, ich bin in der Tat mit einem Gatten geschlagen, und zwar mit einem so kläglichen und hirnlosen Wurm, wie nur je einer durch Mixturen am Leben erhalten wurde. An allem, was er berührt oder anhaucht – oder streichelt –, haftet der widerliche Gestank der Apotheke.

AIMÉ: Ha!

PRINZESSIN *(beiseite)*: Er ist bewegt.

AIMÉ *(beiseite)*: Ich will mich ihr nähern.

PRINZESSIN *(beiseite)*: Ei ja, wie süß ist doch das Los der Frauen, wenn es nicht elend ist. *(Zu ihm)* Sind Sie genug um mich herumgeschlichen, mein Herr?

AIMÉ *(beiseite)*: Sieh da, sie ist ungeduldig?

PRINZESSIN *(beiseite)*: Das also ist die Ruhe vor dem Sturm, die dann den Sturm um so genußreicher macht.

(Aimé packt sie. Die anderen Obersten erheben sich von ihren Sitzen, äußerst verblüfft)

PRINZESSIN: Ich werde schreien, mein Herr!

AIMÉ: Schnüren Sie sich auf, Madame, schnüren Sie sich auf!

PRINZESSIN: Ich werde Sie ohrfeigen, mein Herr!
AIMÉ: Das wird Musik in meinen Ohren sein!
PRINZESSIN: Ich mache Ihnen ein blaues Auge, mein Herr!
AIMÉ: Und ich werde Sie als Stern am Himmel sehen!
PRINZESSIN: Ich werde Sie backpfeifen, mein Herr!
AIMÉ: Das wird meine Glut nur steigern!
PRINZESSIN: Ich werde auf Ihnen herumtrommeln, mein Herr!
AIMÉ: Und ich werde es für die Schläge Ihres Herzens halten!
PRINZESSIN: Zu Hilf', zu Hilfe! *(Als er ihr beinahe schon den verhängnisvollen Kuß geraubt hat)* Mein Herr, ich bin eine Jungfrau!
DESMOND: Großer Gott!
AIMÉ *(gibt sie abrupt frei)*: Was? Was ist das?
(Die anderen Obersten beruhigen sich und nehmen ihre Plätze wieder ein)
PRINZESSIN *(schmollend)*: Ich hatte vorhin gelogen... eine kleine Lüge, mein Herr, um die Flamme der Leidenschaft recht zu entfachen.
AIMÉ *(mit distanzierter Heftigkeit)*: Das nennen Sie eine kleine Lüge, mein Fräulein? Die Gestalt eines Gatten zu erfinden, so voller vorzüglicher, anerkennenswerter ehelicher Laster, wie sie auch in den Millionen anderen dieser verfluchten Sippschaft vorhanden sind? Sie nennen es eine kleine Lüge, mich anzuspornen, in mir die Hoffnung auf Diebstahl zu nähren und dann mir zu eröffnen, daß Sie herrenlos sind? Eine kleine Lüge nennen Sie es, mir zu schmeicheln, indem Sie über einen nicht vorhandenen Gatten Skandal verbreiten?
PRINZESSIN *(beiseite)*: Wie finster er blickt! Ich muß ihn besänftigen, denn er ist ein recht hübsches Mannsbild und vielleicht zu gebrauchen. Ich werde ein wenig singen. *(Laut)* La-la-la. Heißajuchhei.
GUTE FEE: Oh, Gott sei Dank.
IKONENKO *(Ausbruch)*: Das ist nicht die Prinzessin! Wo sind ihre mütterlichen Tugenden?
DESMOND: Für unschuldig würde ich das Mädchen bestimmt auch nicht halten. Hält er sie denn dafür?
WESLEY: Die weiß genau Bescheid.
GUTE FEE *(seufzt)*: Ja, er hält sie dafür. Aber der verhängnisvolle Kuß ist vermieden worden. Das ist alles, was mich interessiert.
DESMOND: Aber Donovan, sind Sie sicher, es ist dasselbe Mädchen,

das da oben im Bett lag? Ich will zugeben, es besteht eine äußerliche Ähnlichkeit, aber ...

GUTE FEE: Es ist dasselbe Mädchen, Sir. Wenn Sie dran sind, wird sie Ihnen in einem anderen Licht erscheinen.

IKONENKO: Haben sie aufgehört? Ist es ihm mißlungen?

GUTE FEE: Ja, Carabosse. *(Sie springt plötzlich auf)* Wo ist er?

DESMOND: Wer?

GUTE FEE: Carabosse!

DESMOND: Er ist fort!

(Durchaus nicht. Er erscheint auf der Bühne, und zwar sieht er haargenau so aus wie die Beschreibung, die die Prinzessin von ihrem imaginären Gatten gab)

BÖSE FEE: So früh schon auf den Beinen, mein Liebling, mein Hühnchen, meine Puppe? Und hast du auch schon deine Schokolade getrunken, und hast du schon dein Menuett geübt und deine kleinen Liedchen gesungen, und hast du mir hübsche Sächelchen zu sagen? Hm? Eh?

GUTE FEE *(ein Schmerzensschrei)*: Ich wußte, er würde sich einmischen!

BÖSE FEE *(beiseite, zur Guten Fee)*: Meine Natur überwältigte mich!

GUTE FEE: Noch bin ich nicht geschlagen!

(Die Gute Fee rennt nach rechts ab)

AIMÉ: Potzblitz! Es ist ihr Vater!

BÖSE FEE: Potz Wetter! Ich bin ihr Gatte!

PRINZESSIN: Mein Gatte, sagt Ihr?

AIMÉ: Wie? *(Beiseite)* Also war ihre Lüge gar keine Lüge, sondern nur eine List, um meine Qual zu verlängern, und dann auch mein Vergnügen!

PRINZESSIN *(beiseite)*: Daß ich keinen Gatten habe, weiß ich gewiß, wenn ich auch ebenso gewiß bin, daß ich gern einen hätte. Dieser alte Narr ist häßlich genug – und blind genug, denn wenn er mich jetzt für seine Frau hält, dann wird er's auch später, oder ich werd's ihm eintränken.

BÖSE FEE: Ich bitt' Euch, Madame, sagt mir doch, wer ist jener Galan, der mit solch ernster und gründlicher Aufmerksamkeit die Wand zu betrachten scheint?

PRINZESSIN *(mit tiefer Verachtung)*: Das ist mein Eunuch, Monsieur.

BÖSE FEE: Ein Eunuch, Madame?

PRINZESSIN: Ja, ein Eunuch aus dem Ottomanischen Reich.

BÖSE FEE *(beiseite)*: Ei freilich, frisch von der Ottomane, möchte ich wetten. Ihr Haar ist aufgelöst, und er wendet den Blick ab, um seine Verwirrung zu verbergen. Ich werde ihn anreden. *(Laut)* Mein Herr! Mein Herr, sage ich!

AIMÉ *(falsett)*: Ich bin Euer Gnaden untertänigster Diener.

BÖSE FEE *(beiseite)*: 's ist also doch wahr. *(Laut)* Und ich der Eure, verlaßt Euch drauf.

(Die Prinzessin tut, als ob sie in Ohnmacht fiele)

PRINZESSIN: Oh! Mir wird schwach! Zu Hilfe!

BÖSE FEE: Mein Zierpüppchen! Meine Biene! Mein Birkhuhn! Mein Täubchen! Mein Regenpfeifer! Was fehlt dir?

PRINZESSIN: Mangel an Luft, Herr.

BÖSE FEE: Der, wie die Heilkunst lehrt, nichts weiter ist als übermäßiges Vakuum.

PRINZESSIN: Und ein Rauschen im Kopf, Herr.

BÖSE FEE: Aha! Ein Fall von Überschwemmung der Mentalität.

PRINZESSIN: Und ein Stillstehen des Herzens, Herr.

BÖSE FEE: Oder mangelnde Bewegung in den sentimentalen Regionen.

PRINZESSIN: Und ein Absterben der Hände, Herr.

BÖSE FEE: Ja, ja, eine Unzulänglichkeit der manuellen Starre.

PRINZESSIN: Und ein Schütteln der Glieder, Herr.

BÖSE FEE: Herrlich! Prächtig! Eine Unsicherheit im pedestralen Organ! Merk auf, meine Nachtigall, mein Eulchen, mein Nachtgeschirr. Ich eile, die Arznei zu holen.

(Er geht. Sofort fliegen die Prinzessin und Aimé einander in die Arme. Sie sind gerade im Begriff, sich zu küssen, als die Gute Fee eintritt, verkleidet)

GUTE FEE: Haltet ein!

AIMÉ *(fällt aus der Rolle, zögernd)*: Jeanette . . .

PRINZESSIN: Was war das für ein Name? *(Aimé läßt sie los)* Deine Frau?

AIMÉ: Meine Geliebte.

PRINZESSIN: Wie? Du hast eine Geliebte – und eine Frau? Oh, wie bin ich betrogen!

GUTE FEE: Deine Opfer werden immer jünger, und dies ist beim Manne das Zeichen des nahenden eisgrauen Winters.

AIMÉ: Eisgrau ist gut gesagt, Madame. Denn ein Mann ist gleich einem Schiff, das den Hafen verläßt. Im Anfang findet er sich auf den ruhigen Wassern des Lebens dahintreiben und verbringt die Zeit seiner Unschuld im Schutze der Hafenmauern. Dann erreicht er das Mannesalter und ahnt des Ozeans verlockenden Wellengang jenseits der Mole, und dann, wenn er älter wird, erweitert sich sein Horizont, bis er schließlich, ganz auf offenem Meer, den Glauben gewinnt, die ganze weite Wildnis des Wassers sei sein und all die Frauen in der Welt für ihn allein bestimmt. Darin liegt die Ironie des Lebens. Wenn er jung ist und noch nichts weiß, liebt er eine Frau, eine verspielte und grausame Frau. Wenn er alt ist und nicht mehr imstande, liebt er das ganze verfluchte Geschlecht. *(Mit würdigem Pathos)* Er hat das Land aus den Augen verloren...

PRINZESSIN: Nun denn, mein Herr, so kann ich Euch nicht lieben, denn eine unter zehn oder zwanzig zu sein, heißt mit der Mode gehen, aber nur als eine meines ganzen Geschlechts geliebt zu werden, grenzt an Kritiklosigkeit. Ich will nichts wissen von Euren Wellengängen und Wogen, mein Herr, von Euren Seegemälden und Meeresphantasien. Ich bin ein Landbewohner, mein Herr, und hiermit gehabt Euch wohl. *(Beiseite)* Wie hübsch ihm sein Kummer zu Gesicht steht, seine Stirn wölbt sich in edler Melancholie, sein Auge schmerzvoll aufgerissen. Jetzt könnt' ich ihn richtig lieben.

AIMÉ *(beiseite)*: Oh, wie ihr Nein mich sonst anspornen würde. Und dennoch –

GUTE FEE: Nun denn, so komm und bescheide dich mit einem altvertrauten Gesicht. Die Falten des Kummers hast du selbst darauf eingegraben. *(Aimé lächelt sie an)* Erkennst du deine Schrift auf meinen Wangen, dein Siegel ausgeprägt auf meinen Lippen? Und kannst du sehen, wie dein früheres Selbst sich in meinen Augen spiegelt?

AIMÉ: Du bist wie ein altes Lied, das halb vergessen.

GUTE FEE: Und wieder rasch erlernbar?

(Sie streckt Aimé ihre Hände entgegen, er ergreift und küßt sie. Die Prinzessin bricht in Tränen aus. Die Böse Fee tritt ein)

BÖSE FEE: Hier ist die Arznei, mein Brötchen, meine Zuckerschnekke, mein Liebesknochen...

(Die Situation wird ihm plötzlich klar, er fällt völlig aus der Rolle. Er wird böse, schreit)

BÖSE FEE: Vorhang! Herunter damit! Das Spiel ist zu Ende!

(Allgemeine Bestürzung. Der Zwischenvorhang fällt)

DESMOND: Was haltet ihr davon?
WESLEY: Ich hab' seine Motive nicht verstanden.
IKONENKO: Er hat sich ihr gegenüber wie ein Schwein benommen.
WESLEY: Warum wollte er denn, daß sie verheiratet ist?
DESMOND: Ich hab' ihn schon immer für einen Burschen gehalten, der die Frauen eigentlich satt hat, aber nicht die Finger davon lassen kann.
WESLEY: Ja, ja, aber das erklärt noch lange nicht, warum er so 'n frisches Mädel wegen der anderen im Stich läßt. Sie war um einiges älter.
DESMOND: Ja. Sie war ein bißchen angejahrt. Wie hat er sie genannt? Jeanette?
BÖSE FEE *(steckt den Kopf durch den Zwischenvorhang)*: Oberst Rinder-Sparrow. Wie sehen Sie sich selbst?
DESMOND: Eh?
BÖSE FEE: Was würde am besten Ihr romantisches Ich verkörpern?
DESMOND: Weiß der Himmel.
WESLEY: Sie sehen sich wahrscheinlich als Vorstehhund.
DESMOND: Sie brauchen sich gar nicht über Hunde lustig zu machen, Wesley. Es sind edlere Seelen als Sie oder ich.
WESLEY: O. K. Dann gehen Sie doch als einer da rauf. Treten Sie der Prinzessin als Dackel gegenüber.
DESMOND: Augenblick mal. Es gab da einen Burschen, der mich immer fasziniert hat.
BÖSE FEE: Wer?
DESMOND: Als ich ein Junge war und abends schon länger aufbleiben durfte, da hing gegenüber von meinem Stuhl ein Familienporträt. Und während meine Eltern sich über dies und jenes unterhielten, konnte ich meine Augen nicht von dem Bild losreißen...
BÖSE FEE: Wer war es?
DESMOND: Der erste der Rinders. Meine Mutter ist eine Sparrow, wissen Sie. Er war Privatsekretär des Hauskapellmeisters von Lord Burghley und starb im Frühling 1616 an einer Kolik...
BÖSE FEE: Wollen Sie bitte auf die Bühne kommen, Herr Oberst.
DESMOND: Wünscht mir Glück.
WESLEY: O nein. Das wünsch ich mir selbst.
DESMOND: Mit dieser Haltung werden Sie nicht weit kommen, Wesley.
(Er geht nach hinten)

BÖSE FEE *(ruft ins Orchester hinein)*: Orchester! Musik aus Englands goldenem Zeitalter!

(Eine Pavane beginnt. Aimé kommt von rechts, wieder in Uniform. Er scheint deprimiert. Die Böse Fee verschwindet wieder hinter dem Zwischenvorhang)

WESLEY: Ah, Aimé. Wir haben über die Motive diskutiert.

AIMÉ: Es ist mir nicht gelungen. Ich wußte, daß es so kommen würde.

WESLEY: Aber weshalb, zum Teufel, haben Sie darauf bestanden, daß sie verheiratet sein mußte?

AIMÉ: Ekelt es Sie nicht an, wenn Männer unseres Alters ihren Schatten auf Jugend und selige Unerfahrenheit werfen? Ich bin ein Liebhaber, Wesley, und kein Verderber.

WESLEY: Wollen Sie damit sagen, Sie haben selbstlos gehandelt?

AIMÉ: Es ist immerhin ein Trost, wenn Selbstsucht und Selbstlosigkeit auf dasselbe hinauslaufen. Es macht mir kein Vergnügen, Jugend zu verführen. Ich kann es nicht mehr ertragen, die Hoffnung in jungen Augen zu sehen. Diese Hoffnung auf Dauer – auf Ewigkeit. Sie blendet mich, und das Ergebnis ist, daß ich mich wie ein Narr aufführe. Ich lache gern über andere, nicht über mich.

IKONENKO: Aber wer ist Jeanette?

AIMÉ: Jeanette? Meine Freundin in Paris.

WESLEY: Die Schauspielerin?

AIMÉ: Die Schauspielerin. Sie ist nicht schön, aber sie ist traurig, und ich mag Traurigkeit. Außerdem ist sie zuverlässig. Nach unserem zweiten Kuß hatten wir keine Illusionen mehr, und unser dritter war leidenschaftlicher als der erste.

IKONENKO: Nichtsdestoweniger haben Sie alles darangesetzt, um die Prinzessin herumzukriegen.

AIMÉ: Ich frage, ob das stimmt.

IKONENKO: Ihre Haltung war für den Zuschauer völlig klar. Sie war klar und verwerflich.

AIMÉ: Ich bin so sehr gegen Enttäuschungen gewappnet, daß ich niemals mehr alles daransetze. Ich bin ein Mann. Sie ist schön. Man könnte sie mein Ideal nennen – und doch, da ich keine Ideale habe, war selbst meine Liebe schon vom Zweifel getrübt. Ich war fast erleichtert, als ich Jeanette wiedersah.

WESLEY: Sagen Sie mir mal, von Mann zu Mann, was bedeutet Ihnen eigentlich Jeanette.

GUTE FEE *(tritt auf)*: Was bedeutet wohl einem Mann sein Gewissen?

IKONENKO *(zu Aimé)*: Es ist mir unbegreiflich, Frappot, wie Sie sich als Lieblingsepoche das vorrevolutionäre Frankreich aussuchen konnten.

AIMÉ: Warum?

IKONENKO: Die Heuchelei, die die Revolution unabwendbar machte, war damals schon nur zu deutlich sichtbar.

AIMÉ *(lebhaft)*: Heuchelei? Bei Gott, damals sagte man, was man dachte, und man sagte es mit Witz.

IKONENKO: Witz ist unnötig.

AIMÉ: Das Leben auch.

IKONENKO: Nein, mein Freund, da irren Sie sich. Leben ist notwendig, denn ohne Leben wäre die Erde unbewohnt.

AIMÉ: Und wie angenehm wäre das.

IKONENKO: Das ist eine sehr anstößige Bemerkung.

GUTE FEE: Ganz meine Meinung.

IKONENKO: Ohne Bevölkerung gäbe es keine arbeitende Klasse. Das ist schon an sich ein hinreichender Grund dafür.

GUTE FEE: Und welchen Platz nimmt Gott in Ihrem Weltbild ein?

BÖSE FEE *(steckt den Kopf durch den Zwischenvorhang)*: Halt keine Wahlreden! Bitte um Ruhe. Das Spiel beginnt, diesmal hoffentlich mit befriedigendem Ergebnis.

GUTE FEE: Das hängt von dir ab.

(Musik aus. Die Vorderbühne verdunkelt sich. Der Zwischenvorhang hebt sich. Matt erhellter Korridor eines Schlosses. Man sieht Desmond, bärtig und in einem phantasievollen elisabethanischen Kostüm)

DESMOND: Der Tag neigt grämlich sich dem Ende zu
Und noch ist nichts erreicht. Vor meines Geistes Auge
Lebt fort ein Bild, so rein, empörend rein,
Daß ich nicht länger will Desmonio heißen,
Wenn ich's nicht stracks entweih'. Fünf graue Adler
Schrie'n heiser, als die Mutter mich gebar,
Und ihr zu Füßen lag, kraft eines Zaubers,
'ner Wespe Eingeweid. Der guten Mutter,
Die niederkam mit 'nem Zweimonatskind,
Schwanden die Sinne, sie verging vor Gram, und
Müde des finstern Tadels ihres Gatten

Verschied sie bald darauf. Dies alles waren
Die ersten Laute, die mein Ohr erfüllten,
Haß gegen alle Keuschheit weckten sie in mir.
So hab' ich nun, im fahlen Licht des Monds,
Voll Gier berannt 'ne illyrische Nonne!
»O mein Gelübde«, schrie sie, doch's war ohne Sinn,
Verlorne Jungfernschaft ist mein Gewinn.
(Trompeten. Er geht ab. Die Prinzessin tritt auf, schlafwandelnd. Sie ist blond, lieblich und verzweifelt elisabethanisch)

IKONENKO: Das ist schon eher die Prinzessin.

AIMÉ: Es ist lächerlich. Die hier hat kein Temperament. Das weiß ich schon jetzt.

IKONENKO: Wer ist diese illyrische Nonne?

WESLEY: Keinen Schimmer. Ich weiß nur, daß er kurz nach der Befreiung in Jugoslawien war.

(Die Prinzessin überquert schlafwandelnd die Bühne und geht ab. Desmond tritt von der entgegengesetzten Seite auf)

DESMOND: Die Parzen, jene grauenhaften Hexen,
Die mit dem Los des Menschen Tennis spielen,
Just eben haben sie 'nen Punkt gewonnen:
Hier ist Aurora, anverlobt der Keuschheit,
Jedoch beraubt all ihrer Anverwandten
Durch Gift im Wein des heil'gen Abendmahls.
Ich will zu ihr, solange noch ihr Herz
Geschwächt ist von dem Kummer.
Denn wenn's den Mann mit Macht zur Sünde zieht,
Regiert ihn Unzucht, sein Gewissen flieht!
(Er geht ab. Trompeten. Die Prinzessin kommt von der entgegengesetzten Seite)

PRINZESSIN: Ach, könnt' ich doch die ruhelosen Stunden
Eingehüllt in Vergessenheit durchleben!
Dann wär' mein Geist ein Wandrer,
wie's die Wolken sind
Inmitten unbekannter Sterne, ankerlos,
Und suchte Zuflucht jenseits aller Träume.
Logik ist mir verhaßt, und dieses Körpers Bau
Ist ein Gefängnis. Zweiglein sind die Finger,
Doch weich wie Blütenblätter. Diese Arme

Wie Straßen, die hoch in die Lüfte führen,
Fort vom geschmückten, allzu festen Fleisch,
Wonach die Männer lüsten. Diese Brüste,
Die niemals säugen werden, Wasserfällen gleich,
Die von der Wüstensonne ausgetrocknet,
Wie Augen sind sie, die sich leergeweint.
Dies Antlitz, Grundriß der Vollkommenheit,
Der Schönheit Abbild, wie ein Spiegel ist's,
Worin das Nichts, das drinnen wohnt, sich spiegelt.
Wie eine öde Kammer, Ruhestätte
Der Ungeborenen, ist dieser Leib,
Auf ewig unbewohnt, ein hallendes Gewölb',
Schatzkammer ohne Schätze, sternenlose Nacht.
Die Beine, schlanke Säulen, binden mich zur Erde,
Rastlose Wandrer auf verworr'nen Pfaden
Vom Dunkel der Geburt zum dunklen Sterben.
Nichts liegt dazwischen. – Ich bin's müd, zu atmen.
Umfang mich ganz, geduldige Erwartung,
Und, Tod, sei gnädig.

DESMOND *(tritt ein)*: Tod, sei gnädig,
Doch gnäd'ger erst das Leben.

PRINZESSIN: Wer ist es, der dort kommt? Bist du ein Geist?

DESMOND: O nein, Aurora, aber 'n Netzwerk roter Ströme,
Die, ihre Ufer überflutend, in Kaskaden
Sich auf dich stürzen. – Ho, Musik!
(Musik)

PRINZESSIN: Wie lieblich rein ertönet das Spinett.

DESMOND: Wie lieblich du, o reinste aller Frauen.

PRINZESSIN: Bist du ein Mann? Wenn ja, so rat' ich dir,
Heb dich hinweg zu einem lust'gern Ort
Und treib es da.

DESMOND: Ich bleibe, wo ich bin
Und unsre liebestollen Herzen
Verein' ein süßer Schlaf.
(Er packt sie)

PRINZESSIN *(rasend vor Wut stößt sie ihn von sich)*:
Du Natternbrut, dein zweites schlecht'res Ich,
Du gelbe Murmel, Firlefanz, du Bremse,
Du stachellose Wespe, Zwielicht eines Mannes,

Du dotterloses Ei, du Bild des Jammers,
Hinweg von mir. Sing deine Minnelieder
'nem Marmorstandbild. Mach 'nem Baumstumpf
Kinder.
Heirate einen Besen. Fort mit dir.

DESMOND: Sprichst du so? Nun, wenn ich dich nicht haben kann,
Dann soll dich keiner haben!
(Er zieht ein Messer. Die Böse Fee tritt ein, als Narr verkleidet. Die Gute Fee springt von ihrem Stuhl auf)

GUTE FEE: Schon wieder ist er dabei! *(Sie läuft ab)*

BÖSE FEE: Halt ein, Gevatter! 's ist nicht wert der Mühe,
Ein Denkmal zu erstechen.

DESMOND: Ein Denkmal, sagst du?

BÖSE FEE: Ja doch, ein Denkmal, auf dem trauernd Täubchen
sitzen
Und etwas fallen lassen, das als Tränen gilt.

PRINZESSIN: O närrischer Narr.

BÖSE FEE: Wie sollte ich wohl nicht närrisch sein, da ich ein Narr bin, denn wäre ich keiner, so wäre ich weise und gliche Euch um so weniger, denn Ihr, schöne Dame, seid in keiner Weise weise, und in keiner Weise närrisch, sondern närrischerweise witzlos, denn ohne Witz ist man keins von beidem, daher seid Ihr in jeder Weise witzlos und auf keine Weise witzig und fallt auf Euren Steiß zwischen die zwei Stühle der Mutter Natur.

PRINZESSIN: Ich bin nicht in der Laune für Späße, Knabe.

BÖSE FEE *(macht sie nach)*: Ich bin nicht in der Laune für Späße, Mädel.

WESLEY: Das muß seinerzeit die Zuschauer sehr amüsiert haben.

PRINZESSIN: Ich weine.

BÖSE FEE: Nicht doch, nicht doch, wenn Ihr weint, so seid Ihr kein Denkmal. Ihr seid ein Springbrunnen, schöne Dame. Ich werde ins Freie gehen und auch weinen, und sagen: »Mein Fräulein ist das Lebenselixier der Fische, die Nahrung der Frösche, die Trösterin der Hunde, denn sie heben so vergnügt das Bein an ihr, wie ich ihr jetzt eine Nase drehe.« *(Er dreht ihr eine lange Nase)*

PRINZESSIN: Die Tränen, die ich weine, wandeln sich
Zur Heiterkeit, und hassen muß ich dich dafür.

DESMOND *(beiseite)*: Der Bursch' dient meinen Zwecken gut.

BÖSE FEE: Hasset mich nur, schöne Dame, wenn es Euch hilft, Euch selbst zu erkennen, denn ich bin der vielgehaßte Tom Fliegenpilz, auch Rippenkitzel, oder Juckreiz, oder Schnattermaul, oder Grins-Backe, oder Kicherkopf, oder Bold-Witz, und ich habe so viele Namen, wie ich Gesichter habe, und wenn Ihr eins davon haßt, so bleiben immer noch zehn, die Ihr lieben könnt.

PRINZESSIN: Du sprichst wahr, Bursche, und ich bin dir innig gewogen.

BÖSE FEE: Nein doch, verschwendet Eure Liebe nicht an mich. 's gibt einen anderen, der sie weit mehr verdient, fein und vortrefflich über alle Maßen. Wenn er dahinschreitet, dann nur in einer Pavane, wenn er läuft, dann nur in einer Courante, und wenn er stillsteht, dann nur in anmutiger und temperamentvoller Haltung.

PRINZESSIN: Wieso temperamentvoll, Bursche?

BÖSE FEE: Es ist das längste Wort, das mir einfällt.

PRINZESSIN: Wer ist denn dieser Bewerber, Bursche?

BÖSE FEE: Sein Name ist Desmonio.

PRINZESSIN: Desmonio. Ein Name, der aus Stöhnen Musik macht.
Ich will geschwind zu ihm.

DESMOND: Geschwinder er zu dir.

PRINZESSIN: Desmonio.

DESMOND: Wir rein mein Name klingt in diesem Munde,
Getaucht in Atem süß wie Rosenduft.
Der Nam' ist nicht genug. Der Mann muß folgen.

PRINZESSIN *(sieht ihn an)*: So bist du Desmonio?

DESMOND: Derselbe.

PRINZESSIN: Welch' Unrecht tat ich dir! Dein Ungestüm
Hat mich getäuscht.
(Desmond hält die Prinzessin in seinen Armen)

DESMOND: Des Kummers Schleier hebt sich, es steht gut, Aurora.
Verweile nun im Halfter meiner Arme
Und streif' nicht ab die neugefund'nen Fesseln,
Bis die vorwitz'ge Sonne durch die Wolken blinzelt,
Um Liebespaare aus dem Schlaf zu kitzeln. Nein,
Sprich nicht, denn Schweigen ist der Liebenden
Gespräch.

PRINZESSIN: Und dennoch muß ich's. Süßer Desmonio,
Voll Lebenslust regt jetzt sich die Natur.
Frühling und Sommer sind in meinem Herzen
Und spielen Liebesleute. Ich bin überwältigt

Von einer Liebe, die nichts kann befried'gen,
Denn gern erreichte sie der Sinne fernste Grenzen
Gleich einem Meer, das alles überflutet,
Um erst, wenn sie das Äußerste gegeben,
In Schlaf zu sinken, süß
Wie ruh'voll heit'rer Friede.

DESMOND: So laß uns gehn.

(Die Gute Fee tritt auf, als Geist)

PRINZESSIN *(schreit)*: 's ist meine Mutter! Weh' mir Armen!

DESMOND *(läßt sie los)*: Die illyrische Nonne!

BÖSE FEE *(in überirdischem Zorn)*: O nein! Vorhang! Laßt den Vorhang fallen! Jetzt muß ich erst nachdenken!

(Der Zwischenvorhang und der Hauptvorhang fallen gleichzeitig)

VORHANG

DRITTER AKT

Einige Minuten später. Wesley und die beiden Feen sind abwesend. Desmond ist da, wieder in Uniform. Offensichtlich ist eine Pause nachdenklich-ernster Betrachtung vorangegangen.

DESMOND: Sagen Sie, habe ich sehr peinlich gewirkt? Ich meine, habe ich 'ne Menge Katzen aus dem bekannten Sack gelassen?

AIMÉ: Es hat gereicht. Schreiben Sie eigentlich Gedichte?

DESMOND *(verlegen)*: Ach Gott, na ja. Nur so zum Spaß. Nicht ernsthaft.

AIMÉ: Wie so viele Engländer sind Sie ständig verlegen.

DESMOND: Gibt eben so verdammt viel, das einen in Verlegenheit bringt.

IKONENKO: Haben Sie jemals ein Gedicht veröffentlicht?

DESMOND *(mit leisem Lachen)*: Ja. Zweimal. Eins erschien im »Observer«, das andere in »Wald und Wiese«. Ich hab' sie beide unter einem Frauennamen verfaßt, weil ich dachte, dann würden sie mehr Chancen haben. Ich hatte recht.

IKONENKO *(schockiert)*: Ein Frauenname!

DESMOND: Es ist für einen Oberst nicht gut möglich, über Bäume und Blumen zu schreiben, jedenfalls nicht in England – nicht, wenn er aktiv ist.

IKONENKO: Dann hätten Sie überhaupt keine Gedichte schreiben sollen.

AIMÉ: Machen Sie sich nicht lächerlich. Desmond, Sie sind erstaunlich. Ich habe Sie oft beobachtet, und ich glaube Sie jetzt schon ein bißchen besser zu kennen. Gott behüte, werden Sie wahrscheinlich sagen. Im Grunde wollen Sie nicht, daß man Sie kennt.

DESMOND *(verlegen)*: Ich hab' gar nichts dagegen.

AIMÉ: Wie so viele dieser seltsamen und verschlossenen Engländer haben Sie eine besondere Gabe für nachdenkliche Betrachtung.

IKONENKO: Betrachtung? Das versteh' ich nicht. Wie kann man eine Gabe für solch eine passive Eigenschaft haben?

AIMÉ: Die Engländer betrachten ihr Land durch eine Wolke von Tabaksrauch, über das Visier einer Jagdflinte, unter nassen Regenschirmen hervor, und in ihrem Geist sind alle Generationen miteinander verknüpft. Geschichte ist Wirklichkeit für sie, denn die gewaltigen Eichen sind ihre lebendigen Zeugen. Auch die Klippen waren schon da, um den Trompetenschall längst vergessener Schlachten zurückzuwerfen, und die alten Herrenhäuser sind nur Schlafstätten für die Toten. Das Übernatürliche hat nichts Überraschendes für sie in den geheiligten Bezirken, in denen sie mit solch verborgenem Behagen umherwandeln. Nur die Gegenwart, der realistische Alltag, erschreckt sie, und vor den Ereignissen des Tages versinken sie in verlegenes Schweigen. Das ist der Grund, warum sie von Ihnen, Ikonenko, so sehr schockiert sind.

IKONENKO: Ich begreife absolut nicht, warum ich so schockierend sein soll.

DESMOND: Das ist ja grade Ihr Charme, alter Junge.

IKONENKO: Dagegen haben Sie gewisse Dinge geäußert, die, wie ich vermute, höchst anstößiger Natur sind.

DESMOND: Zum Beispiel?

IKONENKO: Wer ist diese illyrische Nonne?

DESMOND *(zieht an seiner Pfeife. Sehr ernst)*: Oh, das ist weiter nichts. Nur – ich habe mich mal einem jugoslawischen Mädchen gegenüber ziemlich schlecht benommen, als ich dort war.

IKONENKO: Eine Nonne?

DESMOND: Aber nein. Nur ein Mädchen. Ein junges Mädchen. Ich hab' sie sitzenlassen. Es war gemein von mir. Hab' ich sie Nonne genannt?

IKONENKO: Ja.

DESMOND: Na, das zeigt wieder mal, was das Gewissen alles anstellt, um sich den Weg ins Bewußtsein zu erzwingen.

AIMÉ: In das romantische Bewußtsein.

DESMOND: Ach, um Himmels willen, überlassen Sie die Romantik Wesley.

AIMÉ: Ich bin neugierig, was wir zu sehen kriegen werden.

DESMOND: Amerikanischer Bürgerkrieg vermutlich.

IKONENKO: Wall Street.

AIMÉ: Das glaub' ich auch eher. Ich mißtraue Leuten, die sich so überaus romantisch gebärden.

BÖSE FEE *(steckt den Kopf durch den Zwischenvorhang)*: Orchester! Eine Kakophonie bitte.

(Die böse Fee verschwindet. Das Orchester spielt einen zuckrig sentimentalen Blues)

AIMÉ: Hört sich vielversprechend an.
DESMOND: Donovan ist anscheinend gleich oben geblieben.
IKONENKO: Sie hat das Doppelspiel von Carabosse endlich klar erkannt.
DESMOND: Es geht los ...
(Der Zwischenvorhang hebt sich, man sieht die Andeutung eines Nachtclubs. Die Prinzessin sitzt an der Bar und pafft eine Zigarette in einer langen Spitze. Sie ist ganz unverkennbar eine Prostituierte, und ihre Augen haben den »edel« melancholischen Ausdruck, der typisch für diesen Beruf ist)
DESMOND: Großer Gott!
IKONENKO *(erhebt sich)*: Das ist unerhört!
AIMÉ: Setzen Sie sich, setzen Sie sich. Warten Sie auf den Helden des Dramas. Da ist er schon ...
(Wesley tritt auf, in der Kleidung eines Geistlichen)
DESMOND: Und mir hat er erzählt, sein größter Wunsch sei, die Schlacht von Waterloo zu gewinnen.
AIMÉ: Auch Sie haben uns sehr überrascht, Desmond. Also müssen Sie ihm das gleiche Recht zugestehen.
(Wesley setzt sich an den einzigen vorhandenen Tisch und zündet sich eine Zigarette an)
IKONENKO: Was hat er für eine Uniform an?
AIMÉ: Er ist ein Priester.
IKONENKO: Ein Konterrevolutionär!
WESLEY: Zigarette? *(Schweigen)* Zigarette?
PRINZESSIN: Haben Sie was zu mir gesagt?
WESLEY: Yeah, hab' ich.
PRINZESSIN: Wenn Sie mich wollen, dann sage ich Ihnen den Preis. Vorspiele lassen mich kalt.
WESLEY *(mit selbstgefälligem Lächeln)*: Ich will Sie nicht ... äh ... haben. Ich wollte Ihnen eine Zigarette anbieten.
PRINZESSIN *(ungläubig)*: Gratis?
WESLEY: Ja, sicher.
PRINZESSIN *(überwältigt)*: Sagen Sie mal, was sind Sie eigentlich für einer?
WESLEY: Sehen Sie das nicht?
PRINZESSIN: Und ob ich sehe. Hab' schließlich Augen im Kopf. Hören Sie mal, Sie sollten aber in der Kirche sein. Hier sind Sie nicht richtig.

WESLEY: Irrtum, mein Kind. Ich bin hier ganz richtig, aber Sie sollten in der Kirche sein.
PRINZESSIN: So? Sie reden wie mein Vater.
WESLEY: Wo ist denn Ihr Vater?
PRINZESSIN: Tot. Kalt. Unter der Erde.
WESLEY: Das tut mir aber leid.
PRINZESSIN: Mir nicht.
(Pause)
WESLEY: Wie heißen Sie, mein Kind?
PRINZESSIN: Kind? Sagen Sie mal, wo haben Sie denn das her?
WESLEY: Wir alle sind –
PRINZESSIN: Ich weiß. Kinder vom lieben Gott. Den Mist haben sie mir schon in der Sonntagsschule eingetrichtert.
WESLEY *(lacht übertrieben herzlich)*: Wird allerhand Mühe kosten, Sie auf den rechten Weg zu bringen, Kindchen.
PRINZESSIN: Wenn Sie sich das süßliche Grinsen auf Ihrer Visage nicht abgewöhnen, brauchen Sie sich gar nicht erst zu bemühen.
WESLEY: Sie haben mir noch nicht gesagt, wie Sie heißen.
PRINZESSIN: Wozu auch?
WESLEY: Ich bin Pfarrer Breitenspiegel. Man nennt mich den »kämpfenden Pfarrer«.
PRINZESSIN *(beeindruckt)*: Was, Sie sind der Kämpfende Pfarrer Breitenspiegel? Der Kämpfende Pfarrer Breitenspiegel?
WESLEY: Na sicher. Begründer der Freiluftkolonie für gefährdete Mädchen. Also wollen Sie mir jetzt sagen, wie Sie heißen?
PRINZESSIN: Lilly-Aurora Duckworth.
WESLEY: Lilly-Aurora. Niedlicher Name.
PRINZESSIN: Sie nennen mich immer Rory.
WESLEY: Wer ist »sie«?
PRINZESSIN: Die Kerle.
WESLEY: Welche Kerle?
PRINZESSIN: Was weiß ich? Ich seh' sie immer nur einmal, wenn überhaupt.
(Das Pfeifsignal eines Zuges ist zu hören)
WESLEY: Was war das?
PRINZESSIN: Der »Fliegende New Yorker«, mit dem kommen immer welche.
WESLEY: Was für welche?
PRINZESSIN *(zuckt die Achseln)*: Freier.

WESLEY: Hör mal zu, Rory, ich möchte dir gern etwas sagen.
PRINZESSIN: Etwas, das ich noch nicht weiß?
WESLEY: Ja. Die Welt ist anders, als du denkst.
PRINZESSIN: Die Welt ist hart wie 'n acht Tage altes Beefsteak.
WESLEY: Sicher ist sie hart, aber sie hat auch allerhand Schönes und Großes.
PRINZESSIN: Das ist nicht meine Welt, Dicker. Ich schenk' sie dir. Da gehörst du hin.
WESLEY: Auch du, Rory, gehörst dort hin.
PRINZESSIN: Vielen Dank auch, aber ich bin berufstätig.
WESLEY: Ich möcht' dich gern von hier wegbringen, Rory, liebend gern.
PRINZESSIN: Warum halten Sie nicht die Klappe?
WESLEY: Rory, hast du jemals die Sonne über den Allegheny-Bergen aufgehen sehen? Wie eine große Laterne kommt sie da am Himmel rauf, als wollte sie zu allen Gottesgeschöpfen sagen: »Auf, auf, erwacht.« »Da bin ich wieder, ihr Leutchen«, sagt sie. – »Ich hab' inzwischen die Burschen auf der anderen Seite der großen, weiten Welt hübsch warm gehalten, aber euch hab' auch nicht vergessen, und jetzt bin ich wieder da und bleibe bei euch, bis mein alter Kumpel, der Mond, heute abend zurückkommt.« Und du kniest da am Bach, Rory, und füllst dein Kochgeschirr, und dann sagst du: »Danke schön, liebe Sonne, fein, daß du wieder da bist. Auf dich ist Verlaß.« Und die gute alte Sonne sagt: »Du brauchst dich gar nicht zu bedanken, Rory, ich tue nur meine Pflicht. Morgens hole ich meine Laterne hinter den Bergen hervor, und abends tauch' ich sie ins Meer. Ich tue meine Pflicht, Rory – du auch?« Und dann würdest du nachdenken und der alten Dame da oben zulächeln und sagen: »Na klar, Frau Sonne, die Lichter der Großstadt hab' ich weit hinter mir gelassen.« Und dann fügst du gleich hinzu: »Tut mir leid, altes Mädchen, ich muß jetzt losziehen. Ich bin heut' dran mit dem Feuermachen in der Freiluftkolonie.« »Was gibt's denn Schönes zum Frühstück, Mädels?« ruft dann die Sonne. »Waffeln mit Sirup, Schinken, Haferflocken und einen richtigen, guten Kaffee.« Und wenn's dann regnet, Rory, dann weißt du, daß du der armen, alten Dame den Mund wässerig gemacht hast.
AIMÉ: Ich habe das unwiderstehliche Bedürfnis, mir die Zähne zu putzen.
PRINZESSIN *(sichtlich bewegt)*: Es tut mir leid, Vater, Sie sind zu spät gekommen.

(Die Tür öffnet sich, herein kommt die Böse Fee, als Gangster verkleidet. Ihr Gesicht ist fast ganz im hochgestellten Kragen ihres Mantels verborgen. Unter dem Mantel kann man die gestreiften Hosen eines Zuchthäuslers sehen)

PRINZESSIN: He, Sie. Reden Sie weiter, los.

WESLEY: Was gibt's denn?

PRINZESSIN: Bitte: Tun Sie, als ob Sie mich kennen.

WESLEY: Wer ist dieser Kerl, Rory?

BÖSE FEE: Bedient hier keiner?

PRINZESSIN *(drängend)*: Nicht antworten.

BÖSE FEE: Hier hat wohl niemand Ohren?

WESLEY: Doch, ich hab' welche.

BÖSE FEE *(dreht sich blitzschnell zu ihm)*: Dann stopfen Sie sich was rein, sonst könnt' Ihnen was zustoßen. *(Grinsend)* Hallo, Rory. Hast du wohl nicht gedacht, daß du mich so schnell wiedersiehst, was?

PRINZESSIN: Was machst du hier? Du hast doch lebenslänglich.

BÖSE FEE: Sie haben mir Bewährung gegeben. Liebling, nur um dich zu sehen.

WESLEY: Sagen Sie mal, Ihr Gesicht hab' ich doch schon in der Zeitung gesehen?

BÖSE FEE *(grient finster)*: Na sicher. Gutes Bild von mir, was? Ich müßte in Hollywood den Schurken spielen.

WESLEY: Sie sind Tony Carabosse. Sie haben nie und nimmer Bewährung bekommen. Sie sind ausgebrochen.

BÖSE FEE: O. K., kluges Kind. Hab' ich mir eben selbst Bewährung gegeben. Wo ist der Unterschied?

WESLEY: Aber das ist doch illegal!

BÖSE FEE *(zur Prinzessin)*: Sag' mal, mit was für aufgeweckten Köpfchen ziehst du denn jetzt so rum, Süße?

PRINZESSIN: Also, was willst du, Tony?

BÖSE FEE:Da ist noch so eine kleine Meinungsverschiedenheit zwischen uns, Baby, die müssen wir noch bereinigen. Weißt du noch, wie damals die Bullen kamen, und du gingst dauernd ans Fenster, weil dir angeblich so heiß war? Das glaub' ich, daß dir heiß war – weil du mich verpfiffen hast, du dreckige Schlampe! Yeah.

PRINZESSIN *(nicht ohne Grund nervös)*: Sag, was du zu sagen hast, und dann hau ab.

BÖSE FEE: Was ich vorhabe, kann man mit Worten schlecht erklären.

PRINZESSIN *(noch nervöser)*: Was heißt das?
BÖSE FEE: Ich bin so schüchtern, Liebling. Ich hab' mir 'nen Kumpel mitgebracht, der für mich redet. *(Er zieht einen Revolver heraus)*
WESLEY: Stecken Sie den Revolver weg.
BÖSE FEE: Halten Sie die Schnauze.
WESLEY: Sind Sie berechtigt, Feuerwaffen zu führen?
BÖSE FEE: Und ob, Bischof, ich hab' sogar ein Diplom.
PRINZESSIN: Du wagst es nicht, auf mich zu schießen!
BÖSE FEE: Nee?
WESLEY: Das wäre vorsätzlicher Mord.
BÖSE FEE: Irrtum, Erzbischof, ich hab' 'nen guten Anwalt. Bei mir ist es nie mehr als Totschlag.
WESLEY: Diesmal doch.
BÖSE FEE: Wieso denn das?
WESLEY: Weil ich im Gerichtssaal sein werde.
BÖSE FEE: Sie werden unterm Rasen sein, Herzchen. Ich verpasse euch beiden 'ne Ladung Blei. Man kann nur einmal sterben, und wenn ich ins Gras beiße, leistet ihr mir Gesellschaft.
(Pause. Die Böse Fee setzt sich)
BÖSE FEE: Hä, komisch. Ich hab 'ne weiche Regung. Ihr könnt euch beide hinknien und euer letztes Gebet aufsagen.
WESLEY: Denk an dein Seelenheil, Tony. Knie nieder mit uns und laß dich erretten.
BÖSE FEE: Soll das 'n Witz sein? Eine Chance geb ich dir noch, Schätzchen. Ich hab' jetzt so 'n Punkt erreicht, wo ich das Gefühl habe, ich will mal irgend was anderes, was Solides. Ehrlich währt am längsten, Süße.
WESLEY *(ekstatisch, er jongliert schon mit dem Heiligenschein)*: Sie wollen ein ehrliches Leben führen?
BÖSE FEE: Na klar, nachdem ich Sie umgelegt habe, werd' ich ehrlich. Übernehme ein schwimmendes Spielkasino vor der Küste von Mexiko. Streng seriös. Zaster hab' ich auch 'nen ganzen Haufen. Der Mensch lebt nicht ewig.
WESLEY: Er kann aber das ewige Leben gewinnen, dafür ist es nie zu spät.
BÖSE FEE: Den Mist behalten Sie mal für sich.
PRINZESSIN: Behalt du deinen Mist für dich!
BÖSE FEE: Hör zu, Baby, ich brauch' Familienzuwachs. Ein Kind, das mal das Spielkasino übernimmt, wenn's mich erwischt hat.

PRINZESSIN *(bleich vor Zorn)*: Willst du mich etwa heiraten?

BÖSE FEE: Wenn du's so ausdrückst, hört sich's nicht mehr so gut an.

PRINZESSIN: Hör zu, du: mit Kerlen treib' ich mich rum, aber ich heirate sie nicht. Liegt mir nicht. Ich bin nicht so gebaut. Darauf spring' ich nicht an. Ich gehör' zu den kleinen Leuten, die ihre Freude an kleinen, einfachen Dingen haben. Ich mach' keine hochfliegenden Pläne, so wie du. Ich bin ganz bescheiden, und ich mag nette, einfache Burschen, die sonntags auf den Fußballplatz gehen und dort stehen und ihre Mannschaft anfeuern und da ihr ganzes Herz reinlegen, und die hier unter uns ein einfaches, schlichtes Leben führen und lieben und sterben. Ich mag keine großartigen Ideen, Tony Carabosse, weil sie dich nämlich auffressen, wie Feuer, von innen her. Alles, was einmal Lachen oder Traurigkeit war, wird plötzlich reine Geschäftssache, und man wird kalt und hart und geht mit der menschlichen Seele um, als ob's ein Aktienpaket wäre. Solche Kerle wie du, die treiben brave Schulkinder zu Verbrechen und Gemetzel und zu all den Sachen, von denen ich überhaupt nur vom Hörensagen weiß, und es sind Kerle wie du, die immer versuchen, die einfachen kleinen Dinge kaputtzumachen, und die schönen erhabenen Dinge, und unsere amerikanische Verfassung. Man sollte dir auf der Stirn die Worte einbrennen: »Das ist der Feind«, in Lettern von flammendem Rot, damit alle kleinen Leute es sehen können.

IKONENKO: Hat sie ihn abgewiesen?

PRINZESSIN *(ungeheuer überlegen)*: Und außerdem: Thomas Jefferson hat einmal gesagt –

BÖSE FEE *(atmet schwer)*: O. K., Schwester. Du willst es nicht anders.

(Er ist im Begriff zu feuern, als Wesley ihm gewandt den Revolver aus der Hand schlägt und ihn an sich nimmt)

BÖSE FEE *(ausbrechend)*: Sie – Sie –

WESLEY: Stehengeblieben.

BÖSE FEE *(mit zitternder Stimme)*: Tun Sie's nicht. Nicht schießen. Ich geb' Ihnen einen Anteil an der Spielhölle, Hochwürden. Fünfzigtausend bar auf den Tisch, und Ihre Steuern zahl' ich auch.

WESLEY: Ach, du armes irregeleitetes Kind. Ich werd' dich der Polizei übergeben, aber zuerst –

BÖSE FEE: 's gibt Weiber in Mexiko. Tolle Frauen.

WESLEY *(lauter)*: Aber zuerst –
BÖSE FEE: Und Knete.
WESLEY *(noch lauter)*: Aber zuerst –
BÖSE FEE: Schnaps.
WESLEY *(noch lauter)*: Aber zuerst –
BÖSE FEE: Autos –
WESLEY *(schreit)*: Aber zuerst werd' ich dir eine kleine Lektion aus der Heiligen Schrift erteilen.
BÖSE FEE *(fällt auf die Knie)*: O nein, nur das nicht'!
WESLEY: Aber sicher. *(Er hält eine Hand segnend über dem Kopf der Bösen Fee, während er mit der anderen den Revolver an ihre Schläfe setzt)* Simson schlug die Philister mit dem Kinnbacken eines Esels. »Und er fand einen frischen Eselskinnbacken; da reckte er seine Hand aus und nahm ihn und schlug damit tausend Mann.« Ich bin nicht so ehrgeizig. Ich nehme mir einen nach dem anderen vor. *(Er wirft den Revolver fort. Nach einem Augenblick der Unentschlossenheit will sich die Böse Fee darauf stürzen. Wesley ist jedoch zu schnell für sie, packt sie, hebt sie hoch und versetzt ihr einen gewaltigen Kinnhaken, so daß sie in die Ecke taumelt. Das Orchester illustriert dies. Die Prinzessin feuert Wesley an, der sich auf die Böse Fee stürzt. Die Böse Fee tritt Wesley mit beiden Füßen in den Bauch, so daß er zurücktaumelt. Mit einer übermenschlichen Anstrengung reißt die Böse Fee das Oberteil des Musikautomaten herunter und schwankt damit auf Wesley zu. Wesley nimmt ihr diese Waffe mit Leichtigkeit fort – er braucht nur eine Hand dazu –, wirft sie weg und versetzt dann der Bösen Fee einige brutale, aber offenbar wirkungslose Schläge, denn die Böse Fee kommt immer wieder hoch. Endlich, nach zwölf kolossalen Kinnhaken, vom Orchester durch Paukenschläge illustriert, geht die Böse Fee schwerfällig zu Boden. Sie krümmt sich noch einmal, dann liegt sie still. Wesley glättet sich mit der Hand das Haar. Die Prinzessin erwartet seine Umarmung)*
PRINZESSIN: O. K., Dicker, du hast gewonnen. Wann gehen wir los?
WESLEY: Losgehen?
PRINZESSIN: Na, zur Freiluftkolonie. Mir war noch nie so religiös zumute wie jetzt.
WESLEY: Also.. du willst mitkommen?
PRINZESSIN: Du bist ein ulkiger Vogel.

WESLEY: Wieso?

PRINZESSIN: Na, ihr habt doch schließlich um mich gekämpft, oder nicht?

WESLEY: Gewissermaßen ...

PRINZESSIN *(breitet die Arme aus)*: Warum nimmst du mich dann nicht, du Dussel?

WESLEY: Ich hab' nicht nur für dich gekämpft, Rory, sondern für die Kräfte des Lichts und der Freiheit überall in der Welt.

PRINZESSIN *(verführerisch)*: Kann schon sein, aber du willst doch mich.

WESLEY: So was darfst du nicht sagen. Das ist schrecklich ... *(Plötzlich erleuchtet)* Das ist ja ... die Versuchung!

PRINZESSIN *(sehr verliebt)*: Ist nur die alte Mutter Natur, die bei uns anklopft.

WESLEY *(machtvoll)*: Ich bin gekommen, um dich vor dem Abgrund zu erretten, nicht, um selbst herabgezerrt zu werden!

PRINZESSIN *(traurig)*: Du hast 'ne ganz falsche Vorstellung von mir, Bubi.

WESLEY: Mein Name ist Wesley.

PRINZESSIN: Ich hab' doch so was noch nie gemacht. Das ist heute das erste Mal.

WESLEY: Du meinst –?

PRINZESSIN: Ja. Ich hab' Tony geliebt, das stimmt schon. Er sollte mein Zukünftiger werden. Ja, und dann ... irgendwas in mir ging kaputt, glaub' ich.

WESLEY *(drängend)*: Du bist zur Polizei gegangen?

PRINZESSIN: Ja. Ich hab' meinen Zukünftigen ins Kittchen gebracht. – Er wär' mein Erster gewesen. Ja, und dann – na ja, das Leben ist hart ... Ich hatte solche Bücher gelesen. Und schwer fiel's mir ja auch nicht grade. Machte mir die Röcke kürzer. Verschaffte mir Wimperntusche, 'n Lippenstift. Schwenkte meine Hüften. Ich war fix und fertig für den ersten Besten, der aufkreuzen würde. Und das warst ausgerechnet du!

WESLEY *(mit törichter Freude)*: Dann hab' ich dich ja gerettet! Vor Schande gerettet!

PRINZESSIN: Sieht so aus.

WESLEY *(ernsthaft)*: Was erwartest du vom Leben, Lilly-Aurora?

PRINZESSIN *(viel zu leidenschaftlich)*: Ich wünsch' mir einen Kerl, den ich achten kann!

WESLEY *(mit vorgerecktem Kinn. Übertrieben männlich)*: Ich bin verrückt nach dir, Rory, das weißt du doch. Ich will dich heiraten.
PRINZESSIN: Aber ...?
WESLEY: Ich weiß, was du denkst. Hör zu, mein Liebes ... mein Liebling – ich bin zwar 'n Pfarrer, aber kein »Pater«, die Leute nennen mich nur manchmal so. Ich bin Methodist.
PRINZESSIN: Hurra! Halt mich ganz fest. Noch fester. *(In Ekstase schließt sie die Augen)* Mein heiliges Traumboot! Meine Arche Noah!
(Sie sind im Begriff, sich zu küssen, als die Gute Fee eintritt, bebrillt und grimmig)
GUTE FEE: Also hier stecken Sie, Wesley Breitenspiegel.
PRINZESSIN: Wer ist denn das?
WESLEY *(in Qualen)*: Warum verfolgen Sie mich überall?
PRINZESSIN *(bereit für die große Enttäuschung)*: Ist sie dein Mädel?
WESLEY: Nein.
PRINZESSIN: Deine Frau?
WESLEY: Nein. Mein Psychoanalytiker.
GUTE FEE: Lassen Sie jetzt das Mädchen, Wesley, und entspannen sie sich vollständig.
(Wesley löst sich gehorsam von der Prinzessin und setzt sich auf den Stuhl, den ihm die Gute Fee hinschiebt)
PRINZESSIN: Was hat er denn? Eine Kriegsverletzung?
GUTE FEE: Er darf keinerlei Aufregungen haben. Wesley, schalten Sie Ihr Hirn völlig ab. Mein liebes Kind, kümmern Sie sich nicht weiter um ihn. Lassen Sie sich von mir raten.
PRINZESSIN *(leidenschaftlich)*: Aber er liebt mich doch! Er will mich heiraten!
GUTE FEE: Einbildung, meine Liebe. Sein Mutterkomplex hat sich einfach auf Sie verlagert. Sehr bedauerlich. Er läuft andauernd herum und versucht, junge Mädchen zu heiraten. Seine typische Symptomatik.
PRINZESSIN: Aber ... aber die Freiluftkolonie ...?
GUTE FEE: Eben, mein Kind.
(Die Böse Fee erhebt sich schwankend. Sie bemächtigt sich des Revolvers)
BÖSE FEE: O. K., ihr Klugscheißer ... *(Sie sieht die vor Entsetzen gelähmte Prinzessin, die grimmig-sachliche Gute Fee und den glasig*

blickenden Wesley, und sagt gottergeben –) Ach, ist ja zwecklos. Vorhang. Runter mit dem Lappen.
(Der Zwischenvorhang fällt)
AIMÉ: Also, das ist unser großer Romantiker, unser Don Quichote, der erst einen Polizisten nach dem Weg zur Windmühle fragen muß.
IKONENKO: Er hat den hysterischen Unterton der gegenwärtigen pluto-faschistischen Gesellschaft sehr klar demonstriert.
DESMOND: Nein, das kann ich nicht gelten lassen, alter Junge. Er zeigte lediglich alle Merkmale höchst moralischer Erziehung auf einer Schule, die zweifellos etwas zu gut war.
IKONENKO: Zu gut? Eine Schule kann nicht gut oder schlecht sein, sie kann nur richtig oder falsch sein.
DESMOND: Aber Unsinn, alter Knabe. Ich besuchte eine Schule, die allgemein als eine der besten gilt. Und sehen Sie, sie war viel zu gut, um wirklich nützliche Bürger hervorzubringen.
AIMÉ: Na, und Sie selbst?
DESMOND: Ich rechne es mir als einziges Verdienst an, daß ich solch ein schlechter Schüler war. Immerhin, vielen Dank für das Kompliment.
(Die Böse Fee steckt den Kopf durch den Zwischenvorhang)
BÖSE FEE *(deprimiert)*: Der Nächste, bitte, Oberst Ikonenko.
IKONENKO: Ich möchte mich an dem Experiment nicht beteiligen.
AIMÉ: Was?
BÖSE FEE: Lieben Sie denn das Mädchen nicht?
IKONENKO: Was soll dieses Wort eigentlich bedeuten? Heißt es, das Leben realistisch betrachten, wenn man sagt, daß man jemals irgendwen liebt?
DESMOND: O Mann! Man kann den Realismus auch zu weit treiben, wissen Sie.
IKONENKO: Nein. Menschen, die nie ein Badezimmer gesehen haben, haben kein Bedürfnis danach. Das ist realistisch. Wissen erzeugt Verlangen, und Verlangen erzeugt Haß.
BÖSE FEE *(listig)*: Ja, aber das Mädchen haben Sie doch gesehen. Sie kennen sie ja.
IKONENKO: Leider.
BÖSE FEE: Diese flachsfarbenen Locken, dieses sommersprossige Gesicht, diese kräftigen Arme und Beine, dieser gesunde, der Mutterschaft geweihte Körper. Können Sie da widerstehen?

IKONENKO *(nach einer Pause steht er auf)*: Ich werde gehen, aber nur, um sie wiederzusehen. Aus keinem anderen Grund.
BÖSE FEE: In welcher Zeit möchten Sie sie gern sehen?
IKONENKO: Zu einer Zeit, als man noch die runden Epauletten mit goldenen Fransen hatte.
BÖSE FEE *(lächelnd)*: Orchester. Valse Pathetique.
(Das Orchester spielt einen sentimentalen Walzer. Ikonenko und die Böse Fee gehen ab)
DESMOND: Was für ein ungehobelter Bursche.
AIMÉ: Ich bin gar nicht so sicher. Ich fange langsam an, seinen Standpunkt zu verstehen.
DESMOND: Na, ich nicht, der Teufel soll mich holen.
AIMÉ: Können wir Menschen wirklich etwas lieben, das so fragil, so unerklärbar ist wie ein Ideal? Sind wir nicht dort hinaufgegangen, um uns voreinander zu brüsten, weil wir gehört hatten, das Mädchen sei schön?
DESMOND: Ich fand selbst, daß sie schön ist.
(Wesley tritt auf, wieder in Uniform)
DESMOND: Pech gehabt, Parsival.
WESLEY: Ich will wieder zurück, weg aus dieser Traumwelt.
AIMÉ: Warum?
WESLEY: Sie ist 'n feines Mädchen. Wirklich, 'n prima Mädchen. Aber in mir ist alles furchtbar durcheinander.
AIMÉ: Was ist durcheinander?
WESLEY: Ich will nur eins: zurückgehen und mit Doktor Polgeister reden. *(Mit gezwungenem Lächeln)* Das ist das Schlimme an der Romantik.
(Desmond und Aimé wechseln einen Blick. Die Vorderbühne verdunkelt sich. Der Zwischenvorhang hebt sich. Man sieht einen Garten aus der Zeit Tschechows. Krocketreifen – zur Markierung der Tore – im Rasen. Die Prinzessin, im Kostüm von 1900 und untersetzter als bisher, spielt träge Krocket. Ikonenko tritt auf. Er trägt eine dunkelgrüne Uniform mit Epauletten. Er setzt sich auf eine Gartenschaukel und beginnt zu stricken)
IKONENKO: So ist es also wieder Sommer geworden ... wer hätte das gedacht ...
PRINZESSIN: Der Sommer scheint vorüberzugehen wie eine einzige Stunde, wenn man Krocket spielt ... Anatol Lwowitsch wird achtunddreißig an seinem nächsten Geburtstag ...

(Pause)

IKONENKO: Verzeihen Sie, ich habe nicht gehört, was Sie gesagt haben...

PRINZESSIN: Es war nichts...

IKONENKO: Es war etwas... es war etwas... »Goldene Worte strömen von deinen Lippen, wie ein Wasserfall, erleuchtet von der Mitternachtssonne«... das war Puschkin, glaube ich... großer Mann, Puschkin. Der größte Dichter, den Rußland je hatte...

PRINZESSIN: Ich lese nie...

IKONENKO: Keiner von uns liest. Sie spielen Krocket... ich stricke... ich stricke ein Paar Fäustlinge für Kolja, unseren Sanitäter... warum tu wir das alles?

PRINZESSIN: Sind wir verliebt?

IKONENKO: Verliebt?

PRINZESSIN: In das Leben? Es ist so wichtig, daß man die Hoffnung nicht verliert. *(Sie gibt dem Krocketball einen Schlag mit dem Schläger)* Da, ich habe einen großartigen Punkt gewonnen, und keiner war da, um es zu sehen.

(Pause. Ein Schuß fällt)

PRINZESSIN: Was war das?

IKONENKO: Ein Bauer, der eine Birke fällt...

PRINZESSIN: Mir kam es vor –

IKONENKO: Letzten Freitag hat es in Charkow geregnet. Ich weiß es – weil Grischa seinen Regenschirm in der Kaserne vergessen hatte.

PRINZESSIN: Seit Papas Tod habe ich nie einen Regenschirm benutzt. Es waren so viele beim Begräbnis...

IKONENKO: Hat es geregnet?

PRINZESSIN: Nein...

(Pause)

IKONENKO: Jetzt hab' ich eine Masche fallenlassen und muß alles wieder aufribbeln.

PRINZESSIN: Ich hatte mich so auf gestern gefreut.

IKONENKO: Auf den Tanz bei Sadowsky?

PRINZESSIN: Ja... aber jetzt, wo es vorbei ist, kann ich mich gar nicht mehr darauf freuen...

IKONENKO: Ich bin nicht hingegangen...

PRINZESSIN: Ich auch nicht...

IKONENKO: Ich blieb hier... im Salon... ich hab' die Uhr des Generals repariert...

PRINZESSIN: Ich war auch hier... im Speisezimmer... ich hab' nachgedacht...

IKONENKO: Wir waren allein im Haus...

PRINZESSIN: Ja...

IKONENKO: Und ich wußte es gar nicht...

(Die Böse Fee tritt ein, in ausgefallener Sommerkleidung, mit langem weißen Bart)

BÖSE FEE: Buh! Hab' ich ein Idyll gestört? Sind die Liebesleutchen eifrig beim Schnäbeln? Bin ich in ein Liebesspiel im Vogelhaus geraten?

PRINZESSIN: Onkel! Liebster, bester Onkel!

BÖSE FEE: Was? Mein kleiner Zeisig spielt also Krocket, wie? Ah, aber doch nur bis zum Abend, will ich wetten? Heilmittel? Denn wenn der Mond aus seiner Sterneneinsamkeit hervortritt...? Hm? Eh? Hab' ich mich klar genug ausgedrückt?

IKONENKO: Ich muß heute abend nach Moskau abreisen.

BÖSE FEE: Wie?

PRINZESSIN: Heute abend?

IKONENKO: Ich soll ein Regiment in Kasakstan übernehmen.

BÖSE FEE: Welche Schande! Sie haben mich ganz aus der Fassung gebracht! Kein Mensch kann voraussehen, was den Behörden alles einfällt. Erst gestern hörte ich von Sadowsky, dem alten Schurken, daß Ignatij Iwanowitsch Bulkin, der Hilfsassessor mittleren Grades, in seiner zeitweiligen Eigenschaft als Mitglied des Kreiskollegiums, ein lieber aber törichter Mann, gütig aber verächtlich, so könnte man sagen, falls... man... so... sagen... möchte... ein Mann, sage ich euch, der nie die Eisenbahn benutzt, weil er sich vor dem Lärm der Lokomotive fürchtet, er glaubt, der Teufel sitzt drin und kocht sein Teewasser und – ja, wo war ich denn? Ich werde alt.

PRINZESSIN: Liebes, liebes Onkelchen.

BÖSE FEE: Ach ja – dieser Mann ist zum Generalinspektor unserer Kleinbahn ernannt worden, stellt euch das vor! Wenn das stimmt, dann wäre es einfach skandalös. Glücklicherweise ist Sadowsky genauso unzuverlässig wie ich, Gott und alle Heiligen mögen mir vergeben, und es ist daher ganz unmöglich, daß es stimmt. Nichtsdestoweniger hat es mich etwas erregt. Ich muß mich wirklich hinsetzen. *(Er setzt sich hin. Dann tut er so, als ob er mit einem nicht vorhandenen Gewehr in die Luft schießt)* Piff! Paff! Puff! *(Er hebt das nicht vorhandene Gewehr, um wieder zu schießen, als hinter der Bühne ein neuer Schuß fällt)* Es macht mir Freude, Möwen zu schießen, aber ohne Gewehr ist es nicht so grausam.

PRINZESSIN: Schon wieder dies Geräusch ... es können nicht mehr viele Birken übrig sein ... meine armen, geliebten Birken-Bäumchen ...

BÖSE FEE: Das war keine Birke. Das ist Onkel Mischa. Er versucht, sich zu erschießen. Es ist wirklich entwürdigend, wie ihm alles danebengeht, was er in die Hand nimmt. So nachteilig für den Ruf der Familie. Und die Unfähigkeit eines ehemaligen Offiziers, richtig zu schießen, ist gradezu eine Herabsetzung der Armee seiner Kaiserlichen Majestät. Aber ich darf mich wirklich nicht aufregen. Wenn man sich alles zu Herzen nehmen wollte, wo bliebe man da ... wo bliebe man da ... ja, eigentlich genau da, wo man ist ...

PRINZESSIN: Liebstes, bestes Onkelchen. Warum tut Onkel Mischa das eigentlich?

BÖSE FEE: Er ist verliebt ...

PRINZESSIN: In das Leben ... wie ich?

BÖSE FEE: Er ist verliebt in ... eine gewisse Person ... einen hübschen kleinen Zeisig, der seine Jugend damit verbringt, Krocket zu spielen. Aber wirklich, ich rede zuviel, wie immer ...

PRINZESSIN: In fünf- oder sechshundert Jahren ... dann werd' ich vielleicht glücklich sein ...

(Pause. Plötzlich springt die Böse Fee wütend auf, reißt sich die Perücke ab und schiebt sich den falschen Bart bis auf die Stirn hinauf)

BÖSE FEE *(zu Ikonenko, aus der Rolle fallend)*: Verdammt, Sie versuchen es noch nicht mal!

IKONENKO: Warum sollte ich? Hab' ich nicht gesehen, was den anderen passiert ist?

BÖSE FEE: Ich gebe Ihnen noch eine letzte Chance. Wollen Sie sie verführen oder nicht?

IKONENKO: Nein!

(Die Gute Fee tritt ein, viel untersetzter als bisher, mit einer schwarzen Perücke und scheußlichem Haarknoten. Sie ist ganz in Schwarz)

GUTE FEE: Soll das heißen, ich hab' mich umsonst umgezogen?

IKONENKO: Aha! Du bist meine Frau. Ich wußte, du würdest kommen, wenn ich versuchte, sie zu verführen. Was hätte es für einen

Zweck? Ich sitze viel lieber ruhig bei meiner Prinzessin und stricke, als daß ich dich heraufbeschwöre.

(Die Prinzessin, die müßig mit dem Krocketschläger herumgespielt hat, blickt plötzlich auf und sieht ihren geliebten Onkel ohne sein Haar und mit einem Bart, der scheinbar aus seiner Stirn hervorsprießt. Sie schreit laut auf, während sie auf ihn deutet, und fällt in Ohnmacht)

GUTE FEE *(aufgeregt, zur Bösen Fee)*: Sieh nur, was du angerichtet hast! *(Sie läuft zur Prinzessin, um sie zu trösten)*

BÖSE FEE *(wütend)*: Das Zwischenspiel ist aus! Vorhang runter! Zum letzten Mal!

(Der Zwischenvorhang fällt)

AIMÉ: Na, das war's.

WESLEY: Was, zum Teufel, ist eigentlich los mit diesem Burschen?

DESMOND: Durch und durch zynisch, wenn Sie mich fragen.

AIMÉ: Nein, da bin ich anderer Ansicht. Ich würde ihn beunruhigend intelligent nennen.

WESLEY: Ich glaube nicht, daß ich nach alldem jemals wieder mit einem von euch zusammenarbeiten kann.

DESMOND: Ich möchte zurück, und zwar so schnell wie möglich. Ich werde mal mit Donovan sprechen. Komisch, diesem anderen Burschen trau' ich doch nicht so ganz.

(Die Gute Fee tritt von rechts auf. Sie trägt wieder ihre A. T. S.-Uniform)

GUTE FEE: Nun, haben Sie sich entschieden? Wollen Sie bleiben?

ALLE DREI: Nein.

GUTE FEE: Sie haben begriffen, daß Sie die Prinzessin niemals entweihen werden, solange ich Sie daran hindern kann.

AIMÉ: Und doch wollen Sie, daß wir die Hand nach dem Unerreichbaren ausstrecken. Sie wollen, daß wir bleiben.

GUTE FEE: Wie können Sie wissen, was ich will.

AIMÉ: Carabosse ist sich ebenfalls darüber klar, daß die Prinzessin nicht verführt werden kann, daher möchte er, daß wir ...

BÖSE FEE *(steckt den Kopf durch den Zwischenvorhang)*: Daß Ihr was?

AIMÉ: Ach, da sind Sie ja – Sie wollen, daß wir in die Wüste unseres Alltagslebens zurückkehren, wo wir unsere Frauen betrügen können, wann immer es Ihnen, mein Herr, beliebt.

(Die Böse und die Gute Fee wechseln Blicke)

GUTE FEE: Bleiben Sie – in Gesellschaft der Vollkommenheit.

AIMÉ: Warum klingt Vollkommenheit so begehrenswert, wenn Sie davon sprechen?

BÖSE FEE: Na, ist sie es etwa nicht?

AIMÉ: Ist sie es?

GUTE FEE: Sie ist ... sie ist sehr friedvoll ...

AIMÉ: Eben. Sie ist sehr langweilig.

BÖSE FEE *(lebhaft)*: Na gut, Sie Alleswisser. Ja, ich will, daß Sie zurückkehren. Aber ich möchte Donovan gegenüber gerecht sein. Wenn Sie sündigen, dann müssen Sie es mit Überzeugung tun. Ich habe es satt, Siege zu erringen, die keine sind. Wenn Sie also Ihre Plätze wieder einnehmen wollen, dann werde ich Ihnen zeigen, was Sie erwartet, wenn Sie zurückkehren.

(Ikonenko tritt auf, wieder in Uniform)

DESMOND: Was wollen Sie damit sagen, Herr? Es ist doch nichts passiert in unserer Abwesenheit, wie?

BÖSE FEE: O doch ...

WESLEY: Na, dann heraus damit. Doch kein neuer Krieg?

BÖSE FEE: Noch nicht.

IKONENKO: Ist etwa ein Vorgesetzter aus Moskau eingetroffen, und ich konnte ihn nicht empfangen?

BÖSE FEE: Sie kommen der Sache schon näher.

AIMÉ: Haben wir alle Besuch bekommen?

BÖSE FEE: Ja.

DESMOND: Na, dann zeigen Sie ihn uns doch, um Himmels willen. Schluß mit den Anspielungen.

BÖSE FEE: Sind Sie bereit? Orchester. *(Er hockt sich nieder und spricht mit gedämpfter Stimme zum Orchester hinunter)*

(Das Orchester beginnt Chopins Trauermarsch zu spielen. Die Vorderbühne verdunkelt sich)

DESMOND: Mein Gott, jemand ist gestorben.

GUTE FEE *(bekümmert)*: Ängstigen Sie sich nicht. Carabosse läßt nur seinem Zynismus freien Lauf. Die Musik soll eher illustrierend als elegisch sein.

(Der Zwischenvorhang hebt sich langsam, und die Böse Fee nimmt wieder ihren Platz unter den Obersten ein. Man sieht die Dekoration des ersten Aktes. Jetzt sind es vier Frauen, die schweigend herumsitzen. Eine ist hager, trägt einen unförmigen Hut und Schmuck in der Form eines Regiments-Emblems. Desmond erkennt sie sofort)

DESMOND: Mabel!

(Die zweite ist äußerst schick und trägt einen Hut mit riesigen Federn)

AIMÉ: Therèse!

(Die dritte trägt ein smartes Tweedkostüm und eine Brille)

WESLEY: Shirley!

(Die vierte ist untersetzt und ähnelt der Guten Fee in ihrer letzten Verkleidung. Sie hält einen Säugling im Arm)

IKONENKO: Olga!

GUTE FEE: Ja, nach Verhandlungen, die zweieinhalb Jahre dauerten, haben die vier Mächte sich jetzt geeinigt und euren Frauen Erlaubnis gegeben, euch zu besuchen.

DESMOND: Und wir waren nicht da, um sie zu begrüßen!

BÖSE FEE: Wollen Sie mir erzählen, daß Sie so großes Verlangen danach hatten?

DESMOND: Darauf kommt es nicht an, alter Junge. Es gehört sich so.

WESLEY: Warum reden sie nichts? Sind sie tot, oder was?

BÖSE FEE: Nein. *(Ruft)* Musik aus!

(Die Musik hört auf)

MABEL: Mir scheint, uns ist der Gesprächsstoff ausgegangen ...

SHIRLEY: Yeah ...

(Das Baby beginnt stoßweise zu brüllen)

IKONENKO: Was hat denn das Kind da zu suchen?

BÖSE FEE *(lachend)*: Es ist Ihrs.

DESMOND: Seien Sie nicht albern, er ist zweieinhalb Jahre von zu Hause weggewesen.

BÖSE FEE: Ganz recht.

GUTE FEE: Oh, du böse, böse Fee.

IKONENKO: Soll ich daraus schließen, daß ich nicht der Vater bin?

DESMOND: Tut mir aufrichtig leid, alter Bursche.

IKONENKO: In diesen schwierigen Zeiten kommen solche Vorfälle nicht unerwartet.

WESLEY: Wollen Sie damit sagen, daß es Ihnen egal ist? Herrgott, ich würde mich von ihr scheiden lassen, mir den Kerl suchen, der verantwortlich ist, und ihm jeden einzelnen Knochen im Leibe kaputtschlagen.

DESMOND: Ich will nicht verhehlen, daß Ihre Haltung mich tief erschüttert, Sir.

IKONENKO: Warum soll ich denn …

(Ehe er seinen Satz beenden kann, sagt Mabel, die einen Blick auf ihre juwelenbesetzte Armbanduhr geworfen hat –)

MABEL: Wissen Sie, daß wir schon zwei Stunden hier sitzen?

SHIRLEY: Und noch keine Spur von den Jungens. Na, jedenfalls können sie nicht sagen, sie hätten die Telegramme nicht bekommen. Hier liegen sie nämlich, hier auf dem Tisch.

THERÈSE: Was kann man schon von Männern erwarten?

SHIRLEY: Ich verlange ein gewisses Maß an Höflichkeit. Schließlich bin ich eine Frau, die schwer arbeitet. Ich muß morgen nach Frankfurt fliegen, Freitag nach Rom und Sonntag will ich wieder hier sein.

MABEL: In zwei Tagen werden Sie nicht viel von Rom sehen können.

SHIRLEY: Ich fahre nicht hin, um es zu sehen, Mrs. Sparrow – ich arbeite. Ich bin Redakteurin bei einem großen Konzern, der mehrere Zeitschriften herausgibt, darunter »Frau und Mutter«, eine Zeitschrift auf neuen Wegen, dann eine offenherzige Wochenschrift für Kinder im schwierigen Alter, und »Verständigung«, eine etwas reifere Veröffentlichung, die die psychologischen Aspekte der Ehe im allgemeinen und die des ehelichen Versagens im besonderen behandelt. Mein Berater in allen Dingen ist Orlando Kisfaludy …

WESLEY: Dieses Schwein.

SHIRLEY: … einer der bedeutendsten Psychoanalytiker der Vereinigten Staaten.

WESLEY: O Gott, sie redet aber schrecklich viel.

SHIRLEY: Und dann natürlich …

THERÈSE: Ich verstehe nicht, was zum Thema Ehe eigentlich noch zu sagen ist.

AIMÉ: Bravo, Therèse.

SHIRLEY: Oh, noch verdammt viel. Ich ertrinke förmlich in Material. Ich habe viel mehr zusammenbekommen, als ich gebrauchen kann.

WESLEY: Das war schon immer dein Problem, Herzchen. Du gebrauchst es trotzdem.

SHIRLEY *(scharfsinnig)*: Natürlich hilft es mir sehr, daß ich einen Mann habe, der psychisch labil ist.

WESLEY: Hey!

THERÈSE: Sind das nicht alle Männer?

MABEL *(schockiert)*: Ich hoffe nicht!

DESMOND: Oh, halt doch den Mund, Mabel.

SHIRLEY: Ja, in gewisser Hinsicht durchaus. Unsere Statistiken zeigen, daß das männliche Geschlecht sich durchschnittlich 4,8mal im Jahr Luft macht, während das weibliche Geschlecht sich nur 1,9mal Luft macht.
MABEL *(eisig)*: Was verstehen Sie unter Luftmachen?
SHIRLEY: Untreue. »Sich Luft machen« ist ein Fachausdruck unseres statistischen Büros.
THERÈSE: 1,9mal? Das heißt, Sie schlafen jedes Jahr einmal mit einem Mann, der nicht Ihr Gatte ist, und außerdem mit neun Zehnteln eines anderen Mannes?
MABEL: Wirklich eine sehr ungewöhnliche Unterhaltung.
THERÈSE: Ich halte das alles für Unsinn. Es beweist gar nichts.
MABEL: Hört, hört.
THERÈSE: Man kann das Verhalten einer Frau nicht von dem des Mannes trennen. Der menschliche Faktor ist in all diesen Zahlen überhaupt nicht enthalten. Man erfährt viel mehr, wenn man das Herz des Menschen erforscht.
SHIRLEY: Ich bin anderer Ansicht. Übrigens, wenn Sie Lust zu einem Experiment haben, dann können wir jetzt gleich mal eine kleine Befragung vornehmen.
MABEL: Gott bewahre!
SHIRLEY: Doktor Schultz sagt, eine normale Frau hat nichts zu verbergen.
MABEL: Es ist mir gleichgültig, was Doktor Schultz sagt. Selbst wenn eine Frau nichts zu verbergen hat, sollte sie alles tun, um das zu verbergen.
SHIRLEY: Na, also ich bin modern! Ich sag' euch ganz offen, daß ich mir manchmal Luft machen muß. Vielleicht sogar öfter als andere, weil meine psychologische Arbeit emotional bedingt ist – und außerdem ist mein Mann in geistiger Beziehung ein ungewöhnliches und interessantes Exemplar.
WESLEY: Jetzt reicht's aber, Shirley!
BÖSE FEE: Sie kann Sie nicht hören.
SHIRLEY: Wesley hat stark infantile und rückständige Züge – die Schuld seiner Mutter, natürlich.
WESLEY: Hat der Mensch Worte.
SHIRLEY: Diese Seite seines Charakters kann der voll ausgereiften Seite meiner Natur nicht genügen, und das ist ein klarer Beweis mangelnder Anpassung. Also muß ich natürlich eine Grundlage fin-

den, um meine Reife anderswo zu befriedigen. Ich muß mir eben Luft machen. Es ist alles ganz einfach.

MABEL: Man könnte es auch peinlich einfach nennen.

SHIRLEY: Wieso denn? Fort mit der Schamhaftigkeit! Wozu die Hemmungen? Sie müssen leben, leben, leben.

MABEL *(schockiert)*: Ich komm' auf meine Art ganz gut damit zu Rande, vielen Dank.

SHIRLEY: Ja, das glaub' ich. Hören Sie zu, dieses Jahr hab' ich mir dreimal Luft gemacht.

WESLEY *(schreit)*: Was?

AIMÉ *(zu Wesley)*: Wie oft haben Sie sich Luft gemacht, Wesley?

WESLEY: Zweimal, verdammt noch mal!

SHIRLEY: Ich schäme mich absolut nicht. Ich hätte auch gar nichts dagegen, es Wesley zu erzählen, es würde ihn bestimmt interessieren.

WESLEY: Das ist eine Lüge!

SHIRLEY: Wir sind gute Freunde.

WESLEY: Das ist eine Lästerung!

SHIRLEY: Aber ich hab' schon zuviel geredet.

WESLEY: Das erste wahre Wort von dir!

SHIRLEY: Wie steht's denn mit Ihnen, Mrs. Frappot? Wir sind ja hier unter uns Frauen.

THERÈSE: Nun... mein Gatte ist ein typischer Mann. Sehr gütig; sehr rücksichtsvoll – wenn er nicht grade in jemand anderen verliebt ist; sehr kultiviert; sehr intelligent; sehr gut aussehend; ein sehr angenehmer Mann; nicht grade ein sehr guter Ehemann.

AIMÉ: Ihre Großherzigkeit ist entsetzlich.

THERÈSE: Er hat vielleicht zu viel Sinn für Schönheit, denn er kann der Versuchung nie widerstehen, sie zu erforschen. Auch Verstand bezaubert ihn, und eine häßliche, aber kluge Frau kann mich unglücklicher machen als ein hübsches Gesicht. Und alles wird dadurch noch schwieriger, daß ich seinen Geschmack in diesen Dingen teile und bewundere. Er scheint mir ein bißchen wahllos, aber immer anspruchsvoll. Für Frauen ist er immer zu haben, er teilt sie in Kategorien ein, und wenn er mit ihnen flirtet, weiß er genau, was er tut, und kann fast auf den Tag voraussagen, wie lange eine Affäre dauern wird. Ich liebe ihn sehr.

SHIRLEY: Aha. Ein hoher Intelligenzgrad. Und wie reagieren Sie darauf? Passiv?

THERÈSE *(nach kurzem Überlegen)*: Ich habe eine Liaison mit einem Geschäftsmann – einem Transport-Unternehmer.
AIMÉ: Ach, wenn's nur wahr wäre.
SHIRLEY: Ein festes Verhältnis?
THERÈSE: O ja, schon seit Jahren.
SHIRLEY: Und keine Scheidung?
THERÈSE: Ich liebe meinen Mann...
AIMÉ *(schmerzlich berührt)*: Oh...
SHIRLEY: Aha. Das erhöht unsere Durchschnittszahl auf zwei. Und jetzt zu Ihnen, Mrs. Sparrow.
MABEL: Ich lehne jede Unterhaltung darüber ab. Ich finde das Ganze einfach skandalös.
SHIRLEY *(zu Therèse)*: Meine Arbeit erfordert eine Menge Taktgefühl. *(Zu Mabel)* Wollen Sie uns nicht wenigstens was von Ihrem Mann erzählen.
MABEL: Er ist ein lieber, guter Kerl. Genügt Ihnen das?
SHIRLEY: Das sind aber keine präzisen Angaben, Mrs. Sparrow.
MABEL: Es sollten auch keine sein.
SHIRLEY: Ist er männlich und fordernd?
MABEL: Ich versteh' absolut nicht, was Sie meinen. Er spielt Golf.
SHIRLEY: Der sportliche Typ, was?
MABEL: Wenn Sie's unbedingt wissen wollen, ja. *(Bitter)* Er übertreibt es gräßlich. Immer, wenn ich mit ihm reden will, trainiert er entweder am Sandsack oder mit dem Seil.
DESMOND: Na, ich muß schon sagen.
SHIRLEY: Aha. Folglich ist er wohl intellektuell etwas unergiebig, etwas beschränkt?
MABEL: Intellektuell existiert er nicht. Übrigens schätze ich das. Ich verabscheue Intellektuelle aller Art und jeder Couleur. Meiner Ansicht nach sind sie für die Hälfte des gegenwärtigen Elends in der Welt verantwortlich.
DESMOND: O Gott, jetzt geht's los.
MABEL: Glauben Sie vielleicht, wir hätten unser Empire zusammengebracht, wenn wir dauernd nach dem Warum und Weshalb gefragt hätten? Und glauben Sie, mein Mann wäre der erstklassige Verwaltungsbeamte, der er ist, wenn er sich darum kümmern würde, was andere Leute denken? Und könnte ich meine Pfadfindermädels so führen, daß sie auf jedem Treffen lobend erwähnt werden, wenn ich auch nur halb soviel Zeit aufs Nachdenken verwenden würde wie aufs Handeln? Bestimmt nicht.

SHIRLEY: Intellektuelle Unterernährung liegt also nicht vor.
MABEL: Ich weiß wirklich nicht, wovon Sie eigentlich reden. Desmond ist aktiver Offizier. Er ist ein leidenschaftlicher Bastler und ein großer Tierfreund. Und das ist alles.
SHIRLEY: Hat er irgendwelche sonstigen Interessen? Schreibt er oder malt er?
MABEL *(mehr schockiert als je)*: Ganz gewiß nicht!
SHIRLEY: Und wie steht's mit seinem Verhältnis zu den Weibern?
MABEL: Sie drücken sich ganz unnötig ekelhaft aus, Mrs. ... Wie-Sie-auch-heißen-mögen.
SHIRLEY: Und was ist mit Ihrer Untreue, Mrs. Sparrow?
MABEL *(furchterweckend)*: Ich bin seine Frau!
SHIRLEY: Das weiß ich, aber ...
MABEL: Jetzt hab' ich aber genug davon!
WESLEY *(bitter)*: Gratuliere, alter Knabe.
DESMOND *(seufzend)*: So ganz stimmt es gar nicht, wissen Sie. Gelegentlich betrinkt sie sich. Bei der vorletzten Regimentsfeier hat sie den Divisions-Kommandeur durch die ganze Kaserne verfolgt...
SHIRLEY *(die auf einem Briefumschlag etwas ausgerechnet hat)*: Die Durchschnittsziffer ist jetzt 1,3. Und nun Mrs. Ikonenko.
(Keine Antwort)
IKONENKO: Sie spricht kein Englisch.
SHIRLEY: Madame, voulez-vous...
(Keine Antwort)
DESMOND: Sehr gesprächig ist Ihre Frau nicht grade, Ikonenko.
IKONENKO: Französisch spricht sie auch nicht.
SHIRLEY: Frau Ikonenko, wollen Sie bitte...
IKONENKO: Sogar Russisch spricht sie nur wenig. Tatsache ist, daß sie fast überhaupt nicht spricht.
WESLEY: Welcher Segen!
(In diesem Augenblick beschließt Mrs. Ikonenko, daß es an der Zeit ist, ihr Kind zu stillen. Mit dem Rücken zum Publikum entblößt sie ihre Brust und legt das Kind an, wobei sie ein altes Wiegenlied summt. Mabel starrt sie an, empört. Therèse ist nachsichtig amüsiert, aber Shirley ist sichtlich bestürzt)
MABEL: Das ist aber wirklich nicht der richtige Ort.
SHIRLEY: So unhygienisch.
THERÈSE: In Wirklichkeit meinen Sie, so öffentlich, so unkompliziert!

IKONENKO: Da haben Sie's! Olga hat sich als erste anständig und weiblich benommen, und alle anderen sind entsetzt.
AIMÉ: Nicht Therèse! Oh, Therèse, wenn ich dich doch liebte!
SHIRLEY *(etwas verwirrt)*: Na, jedenfalls hat sie sich doch offenbar Luft gemacht. Das ergibt als Durchschnitt 1,25. Die Abweichung von der Norm beträgt nur 0,65. Sehen Sie, in den Zahlen liegt die Wahrheit.
(Der Bürgermeister tritt auf)
BUSCH: Guten Abend. Guten Abend, meine Damen. Noch keine Spur von den Obersten?
DESMOND: Ach, bloß nicht wieder dieser Kerl!
BÖSE FEE *(lächelnd)*: Habt Ihr genug?
ALLE VIER: Ja!
BÖSE FEE: Vorhang! *(Der Zwischenvorhang fällt)* Nun, wie haben Sie sich entschieden?
WESLEY *(erhebt sich wütend)*: Wissen Sie, was ich machen werde? Ich lasse mich scheiden.
AIMÉ: Warum?
WESLEY: Wie meinen Sie das, warum? Haben Sie nicht gesehen?
AIMÉ: Ich habe gesehen, und ich habe darunter gelitten, meinetwegen und für uns alle.
DESMOND: Sehr nett von Ihnen.
AIMÉ: Aber vergeßt nicht, wir sehen sie ja nur so, wie wir uns selbst sahen, bevor wir hierher kamen. Betrachtet es einmal umgekehrt. Was hätten sie gedacht, wenn sie eine unserer Unterhaltungen belauscht hätten? Wir wissen nichts von unseren Frauen. Sie wissen nichts von uns. Wir sind alle allein, unergründlich für den anderen. Wie können wir glücklich sein?
GUTE FEE: Hören Sie mich an!
AIMÉ: Nein! Sie verkörpern die Vollkommenheit. Sie wissen nicht, wie schwer es ist, zu wählen.
BÖSE FEE *(bitter)*: Schwer? Darum beneiden wir Sie ja am meisten.
AIMÉ: Woher sollen wir wissen, was recht und was unrecht ist?
GUTE FEE: Ich habe recht.
BÖSE FEE *(gekränkt)*: Und ich auch!
AIMÉ: Ah, aber wenn nun beides in uns vermischt ist! Ihr lauft auf Schienen, meine Freunde – wir müssen einen unsicheren Weg gehen. Wir können nicht das Rechte tun, ohne daß wir das Unrechte aufgeben, und wir können nicht das Unrechte tun, ohne daß wir das

Rechte aufgeben. Jede Handlung bedeutet den Verzicht auf eine andere. Wir müssen das eine oder das andere tun, und wenn wir eines tun, so wird das andere dadurch aufgehoben.

DESMOND: Ich hab' kein so architektonisches Gehirn wie Sie, Aimé.

AIMÉ: Donovan möchte, daß wir bleiben, weil sie weiß, daß die Prinzessin nicht zur Sünde verleitet werden kann. Sie möchte, daß wir im luftleeren Raum nach dem Unerreichbaren greifen. Für ein so hübsches Mädchen sind ihre Absichten entsetzlich.

(Die Böse Fee lächelt)

AIMÉ: Carabosse wollte, wir sollten die Vollkommenheit entweihen, um seinen Sieg zu krönen und seine furchtbare Unsterblichkeit zu beenden.

BÖSE FEE *(wütend)*: Daß Gott die Franzosen erfunden hat, kann ich ihm nie verzeihen.

AIMÉ: Er hat jetzt erkannt, daß es aussichtslos ist. Nun will er, daß wir zurückkehren, damit wir uns wieder im Morast verlieren, jeder Lockung zugänglich, naiv und willfährig, und das um so mehr, als wir ja gerade unsere Frauen gesehen haben.

DESMOND: Ich verstehe. Na ja, wie Sie auch immer darüber denken mögen – ich gehe zurück. *(Die Böse Fee lacht still vor sich hin)* In meinem Fall haben Sie nämlich eines übersehen, wissen Sie. Ich hab' Mabel sehr gern, ja, aber nicht auf irgend 'ne besondere Art, verstehen Sie – das ist schon lange vorbei, seit kurz vor unserer Heirat, genau gesagt. Aber was ich wirklich möchte, ist, meine Hunde wiedersehen – Räuber, Donnerkeil und Schwarzer Schrecken. Und dann… *(er lacht verlegen)*… der Redakteur von »Haus, Hof und Garten« hat mir gesagt, daß er für die Weihnachtsnummer ein Gedicht brauchen könnte…

GUTE FEE *(betrübt)*: Also Sie gehen zurück…

DESMOND: Ja. Tut mir leid, Sie im Stich zu lassen, Donovan, nach allem, was Sie getan haben. Ich hätte Sie zum Gefreiten befördert, wenn Sie nicht über all so was erhaben wären.

IKONENKO: Auch ich werde zurückkehren.

(Die Böse Fee lacht gackernd)

GUTE FEE *(ungehalten)*: Warum?

IKONENKO: Oberst Sparrow…

DESMOND: Rinder-Sparrow.

IKONENKO: Oberst Desmond hat ganz recht, wenn er sagt, daß seine Liebe zu seiner Frau aufhörte, kurz bevor er sie heiratete. Wenn wir hierblieben, was würde geschehen? Wir würden in hundert Jahren erwachen und wieder versuchen, die Prinzessin zu verführen, und es würde uns wieder nicht gelingen. Dann würden wir ins Leben zurückkehren. Meine Freunde... Genossen... Ihr habt meine Frau gesehen. Viel Staat ist nicht mit ihr zu machen, aber ich kann mich nicht beklagen. Die Ideale überlasse ich den Narren und kehre erleichtert zu meinen Pflichten als sowjetischer Offizier zurück. Der ferne Horizont interessiert mich nicht, meine Herren, mich interessiert es, zu leben und zu atmen. Ich möchte dies alles hier so schnell wie möglich vergessen und zu dem Leben zurückkehren, das ich kenne, mit all seinen Ungleichheiten und Leiden und seiner willkommenen Enge.

BÖSE FEE: Ausgezeichnet!

AIMÉ: Ja, eine überraschend kluge Betrachtungsweise, wenn ich so sagen darf, aber ich bleibe hier.

BÖSE FEE *(äußerst bestürzt)*: Was? Und Sie waren derjenige, auf den ich die meisten Hoffnungen gesetzt hatte!

GUTE FEE *(entzückt)*: O Aimé!

AIMÉ: Hören Sie. Mein Leben ist wie eine Forschungsreise durch die Welt der Frauen gewesen. Es war bequem, faszinierend und oft sehr schön, aber alles darin war zugänglich und daher vergänglich. Die einzige Erfahrung, die mir nicht zuteil wurde, war das Suchen nach dem Unerreichbaren. Zufällig habe ich Therèse geheiratet. Ebensogut hätte ich irgendeine andere heiraten können. Wenn ich eine von den anderen geheiratet hätte, so hätte ich Therèse wahrscheinlich mehr geliebt. Meine lieben Feen, ihr beneidet mich um die Fähigkeit, wählen zu können, aber ich habe das Wählen satt, denn sowie ich gewählt habe, bereue ich es auch schon. Deshalb sehne ich mich danach, mich der selbstlosen und geduldigen Verfolgung einer einzigen Frau zu widmen, die mir stets entflieht und die ich, als Strafe, nie besitzen werde.

WESLEY: Ja, und ich bleibe auch hier, allerdings nicht aus irgendwelchen offensichtlichen Gründen. Mein ganzes Leben kommt mir so widerspruchsvoll und schrecklich vor, daß ich tatsächlich einfach nicht weiß, wie ich erklären soll, warum ich nicht zurück will. Es muß mal eine Zeit gegeben haben, wo mir Shirley blendend vorkam – einfach blendend. Aber nachdem ich hier gewesen bin und nachdem ich gesehen habe, was uns vier eigentlich so bewegt, da kam sie mir auf einmal so verdammt anmaßend und so... wie sagt man da ... unsensibel? ... ja, das ist es ... unsensibel ... gegenüber meinen Schwierigkeiten und denen aller anderen ... ja also, kurz und gut, Jungens ... ich brauche Ruhe. Das ist alles, Leutchen.

BÖSE FEE: Zwei für dich, und zwei für mich.

GUTE FEE: Ein gerechtes Ergebnis: unentschieden.

BÖSE FEE *(mit gezwungenem Lächeln)*: Wenigstens etwas, das wir gemeinsam haben. *(Munter)* Also gut, wir werden Sie beide einschläfern. Wir stellen Ihnen bequeme Betten auf die Bühne. Verabschieden Sie sich jetzt, wenn Sie so gut sein wollen.

DESMOND: Auf Wiedersehen, Aimé. Ich glaube, Sie sind verrückt.

AIMÉ: Es macht mir Spaß, mich selbst zu überraschen. Bon voyage, Desmond.

IKONENKO: Auf Wiedersehen. *(Er salutiert)*

WESLEY: Es war mir ein Vergnügen, das möchte' ich noch mal sagen.

(Allgemeine Verabschiedung)

BÖSE FEE: Recht so. Und nun, Aimé und Wesley, wollen Sie bitte auf die Bühne gehen?

DESMOND: Irgend'ne Nachricht für Eure Frauen?

BÖSE FEE: Das ist nicht gestattet. Wir werden einen Unfall arrangieren müssen.

WESLEY: Einen Unfall?

BÖSE FEE: Ihr Verschwinden muß erklärt werden. Die Polizei ist heute noch viel tüchtiger als vor hundert Jahren. Donovan, begleite mich.

(Die beiden Feen gehen ab)

DESMOND: Noch mal auf Wiedersehen, Wesley, alter Junge.

WESLEY: Geh tüchtig ran, Des. Yeah!

(Wesley und Aimé verschwinden hinter dem Zwischenvorhang)

DESMOND: Unwahrscheinlich. Wesley ist wie 'n Bursche, dem ein Stein vom Herzen gefallen ist. Sagen Sie mal, Sie glauben doch auch nicht, daß es albern von uns ist, zurückzugehen?

IKONENKO: Nein.

DESMOND: Und man kann doch auch nicht sagen, daß wir die beiden irgendwie im Stich lassen, nicht? Das wär' mir nämlich sehr unangenehm.

IKONENKO: Wir haben recht, und sie haben unrecht.

DESMOND: Ich hoffe es.

IKONENKO: Ich auch ...

(Ikonenko und Desmond wollen seitlich abgehen, bleiben jedoch stehen und wenden sich zurück, als die Böse Fee und die Gute Fee von der anderen Seite auftreten, als Doktor und Krankenschwester verkleidet)

BÖSE FEE: Die ideale Bekleidung, wie Sie sehen. Wir gehen zum Büro der Kontrollkommission als Doktor und Krankenschwester, die geradewegs von der Unfallstelle kommen. Allerdings müssen Sie beide ernste Gesichter machen.

IKONENKO: Meins ist immer ernst.

(Der Zwischenvorhang hebt sich. Man sieht die Bühne mit der Szenerie, in der Dornröschen zum ersten Mal sichtbar war. Zwei weitere Betten stehen rechts und links von ihrem Bett. Darauf liegen Aimé und Wesley. Die Böse Fee und die Gute Fee gehen auf die Bühne hinauf)

GUTE FEE: Aimé... Wesley... schlaft... einen traumlosen Schlaf... Orchester – in fünf Minuten schlaft – aber bis dahin, spielt...

(Eine leise Musik beginnt. Die Musik des Anfangs)

BÖSE FEE: Kommt, wir haben keine Zeit zu verlieren, zurück zu den kalten Winden der lebendigen Welt... hinauf in die Lüfte... hinweg... hinweg...

(Die beiden Feen, Ikonenko und Desmond stürmen hinaus. Die Stimme der Bösen Fee verliert sich rasch)

AIMÉ *(ruhig)*: Wesley, schläfst du?

WESLEY: Noch nicht, alter Junge...

(Pause, beide strecken eine Hand aus, so daß sie die Prinzessin fast berühren)

WESLEY: Aimé... ich kann die Prinzessin nicht erreichen... kannst du?

AIMÉ: Nein, nicht ganz... man hat das absichtlich so gemacht...

(Kurze Pause)

WESLEY: Aimé?

AIMÉ: Mm?

WESLEY: War es falsch, nicht zurückzugehen?

AIMÉ: Was hat diese Frage für einen Sinn? Jetzt, in diesem Augenblick, fragen sich die anderen: war es falsch, nicht zu bleiben...?

VORHANG

ENDE

ROMANOFF UND JULIA

1956

KOMÖDIE IN DREI AKTEN

Deutsch von
Willy H. Thiem

PERSONEN:

Romanoff
General
Erster Soldat
Zweiter Soldat
Hooper Moulsworth
Vadim Romanoff
Spion
Freddie Vanderstuyt
Der Erzbischof
Julia
Beulah Moulsworth
Evdokia Romanoff
Oberleutnant Marfa Zlotochienki

ERSTER AKT

Morgendämmerung.
Der größte Platz in der Hauptstadt des kleinsten europäischen Landes. In der Dämmerung des frühen Morgens. Links ein Gebäude von düsterer Schönheit, mit einem Balkon, rechts ein ähnliches Gebäude, ebenfalls mit Balkon. Im Hintergrund eine Kathedrale, die ein Musterstück ihrer Art sein darf, mit einer erleuchteten großen Turmuhr, die eine Reihe von nicht übertrieben standhaften Heiligen und eine gewisse Anzahl sonstiger allegorischer Figuren, wie etwa Vater Zeit oder den erntefreudigen Tod, aus kleinen Portalen heraustreten läßt, damit sie die jeweilige Stunde aus dem unbarmherzigen Ablauf der Zeiten heraushämmern.
Der Himmel über diesem Schauplatz ist eine jener kostspieligen Machenschaften, deren kristallene Klarheit die vielgerühmte Vorstellung eines südlichen Himmels vermittelt.
Rechts und links je ein Soldat, beide jeweils im Schatten.
ERSTER SOLDAT: Also – jetzt bist du dran.
ZWEITER SOLDAT: T –
ERSTER: R –
ZWEITER *(rekapitulierend)*: T R – A ?
ERSTER *(im Tonfall »meinetwegen«)*: N –
ZWEITER *(wieder rekapitulierend)*: T R A N – hm, S –
ERSTER: F –
ZWEITER: F? So ein Wort gibt's nicht –
ERSTER: Aber ja.
ZWEITER: Wenn schon – auf jeden Fall wird es dann anders buchstabiert.
ERSTER: Unsinn! T R A N S F – los, weiter!
ZWEITER: Dann muß doch der letzte Buchstabe ein P sein. T R A N S P – wie Transport.
ERSTER *(in komischer Verwunderung)*: Wer redet denn von Transport. T R A N S F haben wir – F ist der letzte Buchstabe.
ZWEITER: Transport schreibt man doch nicht mit F – wo kommt denn da ein F vor, he?
ERSTER: Wer hatte den letzten Buchstaben?
ZWEITER: Na, du!

ERSTER: Und ich habe gesagt F – F ist mein Buchstabe, und jetzt mußt du weitermachen.
ZWEITER: Kann ich nicht.
ERSTER: Also gut – ich helfe dir aus, mit einem Buchstaben. Der nächste ist I –
ZWEITER: T R A N S F I ?! *(Pause)* Transfi – was?
ERSTER: Gibst du auf?
ZWEITER: Transfi – ich kann nicht weiter. Na schön, ich gebe auf. Und was soll das sein?
ERSTER: Transfiguration.
ZWEITER: Gibt's doch nicht.
ERSTER: Klar gibt's das. Transfiguration – das ist ein Fremdwort – für so etwas ähnliches wie ›Verklärung‹ – wenn ich's dir sage!
ZWEITER: Also gut. Aber dafür bist du nicht auf Rhododendron gekommen. Dafür wolltest du auf so etwas wie Rhodos raus – stimmt's – aber das zweite D war von mir, ha!
ERSTER: Wie steht's denn jetzt?
ZWEITER *(mühselig auf einem kleinen Blatt Papier entziffernd)*: 824 zu 767.
ERSTER: Und wer hat 824?
ZWEITER: Ich.
ERSTER: Gauner.
ZWEITER: Rhododendron war meine Nummer 824.
ERSTER: Ich streite mich nicht. Das Ganze beweist nur, daß die Nacht viel zu lang ist.
ZWEITER: Sie ist gleich rum. *(Blickt auf seine Uhr)* Der Tod hat Verspätung.
ERSTER: Der Tod? Hat keinen Mumm mehr in den Knochen.
ZWEITER: Jetzt bist du wieder dran.
ERSTER: Aaach, verdammt. *(Kleine Pause, gelangweilt und etwas überdrüssig)* Z.
ZWEITER: Hm, Kleinigkeit. E.
ERSTER: Du denkst an Zebra, was?
ZWEITER: Woher weißt du –?
ERSTER: Na – *(Macht ihm einen Strich durch die Rechnung)* A –
ZWEITER: A? – das ist doch Blödsinn. A. ZEA – ZEAB – ZEAC – ZEAD –
ERSTER *(etwas höhnisch)*: Laß' dir nur Zeit –
Jetzt erscheint jemand in der Uniform eines Operetten-Generals,

himmelblau, mit schwerem Silber verziert. Der Mann trägt eine Karnevalsmaske, die ihm an einem Gummi um den Hals hängt)

ZWEITER: ZEAI – ZEAJ ? – *(Schrickt leicht auf)* Der General!

GENERAL: Nur keine Übereilung – bringen Sie doch erst Ihr Wortspiel zu Ende –

ZWEITER: Z E A – ich geb' auf – wie geht das weiter?

ERSTER *(etwas zu breit)*: Z E A N K A L I –

ZWEITER: Unsinn. Das buchstabiert man anders –

ERSTER: Wieso denn? ZEANKALI – stimmt doch.

ZWEITER *(kopfschüttelnd)*: Hmhm – einigen wir uns auf unentschieden. Bleibt es bei 824 zu 767. Wo ist denn wieder dieses Scheißgewehr? Eben habe ich's noch gehabt?!

ERSTER: Erst muß ich man den Befehl geben.

ZWEITER: Okay – aber finden muß ich's trotzdem –

GENERAL: Es wird jetzt langsam wieder wärmer.

(Das Gewehr fällt um, weil der zweite Soldat buchstäblich in das an die Hauswand angelehnte Gewehr hineingerannt ist. Der General ist etwas irritiert aufgeschreckt) Ah!

ZWEITER: Ich hab's.

ERSTER: Regiment – präsentiert – bist du fertig?

ZWEITER: Ja – Wenn nur das Gewehr nicht so schwer wäre –

ERSTER: Präsentiert – das – Gewerrr!

(Sowohl der kommandierende erste als der irritierte zweite Soldat führen diesen Befehl mit einem beleidigenden Mangel an militärischer Präzision aus, sich Zeit lassend)

GENERAL *(grüßend)*: Danke – nett von Ihnen.

ERSTER: Keine Ursache.

GENERAL: Jetzt habe ich doch vergessen, was ich Sie beide fragen wollte – ach ja? *(Er nimmt eine schwere goldene Taschenuhr zur Hand)* Hat der Tod sich schon irgendwie bemerkbar gemacht?

ZWEITER: Nein, Sir.

GENERAL: Ich habe ihn absichtlich aufgehalten – er hat mindestens zehn Minuten Verspätung. *(Man hört das knarrend schabende Geräusch einer schlecht geölten Maschinerie)* Hört nur!

(Sie sehen jetzt alle fasziniert zur großen Turmuhr im Bühnenhintergrund. Die etwas klapprige Figur des erntefreudigen Tods erscheint, schlägt eine Glocke, mit böser Gewalt. Der Klang allerdings ist dumpf und resonanzlos)

ERSTER: Er wird alt.

GENERAL *(achselzuckend)*: Vierzehntes Jahrhundert. Nicht mehr ganz auf dem laufenden – mit unseren Maßstäben gemessen.
ERSTER *(bitter)*: Schöne Maßstäbe! *(Er spuckt aus)*
GENERAL *(sehr vernünftig und einsichtsvoll)*: Sie müssen Sozialist sein, junger Mann –
ERSTER: Sozialistische Agrar Reform Industrie Unions Partei –
GENERAL: Nie gehört.
ERSTER: Ich bin einer der Mitbegründer.
GENERAL: Wählen Sie?
ERSTER: Fast jeden Tag.
GENERAL: Freut mich. Ein echter Demokrat.
ERSTER: Wir bekommen immer wahlfrei.
GENERAL: Aber selbstverständlich. Wir auch. Aber das will ja nichts heißen, solange die Ergebnisse demokratisch sind.
ZWEITER: Ich habe ganz andere Ansichten als er, General.
GENERAL: Oh, vielleicht gehören Sie zu meiner Partei?
ZWEITER: Die Nationale Eisen-Faust – die N E F. *(Er salutiert auf höchst eigenartige Weise)* Wir tragen orangegelbe Hemden – das heißt – heh – wir würden sie tragen, wenn wir uns welche leisten könnten.
GENERAL: Tut mir leid – aber diese Partei kenne ich auch nicht. Ich gehöre zur Union der Extremen Separatisten – firmiert zuweilen als U E S – geläufig?
BEIDE SOLDATEN: Nein, Sir.
GENERAL: Komisch. Wir sind gegenwärtig an der Macht –
ERSTER: Keine Partei war an der Macht, seitdem letztes Jahr die endgültig letzte Diktatur ausgerufen wurde –
GENERAL: Ich muß mich verbessern – Natürlich – im Grunde genommen haben Sie recht. Wir regieren natürlich in Koalitionen – was ich sagen wollte, war etwas anderes – im Rahmen der gegenwärtigen Koalition sind wir die Partei mit den meisten Sitzen. Genaugenommen bin ich sogar Präsident der Republik.
ZWEITER: Sie? Gegenwärtig amtierender Präsident?
GENERAL: Hm – ich bin seit zehn Stunden Präsident –
ERSTER: Zehn Stunden?! Alle Achtung.
GENERAL *(mit einem Seufzer)*: Ja – wenn wir davon ausgehen, daß die Lebensdauer eines Hundes die Grundeinheit ist, dann lebt ein Mensch siebenmal so lange, grob gerechnet. Aber ein Präsident kann es heutzutage nicht einmal mehr mit einem Hund aufnehmen

– seine Regierungsdauer muß schon als beachtlich gelten, wenn sie ein Siebentel der Lebensspanne einer leidlich gesunden und vom Glück begünstigten Sommerfliege ausmacht. *(Er blickt plötzlich in die Zuschauerreihen und lächelt)* Schauen Sie uns nur an –

BEIDE SOLDATEN *(plötzlich das Gewehr im Anschlag gegen den Zuschauerraum, als gewahrten sie ihn zum ersten Mal)*: Halt! Wer da?!

GENERAL: Weg mit den Gewehren.

ZWEITER SOLDAT: Ist vielleicht klüger. Sie sind in der Überzahl.

ERSTER: Sind Leute da draußen, im Schatten?

GENERAL: Ja – und wir müssen höflich und nett zu ihnen sein. Denn das Gros unseres Steueraufkommens verdanken wir den Touristen. *(Er wendet sich an die Zuschauer)* Guten Abend.

Sie werden unser Land nur auf einer sehr gewissenhaften Karte entdecken, denn wir sind das kleinste Land Europas, und wenn ich Land sage, dann meine ich nicht Fürstentum oder Großherzogtum – das heißt, ich offeriere Ihnen keines jener winzigen Himmelreiche für Spieler und Steuerhinterzieher. Ich meine – ein Land der Selbstachtung, das sich den besonderen Farbklecks auf der großen Weltkarte ehrlich verdient hat – einen jener Farbkleckse, die so winzig sind, daß der Umriß auch bei aller Sorgfalt nie ganz präzise gedeiht – man kann den Drucker buchstäblich das Wort »Verdammt!« sagen hören, weil ihm die Grenzlinie – auf der Karte – etwas danebengegangen ist.

Unsere Einwohnerzahl ist so klein, daß das Zählen sich nicht lohnt – wir haben keine Kanonen und benötigen auch kein Futter. *(Zum zweiten Soldaten)* Fummeln Sie nicht so mit dem Gewehr herum – es ist zu gefährlich.

ZWEITER *(abschätzig auf das Gewehr Bezug nehmend, das er wieder mehr in die Richtung ›bei Fuß‹ gebracht hat)*: Nur Platzpatronen!

GENERAL: Hoffentlich.

ZWEITER: Aber ich glaube an Waffengewalt.

GENERAL: Oh – an einer Statue, umgeben von einer Gruppe streitbarer Engel, die sich ins Nichts erheben – da gibt es nichts Schöneres als den Glanz blanker Waffen –

ZWEITER: Wollen Sie damit sagen, daß Sie, als General, nicht im geringsten an unserer militärischen Zukunft interessiert sind?

GENERAL: Ich gebe unserer militärischen Vergangenheit den Vorzug. Das Unglück ist bereits geschehen – und wir können es aus respektvoller Ferne bewundern.

Und was das Generalsein betrifft – na, als Vierjährige, mit Papierhelm und Holzschwert, sind wir ja alle Generäle. Der Jammer ist nur, daß einige von uns nie ganz aus diesem Alter herauskommen.

ZWEITER: Aber sind Sie denn nicht stolz darauf, daß wir den letzten Krieg gewonnen haben?

ERSTER: Den letzten Krieg hat keiner gewonnen. *(Er spuckt wieder aus)*

GENERAL: Wir haben Deutschland taktvollerweise wenige Stunden vor der Kapitulation den Krieg erklärt, und waren damit gut beraten. Daraufhin boten die dankbaren Alliierten uns sechs Hektar Land an, die uns nicht gehörten. Klugerweise haben wir dieses großzügige Angebot ausgeschlagen. Und das Ergebnis: Heute sind wir mit allen gut Freund, einschließlich der Deutschen. Mein Urgroßvater – Gott sei seiner Seele gnädig – Sie finden sein Denkmal drei Straßen weiter, links, wo er höchst unbequem auf einem steinernen Streitroß sitzt – er erklärte Frankreich einen Tag nach der Schlacht bei Waterloo den Krieg, aber das erwies sich als etwas zu vorsichtig. Er sollte das Risiko schon am Nachmittag des Vortages auf sich genommen haben – dann hätte das Ganze etwas vornehmer gewirkt.

ERSTER SOLDAT: Sie leben in der Vergangenheit, General. Die Zukunft bringt uns die Abschaffung aller nationalen Grenzen. Der Tag wird kommen, an dem die Arbeiter die Zollschranken niederreißen und die Panzersperrketten demolieren werden, um die Hand der Freundschaft auszustrecken über die künstlichen Gräben und Grenzen hinweg, die die Nationalisten und die kapitalistischen Kriegshetzer mutwillig errichtet haben.

GENERAL *(traurig)*: Sie lesen wohl viel, was?

ZWEITER: Unsere Zukunft wird aus der Disziplin erwachsen und aus der Pflege des Heldenmuts im Herzen der Jugend. Meiner Meinung nach müßte jede Mutter, die fünf Kinder zur Welt brachte, eine Garnitur Spielzeugbajonette als Ehrengabe einer dankbaren Nation erhalten.

GENERAL: Und trotzdem, liebe Freunde, ist unsere Art der Vaterlandsliebe empfindsamer und vernünftiger als alle diese albernen, fremdländischen Ideen.

Das werde ich euch beweisen. Ich brauche euch nur ein Volkslied zu singen, in das ihr einstimmen werdet, gegen euer besseres Wissen.

BEIDE SOLDATEN *(nachdenklich)*: Ein Volkslied?

GENERAL: *(singt leise und sehr liebevoll: An Angel weary of Paradise)*

Ein Engel, entflohen dem Paradies
kam herab zu uns auf die Erde.
Flog über Tal und Berg und Wies'
bis lachender Stimmen Lied er hörte.

Was bedeutet dieses Gemurmel vom Glück
das zwischen Bäumen hängt wie ein Lied.
Was bedeutet dieser füllige Klang
der über die satte Erde zieht?

Das ist die Schwadron der hölzernen Pferde
gesattelt zu kindlichem Schaukelritt.

Die Schwerter sind aus blendweißem Holz,
die Burgen wachsen aus lachendem Sand,
die Kinderlanzen sind wehrhafter Stolz,
geschwungen für unser liebliches Land.

Der Engel kehrt wieder ins Paradies,
ist jünger, ist weise geworden,
lobt uns Menschen zwischen Bergen und Wies'
die mit hölzernen Schwertern nicht morden.

Hat der Himmel ewig sein Paradies,
auch die Erde hat Glanz und Perlen.
Unser Land ist die Perle,
der Erde geschenkt,
unser Land, unser Land, ist die Perle.

(Während der General das Lied »Ein Engel, entflohen dem Paradies« sang, haben die beiden Soldaten zaghaft mit eingestimmt, zuerst nur die Melodie summend, gegen Ende in vollem Einsatz, Text und Melodie)

ZWEITER SOLDAT: Wir haben tatsächlich gesungen.

ERSTER: Und wenn man bedenkt – was für ein sinnloses, albernes Zeug! *(Phrasenhaft)* Kinderlied – Nonsens, ohne die revolutionäre Kraft sozialer Anklage!

GENERAL: Soziale Anklagen wenden sich – mit den sozialen Bedingungen – während der Kinderlied-Unsinn etwas Bleibendes hat.
Dieses Lied hat die ersten Schritte weiser Männer begleitet.
Und es hat einst alle in den Schlaf gesungen: die angehenden Genies und die eitlen Dummköpfe von übermorgen.
(In dem Gebäude links vom Zuschauer wird von einem wütenden Mann ein Fenster geöffnet. Der Mann ist im Pyjama und trägt eine randlose Brille)
DER ÄRGERLICHE: Kann man sich in diesem Nest nicht einmal richtig ausschlafen? Wenn nicht gerade die Kathedrale mit ihren Glokken dröhnt – dann lärmen irgendwelche Trunkenbolde!
GENERAL: Verzeihung, Herr Botschafter.
DER ÄRGERLICHE: Wer ist denn da? Oh – Sie sind's, Herr Präsident – entschuldigen Sie bitte diesen Temperamentsausbruch. Eine großartige Gesellschaft gestern abend – oder sollte ich ›heute früh‹ sagen?
GENERAL: Danke –
DER ÄRGERLICHE: Herrliche Idee, daß alle in Masken erschienen!
GENERAL *(bescheiden)*: Das ist Tradition.
DER ÄRGERLICHE: Aahh – ich hab' ja meine immer noch! Was sagen Sie dazu? *(Und tatsächlich hat er noch die Reste einer schwarzen Maske, die er jetzt auf der Stirn trägt, wie ein Motorradfahrer, der seine Brille hochgeschoben hat)*
Man möchte sich fast wünschen, daß Sie jeden Tag Unabhängigkeitstag haben.
GENERAL: Haben wir sogar – aber wir können es uns nicht mehr als höchstens zehn- oder fünfzehnmal im Jahr leisten, ihn so festlich wie heute zu begehen.
DER ÄRGERLICHE: Was Sie nicht sagen!?
GENERAL: Wir haben unsere Unabhängigkeit mindestens vierhundertmal gewonnen – was uns gewissermaßen zu den allerunabhängigsten Menschen dieses mittlerweile etwas abhängig gewordenen Kontinents macht.
DER ÄRGERLICHE: Tatsächlich! Aber so etwas muß einem doch gesagt werden.
GENERAL: Unglückseligerweise haben wir unsere Unabhängigkeit noch weit öfter verloren.
DER ÄRGERLICHE: Nicht möglich?! Man lernt doch nie aus.
STIMME EINER FRAU: Hooper!

DER ÄRGERLICHE: Ich komme – meine Süße. Komme sofort!
STIMME DER FRAU: Bist du denn ganz von Gott verlassen?! – Am offenen Fenster – mit deiner Arthritis!
DER ÄRGERLICHE *(die Komik des Pantoffelhelden freiwillig auf sich nehmend)*: Tut mir leid, Freunde – diesem Ruf kann ich nicht widerstehn. Auf bald!
(Der Ärgerliche verschwindet)
ERSTER SOLDAT *(sauer)*: Kriegshetzer!
(Jetzt öffnet sich auf der gegenüberliegenden Seite ein Fenster, und ein zweiter verärgerter Mensch mischt sich ein)
ZWEITER ÄRGERLICHER: Pssst!
GENERAL: Herr Botschafter – guten Morgen!
ZWEITER ÄRGERLICHER: Hat er was gesagt?
GENERAL: Wer?
ZWEITER ÄRGERLICHER: Na er. Ihm!
GENERAL: Ihr Gegenspieler? Nein, nicht viel.
ZWEITER ÄRGERLICHER: Ich kann ihn sprechen hören, wenn ich mein Ohr an die Scheiben presse, aber ich höre nur Laute, keine Worte.
GENERAL: Wir haben ihn aufgeweckt – mit unserem Gesang. Ich hoffe, wir haben nicht auch Sie aufgeweckt.
ZWEITER ÄRGERLICHER: Ich schlafe nicht.
GENERAL: Nie?
ZWEITER ÄRGERLICHER: Nie.
GENERAL: Nervenkrise?
ZWEITER ÄRGERLICHER: Politischer Grundsatz!
GENERAL: Du lieber Himmel!
ZWEITER ÄRGERLICHER: Darf ich Sie beglückwünschen, Herr Präsident, zu dem Empfang gestern abend, der wesentlich zur Solidarität zwischen unseren beiden großen Völkern beigetragen hat.
GENERAL: Ich fand es sehr nett. Ich ging als letzter und war ziemlich betrunken.
ZWEITER ÄRGERLICHER *(ohne Humor)*: Eine befristete Trunkenheit, die sich in Verfolgung unserer großen politischen Ziele ergibt, ist keine Sünde.
EINE FRAUENSTIMME: Vadim!
ZWEITER ÄRGERLICHER: Da, gobulchik?
FRAUENSTIMME: Paidi Sudà!
ZWEITER ÄRGERLICHER *(einlenkend)*: Sichàs –

GENERAL: Gehn Sie lieber vom Fenster.
ZWEITER ÄRGERLICHER *(mißtrauisch)*: Verstehen Sie unsere Sprache?
GENERAL: Nein – aber die Situation.
(Der zweite Ärgerliche verschwindet rasch und wütend. Ein vertrottelter Heiliger auf der Turmuhr schlägt die Stunde)
GENERAL: Simon, der Säulenheilige. Sagen wir sieben Uhr sechzehn.
ERSTER SOLDAT: Sieben Uhr vier.
ZWEITER: Viertel vor acht. *(Sie stecken ihre Uhren weg)*
GENERAL: Der heilige Simon konnte mit der Zeit nie viel anfangen – auf seiner Säule da droben –
ERSTER SOLDAT: Diese Uhr ist eine nationale Schande.
ZWEITER: In diesem Punkt bin ich ausnahmsweise mit dir einig.
GENERAL: Warum?
Der einzige, der pünktlich ist, ist der Tod – zu jeder Tageszeit schlägt er die unbarmherzige Stunde der eigentlichen Dämmerung – und, glaubt mir, er weiß, was er tut. Wie ich die Dämmerung hasse! Es ist die Stunde der Exekutions-Kommandos – des letzten Schlucks aus einem abgegriffenen Glas – der letzten Zigarette.
Der letzte Wunsch.
Diese ganze, wohlberechnete Überspanntheit der Menschen, die sich als Götter aufspielen.
Und die Dämmerung ist die Stunde des Beginns der großen Offensiven – der Todesernte im Massenwahn. Bitte die Uhren vergleichen, meine Herren – und, Jungs, pflanzt die Bajonette auf.
Das Sperrfeuer beginnt in zehn Sekunden.
Tausend Mann werden sterben, um ein altes Landhaus zu nehmen, in dem seit Jahren keiner mehr gewohnt hat.
Und die Dämmerung ist der Herold des Tages, um die zwölf Stunden unserer hellwachen Bedeutungslosigkeit anzukündigen, wenn wir dem Druck der anderen ausgesetzt sind – und Menschen zulächeln, die zu verachten wir tausend gute Gründe hätten.
Ein Diplomat ist heute nichts weiter als ein Oberkellner, der sich gelegentlich hinsetzen darf.
Und wie möchten der Herr die Einfuhren – in Öl, oder in Petroleum – ? – Gepfeffert – oder ungepfeffert? Gepfeffert. Das dachte ich mir, mein Herr.
Wenn ich mir die Bemerkung erlauben darf, mein Herr, Ihr Geschmack ist unausstehlich.

Komme sofort, mein Herr.
Ja, mein Herr, ich weiß – Sie können den Anblick des fetten Herrn am Nachbartisch nicht ertragen – ich weiß, aber ich muß auch ihn als Gast behandeln wie alle, um der Höflichkeit willen und um der Existenz unseres kleinen Restaurants willen, das auf seine Gäste angewiesen ist, von Mahlzeit zu Mahlzeit.
Aber ja, mein Herr, selbstverständlich verspreche ich Ihnen, daß ich dem Gast am Nebentisch keinerlei Geheimnisse kredenze – ich werde ihm sagen, daß die Geheimnisse von der Karte gestrichen sind – obgleich wir wissen, mein Herr, Sie und ich, nicht wahr – ? Hahahahaaaah – *(Überrascht)* Ja, Sir, mit Bedienung – *(Mit dem dankbaren Lächeln eines Oberkellners)* Danke Ihnen sehr, mein Herr.
(Er erwacht aus seiner Oberkellner-Phantasie und mustert die beiden Soldaten)
Ihr haßt die Nacht, weil ihr sie langweilig findet – ich hasse den Tag, der eine fortgesetzte Beleidigung meiner Intelligenz ist, eine Herabsetzung meiner Ehre, ein Wurm am Herzen meiner Unantastbarkeit – während die Nacht *(er verliert sich an diesen Gedanken)* – die Nacht ist herrlich – denn sie ist die Zeitspanne, in der die Starken schlafen, um Kräfte zu sammeln für das Grauen des kommenden Tages – und in dieser Zeitspanne des Magischen, des verwirrend Geheimnisvollen erstrecken unsere Horizonte sich in die Unendlichkeit – unsere Grenzen weiten sich nicht nur nach Norden und nach Süden, nach Osten und Westen – sie greifen auch in den Raum über uns – bis zum Mond – und bis hinunter in den Mittelpunkt der Erde.
Im Einklang mit der Natur setzen wir unsere Bataillone in Marsch ins Zauberland der Phantasie. Wenn die anderen schlafen, hat unser Reich keine Grenzen mehr.
(Irgendwo kräht ein Hahn. Die Straßenlaternen verlöschen. Schwer und etwas dumpf)
Da – der tägliche Winter bricht an.
ZWEITER SOLDAT *(zart)*: Schau –
(Ein Liebespaar kommt auf den Platz. Beide sind zu sehr beschäftigt miteinander, um zu wissen, wo sie sind. Sie sind noch in den Gesellschaftskleidern des vorigen Abends, Masken um den Hals gehängt)
GENERAL *(zart, mitfühlend)*: Oh, ich hoffe, sie sind einander schon früh am Abend begegnet, denn es könnte sein, daß er jetzt ein Fält-

chen unter ihren sehnsüchtig ermüdeten Augen entdeckt – oder daß sie eine Spur grausamer Zufriedenheit in seinen Mundwinkeln aufspürt – jetzt, da es Tag wird.
Am anderen Morgen, ah – Dämmerung!
Seien wir taktvoll und zurückhaltend.
ZWEITER SOLDAT: Jetzt bin ich dran mit dem Befehl geben.
GENERAL: Schön und gut – aber geflüstert! Um Himmels willen, geben Sie ihn nicht in der Lautstärke, die man Ihnen in der Kaserne beigebracht hat.
ZWEITER SOLDAT *(flüsternd)*: Regiment – zur Flaggenparade – Stillgestanden. Weggetreten –
(Sie marschieren ab. Der General hält sofort inne)
GENERAL: Bitte – nehmen Sie doch nicht meinen Schritt auf – das macht mich nervös.
(Sie marschieren unmilitärisch und in bewußt aufgelöster Formation ab, einen letzten, sentimentalen Blick auf die Liebenden werfend)

Liebesszene Romanoff und Julia

(Nach dem Abgang der beiden Soldaten und ihres Generals – nach einem langen, innigen Kuß und bewundernden Blicken)
ER: Gibt es Worte, die noch nie zuvor gesagt wurden?
SIE: Es gibt Augenblicke des Schweigens, die nur uns allein gehören. Warum schaust du mich so kritisch an?
ER: Kritisch?
SIE: Habe ich Schatten unter den Augen?
ER: Ich würde lügen, wenn ich dir sagen würde, daß du nicht müde aussiehst.
SIE: Dann schau mich nicht an.
ER *(der ihr Gesicht, das sie zu verbergen suchte, behutsam faßt, um es wieder dem seinen zuzuwenden)*: Sie nicht dumm – ich möchte versuchen, mir vorzustellen, wie du aussiehst, wenn du siebzig bist.
SIE: Es ist spät. Da wird man albern. Das liegt an der Sonne, die jetzt heraufdämmert, an der süßen Müdigkeit, die einen umfängt und am Geschmack alten Champagners, den man noch auf der Zunge hat.
Als im Saal noch die Kerzen brannten und das Glas-Mosaik an den Kandelabern die Decke in ein milchweißes Licht tauchte, waren

unsere Gedanken noch ohne Schärfe. Deine Augen leuchteten noch wie Edelsteine in deinem felsenharten Gesicht.
ER *(elegisch)*: Man kann es mit Worten nicht mehr heraufbeschwören.
SIE: Ich weiß.
ER: Die Verzauberung schwindet so rasch – schon fünf Minuten danach hat man ernste Zweifel, ob sie je wirklich und gegenwärtig war.
SIE: Zweifelst du jetzt daran?
ER: Nein. Ich erinnere mich genau. Aber die Erinnerung hat etwas eigenartig Kaltes und Tatsächliches – wie ein Knoten, den man sich ins Taschentuch gemacht hat.
Man ist voller Eindrücke, die erstarrt und erfroren sind, jetzt. Alles könnte ebenso gut jemandem anders geschehen sein – irgendeinem Glücklichen, auf den ich eifersüchtig bin.
SIE: Aber ich bin noch da.
ER: Ja, etwas Warmes und Lebendiges, das ich begehre. Letzte Nacht waren wir eins, Gebilde eines Traums, selbstlos vereint in einem endlosen Walzer.
Von jetzt an stehen wir im Gegensatz zueinander, ein Mann und eine Frau – und Liebe. Liebe – bittersüßer Kampf, in dem wir uns erschöpfen – zwei Motten, die ins Licht fliegen – zwei Kannibalen, die einander vertilgen.
SIE: Hast du viele Frauen gekannt?
ER: Ich bin bei der Marine.
SIE: Danke, für diese Offenheit.
ER *(lächelt)*: Hast du Angst, ich könnte dich mit anderen vergleichen?
SIE: Natürlich –
ER: Und wenn ich dir sage, daß du besser, daß du schöner bist?
SIE: Das genügt mir nicht – ich möchte die einzige sein.
ER: Hast du nie einen Mann geküßt?
SIE: Nur vier – und Freddie.
ER: Meinst du nur vier – und Freddie? Oder meinst du fünf?
SIE: Fünf? *(Sie überlegt es sich, etwas überrascht)* Nein, ich meine vier – und Freddie.
ER: Wer ist Freddie?
SIE *(freudig)*: Du bist eifersüchtig!
ER: Es ist Tag. Gestern abend gab es keinen Freddie.

SIE: Nein – du hast recht. Gestern nicht.
ER: Ich warte auf eine Antwort.
SIE: Freddie? Er ist mein Verlobter.
ER: Ah so.
SIE *(etwas albern)*: Er hat es mit Eisschränken.
ER: Das verstehe ich nicht.
SIE: Er baut Eisschränke. Vor ihm hat sein Vater Eisschränke fabriziert.
ER: Vererbung.
SIE: Ja. Sein Vater hat etwas erfunden – jetzt darf ich nichts Falsches sagen – etwas, das kocht, brät, siedet und gefriert, alles mehr oder weniger gleichzeitig – und es kann durch Bildschirm kontrolliert werden – ja, das hat Freddies Vater erfunden. Oder – vielmehr – erfinden lassen –
ER: Sozusagen ein Erfinder i. V.!
SIE: Ja. Freddie glaubt an eine Mission in Kühlanlagen. Einmal, als er betrunken war, erzählte er mir, daß er im Falle eines Krieges eine Erfindung hat, mit deren Hilfe man den Golfstrom einfrieren kann. – Damit könnten wir es den anderen ziemlich ungemütlich machen. O mein Gott, so etwas sollte ich dir nicht erzählen, oder?
ER: Nein.
SIE: Du spricht so ohne jeden Akzent – deswegen vergesse ich auch immer, wer du bist.
ER *(pompös)*: Ich gehöre zur Mannschaft des Eisbrechers Roter Oktober. Komischer Zufall, was, daß es vielleicht eines Tages meine Pflicht sein könnte, mitten durch Freddies begnadeten Tagtraum vom eingefrorenen Golfstrom zu brausen?
SIE: Wie schrecklich. Jetzt ist alles verdorben.
ER: Warum? Liebe kennt keine dialektischen Grenzen.
SIE: Nein – das nicht. Aber was für eine grausige Art, es auszudrücken.
ER: Grausig? Was ist den so grausig an einem klaren Gedanken, klar ausgedrückt?
SIE: Aber Igor! Geschöpfe eines Traums, selbstlos vereint in einem endlosen Walzer –?!
ER: Das habe ich gesagt – nicht?
SIE: Ja.
ER: Komisch, wie sehr Romantik ein anderweitig logisches Denkvermögen zu Ungenauigkeiten verführt. Selbstverständlich konnte

der Walzer unter gar keinen Umständen endlos sein – dann würde er ja jetzt noch gespielt – und das ist unmöglich – weil wir ja jetzt hier sind.

SIE *(wirklich entsetzt)*: O nein!

ER *(plötzlich)*: Klingt das, was ich sage, sehr humorlos – und unwestlich, wenn ich so rede? *(Stille)* Ich muß dich um Verzeihung bitten.

Ich kann natürlich niemals ein Phänomen mißachten, das so groß und schön und glorreich ist wie unsere Liebe, aber ich muß zugeben, daß es eine abstoßende ideologische Verwirrung in mir hervorgerufen hat.

Ich muß auf meine Lehrbücher zurückgreifen, um dir in wissenschaftlicher Präzision eine Vorstellung von dem Grad dieser Verwirrung zu vermitteln.

SIE *(hoffnungsfroh)*: Meinst du, du liebst mich mehr als Marx?

ER *(scharf)*: Bitte, erspare dir diesen Sarkasmus, er paßt nicht zu dir.

SIE: Tut mir leid. Aber ich bin eifersüchtig auf diesen Menschen.

ER: Ich mache mich auch nicht über deine Anschauungen lustig.

SIE: Ist ein Lächeln gestattet?

ER *(mit einem kleinen Grinsen)*: Ich bin kein Unmensch.

SIE: Wer hat denn das behauptet?

ER: Aber ich kann es nicht ausstehen, wenn Frauen den kalten Scharfsinn eines Mannes entwickeln.

SIE *(zärtlich)*: Ich begreife dich nicht.

ER *(sich mit beiden Händen durchs Haar fassend)*: Ich begreife mich selber nicht. Im Eismeer droben war alles so einfach!

SIE: Meinst du, es liegt am Klima, Liebling?

ER: Nein. Nein, es ist auch im Schwarzen Meer verhältnismäßig einfach.

SIE: Dann liegt es am Festland?

ER: Ja. Das muß es sein. Obwohl auch auf dem Festland solide sozialistische Aufbauarbeit geleistet wurde, das ist nicht zu leugnen. Beispielsweise hat Karl Marx einen beachtlichen Teil von »Das Kapital« im Britischen Museum in London geschrieben – eine Tatsache, die dieses Buch noch bemerkenswerter macht.

SIE: Frauen – ganz allgemein? Verwirren sie dich, Liebster?

ER: Frauen? Ich habe schon öfters Frauen gesehn. Ich habe auf einem Schiff unter dem Kommando eines weiblichen Kapitäns gedient, obschon ich aus Gründen der Fairneß sagen muß, du hättest in ihr keine Frau vermutet. Sie hat mich nicht im geringsten gestört.

SIE: Könnte es vielleicht der plötzliche Einfluß meiner Kosmetika sein, der dich psychologisch so irritiert?

ER: Kosmetika? Was ist das? Irgend so eine bourgeoise Wissenschaft?

SIE: Lippenstift. Wimperntusche.

ER: Du beleidigst mich mit der Annahme, daß Trivialitäten dieser Art mich beeinflussen könnten. Nein. Die Tatsache *(langsam und nicht ohne Schwierigkeit)* – die Tatsache ist ganz einfach die: ich liebe dich.

SIE *(begeistert)*: Oh – !

ER *(ernst)*: Bitte unterbrich mich nicht. Um meiner selbst und um unserer Zukunft willen muß ich die Gründe herausfinden, die mich dazu gebracht haben, dich zu lieben – trotz der weitreichenden und unvereinbaren geistigen und politischen Gegensätze zwischen uns. Vor allem anderen – wir tragen Masken.

Hinter deiner Maske hätte sich das von Eifer erfüllte sommersprossige Gesicht einer Kolchos-Arbeiterin verbergen können. Als wir die Masken nach Mitternacht abnahmen, war es schon zu spät. Ich war verliebt.

SIE: O Igor, das kann nicht sein. Kein Kolchos-Mädchen spricht mit amerikanischem Akzent.

ER: Ja – ich habe geschwindelt. Vergib mir. Ich wußte, daß du keine von den unsrigen bist. Vielleicht gerade deshalb. Wie entsetzlich! *(Wütend)* Ich muß mir selbst gegenüber aufrichtig sein. Ich glaube, ich weiß, was mich unwiderstehlich zu dir hingezogen hat –

SIE *(etwas kokett)*: Und das wäre?

ER *(sehr ernst)*: Du könntest unter gar keinen Umständen der Kapitän eines Schiffes sein. Du bist eine der wenigen Frauen in meinem Leben, die unter gar keinen Umständen Kapitän eines Schiffes sein könnten.

SIE: Daddy hat mir letzten Herbst ein kleines Segelboot gekauft. Es liegt bei Cape Cod vor Anker. Ich liebe die See, mein Engel, so sehr wie du –

ER *(behutsam)*: Könntest du einen 6000-Tonner in den Hafen von Murmansk manövrieren, ohne Lotsen – rückwärts – in einem Schneesturm?

SIE: Ich hab' es nie versucht.

ER: Du könntest es nicht. Und ich könnte es auch nicht. O glorreiche Kapitäninnen der sozialistischen Revolution!
SIE: Die Glorie ihnen allen – und zu Recht! Küß mich.
ER: Noch nicht. Ich muß erst noch zu einigen ethischen Schlußfolgerungen kommen.
SIE: Igor, wir haben so wenig Zeit! *(Um gegen seine sture Revolutionärs-Stimmung anzugehen)* Ich weiß, was mir am meisten an dir gefällt.
ER: Was?
SIE: Dein Profil.
ER *(abschätzig)*: Die Fassade.
SIE: Ich lese nie ein Buch, wenn ich den Titel nicht mag. Igor, ich mag den Titel. Ich möchte das Buch lesen.
ER: Das verstehe ich nicht.
SIE: Auch das mag ich. Du würdest nie verstehen –
ER: Was?
SIE: All die Dinge, die ich verstehen muß. Du könntest nie begreifen, warum es absolut notwendig ist, daß die Chicago Redsox im nächsten Jahr die Saint Louis Cardinals schlagen.
ER: Nein – das begreife ich nicht. Warum? Cardinals – das sind Kardinäle! Aha! Was für Kardinäle?
SIE: Man muß in Chicago leben, um das zu verstehen.
ER: Ich beabsichtige nicht, in Chicago zu leben.
SIE: Ich auch nicht – aber Freddie –
ER: Schon wieder Freddie?
SIE: Ach, ich will ja Freddie gar nicht wiederhaben. Küß mich.
ER: Ich möchte verhindern –
SIE: Möchtest du?
ER: Nein.
SIE: Bitte – !
ER: Danke –
(Sie umarmen einander und verlieren sich völlig in dieser Umarmung. Die beiden Soldaten kommen zurück. Die beiden Soldaten, jetzt als schäbige Zivilisten, tragen verschiedenerlei Waren. Sie bemerken einander mit mißmutigen Blicken)
ERSTER SOLDAT: Brauchst du nicht ein paar Stunden Ruhe?
ZWEITER SOLDAT: Es ist zu heiß zum Schlafen.
ERSTER SOLDAT: Hast ja nicht lange gebraucht, um dich umzuziehen.

ZWEITER SOLDAT: Das gleiche läßt sich von dir sagen. Ich vermute sogar, du wolltest die Verkaufschancen nutzen hier, solange ich noch nicht auf dem Plan bin, um dir Konkurrenz zu machen. Kein sehr soziales Verhalten – wenn ich so sagen darf. *(Geht plötzlich mit seinem Angebot auf die Liebesverlorenen los)* Andenken, Armspangen, prähistorische Münzen, religiöse Postkarten in bunter Seidenstickerei – !

ERSTER SOLDAT *(wütend)*: Du hast angefangen.

(Den Konkurrenten überbietend)

Erdnüsse, gesalzenes Marzipan, die einheimische Spezialität, englische Manschetten, alte, gut erhaltene Nummern des Detektiv-Magazins!!

ZWEITER SOLDAT: Keine passendere Gelegenheit, eine Verlobung anzuzeigen, als religiöse Postkarten – die Verkündung verliert auf diese Weise jeden frivolen Aspekt – die Verlobung wird zu einem Ereignis von gehobener Würde – keine Lästerzunge wird je diesen ersten Eindruck schmälern! Aber andererseits, wenn die Verwendung weniger bekannter Heiliger ihnen noch zu formell erscheint – sagen wir, im Falle modernerer Ansichten, dann habe ich auch noch eine Auswahl von Postkarten von mehr profanem, um nicht zu sagen pikantem Reiz – Susanne im Bade, bunt, mit wasserechten Farben – oder die Indiskretionen Cupidos – oder eine Reihe japanischer Neuheiten, die letzten Mittwoch erstmals eingeschmuggelt werden konnten –

ERSTER SOLDAT: Kein Tisch ist komplett und kein Tisch beweglich genug – ohne Rollen – und, rein zufällig, kann ich zu den Rollen auch den Tisch liefern, wenn er gebraucht wird. Die Beweglichkeit mag im ersten Augenblick verwirren, aber man gewöhnt sich daran – ich bin sicher, daß sogar in Paris, diesem Mekka der anspruchsvollen Welt, diese Idee rollend beweglicher Tische in Mode kommen wird, wenn man uns auch auf dem Pfad, den wir so kühn bereitet haben, zunächst nur zögernd folgt.

Nein?

Nun, meine Freunde – wollen wir doch nicht blind sein, vor lauter Idealismus! Die erste Leidenschaft der Liebe weicht bald genug der Gewohnheit – einer Gewohnheit, die man nicht zu Unrecht als das »wirkliche Verstehen zwischen zwei erwachsenen Menschen« bezeichnet. Und in diesem zweiten, viel wichtigeren Stadium einer jeden Ehe kommt ein Sammelband älterer Nummern – in lückenlo-

ser Fortsetzung selbstverständlich – des Detektiv-Magazins als spannende Lektüre gerade recht.
Der Herr General kommt heute später nach Hause, Madame?
Das Baby schreit, Monsieur?
Hier ist genau das, was Sie brauchen für Ihre Nerven – Erzählungen von Abenteuer und Rache – zu einem Viertel des ursprünglichen Preises.
SIE *(verzweifelt)*: Oh, bitte, lassen Sie uns allein!
ZWEITER SOLDAT: Das ist ein freies Land. Niemand kann uns auf einem öffentlichen Platz wie diesem daran hindern, unseren Geschäften nachzugehen.
(Die Liebenden versinken wieder in einen Kuß. Der General kommt im Morgenanzug)
GENERAL *(etwas geistesabwesend, zu den Soldaten)*: Stehen Sie bequem – *(Bemerkt die Liebenden)* Was? Immer noch hier? Das muß so etwas wie die große, wahre Liebe sein.
ERSTER SOLDAT: Bestimmt. Es ruiniert den Handel.
GENERAL: Die große, wahre Liebe! Und ich kenne nicht einmal die kleine, falsche – man lebt – und lernt – daß man im Grunde gar nichts weiß.
SIE *(wütend, sich umwendend)*: Oh – bitte!
GENERAL: *(irritiert, den Zwicker auf seiner Nase korrigierend)* Miss Moulsworth!
SIE: Sch! Sagen Sie bitte nichts zu Dad, bitte!
GENERAL: Ich habe dieses Idyll bewundert, ohne zu wissen, daß die bezaubernde Miss Julia der Mittelpunkt ist. Gütiger Himmel! Leutnant Romanoff!
ER: Still! *(Blickt nervös und mißtrauisch um sich)* Ich flehe Sie an – zu niemandem ein Wort davon. Wenn es jemand erfährt, bin ich erledigt. *(Der General lacht)* Warum lachen Sie?
GENERAL: Ich begann mein Leben als Taugenichts – und wurde beim Falschspiel ertappt – und meine Karriere war erledigt. Sehen Sie mich jetzt an. Ich habe so viele Karrieren zu Ende gebracht, daß mir nichts mehr anderes übrigblieb, als Präsident der Republik zu werden.
ER: Sie verwirren mich.
SIE: O bitte, verwirren Sie ihn nicht!
GENERAL: Sind Sie wirklich verliebt, Leutnant? Ich frage nicht als Dialektiker – sondern ganz unbefangen –

SIE: Aber ja – er kann es sich nur nicht eingestehn. Es ist psychologisch. Er hat ein gewisses Stadium erreicht, in dem es ihm vielleicht möglich ist, seine widerstreitenden Empfindungen zu überschauen – und sie gewissermaßen dem Zwang dieser einflußreichen Männer zu entziehen, wissen Sie – Marx, Lenin, Trotzki –

ER *(wütend)*: Trotzki! Das werde ich dir nie verzeihen!

GENERAL *(rasch)*: Sie meinte ja Engels. Man verwechselt diese Namen so leicht.

Sie brauchen meine Hilfe.

ER: Nein.

GENERAL: Ich habe Sie nicht gefragt – nur eine Feststellung getroffen.

Ihre völlige Verzweiflung, Ihr blinder Eifer, einander mißzuverstehen und Ihre unausstehliche Gemütsverfassung lassen keinen Zweifel daran, daß es sich um die große Liebe handelt. Mir ist sie nie begegnet, um so mehr bin ich imstande, diese Liebe gedeihen zu sehn, sie in ihrem Wachstum zu verfolgen, mit der feinen Zunge und der lächelnden Distanz eines alten Weinkenners.

Wollt ihr euch wiedersehen heute abend?

ER UND SIE: Nein.

GENERAL: Gut, ich werde sehen, was sich machen läßt. Heute abend haben wir den tausendsten Jahrestag unserer Befreiung von den Lithuanern.

ERSTER SOLDAT: Wirklich? Ich dachte –

GENERAL: Wen kümmert Genauigkeit. Es ist auf jeden Fall tausend Jahre her und wenn es nicht die Lithuaner gewesen sind, von denen wir damals befreit wurden, dann werden wir eben das feiern, was vor tausend Jahren geschehen ist – das ist ein Befehl!

ZWEITER SOLDAT: Mit Feuerwerk?

GENERAL: Selbstverständlich – mit soviel Feuerwerk, wie wir es uns nur eben leisten können. Es wird ja gegen acht Uhr schon dunkel. *(Der zweite Soldat zieht ein paar Raketen aus der Tasche, zum Ärger des ersten Soldaten)* Lassen Sie mich nur machen.

ER UND SIE: Nein.

GENERAL: Das kommt euch wohl zu lange vor – warten müssen bis es wieder Abend wird? Seien Sie nicht so ungeduldig.

ER *(unvermittelt)*: Auf Wiedersehn.

GENERAL: Sehr gut. Nehmen Sie es gelassen hin – die Zeit der Trennung wird vorübergehn.

SIE: Ich gehe.

GENERAL: Sehr gut – beißen Sie die Zähne zusammen, Miss Julia. *(Ohne sich noch einmal umzusehn, gehen die beiden Liebenden in ihre jeweiligen Gesandtschaften zurück – stehen einen Augenblick in der Versuchung, sich noch einmal umzudrehen)*

GENERAL: Nein – nein! Widerstehen Sie dieser Versuchung. Orpheus – du darfst nicht zurückblicken auf Eurydike – der Hades ist nur von befristeter Dauer – nur zwölf Stunden. Verdient euch die Freude des Wiedersehns.

(Die Liebenden verschwinden zögernd. Der General seufzt romantisch auf. Die Soldaten trocknen sich die Augen)

Weiß Gott! Wir sind eine empfindsame, eine mitfühlende Nation!

ERSTER SOLDAT: Ich bin froh, daß ich den beiden keine von den verrosteten Tischrollen verkauft habe – sie verdienen etwas Besseres.

ZWEITER SOLDAT: Und meine Postkarten sind wirklich geschmacklos!

GENERAL *(der plötzlich den Zusammenhang begreift)*: Um Himmels willen – was habe ich mir da eingebrockt. Einen Augenblick lang glaubte ich, es handelt sich um nichts weiter als um eine romantische Liebesgeschichte, rein, einfach, schön – aber – es ist ja – das ist ja ein diplomatisches Erdbeben!

(Während er unter dem Eindruck dieser Erkenntnis leidet, tritt ein Spion auf, übertrieben zufällig. Er geht rasch und lautlos zum zweiten Soldaten)

SPION: Hast du?

ZWEITER SOLDAT: Eh?

SPION: Was wir ausgemacht hatten.

ZWEITER SOLDAT: Aahh – du bist's – ja – *(Er bringt ein winziges Päckchen zum Vorschein)*

SPION: Ist das alles?

ZWEITER SOLDAT: Im Augenblick ja –

SPION: Wieviel?

ZWEITER SOLDAT: 800!

SPION: Zu teuer –

ZWEITER SOLDAT: Ich habe selbst fast soviel dafür gezahlt –

SPION *(nimmt das Päckchen)*: Gut. Ich lasse es dir gutschreiben –

ZWEITER SOLDAT: Aber wann –?

SPION: Du bekommst dein Geld.

Und – du hast nichts gesehn, nichts gehört. Wir haben nie miteinander gesprochen. Ich existiere überhaupt nicht.
ZWEITER SOLDAT: Meinetwegen.
(Der Spion verschwindet in die Russische Gesandtschaft)
ERSTER SOLDAT: Was hat das zu bedeuten? Seit wann unterhältst du geschäftliche Beziehungen zu den Russen?
ZWEITER SOLDAT: Auch ein Faschist muß leben. Ich besorge ihm Postkarten.
ERSTER SOLDAT: Wer ist er?
ZWEITER SOLDAT: Merkt man es ihm nicht an?
GENERAL *(plötzlich)*: Männer, ich brauche eure Hilfe.
ERSTER SOLDAT: Wir sind nicht im Dienst.
GENERAL: Wir sind alle im Dienst, wenn es um das Glück der Liebe geht.
ZWEITER SOLDAT: Vom Sold allein kann man nicht leben.
GENERAL: Beschwert euch beim Finanzminister. *(Plötzlich)* Hört jetzt endlich auf mit diesem geldgierigen Geschwätz! Noch eben habt ihr Tränen vergossen für die beiden. Oder gehört es etwa zu den Traditionen unseres Landes, Gefühle mit finanziellen Erwägungen zu verquicken?
ZWEITER SOLDAT: Leider nein – das ist ja unser großer Fehler.
GENERAL: Vorwärts jetzt. Im Gleichschritt, wenn ich bitten darf. Jetzt wird es ernst. Links, zwo, drei, vier – links, zwo, drei, vier –.
(Sie marschieren ab, in ungewohntem Gleichschritt. Jetzt schlägt wieder ein anderer Heiliger auf der Turmuhr im Hintergrund die Stunde.
Die Hauswand zur Amerikanischen Botschaft wird hochgezogen. Julia sitzt in tiefer Versunkenheit im Wohnzimmer. Die Tür geht auf, und Botschafter Moulsworth tritt ein)
In der US-Botschaft
BOTSCHAFTER HOOPER MOULSWORTH *(aufgeräumt)*: Na – wie geht's denn meinem kleinen Mädchen?
Müde, was? Krieg' ich keinen Kuß?
Ich habe eine Neuigkeit – da wirst du Augen machen!
JULIA: Pa – ich muß dir was sagen.
HOOPER: Okay – und Freddie erfährt kein Wort.
JULIA *(bestürzt)*: Du weißt es also –
HOOPER: Natürlich – ich habe euch gesehn. Und ich muß dir sagen,

du hast großartig ausgesehn, im Mondlicht, in deinem Pariser Abendkleid.
Und ich muß dir noch etwas sagen – der Junge, mit dem du zusammen warst – alle Achtung vor deinem Geschmack, und ich sehe wirklich keinen Grund auf Gottes weiter Welt, warum Freddie je ein Wort erfahren sollte ...

JULIA *(blaß)*: Du magst Igor?

HOOPER: Wer ist denn das?

JULIA: Der Junge, mit dem ich zusammen war.

HOOPER: Yeah – Großartig gebaut. Ausgezeichneter Golfspieler, möchte ich wetten. Wie hieß er doch?

JULIA: Igor.

HOOPER: Hm, was ein Name nicht alles besagt!
Ich hatte einen Schulfreund, der hieß Epiphanias. Na, das ist auch längst vorbei.
Und nun hör zu, Baby. Bist du soweit?

JULIA *(bewegt)*: Pa – wenn du eine gute Nachricht hast, sag's. Ich kann sie brauchen jetzt – aber eine schlechte –
(Beulah Moulsworth kommt ins Zimmer)

BEULAH: Hast du's ihr gesagt, Hooper?

HOOPER: Ich bin gerade dabei, Beulah. Du mußt mich nicht so drängeln. *(Strahlend)* Gute Nachricht, Julia –

BEULAH: Und wie geht es meiner Tochter heute früh? *(Bedeckt Julia mit mütterlichen Küssen)*

JULIA: Hi, Mammy.

BEULAH: Was hast du ihr gesagt?

HOOPER: Noch nichts. *(Strahlend)* Eine große Neuigkeit, Julia.

BEULAH: Eine große Neuigkeit, wirklich. Du bist ein großes Mädchen jetzt –

HOOPER *(mit verzweifelter Geduld)*: Laß mich mal machen, Beulah. Julia –

JULIA: Ja?

HOOPER: Freddie –

JULIA: Was ist mit ihm?

HOOPER: Er kommt mit dem Nachmittags-Flugzeug.

JULIA *(blaß)*: Oh – nein – *(Sie wird ohnmächtig)*

BEULAH *(sarkastisch)*: Jetzt sieh du mal zu, Beulah – ha?

HOOPER: Was ist los mit ihr?

BEULAH: Hol einen Schluck Wasser, Hooper, sie ist ohnmächtig.

HOOPER: Das ist doch ausgeschlossen! *(Er geht rasch weg, Beulah umsorgt ihre Tochter)*

BEULAH *(laut)*: Du bist ganz einfach der taktvollste Mensch auf Gottes Erdboden – das ist das ganze Geheimnis!

(Hooper kommt eilig mit einem Glas Wasser aus dem Nebenzimmer zurück)

HOOPER: Ich bin nur manchmal etwas forsch. In Washington nennen sie mich den forschen Hoop Moulsworth – das hab' ich selbst gehört.

BEULAH: Julia ist ein Mädchen, Hooper. Ein Mädchen! Bei Mädchen ist es mit deiner Forschheit nicht getan.

HOOPER: Woher soll denn ich das wissen?

BEULAH *(begeistert der verwirrenden Süße dieser Gedanken nachspürend)*: Mädchen schweben am Rande der Ungewißheit – in einer Welt der süßen Zweifel – ihre Herzen schlagen höher, ehe das Wort, von dem sie genau wissen, daß es gesagt werden wird, gesagt wird. Und sie fallen in Ohnmacht vor Begeisterung – wenn es einmal nicht gesagt wird.

HOOPER: Beulah – wenn ich mich bei meiner Arbeit danach richten wollte! Wie geht es ihr?

BEULAH: Langsam wieder besser. Sie ist so sensibel –

HOOPER: Wir sind alle sensibel. *(Strahlend)* Wie geht es meinem Schatz?

JULIA *(ganz weich und fern)*: Daddy –

HOOPER: Ja, hier bin ich –

JULIA: Ich muß es dir sagen – ich liebe Freddie nicht.

HOOPER: Du – liebst ihn nicht. Moment – !

BEULAH: Sie muß Ruhe haben, Hooper.

HOOPER: Ruhe! Und wieviel Ruhe ich erst brauche!

BEULAH: Ins Bett jetzt, mein Liebling, komm!

JULIA *(sich langsam erhebend)*: Ich gehe – aber erst muß ich euch noch sagen, daß ich Igor liebe.

BEULAH *(mit der Begeisterung eines jungen Mädchens)*: Ein anderer?! Wie sieht er aus?

JULIA: Dad hat ihn gesehn.

HOOPER: Beulah – das Ganze ist viel zu ernst, als daß man einfach darüber hinweggehen könnte. Bedenke doch – Freddie fliegt für teures Geld hierher!
Wer ist dieser andere?

JULIA: Igor Vadimovitch Romanoff, der Sohn ihres Botschafters –
HOOPER *(ein einziger Schrei)*: Was?!
JULIA *(ruhig)*: Ich werde mich jetzt etwas hinlegen – vielleicht kann ich noch etwas schlafen.
(Sie geht mit der traumwandlerischen Sicherheit einer Liebenden ab. Lange Pause)
BEULAH *(sehr ruhig)*: Vielleicht haben wir etwas falsch gemacht, als sie noch ein Baby war. Vielleicht ist es unser Fehler –
HOOPER *(blaß, mit der phrasenhaften Sicherheit eines Verzweifelten)*: Ich glaube, es kommt im Leben eines jeden Menschen einmal der Augenblick –
BEULAH *(ihn wütend unterbrechend)*: Ohh – Hooper! Wir sind doch hier nicht in einer Sitzung des Ausschusses.
HOOPER *(zurückbrüllend)*: Sie muß wissen, was sie mir antut, mir, ihrem Vater!
Wenn sich das erst herumspricht! Undenkbar! Ich kann es nicht glauben. Es ist einfach unmöglich. Und du kannst hier herumsitzen, in aller Ruhe – und mir sagen –
BEULAH *(getragen)*: Der Fehler, lieber Brutus –!
HOOPER: Hör auf, mich zu zitieren! *(Pause, verändert)* Beulah, wir werden unsere ganze Überredungskunst und all unser Taktgefühl zusammennehmen –
BEULAH *(auf einer ganz anderen Spur)*: Ich war nie so überzeugt davon, daß Freddie der Richtige für sie ist.
HOOPER: Das spielt ja gar keine Rolle.
Ich habe mit Freddies Vater zusammen im gleichen Boot für das Kent-College gerudert. Aber das will ich alles einmal außer acht lassen – alle meine persönlichen Verpflichtungen. Die Tatsache bleibt doch bestehen, daß unsere einzige Tochter sich in einen…, in einen überzeugten Kommunisten verliebt hat – und wenn ich sage Kommunist, dann meine ich nicht jemanden, der während des Spanischen Bürgerkrieges Liebesgabenpakete an die falsche Adresse geschickt hat, sondern den Sohn eines hochgestellten sowjetischen Staatsbeamten!
BEULAH: Du hast eine besondere Begabung, alles im düstersten Licht erscheinen zu lassen.
HOOPER: Mein Gott, Beulah, sei doch keine so komplette Närrin.
BEULAH: Oohhh, dein unseliges Temperament! Seelische Grausamkeit par excellence, ein wandelnder Scheidungsgrund! *(Pause)* Vielleicht ist es nur eine Backfisch-Dummheit?

HOOPER *(der erregt im Zimmer auf und ab geht)*: Julia ist zwanzig.
BEULAH: O Hooper, sei doch nicht so phantasielos! Sie hat nie eine typische Backfisch-Dummheit gemacht – vielleicht fängt sie jetzt etwas verspätet damit an –?
HOOPER *(hat sich endgültig für diesen Gedanken entschieden, klammert sich daran)*: Ja, das ist es. Jugendliche Verblendung, ganz einfach! Daß wir nicht schon eher darauf gekommen sind.
BEULAH *(grausam)*: Und trotzdem – kann es ebensogut Liebe sein.
HOOPER: Das Wort will ich nicht mehr hören. Komm, meine Gute. Wir, du und ich, wir gehen jetzt zu ihr – ruhig, ganz ruhig – und wir reden mit ihr, würdig und gefaßt. Was wir nicht durch Überredung erreichen, wollen wir durch gutes Beispiel wettmachen. Schließlich sind wir ihre Eltern – und die Schrift erklärt unmißverständlich, daß sie uns Gehorsam und Ehrerbietung schuldet. Aber vorher mußt du mir eines versprechen.
BEULAH: Und das wäre?
HOOPER: Daß du still bist – und mich reden läßt –
(Sie gehen beide nach oben. Julia liegt jetzt in ihrem Zimmer, einen Stock höher, in tragischer Resignation auf ihrem Bett. Die Hauswand an der US-Botschaft sinkt wieder herunter. Gleichzeitig hebt sich die Hauswand an der gegenüberliegenden Seite in der Sowjetischen Botschaft)
In der Sowjet-Botschaft
Der Spion sitzt hinter einem Schreibtisch und hat einige Blatt Papier, die Selbstbezichtigungen Igor Romanoffs, wie sich herausstellen wird, auf dem Tisch vor sich. Igor steht davor.
SPION: Und?
IGOR: Und? An mehr kann ich mich nicht erinnern.
SPION: Ein Geständnis von nur acht Seiten Umfang muß unvollständig sein. Mir scheint, Sie versuchen immer noch, etwas zu verbergen. Das Geständnis, das Genosse Kotkor mir kürzlich übergab, hatte 214 Schreibmaschinenseiten – geschrieben wie gestochen und im klaren, dialektischen Stil eines alten Funktionärs.
Nach der Lektüre hatte man eine genaue Vorstellung von der völligen Korruption des Schreibers. Das Ganze war sozusagen ein Musterbeispiel für die Abfassung derartiger Dokumente. *(Pause)* Sie haben nichts hinzuzufügen? *(Seufzer)* Gut, ich will Ihnen helfen. Es gibt eine ganze Reihe von Genossen, die mit diesen Dingen allein einfach nicht fertig werden.

Zum Beispiel. Seite acht, Zeile dreiundzwanzig. Sie geben Liebe als entscheidenden Beweggrund für Ihr Abweichen von der Parteilinie an. *(Er lacht)* Ich habe Ihre Intelligenz überschätzt, Leutnant.

IGOR: Weil ich die Wahrheit sage, ohne Zweifel.

SPION: Die Liebe respektiert Grenzen – so gut wie Armeen sie respektieren, unsere volksdemokratischen Armeen ganz besonders.

IGOR: Nur der Zynismus hat keine Grenzen.

SPION: Erklären Sie mir das.

IGOR: Wenn ich meine Gedankengänge noch weiter vereinfache, werde ich in Kürze nur noch das Alphabet rezitieren.

SPION *(mißtrauisch)*: Welches Alphabet – unseres? – oder das amerikanische?!

IGOR: Mein Gott!

SPION: Welchen Namen erwähnen Sie da?

IGOR: Namen? – ich?

SPION: Gott! – Wenn ich richtig verstanden habe?

IGOR: Warum nicht?

SPION: Sind Sie gottgläubig?

IGOR: Ich habe ein Recht, zu glauben, was ich will.

SPION: Ich habe nicht gefragt, ob Sie ein Recht dazu haben – ich frage Sie, ob Sie glauben – na?!

IGOR: Mir geht der Unterschied nicht auf.

SPION: Ein himmelweiter Unterschied!

In der ersten Zeit nach der Revolution war Glauben ein Kapitalverbrechen. Das Heraufkommen der Volksdemokratie hat die Wahl zwischen Glauben und Unglauben dann uns überlassen. Aber selbstverständlich bleibt es Ehrensache für jeden, die einzig richtige Entscheidung zu treffen. Anderenfalls würde die Demokratie ja ihren Sinn verlieren.

IGOR: Ach, der Teufel soll Sie holen! *(Der Spion bekreuzigt sich)* Was machen Sie denn da?

SPION: Der Glaube an den Teufel ist noch von keinem Regime verboten worden.

(Botschafter Romanoff und seine Frau kommen ins Zimmer)

VADIM ROMANOFF: Guten Morgen.

EVDOKIA ROMANOFF: Guten Morgen.

VADIM: Was gibt's zum Frühstück?

EVDOKIA: Kaviar.

VADIM: Kaviar – Kaviar – Kaviar! Hat diese Eintönigkeit denn kein

Ende? Ich sage das mit allem schuldigen Respekt vor den ungewöhnlichen Leistungen unserer Stör-Fischereien und unserer modernen Konservenfabriken.

SPION: Einen Augenblick. Eine Sache von unaufschiebbarer Dringlichkeit, Exzellenz. Ich muß Ihren Sohn denunzieren.

VADIM: Schon wieder?

EVDOKIA: Moment. Frauen sind gleichberechtigt. Ich möchte zuerst sprechen.

SPION: Die Gleichberechtigung gibt den Frauen noch keine Vorrechte, wie das in den monopolkapitalistischen Ländern des Westens üblich ist. Sie können unmöglich beides wollen: Gleichberechtigung und die alte Bourgeois-Regel »Die Damen haben den Vortritt«.

EVDOKIA: Ich bin die Frau eines Botschafters. Ich habe ein Recht darauf, zuerst zu sprechen.

SPION: Nur außerhalb dieses Amtsgebäudes. Innerhalb dieser Mauern spielt die Tatsache, daß ich Ihr Chauffeur bin, keine Rolle. Und ich darf darauf hinweisen, daß ich ein hoher Offizier der Geheimpolizei bin.

VADIM: Laß ihn reden, Evdokia. Es ist vernünftiger. Laß erst ihn Igor denunzieren, ehe du mich denunzierst.

EVDOKIA: Woher wußtest du, daß ich dich anzeigen werde?

VADIM: Kein Frühstück ist vollständig ohne diesen Ritus.

SPION: Jetzt –

IGOR: Nein. Ich möchte mich selbst denunzieren.

VADIM *(warm)*: Siehst du, das ist der richtige Geist, mein Sohn.

IGOR: Ich bin verliebt.

EVDOKIA: Gerade der richtige Augenblick, ich muß schon sagen – wo wir heute Oberleutnant Marfa Vassilievna Zlotochienki erwarten.

IGOR: Wen erwarten?

EVDOKIA: Deine Anverlobte. Die heroische Kommandeuse der Schaluppe ›Dostojewski‹ –

IGOR: Meine Anverlobte? Ich habe noch nie etwas von ihr gehört.

VADIM: Wir hatten die Absicht, euch noch vor der Hochzeit miteinander bekanntzumachen.

IGOR: Das will ich hoffen!

VADIM: Mach dich nicht lächerlich, und führe dich nicht auf wie ein ungezogenes Kind!

Auch ich habe deine Mutter erst an unserem Hochzeitstag kennengelernt. Für Überraschungen blieb gar keine Zeit, und wir konnten uns jede überflüssige Gefühlsduselei sparen.
IGOR: Ich weigere mich, diese Person zu heiraten.
EVDOKIA: Du wirst das tun, was du gesagt bekommst. Wir haben es in letzter Zeit mit ungewöhnlichem Bedauern beobachtet, daß du für ein unausgeglichenes Verhalten sehr anfällig bist und daß du zuweilen eine Selbstbemitleidung an den Tag legst, die sich nicht einmal ein Faschist leisten könnte.
VADIM: Evdokia, du gehst zu weit.
EVDOKIA: Ja? Und ich weiß auch, wem dieser Einfluß zuzuschreiben ist! *(Sie fährt Vadim wütend an)* Im Schlaf von zaristischen Festlichkeiten in St. Petersburg zu reden! St. Petersburg – wenn du gestattest – nicht einmal Leningrad!
SPION: Sehr interessant.
VADIM *(pathetisch)*: Das glaube ich dir nicht!
EVDOKIA: Du hast sogar ein paar Takte der kaiserlichen Hymne gesummt, und hast in strammer Haltung im Bett gelegen. Durch deine abrupten Bewegungen ist die Steppdecke von deinem Bett geglitten, und ich mußte aufstehen und sie aufheben.
VADIM: Und wie steht es mit dir?!
Gestern, als ich dich zum Einkaufen mitnahm, hast du eine gute Viertelstunde in einem Laden französische Hüte aufprobiert.
SPION: Nicht möglich!
EVDOKIA *(unsicher)*: Das habe ich nur getan, um diese Schöpfungen einer pervertierten kapitalistischen Phantasie zu verhöhnen, Stück für Stück!
VADIM: Jaaa – aber während dein Mund eine unablässige Kette von Beleidigungen zischte, hast du deine Augen gerollt vor Entzücken über diese deformierten Stoffreste, die nur westliche Dekadenz als Kopfbedeckungen bezeichnen kann.
Leugne, wenn du kannst – du warst darauf versessen, sie aufzuprobieren!
EVDOKIA: Habe ich in meinem Leben nicht genug gelitten, auch ohne das? Ich bin den Kosaken entkommen – ich habe durch das Sperrfeuer der Artillerie militärische Meldungen von historischem Wert an die roten Matrosen der baltischen Flotte überbracht – ich habe unser Revolutionskomitee und ein paar hundert Delegierte eigenhändig drei Tage lang mit Kartoffelsuppe versorgt.

Ich habe die Revolution überlebt, den Krieg, die Hungersnöte. Habe ich jetzt meine Selbstachtung aufgegeben – vor einem Hut?!

SPION: Nun – haben Sie?

EVDOKIA: Ja – ich habe. Ich habe! Ich gebe es zu. Ich – gestehe. Es handelt sich um ein winziges Stück Filz, das mit drei großen schwarzen Federn geschmückt ist. Ich liebe diesen Hut!

Letzte Woche haben sie ihn aus dem Schaufenster genommen und ich war fast krank. Ich ging in mein Bett und weinte. Ich dachte, er wäre verkauft.

Gestern kam ich an dem Laden vorbei – und da war er wieder, der Hut.

Mein Leben hatte plötzlich einen neuen Sinn.

Alle Ungelegenheiten waren vergessen.

Ich küßte meinen Mann mitten auf der Straße.

VADIM *(pathetisch gerührt)*: Evdokia! – So sehr hast du dich vergessen. *(Er küßt ihr die Stirn)*

SPION: Eine höchst interessante Enthüllung!

VADIM: Sie untertreiben, mein Freund. Glauben Sie, wir sind die einzigen hier, die schwach wurden? Was ist damit? *(Er zeigt abgegriffene amerikanische Magazine)* Ich fand sie unter Ihren persönlichen Sachen.

SPION: Sie haben in meinem Koffer gewühlt?

VADIM: Sie wühlen jeden Abend in meinem Schreibtisch. Ich gab nur ein Kompliment zurück. Und was finde ich? Dekadente, amerikanische Zeitschriften! Die Geschichte eines Rauschgift-Rings in Cincinnati. Die Abenteuer der Weltraumfahrer! Und als ob das nicht schon genügte! Postkarten von indiskutabel suggestiver Kraft! Die Ruinen von Pompeji, in einem mehr als unwissenschaftlichen Licht – Abbildungen, die pornographischen Magazinen in nichts nachstehen. Erklären Sie mir das, Genosse!

SPION *(unsicher)*: Ich habe dieses Material gesammelt, um der Partei eine Vorstellung von den Ausmaßen westlicher Dekadenz zu vermitteln.

VADIM: Unsinn! Die Dekadenz des Westens ist der Partei hinlänglich genug bekannt, daß es nicht dieser Beweise bedarf. Die Partei hat diese Dekadenz ja schließlich erfunden.

Können Sie leugnen, daß es sich um eine umfangreiche private Sammlung handelt?

SPION: Ich –
VADIM: Gestehen Sie!
SPION: Ahh ... dieses entsetzliche Wort! *(Geht auf die Knie)* Ja, ich gestehe – Aber Sie haben ja keine Vorstellung von der Einsamkeit eines Agenten – alle haben Angst vor mir – die Frauen sind nur nett zu mir, weil ich wegen irgendwelcher Unstimmigkeiten ein Auge zudrücken soll, es ist kalt berechnende, verängstigte Zuneigung, die sie mir bezeugen. *(Er weint)* Mir vertrauen Frauen alles – nur nicht ihre Geheimnisse –, und ich fühle mich in ihrer Gegenwart einsamer, als wenn ich allein bin.
VADIM: Kommen Sie, kommen Sie! Nicht vor dem Frühstück. Hier haben Sie ein Taschentuch.
SPION: Ein Taschentuch – wo ich das Bett der Wolga füllen könnte, mit meinen Tränen.
VADIM *(stolz)*: Es gibt keinen Zweifel. Keine Nation pflegt die Kunst des Geständnisses und der Selbstbezichtigung so ungewöhnlich und erschöpfend wie wir.
SPION *(lacht hysterisch)*: Wie recht Sie haben! Ahhh – diese Erlösung! Welch eine Erlösung!
VADIM: Na, na. Beherrschen Sie sich! Sie sind unser bedeutendster Geheimagent! Wir wollen diesen kleinen Zwischenfall vergessen.
SPION: Nein, nein! Nicht vergessen. O meine Seele. Wie gut ist es, wie schön, so hemmungslos zu leiden.
VADIM: Was für eine Architektur, diese Stalin-Gotik!? Ein Stein wechselt seinen Platz – und das ganze Gebäude stürzt zusammen?
IGOR: Du hast mehr Erfahrung als wir, Vater. Du bist älter. Wir haben nicht diese Kraft. Ich verliebe mich. Der Chauffeur gibt seiner Einsamkeit nach. Mutter ist einem Hut verfallen –
EVDOKIA: Mein Hut! Welche Schande! Und es ist nicht einmal mein Hut!
IGOR: Du, Vater – du vergißt dich nur nachts – wenn du von Leningrad träumst.
VADIM: Leningrad? St. Petersburg. Das ist eine historische Tatsache, keine staatsfeindliche Äußerung. *(Verträumt)* Ich erinnere mich der Stadt noch von 1913 her. Das Licht in den Fenstern des Winterpalasts, das sich im Schnee draußen spiegelte –
IGOR *(romantisch)*: Du warst draußen, im Schnee, mit den Armen –
VADIM: Ich war im Palast, im Warmen, mit dem Hof. Wir planten die Revolution. Ich war der Vertrauensmann der Partei. Ich mußte

mit den Frauen der Generäle tanzen, um die Plazierung der verschiedenen Regimenter unauffällig zu erfahren. Eine delikate Mission.

IGOR: Dann kannst du, Vater, du mit deiner reichen Erfahrung mich doch verstehen. Ich habe mich verliebt – ich liebe verzweifelt, mit ganzem Herzen –

SPION: Ich verstehe dich, Bruder –

EVDOKIA: Wer ist sie? Ein Kleinstadtmädchen, ohne jeden Pfennig?

IGOR: Spielt das eine Rolle?

VADIM: Wir, das heißt, deine Mutter und ich, wir wollen, daß du dich gut verheiratest, in hohe Parteikreise hinein.

IGOR: Das ist Snobismus!

EVDOKIA: Mach dich nicht lächerlich. Der Snobismus wurde 1917 abgeschafft.

IGOR: Ich liebe die Tochter eines Botschafters!

EVDOKIA *(Morgenluft witternd)*: Moment – welches Botschafters?

IGOR: Des Botschafters der Vereinigten Staaten von Amerika.

VADIM: Bist du dir der Worte bewußt, die du da eben ausgesprochen hast?

IGOR *(in militärischer Haltung)*: Ja, Vater. Anderenfalls hätte ich sie ja nicht aussprechen können.

VADIM *(in wütendem Ausbruch, die einzelnen Schimpfworte wie militärische Befehle ins Zimmer schmetternd)*: Schwein!! *(Pause)* – Saboteur!! *(Pause)* – Interventionist!! *(Pause)* Trotzkist!! *(Pause)* Titoist!! *(Pause)* Anarchist!! *(Pause – dann mit einem Seufzer)* – mein Sohn!

SPION *(ekstatisch)*: Diese Selbstbezichtigung übertrifft alle anderen!

VADIM: Kannst du deine Meinung ändern?

IGOR: Nein, Vater.

VADIM: Du gehst nach oben in dein Zimmer.

IGOR: Ja, Vater.

VADIM: Du wirst die Tür von innen abschließen und den Schlüssel unten durchstecken.

IGOR: Ja, Vater.

VADIM: Warum lächelst du?

IGOR: Ich werde nicht allein sein – *(Geht, nach militärischer Wendung streng, aber doch beseligt von seinem letzten Satz, ab)*

SPION: Und ich?

VADIM: Das Frühstück ist für drei gedeckt – Sie nehmen daran teil.
EVDOKIA: Ein Spion – im Eßzimmer?
VADIM: Evdokia – wir haben unseren Sohn verloren.
EVDOKIA *(aufschreiend)*: Vadim!!
VADIM *(ruhig wie Eis)*: Kaviar sagtest du? *(Pause)* Guten Appetit!
(Die Hauswand vor der Sowjetbotschaft sinkt herunter. Nächste Szene auf dem Platz davor)
Auf dem Platz
Eine Russin – Marfa Zlotochienki, wie sich herausstellen wird – und ein Amerikaner – Freddie Vanderstuyt – wie wir sehr bald erfahren werden – kommen auf den Platz.
RUSSIN: Vielen Dank, daß Sie so freundlich waren, das Taxi mit mir zu teilen –
AMERIKANER: Okay, okay – kann ich sonst noch etwas für Sie tun?
RUSSIN *(reserviert)*: Nein.
ERSTER SOLDAT *(tritt zusammen mit dem zweiten auf)*: Erdnüsse, gesalzenes Marzipan, die einheimische Spezialität! – englische Manschetten! Alte Nummern des Detektiv-Magazins!
ZWEITER SOLDAT: Andenken, prähistorische Münzen! Religiöse Postkarten, Seide, handgestickt!
RUSSIN: Soziologische Romane über die Situation dieses Landes haben Sie nicht – ?
ERSTER SOLDAT *(völlig verwirrt)*: Nein –
AMERIKANER: Und keine Blumen?
ZWEITER SOLDAT: Nein.
AMERIKANER: Da haben wir's. Keine Blumen. *(Gibt Geld)* Geben Sie mir was dafür – irgendwas. Ein Armband, fein – großartig. Krieg' ich was raus? Okay – ich kenne die Antwort. Amerikaner – kein Wechselgeld.
RUSSIN: Sie sind nicht sparsam.
AMERIKANER: Ich bin verliebt.
RUSSIN: Um so mehr hätten Sie Grund, sparsam zu sein.
AMERIKANER: Auf bald, Hübsche –
RUSSIN: Adieu.
(Die Russin und der Amerikaner gehen in ihre jeweiligen Botschaften ab)
GENERAL *(kommt auf Zehenspitzen)*: Wer sind denn die beiden?
ERSTER SOLDAT: Keine Ahnung.
ZWEITER SOLDAT: Jetzt wird's spannend.

GENERAL: Schhhh – ! Was ist das?
ERSTER SOLDAT: Kann nichts hören. Oh – doch!
(Vage, wie fernen Flüstergesang, hört man von den verschiedenen Bühnenseiten her wiederholt die Worte »Romanoff« und »Julia« aus dem Mund der Liebenden, ganz leise)
ZWEITER SOLDAT: Klingt wie Romanoff –
ERSTER SOLDAT *(mehr nach der anderen Seite horchend)*: – und Julia?
GENERAL: Wo kommt das her?
ERSTER SOLDAT *(auf der US-Seite)*: Von hier –
ZWEITER SOLDAT *(auf der Sowjet-Seite)*: Von hier –
GENERAL *(blickt zu den Balkonen auf)*: Balkone? Dann ist Hoffnung.
(Der Tod schlägt jetzt völlig unvermittelt und außer seiner Zeit die Turmuhr)
ERSTER SOLDAT *(verwundert)*: Der Tod – ?
GENERAL: Der Tod? – Um Viertel vor neun?
ERSTER SOLDAT *(etwas unsicher verbessernd, nach einem Blick auf seine Uhr)*: 8 Uhr 33 –
ZWEITER SOLDAT: *(ebenso)* 9 Uhr 14 –
GENERAL: Das ist das erste Mal, daß sogar der Tod einen Fehler gemacht hat –

ZWEITER AKT

Um die Mittagszeit.

Das Licht hat nicht mehr die silbrige Blässe des frühen Morgens, es ist orangefarben und schwer, darüber ein Himmel von intensivem südländischen Blau. Die Häuserwände haben in diesem Licht die frohe Farbe von Pfirsichen.

Wenn sich der Vorhang hebt, schlägt ein Heiliger auf der seltsamen Turmuhr im Hintergrund drei Uhr. Die Hauswände zu beiden Botschaften werden langsam hochgezogen. Die unteren Räume sind in beiden Fällen leer; in den jeweiligen oberen Zimmern sind Julia und Igor von der Welt abgeschlossen, in romantischer Verlorenheit wie alle einsam Liebenden.

Die beiden Soldaten liegen auf der Straße und halten Siesta, der eine schläft, der andere greift mit nachlässigen Bewegungen ein paar Akkorde auf der Gitarre.

Julia bewegt sich als erste und erwacht zu ihrem Monolog.

JULIA: Warum drängt die Sehnsucht mich zu welken, tote Blumen? Wie eine blinde Biene?

Und doch – vielleicht lieb' ich die meinen welk, vielleicht bin ich die glückhaft frohe Tochter nicht, von der so viele Eltern träumen –

– Möglich, ich bin nicht so gesund und so modern wie andre Mädchen, einen Gatten mir zu nehmen, in sachlicher Erwägung, in einem Nachtlokal?

Verrate ich denn meinesgleichen, wenn ich denke?

Bin altmodisch ich – bestimmt für Tragisches?

O ja – vielleicht für Tragik.

(Nimmt Freddies Foto zur Hand)

Einen Mann zu sehen – und sich Kinder vorzustellen, mit seinen Augen und mit seiner Nase? O Freddie?!

Wenn ich dich hassen könnte – doch nein, ich mag dich ja ganz gern – die kühne Art, die so entschlossen ist zu allem.

Ich wüßte nie genau zu sagen, wozu du dich entschlossen hast – die Alten aber, die es wissen – versprechen sich von dir Erfolg, sie halten viel von dir.

Dein Lächeln zeigt mir blendend weiße Zähne, wie ein Klavier, das keine schwarzen Tasten hat und dem die Zwischentöne fehlen. Deine Nase ist so grade, so geschliffen, so poliert – wie ein Triumph des Technischen. Deine Augen sind die Punkte und deine Brauen die gebognen Kommata in einem rasch diktierten Luftpostbrief. Freddie! Du bist ein Wolkenkratzer!

Unsre Kinder würdest du genau zu pflegen wissen – wie die Broschüren es empfehlen – und mit den Baseball-Regeln wären sie vertraut, bevor sie laufen könnten.

Die Rechenkunst der Hochfinanz gäb' ihr Geheimnis preis an sie, noch lange vor dem Alphabet.

Die Mutter dieser Kinder werde ich nicht sein.

Warum?

Weil ich dich mag, mein Lieber – dich aber niemals lieben könnte.

(Sie legt Freddies Foto weg und nimmt einen leeren Bilderrahmen zur Hand)

Igor – dich liebe ich! Doch mag ich dich nicht sehr. Mag sein, daß Liebe sich mit Mögen nicht verträgt. Als ich noch klein war, schwor ich mir zu, nur einen Mann mit blauen Augen je zu lieben –

Braun sind die deinen –

braun, wie feuchte Flecken an der Wand – wie Aufsatzhefte in der Schule –

Und doch – wenn ich in diese Augen blicke, versinke ich darin, vergesse Tischmanieren, College, Schule, Eltern – ja, mich selbst.

O Igor.

Wie Wärme aufblüht mir in diesen kalten Augen – und gegen deine Absicht, gegen bess'res Urteil... wie Sonnenlicht, behutsam, das eine Wiese streift an einem frühen Nachmittag im Winter. Und schöner noch – weil gänzlich unerwartet –

(Sie versinkt wieder schweigend in ihren romantischen Betrachtungen und weint still vor sich hin)

(Igor, in seinem Zimmer in der gegenüberliegenden Sowjet-Botschaft fährt plötzlich auf, emporgehoben von der Kraft eines Schwärmers)

IGOR: Theorie ist ein Korsett, ich kann nicht länger atmen. Hat Marx denn Liebe je gefühlt?! Gibt es ein Land vielleicht, das selbst die größten Lehrer der Parteidoktrin, Marx, Lenin, Stalin, nie betreten haben?

Wenn Liebe so leicht zu finden wäre wie der Tod, gäb' es so viele Kämpfer nicht auf Barrikaden –?

Der Zweifel bohrt.

Zum ersten Mal in meinem Leben fühle ich mich feige. Zum ersten Mal in meinem Leben würde der Trompete schriller Weckruf nicht mit Stolz mich füllen – ich würde tun, als hätte ich ihn nicht gehört. Wohl liebe ich die Seefahrt und das Meer – doch mehr noch liebe ich jetzt eine Frau.

Eine Frau?

Wenn ich sie mit mir nehmen könnte, wenn es möglich wäre? Sie fänden nur zu kritisieren, würden für frivol sie halten und nicht gefestigt in Parteidoktrin.

Wie ich das alles hasse – manchmal – jetzt.

Sogar ihr Aussehen fände ohne Zweifel nur Kritik. Dies verklärt romantische Gesicht und diese großen, grauen Augen, voll von Fragen – und ich muß lächeln, wenn ich diese Fragen, die Besorgnis spüre – um Kleider, Hüte und Erscheinung – so unweiblich auch – und doch – für einen, der erzogen wurde im Licht der grellen Zukunftswahrheit, der genauen, dialektischen: –

Laßt meine Sklaven-Seele schreien, laut bezeugen, hier und jetzt: – ich liebe!

Und wenn ich sterben soll, dafür, den Boden küssen mit erfror'nen Lippen – ich habe diesen Überschwang gefühlt, den Schmerz – und, Julia! – diesen Hauch des Schweigens, ausgebreitet zwischen uns bis ins Unendliche. Schweigen, wie zwischen Sternen – und das Geheimnis dieser Welt in einem Lächeln – in einem Klappern deiner hübschen Augenwimpern.

Und, Julia – das zarte Gleichgewicht der großen Stille rings um uns.

O wie schmachvoll! Heiße Tränen fühlen müssen, auf Wangen, die Sturm und Eis und Regen nie empfunden –!

Vergiß nicht, im einzig lichten Augenblick, der dir geblieben, Igor Romanoff, daß Stellvertreter du des Kommandanten bist auf einem Kriegsschiff! –

Nein, Igor Romanoff – dir bleibt kein lichter Augenblick – du bist ein Mann der Liebe –

(Er fällt schwer auf seinen Stuhl zurück)

(Julia, in ihrem Zimmer, nimmt in plötzlicher Wut den Monolog wieder auf)

JULIA: Oh, trinke du nur Wodka mit den Deinen.

Was kümmert es denn dich, wenn ich dem Selbstmord nahe bin?

Vielleicht fügst du den Strichen, die Eroberung markieren, nur einen neuen bei –

– ich kann dich sehen jetzt, mit deinem unausstehlichen Papa, und Witze reißen – daß du ein Herz der Reaktion gebrochen –
Ich hasse dich!
O Freddie! Wie herzlos war ich doch zu dir.
O Freddie – du bist schrecklich.
Vergib mir, Igor – Freddie – beide – ich bin außer mir –
(Igor, der nun auf seiner Seite sich wütend erhebt)
IGOR: Und dennoch zweifle ich – kannst du denn leiden, wie ich leide?!
Bist du nicht Tochter einer künstlich neuen Rasse –?
Gelitten haben wir – seit ungedenken Zeiten und wenn Notwendigkeit uns ruft – wir leiden – hingegeben, bittrer Praxis wohlgeübt – und unauffällig.
Gibt es noch Zweifel?
Du suchst Trost bei deinem Vater, Julia, der dich fraglos zu erheitern weiß mit froher Kunde – von ausbeuterischen Geldgewinnen an der Börse!!
– doch trifft der Vorwurf die Erziehung – Julia – nicht dich.
Ich kenne meine Pflicht.
Ich werde leiden – für uns beide.
JULIA *(auf ihrer Seite – und vor sich hin, schmerzvoll)*: Igor – Igor – Igor –!
IGOR *(auf seiner Seite – nicht weniger schmerzvoll)*: Julia – Julia – Julia –!
In der US-Botschaft, unten. Nachdem die beiden Liebenden in den oberen Zimmern der jeweiligen Botschaft im Dunkel versunken sind, kommen Hooper, Beulah und Freddie ins Zimmer.
FREDDIE: – Tja – wann geht das nächste Flugzeug –?
HOOPER: Du nimmst diese ganze verflixte Situation ja sehr auf die leichte Schulter, wenn ich so sagen darf –
FREDDIE: Was soll ich machen, Sir? Ich habe noch nie jemanden zu etwas gezwungen. Warum soll ein Mädchen nicht seine Meinung ändern? Ich verstehe das. Ich habe schon über so viele Mädchen meine Meinung geändert.
BEULAH: Das ist alles so schrecklich. Wenn man bedenkt, daß Freddie hierher flog – wieviel Meilen – ?
FREDDIE: Viertausend.
BEULAH: Viertausend Meilen!
HOOPER: Diese Zahl geht mir langsam auf die Nerven, Beulah.

Ich habe sie jetzt oft genug gehört. Du hast sogar im Atlas nachgesehn.

FREDDIE: Es sind genau viertausendzweihundertundsiebzehn Meilen – die An- und Abfahrt zum Flugplatz mit eingerechnet. Hm, was macht das schon! Ich fliege gern!

HOOPER: Eben – er fliegt halt gern. – Nun – ich habe deinen Vater gekannt, Freddie –

FREDDIE: Ich weiß, Sir. Und er kannte Sie.

HOOPER: Das stimmt. Aber was viel wichtiger ist – ich konnte ihn gut leiden.

FREDDIE: Ich habe nie mit ihm darüber gesprochen – aber ich bin ziemlich sicher, daß auch er Sie mochte.

HOOPER *(etwas irritiert)*: Ich habe mit ihm darüber gesprochen – er mochte mich – sogar sehr.

Er war ein feiner, aufrichtiger Kerl – und die beste Nummer Drei, die je für Kent gerudert hat.

Und jetzt will ich dir mal ganz genau sagen, was dein Vater unter diesen Umständen hier getan hätte.

Er wäre diese Treppe hier hinaufgegangen, zu ihr – und hätte sie einmal anständig zusammengestaucht –

FREDDIE: Da bin ich aber anderer Meinung, Sir. Daddy war ein Gentleman. Er hätte nie gegen eine Dame seine Stimme erhoben.

BEULAH: Siehst du!

HOOPER: Worüber freust du dich denn so? Mir immer einfach in den Rücken fallen, das ist alles.

FREDDIE: Dad wäre zu diesem anderen Haus rübergegangen und hätte sich diesen Russen vorgeknöpft.

BEULAH: Wie romantisch!

FREDDIE: Ja, Madam. Er war ein Mann der alten Schule – nach dem Motto: »Wer zuerst schlägt, schlägt am besten« – und er ist ganz gut dabei gefahren – er wog fast dreihundert Pfund.

BEULAH: Vielleicht ist das die Lösung. Frauen schwärmen für tapfere Männer. Denke beispielsweise nur an die Stierkämpfer!

HOOPER: Was willst du denn mit deinen albernen Stierkämpfern!? Meinst du, ich lade mir einen internationalen Zwischenfall auf den Hals?

FREDDIE: Nein – und ich bin kein Schläger.

Ich habe zwei Semester Jura studiert – und ich glaube fest an die Kunst der friedlichen Verständigung.

HOOPER: O Mann. O Mann! Diese Zeit ist längst vorbei! Heutzutage ist eine Heirat eine geschäftliche Angelegenheit, und da wird nicht friedlich verhandelt – da wird unter Druck gesetzt.
Geh rauf, mein Junge – und kämpfe um dein Glück – erbrülle es dir – oder du verlierst sie an den nächsten Kunden.
FREDDIE: Mrs. Moulsworth, ich will gern alles versuchen, was eine Aussicht auf Erfolg hat.
Ich bin Ihrer Tochter zutiefst verbunden – aber ich muß Ihnen fairerweise auch gestehn, daß ich auf meine wiederholten Vorschläge, sie möchte mich doch heiraten, nie eine andere Antwort bekommen habe, als die Zusage, sie würde es sich überlegen.
HOOPER: Im Geschäftsleben bedeutet das so viel wie freudiges Einverständnis. Vielleicht wird es eine Diskussion über gewisse Einzelheiten der Abmachungen geben – aber den rohen Vertragsentwurf hat sie damit unterzeichnet – so wie ich es sehe. Gehen Sie schon rauf, und bringen Sie alles unter Dach und Fach!
BEULAH: O Hooper, hör jetzt endlich auf mit diesem Geschäfts-Jargon! *(Zu Freddie)* Als er mir seinen Antrag machte, schlug er mir einfach auf die Schulter und sagte nur: »Na – wie wär's mit einer Partnerschaft zwischen uns beiden?«
Und als dann Julia auf die Welt gekommen war, stand er mit ein paar Blumen neben meinem Bett, und das erste, was ich aus seinem Mund hörte, nachdem ich die Augen aufschlug, war: »Produktion übertrifft alle Erwartungen, was?«
HOOPER: Aber ich habe dich bekommen, oder? Das beweist schließlich alles.
BEULAH *(schließt leidend die Augen)*: Es gibt im Leben auch noch so etwas wie Schönheit, Hooper.
Und dein Leben ist um so ärmer gewesen, desto weniger du sie empfunden hast.
HOOPER *(laut)*: Ich bevorzuge an der Schönheit die praktische Seite. Ich mag einen schönen Swimmingpool – aber es muß Wasser drin sein. Ich freue mich auf eine schöne Hochzeit – aber ich schicke trotzdem einen Stoßseufzer zum Himmel, wenn die Beteiligten schließlich erst laut und hörbar »Ja« gesagt haben.
Na, mein Junge, du wirst mich doch nicht im Stich lassen?
FREDDIE *(gutmütig)*: Ich sage das ungern, Sir – aber wenn, dann ist es meine Hochzeit – und nicht Ihre.
HOOPER: Weiß Gott – und ich spiele mit offenen Karten. Ich rede

mit dir, wie ein guter Amerikaner zum anderen. Julia ist ein Mädchen, das wir beide lieben und umsorgen, ich als Vater, du als ein Mann, der herausgefunden hat, daß es das Richtige für ihn wäre, sie zu heiraten. Du stehst im Begriff, sie zu verlieren, Junge!
Sie liebt einen Kommunisten.
Wenn sie in dieser Sache ihren Kopf durchsetzt, so kann das unter Umständen bedeuten, daß sie sich des versuchten, gewaltsamen Regierungsumsturzes schuldig macht.
FREDDIE: Das ist doch lächerlich!
HOOPER: Es mag dir und mir lächerlich vorkommen – aber vor dem Untersuchungsausschuß des Senats klingt es weniger lächerlich. – Und das ist genau das, was uns dann bevorstünde – Vorladungen – Verdächtigungen – Unser Ruin!
Und alles nur, weil sie so starrköpfig ist.
Wir beide sind den ganzen Vormittag oben bei ihr gewesen, um ihr zuzureden. Aber sie gibt nicht einmal eine Antwort.
FREDDIE: Was wollen Sie denn von mir, Sir!?
Soll ich mit ihr reden – oder soll ich sie heiraten?!
HOOPER *(nach kurzer Pause)*: Sie sollen das tun, was Sie für richtig halten – das sollen Sie tun – Sie werden das schon machen, mein Junge.
Ich habe alles etwas übereilt und – na, ich war auch ziemlich aufgebracht wegen der ganzen Geschichte. Alles war so schön in Ordnung, noch vor dem Frühstück. Ich sagte zu Beulah – »Daß der Junge die weite Reise nicht scheut, ist ein gutes Zeichen – ein gutes Zeichen!« Hab' ich das nicht gesagt, Beulah? *(Verärgert)* Oaah – sie hört mir gar nicht zu – Aber da dachte ich ja auch, du wärst etwas mehr hinter Julia her, als es jetzt den Anschein hat – und ich dachte, sie wäre verrückt nach dir. Sie las Gedichte und machte lauter verrückte Sachen – und schrieb auch selber – welche, die sich nicht reimen dürfen, weißt du – moderne Gedichte. Aber jetzt glaube ich, das Ganze war bei ihr nur eine unbewußte Vorbereitung auf diese – diese russische Invasion!
FREDDIE *(mit einem tiefen Seufzer)*: – Ja – ich glaube, so ist das Leben.
HOOPER: Wie wahr – zu wahr! Wirklich – so ist das Leben – undurchschaubar.
FREDDIE: Tja – man ist hundert Meter vor der Garagentür – und rums, hat man schnell noch eine Panne.

HOOPER: Eben.

FREDDIE: Na – ich werde mal raufgehen und mit ihr sprechen.

HOOPER *(tief bewegt)*: Ich danke dir, mein Sohn – gib mir die Hand!

BEULAH *(aus ihren Betrachtungen aufgeschreckt)*: Eine bescheidene Frage, Freddie – wenn Julia ihre Meinung wirklich ändert und mit Ihnen einverstanden ist – was machen Sie dann –?

FREDDIE: Ohhh – hey – ich heirate sie. Ich glaube an die Ehe, Mrs. Moulsworth.

BEULAH: Und glauben Sie auch an die Liebe?

FREDDIE *(als wäre das unwichtig)*: Aber sicher, sicher.

BEULAH: Dann gehen Sie zu ihr. Und unsere besten Wünsche begleiten Sie.

Freddie – seien Sie behutsam.

HOOPER: Ja – behutsam. Aber vergiß nicht im richtigen Augenblick, sie dir anständig vorzunehmen –

(Freddie geht ab)

Eine schlappe Generation!

Wenn ich nicht Diplomat wäre, hätte ich ihm was anderes gesagt.

Sein Mädchen ist drauf und dran, einen Roten zu heiraten, und er redet von nichts anderem als vom Verhandeln – seine ganzen Ein-Meter-vierundachtzig sitzen da brav auf dem Stuhl, und er hat nichts im Kopf als friedliche Verständigung!

BEULAH: Er ist ein Mann der kühlen Überlegung!

HOOPER: So was sagst du immer.

Ein kleiner, schmächtiger Kerl – von mir aus – der soll sich was überlegen. – Aber ein baumlanger Kerl wie er hat einfach kein Recht dazu –!

BEULAH: Schsch –! *(Beide blicken zur Zimmerdecke, Freddie hat gerade oben geklopft)*

Oben

FREDDIE: Julia – ich bin's, Freddie.

JULIA: Laß mich, Freddie – ich bin nicht in der Verfassung, um mit irgend jemandem zu sprechen.

FREDDIE: Ich wollte dir nur Lebwohl sagen – ich bin viertausend Meilen weit hergekommen, deshalb.

JULIA: Im Ernst?

FREDDIE: Aber sicher. *(Verändert)* Ich verstehe dich doch.

JULIA: Bist du allein?

FREDDIE: Ja, ich schwör' dir's.
JULIA: Ich laß dich herein für einen Augenblick – wenn du mir versprichst, daß du mich nicht anschaust.
FREDDIE: Das ist verdammt hart – aber ich versprech' es dir. *(Julia schließt ihm die Tür auf und er tritt ein)* Julia!
JULIA *(mit dem Rücken zu ihm)*: Du hast es mir versprochen.
FREDDIE: Natürlich. Hm – ich hab' ja nicht viel zu sagen.
JULIA: Wie geht das Geschäft?
FREDDIE: Wie soll ich das wissen? Dad hat vor seinem Tod noch alle Konkurrenzfirmen aufgekauft – für mich ist da nicht mehr viel zu tun.
JULIA: Soll das heißen, daß deine Kühlschränke dir zum Hals heraushängen?
FREDDIE: Ich – ich bin vielleicht nur nicht mehr so branchenblind, weißt du. – Man wird älter – *(Er bemerkt das Bild von sich, im Rahmen auf dem Tisch, mit dem Julia zuvor ihren Monolog geführt hat)* Hey! Wo hast du denn dieses entsetzliche Foto von mir her?
JULIA: Ich weiß nicht – ich hab' es gefunden.
FREDDIE: Kein Wunder, daß du mich nicht mehr liebst.
JULIA: Ist Daddy sehr böse?
FREDDIE: Ich glaub' schon – *(Nicht sehr überzeugend, trostreich gemeint)* Er ist ein großartiger Kerl –
JULIA *(stumpf und ohne Überzeugung)*: Der großartigste von allen. *(Verändert)* Was soll ich nur tun?
FREDDIE *(lächelnd)*: Ich weiß, was ich tun würde. – Aber ich bin nicht du. Und ich glaub' nicht, daß ein Rat von mir dir viel nützen kann.
JULIA *(zum ersten Mal interessierter)*: Freddie – du hast dich verändert.
FREDDIE *(mit Charme)*: Wirklich?
Hey, Julia – wie fühlt man sich so – wenn man verliebt ist – so richtig?
JULIA: Wie in der Hölle –
FREDDIE: Tatsächlich? Yeah – das tut mir aber leid.
JULIA: Was wirst du jetzt machen?
FREDDIE: Oh – ich weiß nicht. Seßhaft werden – heiraten.
JULIA: Weißt du schon wen –?
FREDDIE: Ich habe nie weniger als sechs verschiedene zur Auswahl. *(Mit einem treuherzigen Lächeln)* Das bringt die heutige Geschäfts-

routine mit ihrem Mißverhältnis von Angebot und Nachfrage so mit sich.

JULIA: Ich beneide sie alle sechs.

FREDDIE: Das ist lieb von dir. *(Gesprächspause)*

Unten

BEULAH: Sie reden miteinander – ich höre Stimmen.

HOOPER: Das ist kein Gespräch – das ist ein Gemurmel – auf diese Weise kommt er nie zu was –

Oben

FREDDIE: Soll ich gehn?

JULIA: Nicht unbedingt.

FREDDIE: Vielleicht ist es doch besser, ich gehe jetzt.

JULIA: Willst du mir nicht erst noch sagen, daß es verrückt ist von mir und unpatriotisch – mich in einen leibhaftigen Kommunisten zu verlieben?

FREDDIE: Nein, das sag' ich dir nicht. Darüber kannst nur du entscheiden.

JULIA: Gott weiß – ich hab' es versucht.

FREDDIE: Das glaub' ich schon.

JULIA: Diese Grenzen dürfte es einfach nicht geben!

FREDDIE: Freilich – es dürfte auch keine Kriege mehr geben, keinen Religionshaß, keinen Rassismus, keine Bomben – davon ist jeder vernünftige Mensch überzeugt.
Und trotzdem – wenn wir genauer hinsehen, dann stellen wir fest, daß es alle diese Dinge immer noch gibt – und sogar noch schlimmer als vorher ...

JULIA *(mit einer Spur Humor)*: Du bist mir aber ein schöner Trost –!

FREDDIE: Ich weiß –

JULIA: Was mit dir geschehen ist, weiß ich nicht – aber du hast irgendwie gelernt, dir deine eigenen Gedanken zu machen?

FREDDIE: Sicher. War gar nicht so einfach – aber ich hab's geschafft.

JULIA: Und du bist sogar ein bißchen pessimistisch –

FREDDIE: Pessimistisch? Ich? Nicht, solange es noch Baseball gibt! Ganz gleich, wo ich bin – in Paris, oder hier – ich laß mir jeden Tag die Spielergebnisse durchtelefonieren.

JULIA *(erfreut, mit einer Spur Ironie)*: Das ist mein guter, alter Freddie –

FREDDIE: Baseball hat ein Gutes – es läßt dich nie im Stich.

JULIA: Tut mir so leid, Lieber –
FREDDIE: ’s ist schon okay.
JULIA *(nach einer Pause)*: Willst du mir einen Kuß geben –?
FREDDIE: Nein – ich weiß, wenn ich verspielt habe.
JULIA: Freddie!
FREDDIE: Das wär sowieso nicht gutgegangen – du empfindest viel zuviel für mich, weißt du, was ist meine? Ich kann mich nie so sehr mit was beschäftigen wie du – und das hätte mich dann immer beschäftigt und irritiert – ich drücke mich nicht gut aus, aber du weißt bestimmt, was ich meine.
Es hätte bestimmt Tage gegeben – da wär’ ich dir auf die Nerven gegangen mit meinem Lachen – und mit meinem Geschwätz. Im Grunde genommen brauch’ ich ein Mädchen, das vom Leben nicht mehr verlangt, als man mit bloßem Auge sehen kann. Ein Mädchen, dem der Luxus gefällt und das sich keine großen Gedanken macht – weißt du – ich – ich habe auch meine Probleme.
Eine Menge Geld zu erben, das ist gar nicht so einfach.
(Er steht auf)
Auf bald, Julia.
Oh, ich hab’ dir ein Armband gekauft bei einem Straßenhändler – ich glaub’ nicht, daß du’s jetzt noch haben willst.
JULIA: Nein – doch, gib es mir.
Es wird mich an den nettesten Jungen erinnern – mit dem ich jemals befreundet war.
FREDDIE: Ich kam hier an, mit einem funkelnagelneuen Maßanzug. Seiden tropical, nachtblau, für über 400 Dollar – mein Hochzeitsanzug! – hey! – Und ich fahre wieder allein nach Hause – aber ich lebe fort, in deiner Erinnerung – durch dieses Armband –
Wie schon immer gesagt! So ist das Leben!
Wir begegnen uns bestimmt mal irgendwo – vielleicht bringst du mal deinen Mann mit – die Kinder können im Garten spielen –
JULIA: Freddie – nicht! *(Sie weint)*
FREDDIE: Gottes Segen, Baby – bleib am Ball!
(Er geht freundlich unverbindlich lächelnd ab, sie steht bewegungslos da)
Unten
BEULAH: Eben ging die Tür, Hooper! Sie kommen gemeinsam die Treppe herunter – ich hör’s am Schritt –
HOOPER: Schön wär’s!

BEULAH *(zärtlich)*: Komm! Laß die strenge Maske endlich fallen!
(Hooper versucht nicht ohne Schwierigkeit, zu lächeln. Freddie kommt allein ins Zimmer, seelenruhig, das Lächeln auf Hoopers Gesicht erstirbt)
HOOPER: Nun?!
FREDDIE: Ich hab' mit ihr gesprochen. *(Er zündet sich eine Zigarette an)*
HOOPER: Wir warten darauf, von dir zu erfahren, was sie gesagt hat!
BEULAH: Freddie, was hat sie gesagt?
FREDDIE: Ich weiß nicht, ob wir ein Recht haben – sie zu verurteilen.
HOOPER *(der es nicht glauben kann)*: Was sagst du da?!
FREDDIE: Sehen Sie – Sir – Mrs. Moulsworth – ich glaube nicht, daß ich schon mal jemanden gesehen habe, der richtig verliebt war –
BEULAH: Dann ist es – echt?
FREDDIE: Bestimmt. Mit ihr zu sprechen, das ist fast so schwierig, als wenn man in einer Kirche etwas sagen will – alles, was man sagt – hm, man hat dauernd das Gefühl, man unterbricht sie – auch wenn das gar nicht der Fall ist. Als ich sie kennenlernte, war sie hübsch. Jetzt ist sie schön. Besser kann ich es nicht ausdrücken.
BEULAH *(ein Taschentuch an die Wangen gepreßt)*: Ich weiß, was Sie sagen wollen, Freddie – ich bin eine Frau und eine Mutter – *(Plötzlich überrascht von der Lautlosigkeit ihres Mannes)* Hooper?
HOOPER: *(der sich in einen Sessel fallen gelassen hat)* Alle Tugenden, die ich schätzen gelernt habe, liegen zerschmettert am Boden. Ich kann einfach nichts mehr erkennen – und niemanden mehr begreifen.
Was einmal eine Frage der Anständigkeit war, ist plötzlich Gegenstand umständlicher psychologischer Erwägungen geworden, was einmal Männlichkeit war, ist auf einmal Brutalität, und was früher ganz einfach ein Mangel an Willenskraft gewesen ist, das ist jetzt tiefes Verständnis der menschlichen Natur.
Da weiß ich einfach nicht mehr weiter – das ist alles. Ich bin altmodisch – längst überholt . . .
FREDDIE: Ich glaube, so ist das Leben, Sir.
HOOPER: Ach was, dummes Zeug!
Das Ganze ist eine große Pleite!

Vor morgen früh geht leider kein Flugzeug zurück nach Miami, junger Mann – Sie sind also herzlich eingeladen, hier bei uns – als Gast –

– aber bleiben Sie mir aus den Augen –

BEULAH *(vermittelnd)*: Hooper!

HOOPER *(wütend)*: Du auch!

(Die Hauswand zur US-Botschaft fällt rasch)

In der Sowjet-Botschaft

Auch hier ist eine große Familiensitzung im Gang. Marfa Zlotochienki ist hier die Wortführerin – und auch im Augenblick noch ganz Herrin der Lage.

MARFA *(blond und wütend)*: Ich werde gezwungen sein, über die Verhältnisse in dieser Botschaft einen äußerst ungünstigen Rapport abzugeben, wenn ich zurückkehre.

(Den Botschafter Vadim Romanoff über die Kernpunkte des Verhängnisses belehrend, mit der kalten Gläubigkeit einer Ungerührten)

Ihr Geheimpolizist – in Tränen aufgelöst! Niemand, der die Gewohnheit hat, sich den Blick für die Dinge durch Tränen trüben zu lassen, hat jene folgerichtige Wachsamkeit, die ein solches Amt erfordert!

SPION *(erleuchtet)*: Ganz im Gegenteil – erst jetzt sehe ich die Dinge richtig! Wo anders kann man die große, leidensvolle Geschichte unseres Landes in der richtigen Perspektive sehen als im Vergrößerungsglas der eigenen Tränen?

MARFA: Schmachvoll!

Sie, Genosse Botschafter, haben sich einer indiskutablen Gleichgültigkeit schuldig gemacht und Sie, Genossin, die Sie der Spiegel sein sollten, in dem Ihr Mann seine Fehler erkennt, sind nur der Zerrspiegel aus einem Wachsfigurenkabinett!

Und was Ihren Sohn betrifft – eine Heirat kommt für mich nie und nimmer in Frage.

Es wäre völlig unrealistisch, sich in eine Ehe zu stürzen, der die Witwenschaft so unausweislich auf dem Fuße folgen muß!

VADIM: Das kann unmöglich Ihr Ernst sein!

MARFA: Was geschieht mit einem Mann, der auf Wache schläft?! Sie alle haben geschlafen auf Ihrem Posten.

VADIM: Evdokia! Was ist mit uns geschehen, seit wir Moskau verlassen haben?

EVDOKIA: Wir sind Verräter?
VADIM: Warum nur? Warum?!
Mein Sohn – du – ich – ist diese Dekadenz denn in uns?!
SPION *(mit stieren, glücklichen Augen)*:
Ich werde in ein Kloster gehen – ja, das werde ich tun. Und ich werde meine ungewöhnlichen Fähigkeiten, die mir das Reich der Geduld und des Leidens erschließen, ganz der schweigsamen Meditation und dem Studium der Schriften widmen.
VADIM: Da haben Sie's! Es ist ansteckend. Warum?
EVDOKIA: Wenn das für mich Sibirien bedeutet – dann gehe ich noch jetzt und kaufe mir diesen Hut. Ich habe schon mit dem Geschäft telefoniert und ihn mir reservieren lassen.
Ich muß diese Freude auskosten – wenigstens für ein paar Stunden.
VADIM: Es kann nur an dem verfluchten Land hier liegen, das diesen zersetzenden Einfluß ausübt – das Klima – die Atmosphäre – *(Zu Marfa)* Was soll dieser sarkastische Blick?
Sie können über dieses Land nicht Bescheid wissen – Sie sind ja eben erst angekommen.
MARFA: Im Gegenteil – ich bin sehr genau informiert. Die Zustände sind chaotisch – das Land steht wirtschaftlich vor dem Ruin. Die Atmosphäre ist von verschlafener Gleichgültigkeit, das Klima ist drückend im Winter – und im Sommer noch drückender –
VADIM: Sie haben diese Sommernächte nicht erlebt –
MARFA: Sommernächte? Aber natürlich – im Schwarzen Meer. Ich habe den Kompaß keine Sekunde lang aus den Augen verloren.
VADIM *(verärgert)*: Sie haben in Ihrem ganzen Leben nur das gesehen, was man mit Augen sehen kann, und Sie haben nur das bemerkt – auf das man Sie hingewiesen hat.
SPION: Oh – ausgezeichnet – Botschafter!
MARFA: Ihre Beleidigungen treffen mich nicht, Genosse. Ich bin sicher, ich weiß mehr über dieses Land als Sie – trotz Ihrer ganzen berufsspezifischen Anmaßung.
Welche jährliche Niederschlagsquote hat die Hauptstadt?
VADIM: Ich habe keine Ahnung – und ich glaube nicht, daß diese Tatsache die politische Situation beeinflußt!
MARFA: Drei Millimeter.
VADIM: Vielen Dank. – ich bin sicher, diese Information wird sich für mich noch als sehr nützlich erweisen.
MARFA: Und wieviel Kilometer Schmalspur-Eisenbahn gibt es hier?

VADIM: Das weiß ich doch nicht! – Wir gehen zu Fuß.
MARFA: Sechs Komma sieben Kilometer. Und weitere fünf befinden sich im Bau – seit 1912.
Und wieviel Volksschulen gibt es?
VADIM: Eine.
MARFA: Keine.
VADIM: Fast getroffen.
MARFA: Im Gegenteil: hundert Prozent falsch.
Sagen Sie mir also nicht, ich bemerke nur, worauf man mich aufmerksam macht.
Ich informiere mich über alles, und aus diesem Grunde kann ich mir ein fachmännisches Urteil bilden.
Was Sie betrifft, Exzellenz – Sie sind genau der Typ des Auslandsrepräsentanten alten Stils, den Stalinpreisträger Genosse Konstantin Karylowitch Bolshikov in seinem zeitgenössischen Fünfakter »Verjagt das Schwein!« so treffend angeprangert hat.
VADIM: Ein äußerst feinnerviger Titel –
MARFA: Sie kosten das Wort feinnervig aus – als handle es sich dabei um eine Tugend –
VADIM: Feinnervigkeit ist ein Kennzeichen der Intelligenz.
(Mustert Marfa)
Komisch – ein so schönes Gesicht – und nichts dahinter als Hohlheit und Phrasen!
MARFA: Kritisieren Sie mich?
VADIM: Wir haben alle ein Recht, einander zu kritisieren.
Kritik ist ein Zeitvertreib, zu dem die Partei uns ständig ermuntert.
Seit Ihrer Ankunft haben Sie mich kritisiert. Jetzt bin ich an der Reihe.
Meine Kritik ist eine Art Geschichtsunterricht.
Unterbrechen Sie mich nicht. Ich bin sicher, Sie kennen bedeutend mehr Zahlen und Statistiken als ich – aber ich weiß mehr über die Revolution – denn ich war dabei.
Ich erinnere mich an den ersten Hoffnungsschimmer an einem Horizont, der jahrelang öde und grau gewesen war – eine winzige Hoffnung damals, nicht mehr als eine Feder auf stürmischem Ozean – aber das war genug.
Ich bin kein religiöser Mensch, aber ich ging in die Kirche, um die Stimmen zu hören – es gibt kein Volk, das so singen kann, wie wir – und wenn die befreite Leidenschaft von tausend Herzen in einen

goldenen Dom hinaufströmt, klagend und mächtig, voller Schwermut, dann kann der Mensch an alles glauben – denn unser Schlachtruf heißt Ekstase.

Manche Nationen wachsen über sich selbst hinaus in der Liebe – andere im Haß – wieder andere in den stilleren Regungen der Vernunft.

Uns macht die Ekstase unsterblich.

Und als die Leute diesen Schimmer von Hoffnung sahen, da sangen sie, Millionen, und der freie Himmel gab ihnen mehr Resonanz als das Dach einer Kathedrale.

Ich habe in der Menge Gesichter gesehen, die ich nicht vergessen kann, solange ich lebe – die leuchtenden Augen schmutziger, byzantinischer Engel, zum Himmel gewandt und das Lächeln von Frauen, die an eine Wahrheit glauben, so einfach, daß man sie nicht beschreiben kann. Die Maschinengewehre feuerten in die Kälte hinein, lächelnde Opfer fielen schmerzlos aus unseren Reihen, das Blut verfärbte den Schnee.

Andere Stimmen nahmen das Lied auf, andere Füße rannten weiter, andere Hände griffen nach den selbstgefertigten Waffen.

Am anderen Morgen war der Sieg unser, und viele Gefallene hatten noch immer ein Lächeln im Gesicht.

Das waren die Tage unserer Ekstase.

Und was ist seitdem geschehen?

Unser Land ist ein einziges großes Labor geworden, ein Platz für menschliche Reagenzgläser.

Unsere Sprache, so reich, so männlich, so muskulös, ist nur noch ein bloßer Schatten ihrer selbst. Unsere Literatur, die die ganze, verzweifelte Tiefe der menschlichen Seele ausgeschöpft hat, mit unvergleichlicher Kraft, dient heute einem leeren Optimismus.

Unsere Musik, dem Zwielicht und der Melancholie entrissen, hat ihren Anker verloren und treibt ziellos auf dem Ozean der Trivialitäten, der Ödnis.

Sie, mein liebes Kind, sind in dieser eintönigen Kinderstube aufgewachsen – in dieser Zuchtanstalt –

Sie haben kein anderes Spielzeug gehabt als Langeweile, Stolz und diese – diese Tüchtigkeit.

Ich mache Ihnen keinen Vorwurf.

Sie wissen nichts. Sie sind nichts. Und – was noch schlimmer ist – Sie sind niemand.

Machen Sie mit uns, was Sie wollen.
Ich habe meine alte Ekstase wiedergefunden, und ich werde wissen, wie man lächelt – sogar noch im Tod.
EVDOKIA *(bewegt)*: Vadim! Wir haben einen wundervollen Sohn. *(Ehe die bleich gewordene Marfa noch etwas erwidern kann, umarmen Evdokia und Vadim einander leidenschaftlich. Marfa geht rasch ab)*
SPION *(glänzenden Auges)*: Die Liebe muß sich verbreiten wie eine Seuche!
O Gott, rette die Seelen derer, die immun geworden sind gegen Gefühle, und sei denen gnädig, die das Erntesoll unserer endlosen Weizenfelder bestaunen – und keinen Blick mehr haben für den Zauber stillen Wachstums.
Oben
MARFA *(ist in Igors Zimmer gekommen; Igor sitzt mit dem Rücken zu ihr und verloren auf einem Stuhl)*:
Leutnant Romanoff!
IGOR: Wer sind Sie?
MARFA: Leutnant zur See Marfa Vassilievna Zlotochienki –
IGOR *(mit einem dünnen Lächeln)*: O meine Anverlobte. Sind Sie blond oder brünett – hager oder ungewöhnlich dick?
MARFA: Es ist meine Pflicht, Sie davon in Kenntnis zu setzen, daß ich wegen des skandalösen, undemokratischen Verhaltens Ihrer ganzen Familie gezwungen bin, mit dem nächsten Flugzeug morgen früh zurückzufliegen, und daß ich außerdem gezwungen sein werde, den Stab dieser ganzen Botschaft zu denunzieren – wegen anarchistischer und faschistischer Umtriebe – und wegen Gefühlsduselei der gefährlichsten und zersetzendsten Art!
(Igor beginnt eine Lachkaskade, glücklich befreiend, ins Hysterische gesteigert. Marfa steht versteinert da, wie unter dem Schlag von Ohrfeigen. Vadim und Evdokia unten lösen sich aus ihrer Umarmung, der Spion hört auf, zu beten)
EVDOKIA: Das ist er – er lacht – Igor.
VADIM: Ja.
(Vadim, Evdokia und der Spion übernehmen die abklingende Lache Igors, Marfa kommt rasch nach unten. Ihr Anblick steigert das Lachen der Versammelten, besonders der Spion genießt die Situation. Auf dem Platz draußen ist der General und hört überrascht auf das Lachen in der Russischen Botschaft.

Marfa stampft wütend mit dem Fuß auf, während die Fassade der Russischen Botschaft rasch fällt.
Die Soldaten bewegen sich, als erwachten sie. Das Licht über der Szene verliert etwas von seiner Pracht – die grelle Tagessonne hat ihren Glanz verloren)
Auf dem Platz
(Der General ist formell gekleidet, mit Zylinder, Handschuhen, Spazierstock und Aktenmappe)
GENERAL *(dem Sowjet-Lachen nachlauschend)*: Was für ein komisches Geräusch –
ZWEITER SOLDAT *(gähnt)*: Die Russen lachen.
GENERAL: Deshalb ist es ja so komisch.
Habt ihr irgend etwas bemerkt? Irgendwelche Besucher in den Botschaften?
ERSTER SOLDAT: Nein – der Betrieb hat saisongemäß nachgelassen – eine Tatsache, unter der wir das ganze Jahr über leiden –
ZWEITER SOLDAT: Sie sind sehr warm angezogen – für das Wetter, General.
GENERAL: Diplomaten tragen diesen Aufzug nicht ohne Grund. Handschuhe, Spazierstock, Mappe – drei Gegenstände, die man nötigenfalls liegen lassen kann.
Manchmal ist es in der Welt der Diplomatie von größter Bedeutung, einen Vorwand zu haben, der es einem gestattet, noch einmal zurückzukommen – nachdem die Verhandlungen bereits endgültig als ergebnislos abgebrochen worden sind.
ERSTER SOLDAT: Wollen Sie da rein?
GENERAL: Ich bin in beide Botschaften geladen, zur gleichen Stunde – ich habe beide Einladungen dummerweise in einem Anflug von Zerstreutheit angenommen.
Wieviel Uhr ist es?
ZWEITER SOLDAT: Uns zu fragen hat doch keinen Sinn.
Die letzten Stunden hat sich kein einziger Heiliger da droben blikken lassen – *(Er blickt zur Turmuhr)* Vielleicht haben sie Streit und können sich nicht einigen –
ERSTER SOLDAT: Horch –!
(Das kratzende Geräusch schlecht geölter Maschinerie wird quälend hörbar. Drei Heilige kommen aus der Tür geschossen, schlagen in der allgemeinen Verwirrung einander gegenseitig auf die Köpfe und verschwinden dann wieder wie der Blitz in der Turmuhr)

Das nenne ich Pflichteifer. Jetzt holen sie die versäumten Stunden mit einem Schlage nach.

GENERAL: Ich war so pünktlich. Und jetzt bin ich plötzlich in höchster Eile. Männer – mir ist eine Idee gekommen. Erinnert ihr euch noch an heute früh, als unser Tod einen Fehler machte?

BEIDE SOLDATEN: Ja

GENERAL: Warum sollte der wirkliche Tod nicht einmal einen Fehler machen?

Ich will euch erklären, wie ich das meine.

Es gibt für das Gewissen der Eltern keine schlimmere Belastung als den Gedanken, mitschuldig zu sein am Tod ihrer Kinder.

Ein erschreckender Gedanke? Im Leben – ja – aber nicht im Theater, wo die Schauspieler ja weiterleben, wenn sie sich abgeschminkt haben.

Romeo und Julia starben einen törichten Tod – aber den Capulets und den Montagues war er eine Lehre – wenigstens für kurze Zeit. Warum nicht für die Romanoffs und die Moulsworths diese Tragödie in eine Art düstere Komödie verwandeln – in ein *pièce noir* von befristeter Dauer – so reinigend, befreiend und bitter in den Konsequenzen wie nur irgendeine griechische Tragödie?

ERSTER SOLDAT: Werfen Sie nicht so mit den Klassikern um sich, General. Ich habe keine griechische Tragödie mehr gelesen – seit, na – seit fast vier Wochen jetzt.

ZWEITER SOLDAT: Ignorant!

GENERAL: Heute abend feiern wir das Jubiläum der Vermählung des Knaben Theodor des Unheimlichen mit der Infantin von Alt-Kastilien im Jahre 1311. Ein Ereignis, das uns übrigens ein Bündnis mit Saragossa eintrug und schließlich sogar zu unserer Befreiung von der albanischen Fremdherrschaft führte.

ZWEITER SOLDAT: Vorsicht, Sir – das ist erst nächsten Freitag – Sie sagten übrigens heute früh, daß heute vor tausend Jahren die Lithuanier vertrieben worden seien.

GENERAL: Habe ich das wirklich gesagt?

Nun, einer der größten Vorzüge der Geschichte besteht ja darin, daß man sie an die gegebenen Verhältnisse anpassen kann. Anderenfalls hätten die Historiker ja nichts zu tun und würden die Rentenkassen des Staates noch mehr belasten.

Ich habe jedenfalls einen guten Grund, mir für heute abend das Jubiläum einer Vermählung zu wünschen, bei dem zwei Papp-

maché-Puppen vom Erzbischof in öffentlicher Zeremonie getraut werden.
Wir könnten ja sagen, mit Hilfe der spanischen Koalition hätten wir damals die Lithuanier vertrieben.
ERSTER SOLDAT: Das klingt nicht sehr wahrscheinlich.
GENERAL: Der Vorwand spielte keine Rolle. Die Feierlichkeiten sind es, die den Leuten Spaß machen.
Schließlich ist sogar Ostern heutzutage wenig mehr als eine Angelegenheit des Süßwaren- und Eierhandels.
Also – spielen Sie jetzt bitte für die junge Dame ein angemessenes Volkslied – etwas Melancholisches – nichts Tristes.
BEIDE SOLDATEN *(singen behutsam zur Gitarre)*:

Öffnet denn niemand die kleine Tür,
um dem traurigen Vogel
die Freiheit zu schenken,
die Freiheit, die Freiheit – so süß!

Gefangen im Frühling,
noch ehe er fliegen konnte,
sang er sein Lied nicht
im Sommer.
Blieb stumm
wie ein Falter.

Hat im Herbst eine bunte
Feder verloren,
verloren die Freiheit,
so früh. Noch ehe
der Winter kommt –

Öffne die Tür,
dem zarten Vogel
die Freiheit zu schenken,
die Freiheit – so süß,
wie das Lied.
Die Freiheit.

(Julia ist der Lockung des Gesangs mit skeptischer Neugier gefolgt und auf den Balkon herausgetreten)

JULIA *(abgespannt, mit einem kleinen Lächeln)*: Oh – Sie sind's –
GENERAL: Miss Moulsworth – meinen Gruß.
Hören Sie zu. Es ist sehr dringend. Ich brauche Ihre Hilfe.
JULIA: Sie – *meine* Hilfe?!
GENERAL: Ja. Wenn Sie den Leutnant wiedersehen wollen, ist es unbedingt notwendig, daß Sie tun, was ich Ihnen sage.
JULIA: Was soll ich denn tun –?
GENERAL: Schsch –! Nicht so laut. Knoten Sie Ihre Bettücher zusammen und hängen Sie sie über das Balkongeländer –
JULIA: So wie damals – als ich heimlich das College verließ –?
GENERAL: Das College – so?
Ja. Genau so. Und dann schreiben Sie Ihren Eltern einen Abschiedsbrief.
JULIA: Was? Nein – das kann ich nicht.
Als ob ich mich – nein. Pa hat ein schwaches Herz.
GENERAL: Sie enttäuschen mich.
Geben Sie Ihrem Abschiedsbrief ein paar ungenaue Formulierungen, wenn Sie wollen. Danken Sie für alles, was man für Sie getan hat.
Sie brauchen ja keine Verzweiflungstat anzukündigen. Sagen Sie einfach, Sie sind weggegangen, auf und davon, um das Glück an der Seite des Mannes zu finden, den Sie lieben.
JULIA: Sogar das könnte Dad umbringen –
GENERAL: Die Tatsache, daß Sie glücklich sind?
JULIA: Die Tatsache, daß ich ihn dabei nicht um Rat gefragt habe –
GENERAL: Ich muß wirklich sagen – er fängt an, meine Sympathie zu verlieren, Ihr Papa.
JULIA: Er ist sehr lieb – im Grunde seines Herzens.
GENERAL: Muß ich daran zweifeln, daß Sie den Leutnant wirklich lieben?
JULIA: Sie haben kein Recht, das zu bezweifeln – nach dem, was ich durchgemacht habe.
GENERAL: Dann machen Sie alles so, wie ich Ihnen gesagt habe – und Sie werden nichts anderes um sich ringsum verbreiten als das reinste Glück. Sie müssen mir vertrauen.
ERSTER SOLDAT: Vertrauen Sie ihm.
ZWEITER SOLDAT: Nur Mut!
JULIA: Ich –
GENERAL: Es ist eine Sache auf Leben und Tod – nicht nur für Sie.

Lassen Sie nicht Ihre armen Eltern dahinaltern in dem Bewußtsein, das Glück ihrer einzigen Tochter zerstört zu haben.
Das ist nicht fair, das ist nicht christlich!
JULIA: Ja – das ist ein Argument. Okay. Ich werde es tun.
GENERAL: Sie werden es nicht bereuen.
(Julia geht wieder ins Zimmer zurück)
ERSTER SOLDAT: Und jetzt?
GENERAL: Eine diskrete Pause.
Und eine Wendung um 180 Grad. Und eine andere Serenade – etwas von der Seefahrt – für einen Matrosen
(Beide Soldaten singen das Matrosenlied für Igor, zum Klang der Gitarre)
BEIDE SOLDATEN: Matrose, wo bleibst du?
Ich warte, ein Jahr schon.

April war die Zeit
für Kuß und Liebkosung.

Und jetzt –
ach, kein Zeichen
vom grellroten Segel
des eiligen Schiffes
das dich mir bringen soll
– kein Zeichen!

Bist gefolgt du dem Ruf der Sirene?
Oder Prinzgemahl am Hofe Neptuns?
Hat des Abenteuers romantische Lockung
dich ins Reich der Muscheln
und Seesterne entführt –?

Vater, mein Vater,
nicht diese Glocken!
Mein Liebster ist untreu
mir – oder längst tot.

Ich warte und warte
auf das Schiff
mit dem Segel
so rot!

(Auf das Lied hin erscheint Igor auf dem Balkon, ein Verzweifelter, einen Revolver in der Hand)

IGOR: Warum unterbrechen Sie mich?

GENERAL: Gütiger Himmel! Leutnant Romanoff – was haben Sie denn da in der Hand?

IGOR: Einen Revolver – das unfehlbare Instrument zur Lösung patriotischer Konflikte.

GENERAL: Wissen Sie auch, daß das gesetzlich verboten ist?

IGOR: Wie soll man denn dann Selbstmord begehen?

GENERAL: Es gibt andere, weniger gefährliche Methoden. Legen Sie ihn weg. Seien Sie vernünftig.

IGOR: Zu spät.

ERSTER SOLDAT: Wenn ich nur mein Gewehr dabei hätte – ich könnte ihm drohen!

GENERAL: Sie werden Julia wiedersehen heute abend.

IGOR *(mit einem bitteren Lächeln)*: Wirklich? Glauben Sie an das Jenseits?

GENERAL: Ich glaube an das Diesseits.

IGOR: Was ist das?

GENERAL: Das Leben – so wie es gelebt wird – mit all seinen kleinen Sorgen und Verdrießlichkeiten –

IGOR: Verdrießlichkeiten!?
Hm – Sie haben nie gelitten.

GENERAL: Nein – und ich habe auch nicht die Absicht. Jetzt hören Sie zu. Ich möchte, daß Sie mir einen Gefallen tun, ehe Sie sterben.

IGOR: Was denn –?

GENERAL: Schreiben Sie Ihren Eltern einen Abschiedsbrief.

IGOR: Das habe ich bereits getan. Siebzehn Seiten – dann ging mir die Tinte aus.

GENERAL: Siebzehn Seiten? Ausgezeichnet. Und noch etwas. Wollen Sie Ihre Bettücher zusammenknüpfen und sie dann über die Balkonbrüstung hängen?

IGOR: Als ob ich davonlaufen wollte?

GENERAL: Ja – um Ihr Glück zu gewinnen.

IGOR: Ich bin Offizier und einer solchen Feigheit unfähig.

GENERAL: Dieses Vorurteil verstehe ich nur zu gut, denn auch ich – ob Sie es glauben wollen oder nicht – bin Offizier. Ich bin zu fast allem unfähig – aber im Augenblick weiß ich wirklich, wovon ich

rede. Wenn Sie Julia wiedersehen wollen – lebend, gesund und glücklich –, dann tun Sie, was ich Ihnen gesagt habe.
Zeigen Sie mir, die verschwenderische Fülle an Variationen, mit der Sie Seemannsknoten zu knüpfen wissen –

IGOR: Das kann ich nicht – mein Entschluß ist gefaßt.

(Der Spion kommt aus der Sowjetischen Botschaft gerannt, eilt auf den General zu)

GENERAL *(entsetzt)*: Was wollen Sie denn hier?!

SPION *(verzweifelt)*: Ich bin ganz auf Ihrer Seite – helfen Sie mir, und ich helfe Ihnen –

GENERAL: Was wollen Sie?

SPION: Asyl.

GENERAL: Gewährt.

SPION: Und –

GENERAL: Was noch?!

SPION: Ein Empfehlungsschreiben – für das strengste Kloster des Landes.

GENERAL: Ich werde Sie persönlich zum Erzbischof geleiten. Er wird Sie in die »Unbarmherzige Bruderschaft vom Licht der Ewigen Finsternis« einweisen.
Niemand sitzt dort oder steht – alle gehen immerzu auf den Knien.

SPION: Oh, ausgezeichnet – meinen ewigen Dank.

GENERAL: Rasch!

SPION *(zitiert)*: »Letzte Nacht waren wir eins – Gebilde eines Traums, selbstlos vereint in einem endlosen Walzer. Von jetzt an stehen wir im Gegensatz zueinander, ein Mann und eine Frau – und Liebe. Liebe – bittersüßer Kampf, in dem wir uns erschöpfen – zwei Motten, die ins Licht fliegen – zwei Kannibalen, die einander vertilgen«

IGOR *(sich seiner eigenen Worte, aus fremdem Mund zitiert, plötzlich erinnernd)*:
Lebwohl, Entschlossenheit!
Wieso erinnern Sie sich dieser Worte so genau?

SPION: Ich habe Sie beide belauert in der Dunkelheit und mitstenografiert – um Sie zu denunzieren, Leutnant. Und als ich es dann las in meinem Zimmer, fühlte ich mich wieder elend und einsam – und war eifersüchtig, weil solche Worte noch nie zu mir gesagt wurden.

IGOR: Eifersüchtig? Auf mich kann man eifersüchtig sein – selbst in meiner gegenwärtigen Lage?

SPION: O ja, Bruder. Ja. Ihr Leben liegt noch vor Ihnen – und wenn es nur noch zehn Minuten dauert – aber ich, ich muß meine Sünden bereuen in endlosen Kasteiungen und Strafen!

IGOR: Was für ein Narr ich bin.

Wir müssen uns das Urteil von Fremden anhören, um uns selbst zu begreifen.

(Zum General) Was wollten Sie von mir? Ach ja. Bettücher soll ich knüpfen. Sie wollen sich wohl einen Spaß mit jemandem machen?

GENERAL: Ja. Ja, einen Spaß.

IGOR: Ich liebe solche Späße. Ich fange sofort damit an. *(Geht in sein Zimmer zurück)*

SPION *(zum General)*: Und jetzt – Ihre Gegenleistung.

GENERAL: Jungs – bringt diesen Mann in mein Büro und wartet dort auf mich.

SPION: Ich würde lieber in der Kirche warten, wenn ich darf.

ERSTER SOLDAT *(mit Abscheu)*: In der Kirche?!

GENERAL *(tröstend)*: Es dauert nicht lange. Dann werden wir ausfindig gemacht haben, in welcher klösterlichen Institution das Brot am härtesten, das Wasser am schmutzigsten und der Wein am schlechtesten ist.

SPION: Dank, oh Dank!

(Die beiden Soldaten geleiten den Spion ab. Die Fassade beider Botschaften geht hoch. Hooper Moulsworth ist allein im Zimmer der US-Botschaft und blickt nervös auf seine Uhr. Auch Vadim Romanoff auf der gegenüberliegenden Seite ist allein und blickt auf seine Uhr.

Oben sitzt Julia und schreibt einen Abschiedsbrief, jedes Wort sorgfältig wägend, während im Oberzimmer der gegenüberliegenden Seite Igor Bettücher in komplizierten Seemannsknoten aneinanderknüpft)

In der US-Botschaft

(Der General tritt ein)

GENERAL *(in strahlender Unschuld)*: Hoffentlich bin ich nicht zu früh?

HOOPER: Nach meiner Uhrzeit sind Sie fast zwei Stunden zu spät, aber das will nichts heißen. Ich weiß so wenig was es geschlagen hat, wie irgend jemand sonst hier.

GENERAL: Danke.

HOOPER: Und jetzt wollen wir gleich zur Sache kommen. Ich spreche offen. Wenn ich etwas wissen möchte, frage ich einfach. Das ist so meine Art.

GENERAL: Das finde ich großartig. In meiner Position muß ich ohnehin fast alles großartig finden.

HOOPER: Ja, muß verdammt schwer sein heutzutage – Präsident eines so kleinen Unternehmens zu sein.

GENERAL: Verdammt schwer – weiß Gott.

HOOPER: Werden Sie sich mit den Kräften der Freien Welt verbünden oder nicht? Ich muß es sofort wissen.

GENERAL: Und wie geht es Ihrer charmanten Tochter?

HOOPER: Wie? Ach so. Ja. Fein, danke.

Und jetzt wollen wir nicht mehr lange darum herumreden: – wem spielen Sie die Bälle zu – und warum?

GENERAL: Sie sah zauberhaft aus gestern abend.

HOOPER: Wer?

GENERAL: Ihre Tochter.

HOOPER: Ja – nicht?

Na – und jetzt – eh – kein Land kann sich heutzutage den Luxus strikter Neutralität leisten – im Zeitalter der atomaren Bedrohung und der wirtschaftlichen Sanktionen –

GENERAL: Wer war eigentlich der nette junge Mann, mit dem sie zusammen war?

HOOPER: Lassen Sie d e n aus dem Spiel.

GENERAL: Verzeihung – ich habe nicht richtig verstanden – Ihr Bräutigam vielleicht?

HOOPER: Nein! *(Das Telefon klingelt)* Verdammt – entschuldigen Sie mich: Yeah – hello!!

(Mit plötzlich veränderter Stimme)

Washington? Mr. President? Hello – oh, fein, danke, auch gut, ja – meine Tochter auch.

Großartig – uns allen.

Nein, kaum Golf hier – alles zu felsig und zu hart der Boden –

Ich tue, was ich kann, Sir. Ich hoffe, ich kann sie einwickeln noch bis heute abend. Ja.

Sicher, darauf habe ich schon mehrmals hingewiesen. Die Leute hier haben etwas altmodische Vorstellungen.

Nein, Sir – ich kann jetzt nicht so frei reden – ja, Sir, genau – so ist es – ja, hier, bei mir.

Ja, das werde ich tun, bestimmt.

Und ob ich ihm das sagen werde!
(Auf der Sowjetseite bemerkt man Zeichen äußerster Ungeduld und des Mißfallens)
Nein, wir sind mit allem versorgt sonst – aber ich wäre Ihnen dankbar, Sir – wenn Sie mir einmal die genaue Zeit sagen könnten, ich addiere dann sechs Stunden und fünf Minuten und weiß endlich, wieviel Uhr es hier ist. Tatsächlich?! Danke, Sir. *(Er stellt seine Uhr während des Gesprächs)*
Okay, Sir. Und die besten Grüße an die Frau Gemahlin – von uns allen.
(General nickt zustimmend)
(Plötzlich die grelle Lache Hoopers)
Hahhahaaah –! Ja, ich erinnere mich – hahahh – ja, als ich im dunklen Anzug in den Pool fiel – hahahahhh – Ja. Haben wir da gelacht! Ja – auf Wiedersehn. *(Legt auf)*
Großartiger Kerl.
Hey – wissen Sie, daß Sie sich zwei Stunden und vierzig Minuten verspätet haben?
GENERAL: Und ich dachte, ich wäre noch zehn Minuten zu früh.
HOOPER: Wovon sprachen wir noch –? Oh, ehe ich's vergesse – der Präsident läßt Ihnen seine herzlichsten Grüße und die besten Wünsche für das Glück und den Wohlstand Ihres Landes übermitteln.
GENERAL: Danke, Sir. Und wenn Sie wieder mit ihm telefonieren, übermitteln Sie ihm meine besten Wünsche – für den Wohlstand Ihrer Nation.
HOOPER *(nicht mehr interessiert)*: Aber sicher – danke. Und nun –
GENERAL: Wir sprachen über Ihre Tochter.
HOOPER: Wirklich? Sie haben nichts bemerkt, letzte Nacht – nichts Außergewöhnliches?
GENERAL: An Ihrer Tochter?
HOOPER: Ja – keine sichtbare Veränderung?
GENERAL: Nein – höchstens daß sie mir ungewöhnlich glücklich schien.
HOOPER: Sagen Sie das nicht.
Dafür ist unser Leben hier viel zu anstrengend – im diplomatischen Dienst. Immer irgendwelche Empfänge und Festivitäten, keinen Abend zu Hause – hm –
Wir wollten doch über die Intensivierung Ihrer Bindung an die Freie Welt sprechen – ehe Sie mich ablenkten.

GENERAL: Aber doch nicht jetzt.
Sie haben mich selbst darauf aufmerksam gemacht, daß es schon viel später ist, als ich dachte.
Ich hätte schon vor einer halben Stunde bei einer Brücken-Einweihung dabei sein sollen.
HOOPER *(sehr energisch)*: Ich muß bis heute abend Ihre definitive Antwort haben!
GENERAL *(elegant)*: Vielleicht können wir uns während des Festes einen Augenblick darüber unterhalten?
Auf Wiedersehn.
(Er läßt seine Aktenmappe und seine Handschuhe liegen und geht über den Platz, zur Sowjet-Botschaft)
In der Sowjet-Botschaft
GENERAL: Bin ich zu früh?
VADIM: Für heute nicht – aber für morgen.
GENERAL *(lacht)*: Ich bitte um Verzeihung.
MARFA: *(tritt mit einem Blatt Papier in der Hand auf)*
VADIM: Was gibt's?
MARFA: Guten Tag.
GENERAL *(sie musternd)*: Guten Tag.
MARFA: Da Ihr Chiffrier-Funker sinnlos betrunken ist – habe ich diese Nachricht aufgenommen.
VADIM: Danke – *(Nimmt den Zettel)*
(Marfa geht wieder)
VADIM: Entschuldigen Sie. *(Liest rasch)*
Ich habe an Sie die Frage zu richten, ob Sie sich endlich dazu entschlossen haben, sich mit unseren freiheitlichen Kräften zu verbünden?
GENERAL: Wie geht es Ihrem charmanten Sohn?
VADIM: Nicht gut. Er wird uns bald verlassen. *(Verändert)*
Ich muß bis heute abend endgültig Bescheid wissen.
GENERAL: Es hatte ganz den Anschein, als hätte er sein Herz für unseren einheimischen Karneval entdeckt.
VADIM: Das ist eine Versuchung, mit der wir alle zu kämpfen haben.
GENERAL: Warum dagegen kämpfen? Fürchten Sie, so zu werden wie wir?
VADIM: Im Zeitalter eines großen industriellen Aufschwungs ist der Sinn für Humor fehl am Platz.

GENERAL: Der Sinn für Humor ist nicht unsere einzige Tugend. Ihr Sohn war gestern abend mit einem zauberhaften Mädchen zusammen.
VADIM: Bitte, bleiben Sie bei der Sache. *(Blick auf das Papier)* Ich entnehme diesem Zettel, daß der Präsident höchstpersönlich um eine engere Zusammenarbeit zwischen Ihnen, General, und drüben gebeten hat – Ich zitiere wörtlich: Um jeden Preis!
GENERAL: Da wissen Sie mehr als ich.
VADIM: Wir hören alle Gespräche mit, müssen Sie wissen.
GENERAL: Das weiß ich – aber wir nicht. Ich finde, ein Schlüsselloch ist nicht der geeignete Rahmen für die Betrachtung der Dinge.
VADIM: Das hängt von den Möglichkeiten ab. Wenn man erst einmal den Code ausfindig gemacht und die Telefonleitungen angezapft hat, wäre es doch ein Jammer, nicht davon zu profitieren.
GENERAL: Das schon. Es ist, wie wenn man sein Staatsexamen gemacht hat und dann darauf verzichtet, in seinem Beruf zu arbeiten. Ich danke Ihnen für die Anregung.
Ich hoffe, Sie heute abend bei unserer kleinen Feier zu sehen.
VADIM: Meine Frau fühlt sich nicht wohl – und auch ich –
GENERAL: Die Amerikaner haben die Einladung angenommen.
VADIM *(mit einem kleinen Seufzer)*: Wir werden selbstverständlich gerne kommen.
Bevor Sie gehen –
GENERAL: Ich bin fest davon überzeugt, wir werden heute abend eine Gelegenheit finden, uns darüber zu unterhalten – Jetzt muß ich mich beeilen – ich muß noch zu einem Gartenfest.
VADIM: Moskau muß bis spätestens heute abend Bescheid wissen.
GENERAL: Auf Wiedersehn.
VADIM: Wiedersehn.
(Der General läßt seinen Spazierstock liegen, Vadim nimmt ihn gedankenverloren und spielt damit. Legt ihn dann weg, geht zum Tisch und gießt sich einen Wodka ein. Der General geht zur US-Botschaft hinüber)
In der US-Botschaft
GENERAL *(genial)*: Ich muß meine Mappe vergessen haben.
HOOPER: Und Ihre Handschuhe.
GENERAL: Das sind nicht meine Handschuhe.
HOOPER: Einen Drink?
GENERAL: Nein, danke.

HOOPER: Zigarre?

GENERAL: Danke, nein. Hm nur ganz nebenbei – Ihre Leitungen werden von drüben angezapft.

HOOPER *(strahlend)*: Das wissen wir.

GENERAL: Oh – wirklich?

HOOPER: Wir geben nur solche Sachen durch, die sie erfahren sollen.

GENERAL: Raffiniert!

Nun – dann auf heute abend.

HOOPER: Bis später – und entscheiden Sie sich!

(Der General geht, während Hooper in sich hineinkichert.

Der General geht wieder zur russischen Botschaft)

In der Sowjet-Botschaft

GENERAL: Verzeihen Sie – aber ich glaube, ich habe meinen Spazierstock vergessen.

VADIM: Hier ist er.

GENERAL: Hm – nur ganz nebenbei. Die wissen drüben, daß sie angezapft werden.

VADIM: Das überrascht mich nicht. Sie müssen es schon seit einiger Zeit wissen. Wir haben uns ganz darauf eingestellt – und tun so, als würden wir darauf reinfallen.

GENERAL: Gratuliere! Mir ist noch nie so bewußt geworden, wie beneidenswert einfach mein Leben dagegen ist.

VADIM: Und denken Sie daran – heute abend ist letzter Termin.

GENERAL: Auf bald.

(Er geht ab und wieder in die US-Botschaft hinüber)

In der US-Botschaft

GENERAL: Entschuldigen Sie –

HOOPER: Hereinspaziert – hereinspaziert – Sie wollen jetzt also doch unterschreiben – was?

GENERAL: Noch nicht.

Ich habe festgestellt, daß diese Handschuhe doch mir gehören müssen.

HOOPER: Das dachte ich mir.

Die Anstrengungen Ihres Lebens setzten Ihnen ganz schön zu, was? Zigarre?

GENERAL: Hm, danke.

Nebenbei bemerkt – eh –

HOOPER: Ja?

GENERAL: Die wissen drüben, daß Sie wissen, daß Sie abgehört werden.
HOOPER *(besorgt)*: Wirklich? Sind Sie sicher –?!
GENERAL: Absolut.
HOOPER: Danke. Das werde ich Ihnen nie vergessen.
GENERAL: Bis später.
HOOPER: Sie haben nichts vergessen?
GENERAL: Nein.
(Er geht auf den Platz hinaus, die beiden Soldaten kommen)
Auf dem Platz
ERSTER SOLDAT: Wir mußten ihn allein lassen in der Kirche.
In einer halben Stunde müssen wir auf Wache.
GENERAL: Gut.
Ein kleines Gebet könnte mir auch nichts schaden.
Zigarre? *(Gibt dem einen Soldaten)*
Zigarre? *(Gibt auch dem anderen eine, steckt sich dann selbst eine in den Mund. Der General und die beiden Soldaten zünden sich ihre Zigarren an und gehen ab)*
(Die beiden Liebenden kommen auf die Balkone der jeweiligen Botschaften, hängen zusammengeknotete Tücher über die Brüstungen, ihre Blicke treffen sich, als sie aufblicken)
JULIA: Igor!
IGOR: Julia!
(Sie versuchen, voller Sehnsucht einander die Hände zu reichen, von Balkon zu Balkon, vergeblich, während

(DER VORHANG FÄLLT)

DRITTER AKT

Vor Einbruch der Nacht.

Wenn der Vorhang sich hebt, enthüllt er eine Szene von romantischer Verzauberung – die Straßenlaternen brennen, und ein kostbarer Altar ist im Bühnenhintergrund zwischen den beiden Botschaften im Freien errichtet worden. Viele Kerzen brennen an dem alten, goldgezierten Altar.

Fahnen sind da und dort in der Ferne zu sehen. Von weit her Musik eines Freikonzerts und der herüberwehende Lärm einer freudigen Menge.

Die beiden Soldaten treten jetzt wieder in Uniform auf. Sie tragen die beiden Pappmaché-Figuren von König Theodor, dem Unheimlichen, und der Infantin Inez, die der Erzbischof in der nachfolgenden Szene trauen wird. Die Figuren haben Puppengesichter, starre Augen und sind eine Kostbarkeit von unwägbarem Alter. Ihre Schönheit hat etwas Verwittertes, die Gewänder sind farbenfroh.

Der General folgt den Soldaten – er trägt seine Gala-Uniform, mit Degen und vielen Orden.

ERSTER SOLDAT: Wo wollen Sie die beiden denn hin haben –?

GENERAL *(arrangiert)*: Hier – das geht. *(Wischt sich den Schweiß von der Stirn)* Laßt mich mal sehn.

Die Tücher – ja – das wirkt überzeugend.

Die Briefe – an die Tücher geheftet – ausgezeichnet!

Man muß an alles denken dabei.

ZWEITER SOLDAT: Der Erzbischof schien von Ihrem Vorschlag nicht sehr begeistert, General.

GENERAL: Einen tauben Erzbischof zu haben, ist schrecklich. Aber heute abend hat sogar das seine Vorzüge.

Ich bin fest davon überzeugt, daß man ihn nur deshalb zum Erzbischof gemacht hat, weil ihm die Welt der Stimmen und Klänge so gut wie verschlossen ist.

Das gibt ihm die strenge Ausstrahlung völliger Abgeschiedenheit und hebt seinen Nimbus – er wirkt wie die leibhaftig gewordene Meditation.

ERSTER SOLDAT: Da kommt er.

GENERAL *(irritiert)*: Aber hier können wir ihn doch jetzt nicht brauchen! Wir können doch nicht brüllen wie die Verrückten – hier vor den beiden Botschaften!

(Der Erzbischof, mindestens hundertjährig, kommt, in Begleitung des konvertierten Spions, der die ungewöhnlich lange Schleppe des erzbischöflichen Gewandes verzückten Auges trägt, ihrer Last zum Trotz königlichen Schrittes auf die Bühne. Der Spion hat jetzt eine riesige Tonsur, und seine Augen leuchten ekstatisch)

GENERAL: Euer Eminenz!

ERZBISCHOF: General – das ist eine Unverschämtheit! Ich habe eine ganze Reihe alter Schriften studiert und fand meine Vermutungen bestätigt. Das Jubiläum der Vermählung zwischen dem Knaben Theodor, dem Unheimlichen, und der Infantin von Alt-Kastilien fällt auf den kommenden Freitag – während wir heute die heroische Teilnahme am Kinder-Kreuzzug von 1208 begehen. Sorgen Sie also bitte dafür, daß diese beiden kostbaren symbolischen Figuren unverzüglich und mit aller gebotenen Vorsicht ins Nationalmuseum zurückgebracht werden.

GENERAL *(sehr laut)*: Heute ist Freitag.

ERZBISCHOF: Sprechen Sie bitte laut und deutlich.

GENERAL *(brüllt militärisch)*: Heute ist Freitag!

ERZBISCHOF *(gelassen)*: Sie müssen lauter sprechen.

GENERAL *(leise)*: Ich gebe es auf. *(Zu den Soldaten, leise)* Wenn man ihm nicht einmal beibringen kann, daß heute Freitag ist, dann –

ERZBISCHOF: Heute – Freitag –?! Unsinn! Heute ist Mittwoch, den ganzen Tag.

GENERAL: Oh – können Sie mich hören jetzt?

ERZBISCHOF: Natürlich kann ich Sie hören – ich bin ja nicht taub. Wenn die Leute nicht alle so vor sich hin nuscheln würden, könnte ich jedes Wort verstehen.

GENERAL *(leise)*: Der ganze Fehler liegt bei der Uhr von St. Ambrosius.

ERZBISCHOF: Was ist mit der Uhr von St. Ambrosius?

GENERAL: In den vielen Jahrhunderten seit sie von Meisterhand erbaut wurde, hat sie unablässig Zeit verloren.

ERZBISCHOF: Zeit verloren –?

GENERAL *(normal)*: Ja – und jetzt wurde festgestellt –

ERZBISCHOF: Er flüstert schon wieder.

GENERAL *(leise)*: Verzeihung – ich vergaß.

Die Akademie der Wissenschaften hat herausgefunden, daß wir seit dem Bau der Uhr im Jahre 1311 genau zwei Tage verloren haben.
ERZBISCHOF: Die Uhr wurde nicht 1311 erbaut.
GENERAL: Nein. Aber wenn sie 1311 fertiggestellt worden wäre, hätte sie bis heute genau zwei Tage verloren.
ERZBISCHOF: Du meine Güte – dann ist heute Freitag?
GENERAL: Genau.
ERZBISCHOF: Dann feiern wir also gar nicht unsere heroische Teilnahme am Kinder-Kreuzzug?
GENERAL: Nein.
ERZBISCHOF: Was feiern wir denn dann?!
GENERAL: Die Vermählung des Knaben Theodor, des Unheimlichen, mit der Infantin von Alt-Kastilien.
ERZBISCHOF: Das stimmt. Dann benötigen wir auch den Altar des heiligen Boleslay und die beiden Figuren für die Hochzeit.
GENERAL: Alles bereits an Ort und Stelle.
ERZBISCHOF *(sieht das Arrangement)*: Wie umsichtig – tatsächlich. Zu guter Letzt haben wir sogar einmal einen fähigen Präsidenten.
GENERAL *(amüsiert)*: Ich sehe, Eminenz, mit Freude, daß Sie mit dem neuen Konvertiten, den ich Ihnen geschickt habe, offenbar sehr zufrieden sind.
ERZBISCHOF: Wen meinen Sie damit?
GENERAL: Den Unbarmherzigen Bruder, der Ihre Schleppe trägt.
ERZBISCHOF: *(streckt mit einem gnädigen Lächeln die Hand aus, der Spion kommt auf den Knien nach vorn und spürt jetzt die erzbischöfliche Hand auf seinem kahlen Schädel, eine Tatsache, die er erhebend findet)*
Er wurde vor einer Stunde in die Unorthodoxe Kirche aufgenommen – und er war der einzige, der sich freiwillig gemeldet hat, als es darum ging, meine Mitra zu tragen, die sehr schwer ist, und meine Schleppe – die bei dieser besonderen festlichen Gelegenheit ungewöhnliche Ausmaße hat.
Es ist beschämend, wie faul dagegen die Kinder unseres Landes geworden sind.
Verlassen Sie sich darauf – er wird es einmal zu etwas bringen. Vielleicht – nach meinem Heimgang in die Ewigkeit.
SPION *(schmerzlich)*: Nein, nein, nein –!
ERZBISCHOF: Vom Gelöbnis des Schweigens habe ich ihn für heute befreit, denn er soll mir bei der Zeremonie helfen. In Anbetracht

meines ungewöhnlichen Alters versagt zuweilen mein Gedächtnis – wenngleich mir mit Gottes gnädiger Hilfe mein Herz und mein Verstand auch noch zu Gebote stehen.
(Der General und die beiden Soldaten verbeugen sich – der Erzbischof geht mit dem überladenen Spion ab)
ZWEITER SOLDAT: Selbst wenn man mit Ihrer Politik nicht einverstanden ist – man muß Sie bewundern.
GENERAL: Danke.
Alles, was wir jetzt noch tun können, ist abwarten. Und beten – *(Er macht sich eine Zigarette an, nimmt einen nervösen Zug)* Zigarette?
ZWEITER SOLDAT: Wir sind im Dienst.
GENERAL: Nur nicht so hochnäsig – ja?!
ERSTER SOLDAT: Wir haben ja noch unsere Zigarren.
(Die beiden Soldaten zünden die bereits angerauchten Zigarren wieder an. Die Fassaden zu den beiden Botschaften rechts und links gehen rasch hoch)
In der US-Botschaft
(Hooper, im Diplomatenfrack, tritt auf, hat Schwierigkeiten mit der Schleife – Beulah folgt ihm in einem violetten Abendkleid. Das oben gelegene Zimmer Julias ist leer)
BEULAH: Ich kann dir unmöglich die Schleife binden, Hooper, wenn du nicht stillhältst.
HOOPER: Ich bin so nervös.
Ich habe zwölf Vitamin-Pillen geschluckt und bin immer noch nervös. Was sagst du dazu?!
BEULAH *(mit Hoopers Frackschleife beschäftigt)*: Ich würde am liebsten zu Hause bleiben.
HOOPER: Zum tausendsten Male, Beulah – wir müssen! Ein Diplomat ist immer im Dienst – genau wie ein Arzt.
Dieser Pakt muß unterschrieben werden – noch heute abend.
BEULAH: Ich wußte gar nicht, daß dieses winzige Land so wichtig für uns ist.
HOOPER: Jeder Stimmberechtigte ist wichtig bei einer Aufsichtsratssitzung! Wo ist Freddie?
BEULAH: Ausgegangen – schon eine ganze Weile.
HOOPER: Wohin?
BEULAH: Sich amüsieren – sagte er.
HOOPER: Amüsieren?!

Ich bin froh, daß Julia ihn nicht heiratet.
Wirklich froh.
Bist du fertig?
BEULAH: Halt still!
HOOPER: Hat Julia was gegessen?
BEULAH: Ich habe das Tablett vor ihre Tür gestellt. Sie antwortet ja nicht.
HOOPER: Verdammt, Beulah – du tust mir weh!
In der Sowjet-Botschaft
(Vadim und Evdokia treten ins Zimmer – das Zimmer Igors im ersten Stock ist leer)
VADIM: Evdokia – ich hatte dich gebeten, mir die Schleife zu binden.
EVDOKIA: Komm her – hier – ins Licht.
VADIM: Wo ist denn diese entsetzliche Genossin Zlotochienki? Jedesmal, wenn ich in ein Zimmer komme, bin ich darauf gefaßt, sie anzutreffen – während sie Telefonleitungen anzapft oder durch meine Akten stöbert.
EVDOKIA: Sie ist ausgegangen – um soziologische Studien zu treiben und die Lebensbedingungen der Einheimischen kennenzulernen. Sie will eine Reihe von Aufklärungsvorträgen vor der Mannschaft ihres Schiffes halten, wenn sie zurückkommt.
VADIM: Die armen Matrosen sind nicht zu beneiden –
Und Igor? Hat er gegessen?
EVDOKIA: Einen Laib Brot, den ich ihm vor die Tür gelegt habe, hat er nicht angerührt.
Ich habe geklopft – aber er brütet nur lautlos vor sich hin.
VADIM *(den Evdokia beim Krawattebinden kneift)*: Ouwwh –!
EVDOKIA: Entschuldige – ich bin so abgespannt. Am liebsten würde ich zu Hause bleiben.
VADIM: Das ist mein letztes diplomatisches Manöver im Dienste Moskaus – ich muß noch einmal zeigen, was ich kann. Warum schaust du mich so traurig an?
EVDOKIA: Ich hatte mir das alles schon ausgemalt: – Großmutter zu werden – und jetzt?!
In der US-Botschaft
BEULAH: So.
HOOPER: Yeah – So sitzt sie. Na – haben wir noch Zeit für einen Drink?

BEULAH: Trink lieber nicht, Hooper. Auf die vielen Pillen – und wenn du noch den Vertrag unterschreiben mußt.
HOOPER: Ich glaub', du hast recht. Also – haben wir alles?
In der Sowjet-Botschaft
EVDOKIA: Fertig.
VADIM: Dank dir. Und jetzt – mach die Augen zu.
EVDOKIA: Was?
VADIM: Mach die Augen zu und dreh dich nicht um –
EVDOKIA *(resigniert)*: Willst du mich erschießen?
VADIM: Darüber reden wir später – *(Er bringt ihren heißgeliebten Hut zum Vorschein und setzt ihn ihr auf)* So – jetzt darfst du die Augen wieder aufmachen.
EVDOKIA *(noch geschlossenen Auges den Hut fühlend, entzückt)*: Vadim! Der Hut!! *(Sie umarmt ihn stürmisch)* Aber – wieso?!
VADIM: Ich ging heimlich in die Stadt – durch den Dienstbotenausgang.
EVDOKIA: Oh – Vadim!
VADIM: So. Können wir?
EVDOKIA: Noch einen Kuß.
In der US-Botschaft
HOOPER *(im Aufbrechen)*: Ich habe mir überlegt, Beulah –
BEULAH: Ja?
HOOPER: Wie wär's, wenn wir bald mal Ferien machen? Nur wir beide – wie auf Hochzeitsreise?
BEULAH: Hooper – ist das dein Ernst?
HOOPER: Mir ist es noch nie mit etwas so ernst gewesen. *(Sie umarmen einander, und dann folgt ein Kuß)*
Auf dem Platz
(Der General blickt nervös auf seine Uhr. Die beiden Botschafter-Ehepaare verlassen ihre jeweiligen Heimstätten, gehen unvermutet aufeinander zu, kalte Verbeugung von beiden Seiten, fast in der Mitte der Bühne)
GENERAL: Ah – wie nett, daß Sie gekommen sind. Die offiziellen Feierlichkeiten beginnen jeden Augenblick. *(Tröstlich)*
Der anschließende inoffizielle Teil wird dann lustiger.
ERSTER SOLDAT: Präsentiert das – Gewerrh!
GENERAL *(auf die Ehrenbezeigung der Soldaten bezugnehmend, nachsichtig)*: Reichlich spät – aber gut gemeint.
Und nun – vielleicht ist ein kleiner historischer Hinweis auf die

eigentliche Bedeutung der bevorstehenden Zeremonie gar nicht so fehl am Platze.
Wenn Sie sich unser Land auf der Karte ansehen – und es gibt, leider, genug Leute, die es nicht einmal finden –, dann werden Sie feststellen, daß unsere Lage, durch die Jahrhunderte hindurch, in militärischer, finanzieller, politischer, verwaltungstechnischer, wirtschaftlicher und sogar in erotischer Hinsicht völlig hoffnungslos war. Auf Eroberer hat dieses Land immer wie ein Magnet gewirkt. Die Engländer sind mehrere Male unter dem Vorwand hier gewesen, daß wir noch nicht reif seien, uns selber zu regieren. Ihnen folgten die Franzosen unter dem Vorwand, daß wir noch nicht reif seien, um von den Engländern regiert zu werden.
Die Holländer haben uns für eine Weile zu Protestanten und die Türken haben uns zu Mohammedanern gemacht. Den Italienern verdanken wir unsere Leidenschaft für Oper und Gesang.
Und diese Jahrhunderte in engster Berührung mit heimwehkranken Söldnerheeren brachten unseren Männern eine tiefe Abscheu vor dem Militär und unseren Frauen, begreiflicherweise, eine ebenso tiefe vor Babies aller Hautfarben.
Das Jahr 1311 war ein nicht übermäßig ereignisreiches Jahr unserer Geschichte, wenn man von der Tatsache absieht, daß damals die Albanier und die Lithuanier gleichzeitig gierige Augen auf unser Gebiet warfen – so daß unsere traditionelle Politik des Gleichgewichts der Schwächen zu versagen drohte.
Zwischen diesen beiden Nationen existierte sogar ein ungeschriebener Vertrag, unser Gebiet untereinander aufzuteilen. Der Vertrag blieb deshalb ungeschrieben, weil zu dieser Zeit weder die Albanier noch die Lithuanier schreiben konnten.
Diese bedrohliche Lage verschärfte sich noch durch die Ermordung unseres Kaisers Thomasius, des Unmöglichen, der einem albanischen Desperado zum Opfer fiel, der sich als Blumenstrauß verkleidet hatte.
Aber da kam uns schließlich unser junger Thronfolger, der Knabe Theodor der Unheimliche zu Hilfe, und seine rasche Spanische Heirat brachte uns die Unterstützung spanischer Truppen – unter der Bedingung freilich, daß wir zum katholischen Glauben übertraten.
Das taten wir auch, für eine Weile – bis die Albanier und die Lithuanier einander dezimiert hatten. Dann kehrten wir zur Heiligen Unorthodoxen Religion unserer Vorväter zurück.

Dieses subtile politische Vorgehen ist es, das wir heute abend feierlich mit der Zeremonie dieser Eheschließung begehen. Diese beiden generationenalten Figuren in prächtigen Gewändern sind die symbolischen Gestalten für Theodor, den Unheimlichen, und für Inez, die Infantin von Alt-Kastilien.

BEULAH: Ist das nicht interessant?!
Ich habe ein Faible für Geschichte – alles ist so alt.

HOOPER: Wenn man sich hier nur irgendwo setzen könnte.

GENERAL: Ah – Ruhe bitte, meine Herrschaften. Die Herren wollen bitte die Hüte abnehmen.

(Der Erzbischof steht jetzt vor dem Altar, fertig zur Zeremonie, ihm dicht zur Seite der Spion)

EVDOKIA: Bei allem, was mir heilig ist – Siehst du, was ich sehe – Vadim?!

VADIM *(ohne jede Überraschung)*: Bei ihm kannst du nie so genau wissen, ob er nicht vielleicht doch noch seinen alten Beruf ausübt.

HOOPER *(mit Genuß)*: Schsch!!

ERZBISCHOF: Wir haben uns hier versammelt, meine lieben Freunde, um die Wiederkehr jener segensreichen Vermählung festlich zu begehen, die unser Land, in einem jener leider immer wiederkehrenden Fälle, vor dem Marschtritt der Eroberer bewahrte.
Meine Landsleute!
Große Mächte des Ostens und des Westens stehen auch heute wieder gerüstet – sie befehligen ganze Heere von hünenhaften Goliaths, denen wir nichts entgegenzusetzen haben als diesen einzigen David, den kindlichen Thronfolger Theodor, den Unheimlichen.
Er in seiner Weisheit, in der Fülle seiner Unheimlichkeit, bittet um die Hand der Inez, der Infantin von – *(Er bleibt stecken)*

SPION *(leise)*: Alt-Kastilien.

ERZBISCHOF: – von Alt-Kastilien. Sie willigt ein. Die Ehe, die einst das Vaterland rettete, wird abermals geschlossen – der Teppich der Geschichte liegt ausgebreitet vor uns.
Laßt uns – *(Bleibt stecken)*

SPION: Zurückdenken.

ERZBISCHOF: Zurückdenken an die Tage der Bedrohung. Die Glocken schweigen, die Felder liegen brach – *(bleibt stecken)* – und jetzt –?

SPION *(leise, soufflierend)*: »Trete herzu –«

ERZBISCHOF: Ach ja – Trete herzu, Theodor Alarius Demetrius

Pompejus, durch den Willen des Volkes und die Gnade Gottes ein Göttlicher du, Beschützer der Unwilligen, Mentor der Unentschlossenen, Kaiser, allmächtig und gnadenvoll.
Und trete herzu auch du, Inez Dolores Chiquita Ampora Concepcion Maria, Infantin von Alt-Kastilien, erblich belastete Hüterin der Herrlichkeit, Statthalterin der Weisheit und der Güte, Hüterin der Schlüssel von Pamplona.
(Die beiden Soldaten tragen die beiden Figuren mehr auf den Altar und auf den zelebrierenden Erzbischof zu, mit dem Rücken zum Zuschauer. Man bemerkt jetzt die Tücher, die von den Balkonen rechts und links herunterhängen)
BEULAH *(mit einem Schrei)*: Hooper! Julias Fenster – offen?!
HOOPER: Sie ist weg.
EVDOKIA: Vadim – der Balkon!
VADIM: Er ist geflohen.
EVDOKIA: Hier ist ein Brief.
GENERAL: Etwas mehr Ruhe bitte – das ist der ergreifendste Teil der Zeremonie!
HOOPER *(wütend, zum General)*: Sie müssen das gewußt haben – warum haben Sie uns nichts gesagt?!
GENERAL: Wir mischen uns nie in die inneren Angelegenheiten anderer Länder.
VADIM: Soll das heißen, Sie haben diese Tücher da vom Balkon herunterhängen lassen – damit ja alle sie sehen können?!
GENERAL: Ob alle sie gesehen haben, weiß ich nicht.
Hier gehen höchstens ein paar hundert Leute vorbei im Laufe eines Tages.
Und jetzt – Ruhe bitte.
ERZBISCHOF: Und nun lasset uns beginnen mit der segensreichen Zeremonie dieser Vermählung.
BEULAH *(die Julias Abschiedsbrief gelesen hat)*: Julie! Sie ist auf und davon, Hooper! Ihr Glück zu finden – an seiner Seite!
HOOPER *(wütend, zu Vadim)*: Da hatten Sie die Hand im Spiel – Das ist Menschenraub! Das kommt vor die Vereinten Nationen. Meine einzige Tochter!
EVDOKIA *(ein Schrei)*: Vadim! – Er spricht von Selbstmord! Das Leben hat keinen Sinn mehr für ihn – ohne Liebe – und ohne Dialektik – er will sterben.
VADIM *(zu Hooper)*: Daran ist Ihre verdammte Tochter schuld!

Mein Sohn, mein Sohn! *(Er kniet nieder und weint, Evdokia über ihn gebeugt)*
HOOPER: Ich – ich –!
BEULAH: Hooper! Unternimm doch was!
HOOPER: Der Kerl soll erst mit seinem Palaver aufhören!
GENERAL: Seine Eminenz, der Erzbischof, ist stocktaub.
ERZBISCHOF: Willst du, Theodor Alarik –
HOOPER: Ich hol' den Wagen –
ERZBISCHOF: Demetrius Pompejus –
HOOPER: Ich hole sie ein – man muß die Grenzübergänge schließen!
GENERAL *(streng)*: Ruhe bitte!
ERZBISCHOF: Durch den Willen des Volkes und die Gnade Gottes –
HOOPER: Zeig mal den Brief –
BEULAH *(verzweifelt)*: – kein Hinweis auf ein Hotel – nichts!
ERZBISCHOF: Göttlicher du, Beschützer der Unwilligen –
HOOPER: Ich rufe Washington an –
ERZBISCHOF: Mentor der Unentschlossenen –
HOOPER *(zum General, fauchend)*: Alarmieren Sie die Polizei!
ERZBISCHOF: Kaiser allmächtig und gnadenvoll – *(er bleibt wieder stecken)* – ja –?
SPION: Alias Igor Vadimovitch Romanoff –
HOOPER: Hey – diese Figuren sind ja viel kleiner geworden.
ERZBISCHOF: Alias Igor Vadimovitch Romanoff –
VADIM: Igor!!
ERZBISCHOF: Willst du diese Frau nehmen zur angetrauten Gattin?
IGOR *(im Gewand der königlichen Puppe Theodor)*: Ja.
ERZBISCHOF: Und du – Inez Dolores –
HOOPER: Schluß mit dieser Zeremonie – das ist ein Schwindel!
(Die Soldaten verhindern Hoopers Eingreifen mit vorgehaltenen Gewehren)
ERZBISCHOF: Chiquita Amparo –
VADIM: Aufhörn, aufhörn, aufhörn!!
EVDOKIA: Vadim, warum?
ERZBISCHOF: Conchita Concepcion –
HOOPER: Das bringt Ihnen Sanktionen ein – ich schalte die Entscheidung der Vereinten Nationen ein!
ERZBISCHOF: Maria, Infantin von Alt-Kastilien –
BEULAH: Mein Kind, mein Kind –
VADIM: Wir sind machtlos –

ERZBISCHOF: Erblich belastete Hüterin der Herrlichkeit –
HOOPER: Wir müssen gemeinsam etwas dagegen unternehmen!
VADIM: Eine Zusammenarbeit zwischen uns – selbst in diesem Punkt – ist ausgeschlossen.
ERZBISCHOF: Hüterin der Weisheit –
HOOPER *(zum General)*: Auf Ihren Befehl wurde ich mit der blanken Waffe bedroht!
ERZBISCHOF: Und der Schlüssel von Pamplona – *(bleibt stecken)* – ja!?
SPION: Alias Julia Alison Mumphy Vandervelde Moulsworth –
ERZBISCHOF: Alias Julia Alison Mumphy Vandervelde Moulsworth – daran kann ich mich gar nicht erinnern – gehört das zum Zeremoniell?
HOOPER: Daran können Sie sich nicht erinnern, weil es nicht zum Zeremoniell gehören kann –
SPION: Aber hier steht es geschrieben – in den erleuchteten Schriftzeichen des 14. Jahrhunderts.
ERZBISCHOF: Dann hat mich mein Gedächtnis wieder im Stich gelassen – nimmst du diesen Mann zum angetrauten Gatten?
HOOPER: Nein.
JULIA: Ja.
(Beulah bedarf des Trostes, ebenso Evdokia)
ERZBISCHOF: So erkläre ich euch für rechtmäßig verbundene Eheleute. Küsse deine Frau *(Igor küßt Julia)*
Für eine Figur aus Pappmaché ist er überraschend mobil. Stecke den Ring an ihren Finger.
Und jetzt, mein Sohn, auf ins Feld, um die Albanier von unseren Grenzen zu verjagen.
Läutet die Glocken!
(Die Glocken beginnen zu läuten, die Volksmenge bricht in einen triumphierenden Schrei aus. Das jungverheiratete Paar, das jetzt endgültig an die Stelle der Wachsfiguren getreten ist, wendet sich uns zu, strahlend vor Glück)
ERZBISCHOF *(ist nur für einen kleinen Augenblick überrascht)*: Ein Wunder?
Unser Land ist gesegnet mit Wundern dieser Art – komm, mein Sohn, wir wollen beten!
(Der Erzbischof und der Spion gehen ab, letzterer mit triumphierendem Lächeln)

HOOPER: Diese Ehe ist nach amerikanischem Gesetz nicht gültig.
VADIM: Sie wird in der Sowjetunion nie anerkannt werden.
EVDOKIA: Aber Vadim – unseren Sohn so glücklich zu sehn?!
IGOR: Vater – Mutter – darf ich euch meine Frau vorstellen!
JULIA: Dad – Mommy – das ist Igor.
(Hooper und Vadim kehren den Kindern den Rücken zu. Beulah und Evdokia wagen langsam einen schüchternen Blick)
BEULAH: Ja – aber – Mrs. Romanoff –
EVDOKIA *(bewegt)*: Genossin Moulsworth – was sollen wir machen? Sind es nicht immer die Frauen, die den Frieden schließen?
BEULAH: Aber ja – unsere Kinder so glücklich zu sehn.
HOOPER *(scharf)*: Beulah – ich verbiete dir, auf die Friedenspropaganda dieser Frau zu hören.
VADIM: Was wir auch empfunden haben oder gesagt haben mögen – Evdokia – wir sind Russen.
Du gehst in eine kapitalistische Falle.
(Eine kleine unentschiedene Pause)
BEULAH *(bestürzt)*: Julia!
JULIA: Mutter! *(Sie umarmen einander)*
BEULAH: Darf ich Igor einen Kuß geben und ihn in unserer Familie willkommen heißen?
IGOR: Meine zweite Mutter! *(Sie küssen einander)*
EVDOKIA: Igor!
IGOR: Mamaschka!
EVDOKIA: Und jetzt will ich meine neue Tochter willkommen heißen!
JULIA: Oh – Mrs. Romanoff! *(Sie küssen einander)*
HOOPER *(der sich gar zu gerne umdrehen möchte)*: Beulah – das werde ich dir nie vergessen – deine Dummheit bringt mich um meine Karriere, mein Ansehen, meine Selbstachtung.
BEULAH: Hooper, Liebling, sei doch nicht so albern.
HOOPER: Du erklärst dich also einverstanden mit den Machenschaften einer Regierung, die deinen Mann mit blanker Waffe bedroht hat!?
GENERAL: So blank sind unsere Waffen gar nicht – die Gewehre sind nur mit Platzpatronen geladen.
VADIM: Was!?
GENERAL: Regiment! Salut! Feuern!!
(Es folgen, von den Gewehren der Soldaten hervorgebracht, zwei Schüsse, wie mit Kinder-Platzpatronen)

HOOPER: Was wollen Sie mir da weismachen?
GENERAL *(lächelnd)*: Um zu scharfer Munition zu kommen, hätten wir uns entweder mit der westlichen Verteidigungsgemeinschaft oder aber mit den Friedenskämpfern des Ostblocks verbünden müssen – in unserem Lande werden derartige Dinge nicht hergestellt.
JULIA *(flehend)*: Dad –
IGOR *(flehend)*: Pappa –
(Pause. Dann umarmen plötzlich und knapp die Väter ihre Kinder)
GENERAL: Von jetzt an werden wir in aller Zukunft nicht mehr die Vermählung unseres Königs, des Knaben Theodor des Unheimlichen an diesem Tag feiern – die beiden kostbar gekleideten Puppen sollen endlich zur wohlverdienten Ruhe kommen – im Nationalmuseum ... und die Lithuanier und die Albanier bedrohen ja längst niemanden mehr – sie klammern sich an ihre Existenz mit den gierigen Händen der Hoffnung – wie wir.
Von jetzt an wollen wir jedes Jahr diesen Tag hier feiern – den größten Sieg unserer Geschichte – jedes Jahr – in stillem, freudigem Ernst – am Jubiläumstag, und zur genauen Stunde.
VADIM *(plötzlich)*: Sagen Sie – warum bin ich jetzt nicht unglücklich? Nach den Regeln der Voreingenommenheit müßte ich angefüllt sein mit Bitternis bis zum Rande.
IGOR: Du bist deshalb nicht unglücklich – weil ich glücklich bin, Vater ... und weil wir in einem Land leben, das glücklich ist.
VADIM: Ich brauche Beweise. Glücklich? Wie kann ich glücklich sein ohne einen einzigen volkseigenen Betrieb, ohne eine einzige Kolchose, ohne einen Schulungsabend?
ERSTER SOLDAT: Das habe ich auch immer gedacht, Exzellenz – aber heute abend frage ich mich wirklich –
HOOPER: Ich begreife das auch nicht – wenn wir schon mal davon sprechen –! Ich müßte vom Blitz getroffen sein, buchstäblich erschlagen, unmittelbar vor einem Nervenzusammenbruch. Und doch komme ich mir jetzt vor – als – als hätte ich mit Champagner geduscht – *(Er küßt seine Tochter)*
(Zum General) Wie sind die geologischen Verhältnisse hier, die Gesteinsschichtungen?
GENERAL *(entgegenkommend)*: Ich habe nicht die geringste Ahnung.
HOOPER: Ich wette, wir trampeln buchstäblich auf dem Erdöl herum.

GENERAL: Dann lassen Sie es dort, wo es ist.
Ein einziger Bohrturm genügt – und schon morgen marschiert man bei uns ein!
HOOPER: Mann, das ist auch eine Philosophie. Das muß man erst verdauen – jemand, der keinen Cadillac will, weil die Möglichkeit besteht, daß er ihm gestohlen wird.
JULIA: Mir leuchtet das ein.
HOOPER: Schon? Du bist schon zu lange hier.
BEULAH *(zu Evdokia)*: Was für ein entzückender Hut.
EVDOKIA *(errötend)*: Danke.
BEULAH: Einfach zauberhaft!
VADIM: Und trotzdem bedürfte es eines Beweises, daß ich tatsächlich glücklich bin!
IGOR: Vater – du bist so dialektisch!
VADIM: Gestern warst du noch genau so.
Wenn wir wirklich hier bleiben wollen – und es wird uns keine andere Wahl bleiben, da wir unmöglich nach Moskau zurückkehren können, wenn uns noch an unserer persönlichen Sicherheit gelegen ist – wenn ich hier leben soll, dann will ich wenigstens wissen, warum ich so glücklich bin.
Ist es einfach nur einer angeborenen Leichtfertigkeit wegen – oder hat die ganze Atmosphäre hier etwas eigenartig und angenehm Zersetzendes?
GENERAL: Angenehm – heh – Sie kommen langsam dahinter! Hab' ich recht, Leute?
ZWEITER SOLDAT: Ja – das liegt hier in der Luft.
HOOPER: Yeah – wir können im Augenblick auch nicht nach Hause, nicht in die alte Umgebung. Jedenfalls müssen wir erst etwas Gras darüber wachsen lassen. Aber im Augenblick – und ich wüßte eigentlich nicht zu sagen warum – irgendwie macht mir das gar nichts aus.
Es interessiert mich gar nicht, wer mit wem welchen Vertrag abschließt.
Das habe ich plötzlich alles hinter mir –
VADIM: Ja, aber ich für mein Teil, ich muß den Grund wissen. Ich brauche Beweise –
(Der Spion kommt mit Verschwörer-Miene um die Ecke)
SPION: Beweise?
VADIM: Haben Sie uns belauscht?

SPION: Das ist eine Angewohnheit, die ich nicht so schnell loswerden kann.
Wenn Sie Beweise haben wollen, dann verstecken Sie sich!
BEULAH: Wo?
HOOPER: Warum?
SPION: Keine langen Fragen – bitte – Sie werden ja sehn. Verbergen Sie sich – irgendwo im Schatten.
(Auch er versteckt sich jetzt rasch. Obwohl niemand abgeht, wirkt die Bühne plötzlich leer, weil alle lautlos und gespannt verharren. Freddie und Marfa kommen jetzt, offenbar sehr verliebt, seufzend und flüsternd. Dann küssen sie einander. Nach einer Pause)
FREDDIE: Gibt es Worte, die noch nie zuvor gesagt wurden?
MARFA: Es gibt Augenblicke des Schweigens, die nur uns allein gehören.
(Sie umarmen einander)
IGOR *(erregt)*: Sie benutzen unsere Worte!
JULIA *(schmerzlich)*: Sie haben uns unseren Dialog gestohlen!
GENERAL *(einfühlsam)*: Aus Ihren Herzen sprach unser Land, und jetzt spricht es aus den Herzen Freddies und Marfas!
JULIA: Sie meinen – uns ist nichts eigenes eingefallen?
GENERAL: Ihnen ist alles eingefallen – sogar das Land, in dem Sie einander begegnen konnten!
MARFA: Warum schaust du mich so kritisch an?
FREDDIE: Ich? Ich kritisiere nie jemanden – weil ich gar keine eigene Meinung habe.
JULIA *(wohlmeinend)*: Nur Mut, Freddie wird den Bann schon brechen.
MARFA *(kokett)*: Keine eigene Meinung – woher weißt du dann, daß du mich liebst?
VADIM: Eine logische Frage.
FREDDIE: Ich weiß nicht. Aber es ist so.
HOOPER: Eine sehr geschickte Antwort.
FREDDIE: Und warum liebst du mich?
BEULAH: Freddie bleibt dicht am Feind –
MARFA *(etwas unsicher)*: Ich weiß auch nicht. Es gibt keinen Grund – ganz im Gegenteil, es gibt tausend Gründe, dich nicht zu lieben. Du bist ein Kapitalist.
Was produzierst du?
FREDDIE: Kühlschränke – Waschmaschinen – Staubsauger.

MARFA: Welche Wäschemenge wäscht dein größtes Modell in einem Arbeitsgang?
FREDDIE: Das weiß ich nicht.
MARFA: Und wieviel Schmutz faßt der Beutel deines kleinsten Staubsaugers?
FREDDIE: Ich weiß nicht.
JULIA: O Freddie – streng dich doch ein bißchen an.
MARFA: Du weißt es nicht. – Vielleicht – vielleicht liebe ich dich, weil du das nicht weißt. Es ist so beruhigend –
EVDOKIA *(beglückt)*: Ahh – die Krankheit greift jetzt langsam um sich.
FREDDIE: Du bist Kapitän auf einem Schiff, nicht?
MARFA *(mit einem Seufzer)*: Ja.
FREDDIE: Hm – das ist großartig.
MARFA: Ich bin Kapitän einer Schaluppe.
FREDDIE: Schaluppe – Schaluppe ist ein hübsches Wort. Wieviel Tonnen?
MARFA: Warum fragst du das – es interessiert dich doch gar nicht.
FREDDIE: Nein, da hast du recht.
JULIA *(fast irritiert)*: Freddie!
FREDDIE *(mit einer kleinen Lache)*: Ich weiß, was mir an dir so gefällt.
MARFA: Was denn – *(hingebungsvoll)* – Liebster!
FREDDIE: Laß mich erst ausreden – dann bekommst du einen Kuß. Von allen Mädchen, die ich je kennengelernt habe – weiß Gott – du bist die einzige, die Kapitän auf einem Schiff sein könnte.
MARFA: Die einzige?
FREDDIE: Meine Mutter hätte es zum Admiral bringen können – aber du – du bist die einzige, die Kapitän sein könnte.
MARFA *(schließt die Augen)*: Ich warte.
FREDDIE: Noch was – wie wär's, wenn wir – du und ich – wenn wir heiraten?
MARFA: Du denkst praktisch, das mag ich.
FREDDIE: Ich bin ein Kapitalist.
MARFA: Ich kenne dich kaum.
FREDDIE: Deshalb habe ich ja gefragt.
MARFA: Was würdest du tun, wenn ich akzeptiere?
FREDDIE: Ich wäre sehr überrascht.
MARFA: Ich akzeptiere.

FREDDIE: Ich bin sehr überrascht.

(Sie küssen einander mit wachsender Leidenschaft)

SPION: Beweis genug?

(In der Stille küßt Hooper seine Frau Beulah, Vadim küßt Evdokia)

JULIA: Ich bin schon eifersüchtig auf die beiden – ich möchte alles noch einmal von neuem erleben.

IGOR: Mit der ganzen Verzweiflung?

JULIA: Hm – das war doch nicht so schlimm?

(Sie küssen einander)

GENERAL: *(zum Zuschauer)*

Eine unvergeßliche Nacht!
Der Sieg ist unser.
Ein seltener Sieg – aber ein guter, ein menschlicher.
Sie sollten uns auch einmal besuchen
unser kleines Land
wenn Sie es irgendwie einrichten können.
Der Weg ist nicht viel weiter, als würden Sie nach dem
Abendessen noch einmal bis zur nächsten Straßenecke gehen, um noch rasch einen Brief in den Kasten zu werfen.
Für Unterkunft ist immer gesorgt.
Sie brauchen nur die Augen zu schließen – und in der warmen Dunkelheit des frühen Abends werden Sie plötzlich bei uns sein.
Im Lande der trägen Nachsicht, im Reich der kleinen Freundlichkeiten und –
der großen Liebe.
Ihr Kopf, der sich eben noch, beunruhigt, in den Kissen gewälzt hat, wird in Gras gebettet sein.
Sie werden die Augen öffnen, hier bei uns, glücklich –
und erwartungsvoll.
Sie müssen kommen.
Wir erwarten Sie.
Und Sie werden es nicht bereuen.

(Der General zieht sich in die Dunkelheit zurück, bläst die Kerzen am Altar aus. Man hört Musik, die vier Liebespaare stehen lautlos da. Die beiden Soldaten nehmen ihr Buchstabierspiel wieder auf)

ERSTER SOLDAT: T –

ZWEITER SOLDAT: – R –

ERSTER SOLDAT: T – R – A!
ZWEITER SOLDAT: U –
ERSTER SOLDAT: T R A U – Oh –
ZWEITER SOLDAT: Ja –
ERSTER SOLDAT: – M –
ZWEITER SOLDAT *(buchstabierend)*: T R A U M – wie Traum –!

VORHANG

ENDE

ENDSPURT

(1962)

EIN BIOGRAPHISCHES ABENTEUER IN DREI AKTEN

Deutsch von
Willy H. Thiem

PERSONEN

Sam Kinsale
Sechzig
Vierzig
Zwanzig
Stella, seine Frau
Stella 40
Stella 20
(wurden in Dublin, London und Berlin von der gleichen Darstellerin gespielt.)
Tommy, beider Sohn
Reginald Kinsale, Sams Vater
Agnes, seine Frau
Clarice
Ada
Alice
(Clarice und Ada werden von der gleichen Schauspielerin gespielt.)

Zeit – Gegenwart
Ort – Sams Arbeitszimmer

ERSTER AKT

Ein Zimmer, in nächtlicher Dunkelheit.
Licht fällt nur auf ein Bett, in dem ein alter Mann liegt – den Oberkörper etwas aufgerichtet, in Kissen aufgestützt. Neben dem Bett steht ein Rollstuhl; daneben Krücken. Auf einem Tisch sind Medizinflaschen arrangiert, die im Licht einer Leselampe grellbunt aufleuchten – grün, gelb, orange, rot, braun. Rechts steht, beleuchtet von einer Tischlampe, ein imposanter Schreibtisch, bedeckt mit Papieren und einigen Büchern und einem Telefon.
Nachdem der Vorhang aufgegangen ist, starrt der alte Mann, Sam Kinsale, mit einem leiderfüllten Blick ins Parkett, während eine alte Dame, voller Entschlossenheit, aber doch etwas zerfahren in ihrem Tun und Treiben, sich im Zimmer hin und her bewegt.
Die alte Dame heißt Stella Kinsale und ist Sams Gattin. Der Gegensatz zwischen ihrer Energie und seiner Erschöpfung ist sehr auffallend.
STELLA: So! Nein. Hm! *(Pause)* Wenn ich es mir richtig überlege – nein, du brauchst sie nicht. Und doch – wer weiß? Sicher ist sicher. *(Sie ist jetzt zu dem Arzneitisch an Sams Bett herübergekommen)* Oh, du hast ja doch welche! Warum hast du mir denn das nicht gesagt? Ah, schon gut, schon gut. Du brauchst nicht antworten, wenn du nicht willst.
Aber eines kann ich dir sagen, junger Mann, du nimmst nicht genug von diesen Tabletten! Dr. Beasley sagt, sie schlagen nicht auf den Magen – oder aufs Herz. Normalerweise halte ich ja nicht viel von dem, was Dr. Beasley sagt. Aber trotzdem – ich nehme nicht an, daß ein Doktor mit Aspirin viel Unheil anrichten kann. Es wird ja immer verschrieben – gegen Arthritis und Rheumatismus. Auf der Pakkung steht, sie sind in Bristol hergestellt – aber eigentlich ist es ein Schweizer Fabrikat.
Trink deine Milch. *(Pause. Sie überlegt.)*
Bücher! Ich begreife nicht, warum sie dir so viel bedeuten. Ich kann ja noch verstehen, daß jemand sie liest. Aber warum es Leute gibt, die unbedingt welche schreiben müssen, das sehe ich nicht ein. Ich weiß, was du sagen wirst – aber es ist keine sehr nützliche Beschäftigung.

In der Zeitung steht, daß ein großer Mangel an Briefträgern herrscht –
(Sie steht jetzt an seinem Schreibtisch)
Du bis so schlampig, Sam! Manchmal habe ich das Gefühl, du spielst mir nur was vor – und es geht dir gar nicht so schlecht. Und wenn ich aus dem Zimmer bin, treibst du hier dein Unwesen – Gott weiß, warum –, aber der Rollstuhl steht immer wieder hübsch neben dem Bett, genau so, wie ich ihn hingestellt habe –
(Sie versucht, eine Schublade zu öffnen)
Warum schließt du immer alles ab? *(Sie nimmt ein Buch)* Encyclopedia Britannica, Band acht – acht – *(sie blättert kurz darin)*
Hm – acht, der gehört zwischen sieben und neun, nicht? *(Sie stellt den Band aufs Regal)*
Wenn man ein Buch gelesen hat, hat man alles gelesen – sage ich immer!
(Sie beschäftigt sich mit Papieren auf dem Schreibtisch)
Na, und was ist das? Schon gut, schon gut, ich bin nicht neugierig – das bin ich nie gewesen. *(Sie liest)* »Meine Auto – bio-graphie – Kapitel acht.« Hm!
Nicht schlecht, deine Handschrift – wenn man bedenkt, wie alt du bist.
Trink deine Milch! *(Sie liest in Manuskriptblättern)* »Und da wußte sie, daß ihr Geliebter –« und so weiter und so fort. »Auge in Auge – Obschon sie nackt war, spürte sie keine –«? – wie soll das heißen?! Ah, egal. Du änderst dich nicht mehr!
Aber eines kann man auf jeden Fall sagen, was das Alter angeht – ein Mann wird nachsichtiger. Noch vor zehn Jahren wärst du in die Luft gegangen, wenn ich es gewagt hätte, auch nur einen einzigen Blick auf deine kostbaren Manuskripte zu werfen.
Hast du deine Milch getrunken?
Im Radio heißt es, morgen kommt es zu einer vorübergehenden Aufheiterung – trotz des anhaltenden Tiefs. Wenn das Wetter wirklich so wird, könnte ich dich mal hinausrollen, in den Garten, für einen Augenblick. Ich habe manchmal das Gefühl, daß dir jede Fürsorge lästig ist. Sonst würdest du ruhig in deinem Bett oben liegen – wie jeder normale Kranke.
Die Putzfrau hat es so schwer, mit – Mrs. Spink wird kündigen, wenn wir uns nicht sehr in acht nehmen. Sie ist nicht ideal – aber wer ist das schon, heutzutage? Und außerdem: ein Genie, wie du,

braucht sich ja nicht den Kopf darüber zu zerbrechen, wer hinter ihm her aufräumt und den Alltagskram erledigt und die Rechnungen bezahlt.

Sogar als Vater hast du versagt – hm?!

Du warst immer viel zu beschäftigt, um Tommy aufzuklären, erinnere dich nur – es war schrecklich für ihn, auf der Schule damals –?

(Pause)

Du willst dich nicht erinnern. Wie praktisch. Wie angenehm!

Deine Milch hast du nicht einmal angerührt!

Du bist der starrköpfigste und kindischste alte Mann auf der ganzen Welt – und es ist ganz unmöglich, sich normal mit dir zu unterhalten.

Wenn du etwas brauchst, dann läute – wie ein vernünftiger Mensch. Brülle nicht das ganze Haus wach! Gute Nacht, Sam, und schlaf gut – wenn du überhaupt schläfst. Gott weiß, was du machst, sobald ich aus dem Zimmer bin –

(Sie küßt ihn auf die Stirn und geht. Längere Pause. Er starrt vor sich hin und nickt dann grimmig. Er greift nach dem Milchglas, führt es zum Mund, hält dann inne und schüttet die Milch in den Nachttopf neben dem Bett)

SAM: Jetzt, wo du weg bis, Stella, werde ich zu deinen Vorwürfen Punkt für Punkt Stellung nehmen. Ich hoffe, die Pause war lang genug – und du bist jetzt außer Hörweite. Oder stehst du noch hinter der Tür? Herein! – Nein, doch nicht. Nicht einmal dazu hast du genug Phantasie.

Mit mir kann man sich also nicht normal unterhalten? Ja, meine Liebe, dahinter steckt eine ganz konkrete Absicht.

Ich habe nämlich schon in der allerersten Zeit unseres Zusammenlebens herausgefunden, daß es für uns beide viel nützlicher ist – und damit meine ich, zuträglicher für unseren Seelenfrieden –, wenn ich dir Gelegenheit gebe, deine Hälfte der Unterhaltung zuerst loszuwerden. Und dann, wenn du weg bist, kann ich mich ganz meiner Hälfte widmen – ohne mich dabei von dir stören oder gar nachäffen zu lassen. Und du weißt, wenn ich sage »Hälfte«, dann meine ich nicht die Zeit, die jeder dem anderen läßt. Ich habe schon erlebt, daß du eine Unterhaltung zu neunundneunzig Prozent bestritten hast. Es gibt Beispiele, wo mein Beitrag zur Unterhaltung lediglich aus zwei oder drei Kraftausdrücken im Armeejargon bestand. Einem Feldwebel und auch mir dienen diese

schlichten Worte dazu, einen – oder eine Schwachsinnige auf Trab zu bringen.
Unterbrich mich bitte, wenn ich für dich zu rasch bin.
(Pause)
Na, dann kann ich ja fortfahren.
Es herrscht also ein großer Mangel an Briefträgern, so? In einem der sogenannten nützlichen Berufe. Na, die Zeiten ändern sich eben. Dir ist sicher nicht entgangen, daß sogar die Dobermänner und die Schäferhunde und sonstige Pinscher mittlerweile den guten alten Zeiten nachtrauern, in denen die Knochen viel größer und besser waren als heute.
Ja, Stella, das sollte ein Witz sein. Ich weiß, es ist nicht sehr komisch – aber ich bin angenehm überrascht, daß du mir einen gewissen Witz zutraust. Nicht schlecht, meine Handschrift – bei meinem Alter. Du scheinst dir wirklich einzubilden, daß wir zwar fast gleichaltrig waren, als wir heirateten, daß du aber dann langsam im Laufe der Zeit etliche Jährchen hinter mir zurückgeblieben bist – und jetzt – jetzt bin ich fast schon außer Sichtweite, ein antikes Möbel, vollgepfropft mit Medikamenten, die die Herren Doktoren Beasley, Carslake und Lewis für mich ausgesucht haben. Gut, vielleicht hast du recht. Du hast dich jedenfalls nicht sehr verändert, trotz deiner eigenartigen Folgerungen, wenn du liest, daß ich über eine nackte Frau geschrieben habe – in diesen fünfzig Jahren hast du dich nicht so verändert wie ich.
(Nach einem Anflug von Melancholie gewinnt er plötzlich seine Energie zurück)
Nebenbei bemerkt, weil wir gerade beim Thema sind: Ich hoffe, du bildest dir nicht ein, daß eine zunehmende Vergreisung meine Handschrift ruiniert hat. Diese Hieroglyphen habe ich mir bereits in den allerersten Jahren meiner Laufbahn angewöhnt, als mir klar wurde, daß du der Versuchung nicht widerstehen konntest, in meinen persönlichen Papieren herumzustöbern.
Ich wollte nur sichergehen, daß du dir keinen richtigen Reim aus dem Gelesenen machen konntest – bei deinen hochmoralischen Anschauungen: »Das ist unter meiner Würde!«
Hoffentlich drücke ich mich klar genug aus.
Nein, ich bin absolut nicht beleidigt.
Es ist nur leider so – du warst zeit deines Lebens immer sehr anfällig für Erkältungen, aber völlig unempfindlich gegenüber ironischen Anspielungen.

Ich weiß, du kannst nichts dafür. Dein Stoffwechsel! Entschuldige, wenn ich so ins Detail gehe, Stella. Aber ich bin einfach verloren, wenn ich das Gefühl habe, daß man mich nicht versteht – genauso wie du buchstäblich zusammenbrichst, wenn du dich überraschenderweise einmal verstanden siehst.
(Er ist plötzlich voller List)
Zufällig hätte ich heute abend gerne einmal meine Milch gehabt. Normalerweise, das gebe ich zu, möchte ich Wein – ich träume von Burgunder – Burgunder, mit einem überraschenden Nachgeschmack von Johannisbeeren – oder Rotwein, mit dem herben Geschmack von altem Holz – oder Rheinwein. Es gibt Rheinwein, der ist dumpf, wie der Klang einer zersprungenen Glocke, mit Schwefel gemischt und Rosenwasser und feuchter, fetter Erde. Das habe ich alles aufgeben müssen, Stella, alles.
Und die Erinnerung daran schwirrt mir jeden Abend durch den Kopf – ich lebe nur noch diesem Gedanken! Aber heute abend, ausnahmsweise, hätte ich wirklich gerne Milch gehabt. Mit der unsinnigen Gier einer schwangeren Frau wollte ich Milch – ich bin fast danach gestorben.
(Dann mit Heftigkeit)
Aber, Stella, diesen Triumph werde ich dir nicht gönnen. Nein. Und weil wir gerade beim Thema sind – oder, ganz gleich, was für dich das Thema dieser Unterhaltung ist – was, zum Teufel, willst du damit sagen, wenn du behauptest, daß ich sogar als Vater versagt habe?
Wie kannst du es wagen, die Vergangenheitsform zu benutzen! Noch bin ich schließlich am Leben – und Tommy, nebenbei bemerkt, ebenfalls. Und ich war nie zu beschäftigt, um ihn aufzuklären. Das ist eine Lüge Es wäre nur völlig sinnlos gewesen, da er bereits im Alter von acht Jahren bei dem irischen Dienstmädchen selbst alles entdeckt hatte. Du hast ihr dummerweise sofort gekündigt. Woher ich das weiß? Sie hat es mir selbst erzählt mit ihrem reizvoll dummen Lächeln, gerade als ich sie über eine solche Möglichkeit aufklären wollte.
Jedenfalls hat Tommy nicht wegen einer auffallenden Unwissenheit in diesen Dingen Unannehmlichkeiten gehabt – wenn du dich bitte erinnern möchtest! Wir wurden aufgefordert, ihn von der Schule zu nehmen, weil eine Lehrerin sich über ihn beschwert hatte.
(Einer Erinnerung resigniert nachhängend)

Sie war ungewöhnlich hübsch – für eine Lehrerin!
(Er seufzt)
Im Zusammenhang damit würde ich es keinen Augenblick bedauern, wenn wir Mrs. Spink verlieren. Sie ist nicht nur unfähig, sie ist auch übertrieben häßlich! Hinsichtlich ihrer Bildung kann sie sich freilich mit dir messen, das gebe ich zu. Sie hat Teile der Encyclopaedia Britannica gelesen – womit ich sagen möchte, die Nummern auf dem Einband. Genau wie du, gehört sie zu der ständig wachsenden Zahl zeitgenössischer Intellektueller, denen die Reihenfolge der Bände im Regal wichtiger ist als zu wissen, was drinsteht.
(Er gähnt)
Nach dieser schmeichelhaften Bemerkung werde ich mich für heute nacht von dir verabschieden, mein Liebling. Über das Aspirin und sonstige Banalitäten habe ich nichts zu sagen. Ebensowenig interessiert mich die Ausdehnung des gegenwärtigen Tiefs über den Britischen Inseln. Wenn es dir Freude macht, in diesen Punkten unserer Unterhaltung unangefochten das Feld zu behaupten, von mir aus!
Nur noch um eines möchte ich dich bitten. Du hast diese lebhafte und zufriedenstellende Unterhaltung mit mir ausgekostet bis zur Neige. Ich hoffe, du hältst es nicht auch noch für notwendig – nun, um es ganz plump auszudrücken, Stella, verfolge mich nicht auch noch in meinen Träumen.
(Er schaltet das Licht aus und will sich zum Schlafen einrichten – erinnert sich plötzlich an etwas und schaltet das Licht wieder an. Er küßt in die Luft hinein und sagt in der Art des vollendeten Kavaliers)
Auch dir eine gute Nacht. Siehst du – ich habe es nicht vergessen!
(In der Londoner Inszenierung wurde dieser Monolog des Sam vom Autor für sich selbst gestrichen)
(Er dreht abermals das Licht aus und richtet sich zum Schlafen ein. Pause. Dann geht die Tür auf, und ein Mann im Smoking schaut herein.
Er ist Anfang Sechzig, mit einem weißen Schnurrbart, hat eine Nelke im Knopfloch. Er geht zum Schreibtisch, schaltet die Tischlampe an, nimmt den Telefonhörer ab und wählt eine Nummer. Plötzlich hält er inne, legt den Hörer auf und ruft. Zum Zwecke der Identifizierung wollen wir ihn Sechzig nennen)
SECHZIG: Williams! *(Er geht rasch zur Zimmertür, öffnet, lauscht, ruft dann wieder)* Williams!

(Sam bewegt sich im Schlaf)
Sechzig schließt die Tür und geht zum Schreibtisch zurück.
(Er wählt abermals, mit einem Stirnrunzeln, eine Nummer. Nachdem er durchgewählt hat und es auf der anderen Seite läuten hört, ist er merklich entspannt. Im Augenblick, in dem am anderen Ende der Leitung der Hörer abgenommen wird, verändert sich sein Ausdruck plötzlich, Sechzig ist jetzt von fast beunruhigender Nettigkeit)
SECHZIG: Hallo? – Wer sollte es denn sein –? Häschen! – *(etwas irritiert)* Häschen, dein Häschen – aber, ich habe meine Stimme nicht verstellt. – Deine Stimme klingt ganz normal – was? Was ist los? Du benimmst dich ganz so, als ob du nicht allein wärst – Hm? Wer ist es denn? Ein Verwandter? – einer jener Onkels, die uns manchmal so gelegen kommen? Ich habe eine Tante, für solche Fälle, aber ich bin auch schließlich ein Mann. – Natürlich bin ich eifersüchtig, mehr als eifersüchtig. Ich bin ein bißchen gekränkt. – Du machst dir hoffentlich klar, wieviel Uhr es ist – es ist fast halb acht – genau, und du bist noch im Hausmantel, das möchte ich wetten, in diesem hübschen, rosafarbenen, der so einen Hauch Verruchtheit ausstrahlt. Ja, aber natürlich, wenn ich nicht angerufen hätte, wäre ich in spätestens einer Viertelstunde bei dir drüben gewesen – und hätte plötzlich deinem Onkel gegenübergestanden, während du ins Nebenzimmer gegangen wärst, um dich umzukleiden, und er und ich hätten beide über das Wetter gesprochen und uns beide den Kopf darüber zerbrochen, was denn, zum Teufel, der andere hier zu suchen hat. –
(Er wird etwas bestimmter)
Was ich vorschlage? Ich schlage vor, du schaffst deinen Onkel ab, jetzt, sofort, und kommst hier herüber. Was? Ich weiß, es ist etwas ungewöhnlich, und der Schwan sollte eigentlich, traditionsgemäß, die Nymphe besuchen und nicht umgekehrt, aber ich habe einen Grund, einen ganz besonderen Grund, Clarice, in einem Etui, in einem flachen, ovalen Etui, das mit rotem Sammet ausgelegt ist – ich wußte, du würdest mich verstehen – nein, nein, sie ist immer noch fort – ich habe gerade mit ihr telefoniert, um meiner Sache ganz sicher zu sein. – Sie war sehr gerührt, daß ich angerufen habe – das Wetter in Angmering ist herrlich, und Tommy hat seine Mandelentzündung schon fast überstanden. – Die Köchin hat Ausgang – ich habe es sogar geschafft, Williams loszuwerden – der Palazzo ist

leer – ja, du Treulose – zehn Minuten – was? Also gut, wenn du kein Taxi auftreiben kannst, dann eben elf Minuten –

(Er legt mit einem Lächeln auf. – Sam erwacht und starrt zu Sechzig herüber. Sechzig nimmt einen Schlüssel aus der Tasche und schließt die Schublade im Schreibtisch auf, die Stella zuvor zu öffnen versuchte. Er entnimmt der Schublade eine flache, ovale Schachtel und öffnet sie. Sie enthält ein Halsband aus Diamanten und Rubinen. Sam setzt sich in seinem Bett auf)

SAM: Was machen Sie denn hier?

SECHZIG *(unwirsch)*: Das gleiche könnte ich Sie fragen.

SAM: Das ist mein Arbeitszimmer.

SECHZIG: Wie seltsam. Ich hatte den Eindruck, es sei meines.

SAM: Machen Sie sich nicht lächerlich, ich wohne hier.

SECHZIG: Was für ein Zufall. Ich auch.

SAM: Irgend etwas an Ihnen kommt mir so vertraut vor –

SECHZIG: Ah, du meine Güte. Der Bann ist gebrochen. Ich habe Sie noch nie in meinem Leben gesehen.

SAM: Wie haben Sie diese Schublade geöffnet?

SECHZIG: Mit einem Schlüssel.

SAM: Ich bin der einzige, der einen Schlüssel dazu hat.

SECHZIG: Genau wie ich.

(Pause, die beiden Männer starren einander an)

So und jetzt ist Schluß mit diesem kleinen dummen Spaß – bei allem Respekt mache ich Ihnen den Vorschlag, jetzt hier zu verschwinden, ehe ich die Polizei rufe.

SAM *(ungläubig)*: Für was halten Sie mich, für einen Einbrecher?

SECHZIG: Der Einfall ist nicht sehr originell, das gebe ich zu. Aber ich komme auf keinen anderen.

SAM: Haben Sie schon einmal einen Einbrecher gesehen, der in ein Haus kommt und sich dort ins Bett legt?

SECHZIG: Nein, das nicht. Aber das Bett stand ja da. Ich arbeite nachts sehr oft. Es könnte doch sein, Sie haben mich kommen hören und sich da versteckt.

SAM: Es ist möglich, daß Sie ein Bett in Ihrem Arbeitszimmer stehen haben – aber haben Sie auch einen Rollstuhl?

SECHZIG: Nein.

SAM: Wie erklären Sie sich denn das hier?

(Sechzig steht auf, verwirrt, schließlich angsterfüllt)

Und dieses Tischchen voller Medikamente? Ein ziemlich kranker

Einbrecher, der dieses ganze Zeug hier mit sich herumschleppen muß, wenn er auf Raubzüge ausgeht! Nun, mein Herr, wir wollen vernünftig sein. Ich wäre Ihnen sehr dankbar, wenn Sie bei der Polizei anläuten würden, aber auf meine Veranlassung. Würden Sie mir diesen Gefallen tun? Sie haben nicht so weit zum Telefon und, wie Sie bemerkt haben müssen, ich bin nicht sehr gut auf den Beinen.

SECHZIG *(ruhig)*: Dürfte ich Ihren Namen erfahren?

SAM *(nach einer Pause)*: Denken Sie jetzt das gleiche wie ich? Irgend etwas an Ihnen kommt mir vertraut vor. Ihr ganzes Wesen – und ich habe eigentlich gar keine Angst gehabt vor Ihnen, die ganze Zeit über nicht.

SECHZIG: Wissen Sie – an solche Dinge glaube ich nicht.

SAM: Was für Dinge?

SECHZIG: Mit Worten kann man das eigentlich nicht erklären.

SAM: Sie weichen mir aus.

SECHZIG: Ja, das tue ich. *(Plötzlich)* Wäre Ihnen damit geholfen, wenn ich ginge?

SAM: Jetzt nicht, nein. Nicht nach alledem, was geschehen ist.

SECHZIG: Was ist geschehen?

SAM: Das müssen Sie mir sagen.

(Pause)

SECHZIG: Zigarette?

SAM: Nein – nicht mehr. Ich habe vor fünfzehn Jahren aufgehört damit. Auf Anraten der Ärzte.

SECHZIG: Oh. So weit ist es gekommen? *(will seine Zigarette anzünden)*

SAM: Herz.

SECHZIG: Herz? *(Bläst sein Streichholz schnell aus)*

SAM: Ja – ganz eklatant.

(Sechzig setzt sich vorsichtig)

Wieviel Uhr ist es?

SECHZIG: Halb acht.

SAM: Welches Datum?

SECHZIG: Der Sechzehnte.

SAM: Welcher Monat?

SECHZIG: November.

SAM: Welches Jahr?

SECHZIG: ... Wenn Sie mir das einmal sagten, zur Abwechslung.

(Pause)

SAM *(langsam)*: Wo ist Stella?
SECHZIG: In Angmering.
SAM: In Angmering? *(Starrt ihn entsetzt an)*
SECHZIG: Was ist?
SAM: O Gott –!
SECHZIG: Was ist?
SAM: Hat Tommy entzündete Mandeln gehabt?
SECHZIG: Ja.
SAM: Und haben Sie die Köchin ins Theater geschickt? Haben Sie ihr zwei Karten gekauft?
SECHZIG: Jetzt aber mal langsam –
SAM: Sie haben eben den Hörer aufgelegt. Sie haben mit Clarice gesprochen. Sie kommt jeden Augenblick hierher. In dieser Schublade haben Sie ein Halsband, mit Diamanten und Rubinen besetzt, von Cartier. Es hat siebentausend Pfund gekostet. Die Quittung haben Sie zwischen Ihren Autopapieren versteckt. *(Mit fester Entschlossenheit)* Sam, rufe sofort Clarice an, ehe es zu spät ist. Verhindere, daß sie hierher kommt. Tue, was ich dir sage!
SECHZIG: Wovon reden Sie denn überhaupt, zum Teufel! Sie gehen mir langsam auf die –
SAM: Bitte, tue, was ich dir sage, Sam! Du bist zu alt für sie. Sie ist dreiundzwanzig und du wirst sechzig. Du machst dich lächerlich!
SECHZIG: Ich liebe das Mädchen.
SAM: Ich weiß, ich weiß. Oh, du hast das alles wunderbar arrangiert – natürlich, du hast gerade eben noch einmal Stella angerufen. – Du hast sie extra vom oberen Stock aus angerufen, vom Schlafzimmer aus, weil Williams immer noch herumschlurfte und deine Sachen aufräumte. Wie geht's Tommy, hast du gefragt. Und wie geht es dir, meine Liebste? Und dann hat Williams zu dir gesagt, und er hat den Kopf dabei ganz schief gehalten, wie immer, Williams sagte, es habe sich leider nicht vermeiden lassen, daß er das Gespräch mit anhörte und ob er fragen dürfe, wie es Madame gehe – »Nun danke, sehr gut, Williams«, hast du gesagt, und dann hast du hinzugefügt, »Sie werden bald nach Hause kommen, meine Frau und der Junge, Gott sei Dank.«
SECHZIG *(gespannt)*: Erzähl weiter –
SAM: Du hast einen Tisch im Café de Paris bestellt, oben, bei gedämpftem Licht. Du wirst auf sie warten, bis gegen acht. Sie wird dir einen Riesenvortrag darüber halten, wie schwierig es für sie war,

ihren »Onkel« loszuwerden. Onkel? Es handelt sich um einen Börsenmakler namens Schweitzer, den zweiten Mann im Vierer-Bob der siegreichen englischen Mannschaft von 1922.
Er stottert.

SECHZIG: Warum sollte ich nicht mit Clarice ausgehen – wenigstens zum Essen?

SAM: Du weißt so gut wie ich, daß es damit nicht getan ist. Im Augenblick willst du nur mit ihr essen gehen. Das ist kein Ehebruch, nicht? Aber – da ist der große Trumpf – ein wertvolles Halsband. Du weißt ganz genau, daß Clarice nicht zu jenen Mädchen gehört, die sich mit goldenen Manschettenknöpfen revanchieren. Sie wird dich auf eine mehr persönliche und für sie viel billigere Art und Weise zu unterhalten wissen. Jedenfalls – das ist genau das, was du dir erhoffst. Nebenbei bemerkt, mach dich auf eine Überraschung gefaßt, wenn sie ins Zimmer kommt.

SECHZIG: Warum?

SAM: Wenn du ihr das Halsband umlegen willst, mußt du zuerst ein anderes, ungleich wertvolleres entfernen.

SECHZIG: Ein noch wertvolleres?

SAM: Das ist ein Schlag, was? Saphire, Smaragde, Platin-Fassung – und Perlen. Schrecklich, nicht?

SECHZIG: Wer hat es ihr geschenkt? Dieser Schweitzer?

SAM *(betrübt)*: Diese Frage habe ich erwartet. Nein, nein – ein Kerl, auf den keiner von euch beiden hätte kommen können und von dem keiner etwas wußte, weder du noch Schweitzer – und selbst wenn! – keiner von euch beiden hätte etwas dagegen tun können.

SECHZIG *(bitter)*: Ich nehme an, sie hat sich in jemanden verliebt, der in ihrem Alter war –

SAM: Verliebt?! Nein, es ging nicht um Liebe, sondern um Geld – und zwar um eine Art von Reichtum, gegen den keiner von euch beiden je hätte aufkommen können, weder du mit den Tantiemen deiner Erfolgsbücher, noch Schweitzer mit seinem banalen Rolls-Royce. Clarice hat sich nie ernsthaft in jemanden verliebt. Aber der Maharadscha von Kanawala-Pushar verliebte sich in ihre Figur, in die hinreißende Aufmachung – Mit dem Maharadscha konntest du es in keiner Weise aufnehmen. Die ganze Sache mit Clarice war für dich aussichtslos.

SECHZIG *(schmerzlich)*: Hat sie ihn geheiratet?

SAM: Das hat sie getan. Und zwei Jahre später sprang sie vom vierzigsten Stock aus dem Fenster eines New Yorker Hotels. Das war ihr einziger Kommentar in dieser Angelegenheit.

SECHZIG: Woher weißt du das alles?

SAM: Ich lese Zeitung.

(Pause)

SECHZIG: Sam.

SAM *(lächelnd)*: Ja, Sam.

SECHZIG: Wer von uns beiden lebt?

SAM: Komm, hilf mir aus dem Bett, dann werde ich es dir zeigen.

(Sechzig geht zu Sam)

Na los, hab keine Angst. Schau dir meine Beine an. Kannst du dich noch an die Zeiten erinnern, in denen wir mit eben diesen Beinen den Marathonlauf gewonnen haben? Nach einem verhältnismäßig langsamen Start rannten sie schließlich immer schneller und schneller. Wir brauchen nie einen einzigen Gedanken an sie zu verschwenden. Und jetzt denke ich kaum noch an etwas anderes. Ich spüre sie nicht mehr. Sie sind schon vor mir gestorben, genau wie meine Zähne, die kleinen Grabsteine in meinem Mund. – Man verliert sie, einen nach dem anderen, als faden Vorgeschmack des großen Vergessens. Ich lebe, Sam, aber nur eben gerade noch so.

SECHZIG *(entsetzt)*: Das sind meine Füße?

SAM: Du kannst sie haben, wenn du möchtest. Sie sehen aus wie die Füße eines steinernen Mönchs aus dem zwölften Jahrhundert, in irgendeiner Kathedrale, nicht? Aus einem einzigen großen Stein herausgehauen und mit Staub in den Vertiefungen, damit sie etwas wirklicher aussehen.

(Sechzig geht ein paar Schritte weg. Sam, der sich in den Rollstuhl manövriert hat, rollt in die Mitte des Zimmers)

SECHZIG: Welche Telefonnummer hast du hier?

SAM: Flaxman 0602. Warum?

SECHZIG: Hier am Apparat steht Kelvin 9658.

SAM: Nein, nein – die Nummer wurde schon vor Jahren geändert.

(Beide schauen einander an. Pause)

Du machst Spaß.

(Sechzig geht zum Bücherregal)

SECHZIG: Hier ist die neueste Ausgabe von »Wer ist Wer?« *(Er blättert rasch darin)* Samuel Barnett Kinsale. Schriftsteller. Neuestes Werk: Sommerglut.

SAM: »Rüstung und Rost« ist nicht erwähnt?

SECHZIG: Was ist denn das?

SAM: Eines meiner letzten Bücher. Es ging ganz gut.

SECHZIG: Ein Buch, das ich nicht geschrieben habe? Dann lebe ich.

SAM: Willst du damit etwa andeuten –? Wie kannst du es wagen?! Denkst du, ich scherze – mit diesen Beinen hier?! Schau her!

(Er versucht, aus dem Rollstuhl aufzustehen. Sechzig kommt gerade noch rechtzeitig, um ihn zu stützen)

SECHZIG *(bedeutungsvoll)*: Sam, wir leben beide.

SAM: Aber wie ist das möglich?

SECHZIG *(langsam)*: Ich weiß nicht. Aber Clarice wird hier jeden Augenblick erscheinen.

SAM: Geh nicht mit ihr aus!

SECHZIG: Ich muß!

SAM: Ich habe dir doch gesagt, du machst dich lächerlich!

SECHZIG: Offenbar erinnerst du dich nicht mehr an das brennende Verlangen, von dem du erfüllt warst. – Die Sehnsucht, sie zu berühren – und sei es auch nur ganz flüchtig – ihre Schultern, Sam – und den zart geschwungenen Hals –

SAM: Nein – nein – daran erinnere ich mich nicht. – Das einzige woran ich mich erinnere, ist, daß ich neben ihr im Bett lag. Etwas Schattenhaftes – ich erinnere mich nicht einmal mehr genau an ihr Gesicht – hatte sie nußbraune Augen?

SECHZIG: Dunkelblau – sie verändern die Farbe geheimnisvollerweise, je nachdem, was für ein Kleid sie trägt.

SAM: Daran erinnere ich mich nicht. – Ich weiß nur noch, daß ich mich nicht wohl fühlte. Irgendwelche Stiche. – Lachhaft, ich kam von dem Gedanken nicht los, daß ein Kerl, der ein bekannter Langstreckenläufer seiner Universität gewesen war, nicht ausgerechnet von irgendwelchen blödsinnigen Stichen hätte geplagt sein dürfen in diesem Augenblick. Was Clarice betrifft, erinnere ich mich an nichts mehr, Sam. Ich erinnere mich nur noch an mich selbst – an diese entsetzliche Verlegenheit – es fiel mir schwer, mich wieder anzuziehen. Ich fuhr in einem Taxi nach Hause. Ich habe dem Taxifahrer eine Pfundnote gegeben, oder fünf Pfund, Gott weiß, wieviel, ich konnte nicht auf das Wechselgeld warten. In meinem Falle, nachdem ich mehrere tausend Pfund für ein Halsband ausgegeben hatte, was hätte es auch für eine Rolle gespielt?

(Kleine Pause, er erholt sich etwas)

Und am nächsten Morgen tat ich etwas, was mir zutiefst verhaßt war – ich rief den Arzt an: »Ich habe es wahrscheinlich etwas übertrieben«, sagte ich zu ihm. Ich weiß nicht, ob er diesen Wink verstanden hat. Er verordnete Bettruhe. Und ließ ein *EKG* machen. Mein Herz war nicht in Ordnung, das Herz eines Marathonläufers. Stella kam aus Angmering zurück und kümmerte sich um mich, mit Engelsgeduld. Die Medikamente nahm ich alle widerspruchslos, als Buße. Im Haus herrschte absoluter Friede – etwa einen Monat lang.

SECHZIG *(vorsichtig)*: Was macht Stella?

SAM: Oh – ich muß mir immer wieder sagen lassen, was für eine großartige Person sie ist. Ich fürchte, ich bin der letzte, der sich in dieser Beziehung ein Urteil erlauben darf –

SECHZIG: Na, schließlich bist du ja mit ihr verheiratet.

SAM: Sei nicht zynisch, Sam. Den Zynismus habe ich fast völlig aufgegeben. Ich bin zu alt.

SECHZIG: Entschuldige.

SAM: Ach, um Himmels willen, warum denn? Du willst dich nach wie vor mit Clarice treffen.

SECHZIG: Ja – das will ich.

SAM: Vielleicht geht die Geschichte diesmal etwas anders aus – darauf spekulierst du doch?

SECHZIG: Nein. Ich glaube dir. Es wird bestimmt genau das gleiche geschehen wie damals. Ich fühle mich auch nicht sehr wohl, offengestanden.

SAM: Na, und?

SECHZIG: Aber du darfst eines nicht vergessen, ich liebe diese Frau.

SAM: Aber – mein lieber Freund –!

SECHZIG *(heftig)*: Das ist mir ganz egal. *(Pause)* Ich muß das einfach durchstehen.

SAM *(nach einem Augenblick)*: Was ist mit Stella?

SECHZIG: Das ist ein Schlag unter die Gürtellinie.

SAM: Der einzige, der dich trifft.

SECHZIG: Nun, was ist mit Stella? Du kannst dich ruhig aussprechen –

SAM *(nüchtern)*: Jetzt sind wir quitt.

(Die Stimme eines Mannes wird vom Korridor her schimpfend hörbar. Sam und Sechzig wenden dieser Stimme ihre Aufmerksamkeit zu)

STIMME: Du hast keine Ahnung, nicht die geringste Ahnung – von mir oder meiner Arbeit oder überhaupt von künstlerischen Dingen! Und das ist so das typisch weibliche Geschwätz – wenn es nach dir ginge, dann würde ich sentimentales Zeug für Frauenzeitschriften schreiben – oder, noch besser, ich würde in einer Bank arbeiten, nach festen Bürostunden und mit einem festen Monatsgehalt.
Danke Gott, daß ich diese letzte Bemerkung überhört habe – aber ja, dann geh doch, geh!
Ach, sei doch still! Ein für allemal, halte deinen gottverdammten Mund!
(Ein Mann in den mittleren Jahren kommt herein. Sein Haar ist etwas wirr. Er hat einen kurzen Bart. Trägt ein Tweedjackett. Er kommt jetzt in die Mitte des Zimmers, die Hände in den Hosentaschen, und sieht weder Sechzig, der sich an die Dunkelheit hinter dem Schreibtisch zurückgezogen hat, noch Sam, der sich mit seinem Rollstuhl in Richtung seines Bettes zurückgezogen hat. Wir nennen den Neuangekommenen Vierzig)
VIERZIG: Ich kann das nicht mehr aushalten. Ich halte das ganz einfach nicht mehr aus!
(In einem plötzlichen Anfall von Wut nimmt er eine Porzellanfigur und zerschmettert diese am Boden. Dann blickt er zur Decke empor)
Da! Hoffentlich hast du das gehört! Das war ein Erbstück von deinem Vater. Du bist so verdammt phlegmatisch und so voller Selbstbeherrschung, so ganz und gar kühle Damenhaftigkeit mit deinem stadtbekannten Lächeln und dem zaghaft weggestreckten kleinen Finger, wenn du deine Teetasse hältst – und mit diesem Wasserfall, diesem Niagara von anmutigem Geschwätz! Na, deiner Selbstbeherrschung will ich mal eine anständige Nuß zu knacken geben!
(Vierzig geht zum Schreibtisch, setzt sich, fingert in der Westentasche nach dem Schlüssel und öffnet dann die berühmte Schublade. Er bringt eine gerahmte Fotografie zum Vorschein, die er verliebt anschaut und der er dann einen leidenschaftlichen Kuß gibt)
Oh, Miriam …
(Sechzig kommt aus deinem Schattenversteck, blickt Vierzig über die Schulter, Schmerzlichkeit in seinen Zügen. Mit einem herausfordernden Blick zur Tür stellt Vierzig das Bild demonstrativ auf dem Schreibtisch auf. Er nimmt dann Tinte und Feder und beginnt zu schreiben, versucht dabei, sich von dem vor ihm stehenden Bild inspirieren zu lassen.

Sechzig liest, was er schreibt, starrt dann, sich umwendend, zu Sam hinüber, der diesen Blick stumm beantwortet. Mit plötzlicher Entschlossenheit geht Sechzig zur Tür, als wolle er abschließen)
VIERZIG: Wer sind Sie?
SECHZIG: Sie gehen ein unsinniges Risiko ein, mit diesem Foto auf dem Schreibtisch – die Tür ist nicht abgeschlossen.
VIERZIG: Von mir aus kann sie ruhig hier hereinkommen. Wer sind Sie?
SECHZIG: Keine Angst. Ich weiß über alles Bescheid. Setzen Sie sich. Nein, ich bin kein Einbrecher. Ich heiße Sam Kinsale.
VIERZIG: Oh!
SECHZIG: Das ist doch auch Ihr Name, nicht?
VIERZIG: Ja.
SECHZIG: Das dachte ich mir. Wir haben das alles schon hinter uns.
VIERZIG: Wir?
SAM: Wir. Sam, Sam und Sam. Das klingt wie eine korrupte Anwaltsfirma.
VIERZIG: Sie sind auch einer?
SAM: Wir sind alle der gleiche.
SECHZIG *(lachend)*: Und jetzt fragst du dich sicher, aus welcher Anstalt wir entsprungen sind?
VIERZIG: Ich frage mich, in welcher Anstalt wir uns befinden!
SECHZIG: Du hast alles mit viel größerer Gelassenheit aufgenommen als ich, wahrscheinlich, weil du jünger bist. Wie alt bist du?
VIERZIG: Vierzig. Mit dem heutigen Tag. Dieser Krach eben war ein Geburtstagsgeschenk von meiner Frau.
SECHZIG: Stella.
SAM *(zu Sechzig)*: Erinnerst du dich an diesen Krach?
VIERZIG: Sie kennen sie?
SECHZIG: Ich kenne sie viel länger als du.
SAM: Auch ich kenne sie flüchtig.
(Pause. Sam und Sechzig kichern)
VIERZIG: Wie wäre es, wenn Sie jetzt endlich die Karten auf den Tisch legen. Worum geht's bei dem Spaß? Ich würde ganz gern mitlachen – ich lache auch über mich selbst, wenn es darauf ankommt. – Aber ich muß doch wenigstens wissen, warum.
SAM: Kein Mensch verlangt von dir, daß du lachst. Das bleibt ganz deiner spontanen Reaktion überlassen.

VIERZIG: Meiner spontanen Reaktion folgend, werde ich jetzt die Polizei anrufen.

SECHZIG *(lächelnd)*: Genauso haben wir im ersten Augenblick auch reagiert. Wenn du mir einen Augenblick zuhörst, werde ich dir erklären, warum und wieso wir es uns dann anders überlegt haben.

(Er blickt die Frau auf dem Foto an)

Mein Gott, sie sah verdammt gut aus, diese Miriam.

SAM: Laß mich mal sehen. Dieser Tage ging mir erst wieder der Gedanke durch den Kopf, daß sie vielleicht die einzige Frau war, die ich wirklich geliebt habe.

(Sechzig nimmt das Foto. Vierzig entreißt es ihm wieder. Sam fährt dann traurig fort)

Ach, dieser kindische Egoismus!

VIERZIG: Wieso interessieren Sie sich für Miriam?

SAM: Weil ich immer mit einem Gefühl des schmerzlichen Bedauerns an sie zurückdenke –

(Es donnert draußen)

SECHZIG: Was ist das?

VIERZIG: Ein Gewitter –!

SECHZIG: Gewitter –?! Ja, natürlich, wenn du heute deinen vierzigsten Geburtstag hast.

VIERZIG: Stella hat solche Angst. Sie wird jeden Augenblick herunterkommen. *(Er steht auf)*

SECHZIG *(nimmt das Foto von Miriam)*: Nein, diesmal nicht.

VIERZIG: Woher wollen Sie das wissen?

SECHZIG: Ich erinnere mich. Sie hatte eine solche Wut auf dich, daß sie ihre zitternde Angst überwand und im Schlafzimmer blieb. Später machte sie dir die heftigsten Vorwürfe, weil du nicht so ritterlich gewesen warst, trotz des Streites zu ihr nach oben zu gehen und sie zu holen.

»Dir macht es nichts aus, wenn ich sterbe«, sagte sie – und du warst ehrlich genug, ihr nicht zu widersprechen.

SAM: O mein Gott.

SECHZIG: Was denn?

SAM: Ja, ich erinnere mich jetzt auch wieder.

VIERZIG *(steht auf, blaß)*: Könnt ihr wirklich meine geheimsten Gedanken lesen?

SAM: Es sind unsere Gedanken, Sam, unsere Gedanken. Aber ich muß dich enttäuschen. Stella hat alles überlebt.

VIERZIG *(voll Schuldgefühl)*: Ich habe mir nie ernstlich ihren Tod gewünscht.
SAM: Lüg mich nicht an, mein Junge. Du hast ihn dir gewünscht, kalt und leidenschaftslos. Und im Grunde war es eine Erleichterung, so ganz genau zu wissen, woran man ist. So ganz mit sich selbst im reinen zu sein – manchmal mit einem kleinen Schuldgefühl – aber ohne den geringsten Zweifel.
VIERZIG: Stella kann man eigentlich keinen Vorwurf machen.
SAM: Oh, der vollendete Gentleman, ganz Kavalier. Aber du mußt meinem Gedächtnis etwas nachhelfen. – Warum kann man ihr keinen Vorwurf machen?
VIERZIG: Jede Frau hat einen Anspruch auf Mutterschaft – sie ist geboren dazu.
SAM: Natürlich – selbstverständlich.
VIERZIG: Aber aus irgendeinem Grunde hat es zwischen uns beiden nie geklappt. Ich weiß nicht, warum. – Vielleicht sollte ich einmal zum Arzt gehen – ich weiß schon, ich sollte – aber ich habe es immer vermieden. Ich hasse die gräßliche Atmosphäre in diesen Untersuchungszimmern, und ich finde die Geständnisse, zu denen man sich dann gezwungen sieht, einfach unzumutbar. – Dieser schwache Geruch nach Äther – und das Gefühl, daß die Sprechstundenhilfe irgendwo hinter der Tür lauscht. Stella ist beim Arzt gewesen, und sie sagt, er wartet auf meinen Besuch, aber ich schiebe es immer wieder hinaus. Und sie betont bei jeder Gelegenheit immer wieder, daß bei ihr alles in Ordnung ist.
SAM: Da habe ich eine gute Nachricht für dich. Du wirst ein Kind haben.
VIERZIG: Von Stella?
SAM: Ja.
VIERZIG *(heftig)*: Das ist keine erfreuliche Neuigkeit. Ich will kein Kind von Stella. Ich habe mich entschlossen, sie zu verlassen. Heute abend, fest entschlossen. Ich werde noch einmal neu anfangen, mit Miriam zusammen.
SECHZIG: Dafür ist es zu spät –
VIERZIG: Zu spät? Das ist eine Lüge! Du willst damit sagen, Miriam ist mit einem anderen auf und davon? Da kennst du sie aber schlecht.
Sie ist der einzige Mensch, mit dem ich glücklich sein kann – ich fühle mich frei in ihrer Gegenwart. – Und sie versteht mich und mei-

ne Arbeit und was ich erreichen möchte – ohne immerzu an Erfolg zu denken, Erfolg, öffentliche Anerkennung und all das. Und weißt du, warum alles so wunderbar klappt? Weil ich etwas Fröhlichkeit und Helligkeit in ihr Leben gebracht habe. In ihrer Gegenwart kann ich mich selbst leiden – ich bin voll guter Laune, bin witzig und strahlend.

SECHZIG: Das stimmt alles, Sam. Aber trotzdem ist es zu spät. Stella ist schwanger.

VIERZIG: Das ist lachhaft. Sie wäre doch die erste, die es mir erzählen würde – wenn es so wäre!

SECHZIG: Sie weiß es selbst noch nicht.

VIERZIG *(blaß)*: Was?

(Pause)

SAM *(leidend)*: O mein Gott – all die Dinge, die ich glücklicherweise längst vergessen hatte –

SECHZIG *(sachlich)*: Ja, es ist bei einer eurer zahlreichen Versöhnungen geschehen – vor sechs oder sieben Wochen – nach einem Riesenkrach! Erinnerst du dich? Sie war tränenüberströmt – alles erschien plötzlich so aussichtslos, euch war fast zum Lachen zumute – ein plötzlicher Augenblick der Stille, nach all dem Gebrüll. Ihr seid euch so einsam vorgekommen, so gottverlassen – und da ist es halt geschehen, es war unbeabsichtigt. Du warst so schwach, so achtlos – Tommy ist unterwegs.

VIERZIG: Tommy? Schon der Name gefällt mir nicht.

SECHZIG: Es ist Stellas Lieblingsname.

VIERZIG: Und Miriam?

SAM: Die größte Liebe ist immer die, die unerfüllt bleibt – der Traum. – Ich denke immer wieder an Miriam, bis auf den heutigen Tag, die strahlende Aufrichtigkeit dieses mädchenhaften Gesichts. Ein Fenster, das sich weit öffnet, der Wahrheit entgegen – was ist eigentlich aus ihr geworden?

VIERZIG *(wütend)*: Soll das heißen, daß du nicht einmal darüber etwas weißt?!

SAM *(betroffen)*: Ich bin fast achtzig.

SECHZIG: Sie heiratete einen Doktor Lawrie oder Lawrence.

VIERZIG: Wen?

SECHZIG: Einen Kanadier glaube ich, oder war es ein Südafrikaner? Es ist nicht sehr viel dabei herausgekommen. Ich habe eine rührende Weihnachtspostkarte bekommen, von irgendwo aus Übersee, das ist noch gar nicht lange her. Sie muß jetzt zweiundfünfzig oder dreiundfünfzig sein.

SAM *(kichernd)*: Ja – zweiundsiebzig oder dreiundsiebzig!

VIERZIG *(nach einer Pause)*: Ich lasse mir von euch nicht reinreden. Ich werde Stella verlassen.

SECHZIG: Oh, das weiß ich. Aber du kommst nur bis zum Regent Palace Hotel. Dort bleibst du über Nacht – und am nächsten Morgen gehst du wieder nach Hause. Nachmittags um drei ist sie bei Dr. Brachett. Und um halb vier wird sie dir die beglückende Neuigkeit auftischen. Und dann wirst du eine Flasche Champagner aufmachen, zur Feier des Tages.

SAM: Wieviel Uhr ist es?

SECHZIG: Zehn vor acht. Es ist gleich soweit.

VIERZIG: Worauf wartest du?

SECHZIG: Auf Clarice Donohue.

VIERZIG: Auf wen?

SECHZIG: Du kennst sie noch nicht – aber wenn es soweit ist –

VIERZIG: Wer ist das?

SECHZIG: Ein Mädchen. Oh, nichts Geistiges, keine musische Empfindsamkeit – ich fürchte, sie hat nicht einmal lesen und schreiben gelernt.
Nur ein Körper – aber was für einer!
Wie geschaffen für die männliche Leidenschaft.

VIERZIG: Dein Geschmack hat sich sehr verändert.

SECHZIG: Ich weiß. Aber es ist so angenehm, wenn man sich einmal nicht in geistige Unkosten stürzen muß.

VIERZIG: Du hast Konzessionen gemacht, nicht? Und zwar auf allen Gebieten?

SECHZIG: Konzessionen? Wem gegenüber? Das sind Begriffe, die man als Student im Kopf hat – und man tut sich groß, mit seiner Abscheu vor Konzessionen. Du hast bis zu deinem vierzigsten Lebensjahr keinerlei Konzessionen gemacht – und schau dir das Ergebnis an! Bücher, mit einer Auflage von achthundert Exemplaren – wenn du Glück hast! Und jede neue Niederlage bringt dich Miriam näher – ihr steht einsam gegen eine Welt. Wie hast du dich eben ausgedrückt? In ihrer Gegenwart bist du voll guter Laune, du fühlst dich frei! Und was kommt dabei heraus? Jedesmal schreiben die Kritiker, deine Arbeiten seien unverständlich. Ihr genießt diese Vereinsamung, ihr beiden. Die Anerkennung nach dem Tode und all die fadenscheinigen Tröstungen von Menschen, die nie erwachsen geworden sind – daran begeistert ihr euch! Und währenddessen zehrst du von deiner väterlichen Erbschaft, wohnst in diesem viktorianischen Prachtbau, mit drei Dienstboten – auf Kosten einer Stahlgießerei. Was für eine Art Unabhängigkeit soll denn das sein?!

VIERZIG *(wütend)*: Hattest du die Stirn, das Geburtshaus deiner Väter im Stich zu lassen?

SECHZIG: Ich hatte nicht mehr Stirn als du – schließlich sind wir beide ein und dieselbe Person. Aber ich habe endlich damit begonnen, so zu schreiben, wie jemand schreibt, der in einem solchen Hause lebt. Ich fand bei meinen Lesern Gnade. Und verdiene Geld!

VIERZIG: Wirst du jetzt von der Kritik gelobt?

SECHZIG: Jetzt werde ich von ihr ignoriert. Sie braucht mich nicht mehr, und ich brauche sie nicht mehr. Ich habe einen direkten Weg gefunden, zu Millionen von Menschen, Putzfrauen, kleinen Angestellten und ältlichen Jungfern. Ich muß mir keinen verfilzten Bart stehen lassen, um den Leuten zu beweisen, daß ich Künstler bin. Und ich brauche keine schmutzigen Fingernägel –

(Vierzig schaut scheu auf seine Hände und steckt sie dann in die Hosentaschen)

– ja, ich hab' sie schon gesehen. Ich protestierte nicht gegen irgend etwas. Ich bin nicht glücklich. Wer ist das schon? Aber ich bin zufrieden.

VIERZIG: Du bist nicht nur zufrieden, du bist selbstgefällig. Zufrieden? Ist es die Aufgabe eines Schriftstellers, zufrieden zu sein? Kann man überhaupt etwas schreiben, wenn man zufrieden ist? Ich hätte mir nie träumen lassen, daß ich mit sechzig so eine taube Nuß sein würde, im frisch gebügelten Smoking, und voller Nervosität, weil ich auf eine Blondine warte, mit der ich ausgehen möchte, tanzen – erst in der Vertikalen und dann in der Horizontalen. Vielleicht habe ich einen verfilzten Bart. Aber was soll diese todgeweihte Nelke in deinem Knopfloch? Ein Symbol? Wofür? Der Kavalier am Bühneneingang, der auf die Diva wartet? Die stolze Blüte deiner Manneskraft? Die von Sturm der Erwartung aufgeblähten Segel auf einem Piratenschiff?

Und was ist das für ein Duft? Kölnischwasser für Herren, um etwas den Geruch von Tabak, Verfall und vorzeitigem Altwerden zu überdecken? Und was hast du dir ins Haar geschmiert?

SECHZIG: Eau de Portugal.
VIERZIG: Oh, Eau de Portugal! Deine Frisur ist wie aus einem Stück, sie sitzt, wie eine Badekappe, leicht gewellt und ein paar Strähnen sorgfältig über den sich ausdehnenden Krater einer kahlen Stelle gekämmt.
(Er nimmt die Hand von Sechzig, mustert sie)
Schmutzige Fingernägel hast du nicht. Jeder einzelne ist blank wie eine Eislaufbahn en miniature, die Wurzelränder zurückmanikürt und wie Schneehaufen. Das muß Spaß machen, eine solche Maniküre? Es hat etwas eigenartig Erotisches – wenn man seine Hände einem hübschen, wohlriechenden, jungen Mädchen überläßt, bis zum abschließenden, lauwarmen Bad. Als ob jeder einzelne Finger ein Casanova für sich wäre – ganz auf eigenen Wegen und mit seinen eigenen Freuden.
Das ist die Fassade – ich kann mir die Mühen ausmalen, die das gekostet hat. Und ich bin gerührt. So gerührt, wie wenn ein armer Verwandter mich zum Mittagessen einlädt. – Ich konstatiere etwas beschämt den Aufwand, der meinetwegen gemacht wurde – französischer Wein, Gänseleberpastete und Kaviar. Die Absicht, mich zu beeindrucken, liegt auf der Hand. – Aber mich quält die Frage »Kann er sich das denn leisten?« und ich sage mir, es wäre bestimmt lustiger gewesen, wenn er mir einen irischen Eintopf und einen Krug Bier serviert hätte.
Ich schaue dich an, und ich stelle mir die gleiche Frage – »Kann er sich das denn leisten?« – und ich meine es nicht finanziell, in deinem Fall. Sondern physisch. Moralisch.
Welche Befriedigung kann dir die Tatsache verschaffen, daß du mit einer Hure schläfst? Oder das Lob deiner Männlichkeit einer Hure überläßt. Wäre es nicht viel einfacher, du würdest dein Leben so leben, wie es dir von Natur aus bestimmt ist?
SECHZIG: Hör jetzt auf. *(Pause)* Ich kann mich selbst genauso wenig ausstehen wie du. In deinem Wutausbruch hast du eine taktvolle Zurückhaltung bewahrt, die mich am meisten schmerzt – mehr als alle deine Vorwürfe. Warum hast du nicht erwähnt, wie fett ich geworden bin?
VIERZIG: Vielleicht weil mich das am meisten entsetzt. Ist dir eigentlich klar, daß du einmal ein Langstreckenläufer gewesen bist?
SECHZIG: Ich habe mich gehen lassen – und wenn ein Mann das tut, macht er alles den anderen zum Vorwurf, der ganzen Welt. Er haßt

das Leben und sagt sich, das Leben ist halt so. Oh, zuweilen bin ich ganz ehrlich mit mir selbst – und deshalb leide ich auch.

VIERZIG: Dann sag mir die Wahrheit. Ich kann nicht glauben, daß einmal ein Tag kommen wird, an dem ich nicht mehr an Miriam denke.

SECHZIG: Was man nicht haben kann, das zerstört man. Ich habe jede Erinnerung an sie in mir zerstört, weil du zu feige warst!

VIERZIG: Ich? Zu feige?! Was soll denn das heißen?!

SAM: Hört auf, ihr beiden! Ihr seid so grausam zueinander, wie nur Brüder grausam zueinander sein können! Und dabei seid ihr ein und derselbe – habt ihr kein Gefühl dafür, daß ich derjenige bin, der diese beiden Tragödien mit sich herumschleppt – deine – und deine?

SECHZIG: Bitte, jetzt kein Selbstmitleid, Sam. Dazu neigen wir alle.

SAM: Ah, du bist sehr grausam. Ihr habt es leicht, ihr beiden. Ihr macht euch nur über das Gedanken, was geschehen ist. Aber was geschieht in Zukunft? Ihr wißt, daß ihr noch nicht so bald sterben müßt – meine Anwesenheit ist für euch eine feste Garantie – aber ich habe keinen solchen Trost.

VIERZIG: Ich habe nie Angst gehabt vor dem Tode.

SAM: Was?

VIERZIG: Du hast mir gesagt, ich hätte mir manchmal Stellas Tod gewünscht. Nie ernstlich. Ich wünschte ihr nichts Böses. Sie hat ihre Vorzüge. Nur ich mache mir nichts aus ihnen. Ich wünsche mir nur eine Lösung des Problems. Manchmal wäre ich fast selbst bereit, zu sterben.

SECHZIG: Hm. Fast.

VIERZIG: Was willst du damit sagen?

SECHZIG: Fast – nicht ganz. Wenn der Blitz einschlüge, dann wäre es dir lieber, es träfe Stella.

VIERZIG: Zuweilen habe ich schon darum gebetet, ein Blitz möchte uns beide treffen.

SECHZIG: Und bei anderen Gelegenheiten hast du gehofft, er würde Stella treffen.

VIERZIG *(nach einer Pause)*: Es ist entsetzlich, wenn man so gar kein Geheimnis mehr hat.

SECHZIG: Siehst du!

VIERZIG: Das macht jede Unterhaltung unmöglich.

SAM: Aber ich habe meine Geheimnisse. Vermuten könnt ihr beiden ja so allerhand – aber wissen könnt ihr nichts. Zwanzig Jahre voller Geheimnisse.

SECHZIG: Uns kannst du nichts vormachen.

SAM: Das Schlimme ist – ich glaube, das könnte ich schon. Aber ich habe nicht das geringste Interesse daran. Hm, ich denke an Miriam – mit einem Gefühl herbstlicher Melancholie – nicht sehr oft, das gebe ich zu. Aber manchmal denke ich doch an sie. An Clarice denke ich nie mehr.

SECHZIG: Das überrascht mich nicht.

SAM: Wenn man alt ist, denkt man meistens nur an sich selbst – dieses Gefühl der Selbstsucht ist das einzige, was einem noch geblieben ist.

Es gibt schon eine Reihe von Dingen, die mir Befriedigung verschaffen. Meine Werke stehen hoch im Kurs. Das Gefühl, von aller Welt mißverstanden zu werden, habe ich ebenso verloren, Sam – wie deine Oberflächlichkeit, Sam. Ich habe einen Stil gefunden, der sowohl populär als auch fundiert ist, wenn ich selbst so sagen darf. Wir werden oft erwähnt, sogar in sehr hochgestochenen Betrachtungen über die Literatur unserer Zeit...

(Vierzig und Sechzig starren einander an)

Ich hätte gedacht, das würde euch beiden Spaß machen. *(Er wird sehr ernst)* Was euch weniger zusagen wird, ist die Tatsache, daß ihr euer Leben an Stellas Seite zu Ende gelebt habt – und zwar ohne wachsende Bitterkeit. Manchmal ist es sogar ganz amüsant – nicht so sehr für uns oder für Stella, als vielmehr für unsere Bekannten, soweit es noch welche gibt. In diesem Augenblick sitzt sie oben, in unserem großen Doppelbett, mit Lockenwicklern im Haar und keinem einzigen Gedanken in ihrem Kopf. Da habt ihr's – *(er lächelt fast unmerklich)*. Der Winter hat nicht oft Gelegenheit, seine Erfahrungen mit dem Herbst und dem Sommer auszutauschen –

(Sechzig blickt auf seine Uhr)

Wie spät ist es, Herbst?

SECHZIG: Noch eine Minute –

SAM: Es gibt nur eine einzige Figur, deren Erscheinen ich in diesem Augenblick noch mehr fürchte als den Auftritt von Clarice.

SECHZIG: Und wer wäre das?

SAM: Der Frühling. Die Jahreszeit, die bis jetzt noch nicht in Erscheinung getreten ist. Ich glaube, ich könnte es nicht ertragen, mich noch jünger zu sehen, als ich mich in euch beiden bereits sehen muß.

SECHZIG: Ich ebensowenig.
VIERZIG: Ich gehe sowieso. Mein Entschluß ist gefaßt –
(Sie verharren plötzlich wie angewurzelt)
SAM: Was ist?
VIERZIG: Stimmen im Flur …
SAM: O nein …!
SECHZIG: Das ist ausgeschlossen. Das Haus ist leer. Ich habe Williams weggeschickt.
VIERZIG: Es könnte Nanny sein.
SECHZIG: Nanny starb voriges Jahr.
SAM: Bis du sicher, die Tür ist fest verschlossen?
(Die Tür wird langsam geöffnet. Vierzig, Sechzig und Sam ziehen sich angsterfüllt zurück. Man hört die Stimme eines jungen Mannes)
JUNGER MANN: Hier herein – komm nur, hab keine Angst.
(Ein junger Mann kommt herein mit einem sehr hübschen Mädchen, beide im Stil der Jahrhundertwende gekleidet)
JUNGER MANN: Das ist Papas Arbeitszimmer. Düster – was?
MÄDCHEN: Ja. Dürfen wir denn …?
(Der junge Mann schließt die Tür)
JUNGER MANN: Um diese Zeit kommt er nie hier herein. Wir sind relativ sicher. Ja, und was die wunderbare Neuigkeit angeht, von der ich dir erzählt habe. Meine Gedichte.
MÄDCHEN: Ja?
JUNGER MANN: Heute morgen habe ich einen Brief vom Verlag bekommen. Sie werden veröffentlicht.
MÄDCHEN: Liebling!
JUNGER MANN *(der die Gedichte schon halb vergessen hat und dem Mädchen tief in die Augen blickt)*: O Stella, ich liebe dich …
(Er küßt sie. Sie leistet einen Augenblick zaghaften Widerstand und schmilzt dann in seiner Umarmung.
Sam hat seine Augen weit aufgerissen, schreckerfüllt.
Sechzig verharrt reglos, wie ein Mann in Trauer.
Vierzig kann man anmerken, daß er schreien oder heftigen Schrittes auf und ab gehen möchte, um eine Verzweiflung zum Ausdruck zu bringen, für die er weder Worte noch eine Richtung findet.
Sam stöhnt und wendet sich ab)

VORHANG

ZWEITER AKT

(Sam liegt wieder im Bett. Wir sehen ihn zunächst gar nicht. Sechzig, Vierzig und Zwanzig stehen um das Bett herum)

SECHZIG *(eindringlich)*: Sam, hör auf mit dem Theater! Ich kenne dich! Du spielst uns doch was vor! So schlimm ist es auch wieder nicht – mit diesem Schock!

VIERZIG: Ah – laß ihn sterben.

SECHZIG: Du hast gut reden. Du stehst in der Blüte des Lebens. Zeige mal etwas Verständnis für die, die ihren zweiten Frühling erleben. Clarice wird jeden Augenblick hier sein. Wenn er stirbt, dann sterben wir auch, fürchte ich – und ich möchte jetzt unter keinen Umständen sterben. Ich habe gerade siebentausend Pfund für ein Halsband ausgegeben.

VIERZIG: Wieviel?

SECHZIG: Siebentausend.

VIERZIG *(pfeift)*: Deine Bücher müssen sich aber blendend verkaufen.

SECHZIG: Mein letztes erschien gerade in der achtzehnten Auflage.

VIERZIG: Da hast du aber enorme Konzessionen gemacht!

ZWANZIG: Wie viele Exemplare mögen wohl von meinem Gedichtband verkauft werden?

VIERZIG: Achtzehn Stück. Elf gehen in Bibliotheken – und der Rest an Verwandte.

ZWANZIG: Das ist doch immerhin etwas. Für den Anfang.

VIERZIG: Sie sind gar nicht schlecht, die Gedichte.

ZWANZIG: Findest du?

VIERZIG: Sie haben eine Frische, etwas reizvoll Sprödes.

ZWANZIG: Schließlich bin ich erst zwanzig.

VIERZIG: Richtig – das darf man nicht vergessen! Genaugenommen liegt darin ihr ganzer Charme. Deine Verse sind voll von halbverdauter und alltäglicher Symbolik.

ZWANZIG *(hitzig)*: Alltäglich!? Keineswegs. Ich bilde mir ein, daß sie schwer zu verstehen sind.

SECHZIG: Bitte – verschone uns mit diesem literarischen Geschwätz! Sam! Sam! Antworte doch!

ZWANZIG: Wie dieser Rollstuhl wohl funktioniert? Jetzt, wo ich weiß, daß er mir nicht erspart bleiben wird, möchte ich mich damit vertraut machen. *(Er fährt damit herum)*

(Sam reckt sich heftig aus seinem Bett auf)

SAM: Mach ihn mir nicht kaputt! Er ist mein einziges Beförderungsmittel!

SECHZIG *(trocken, zu Zwanzig)*: Gut gemacht, junger Mann.

(Es klingelt an der Haustür)

Mein Gott, das ist Clarice. Macht euch unsichtbar.

VIERZIG: Warum? Ich wäre sehr gern dabei.

SECHZIG: Sie sieht dich doch! Sei nett und laß mich mit ihr allein. Ich kann einfach nicht, wenn ich mich beobachtet fühle. Sam, zieh dir die Decke über den Kopf und höre um Himmels willen nicht zu. Wie sehe ich aus?

VIERZIG: Atemberaubend. Wie aus einer Werbung für Haarpomade.

SECHZIG: Anzug in Ordnung?

VIERZIG: Tipptopp. Als wärst du gerade aus einem Schaufenster gestiegen.

(Es klingelt abermals, anhaltend)

SECHZIG: Helft mir, bitte.

(Sechzig geht)

ZWANZIG: Wer ist Clarice?

SAM: Sei still und versteck dich.

ZWANZIG: Aber wo ist Stella? Heirate ich sie nicht?

VIERZIG: Doch, keine Sorge, Komm jetzt.

ZWANZIG: Aber ich verstehe nicht.

SAM *(wütend)*: Das brauchst du auch nicht! Schließlich bist du der Jüngste!

(Vierzig zieht Zwanzig mit sich ins Dunkel, Sam zieht sich die Dekke über den Kopf, und von draußen hört man Gekicher. Sechzig kommt dann mit Clarice herein, einer auffälligen Blondine, die, tatsächlich, heute blonder ist als am Tage ihrer Geburt)

SECHZIG: Clarice!

(Er küßt sie auf die nackte Schulter, Clarice reagiert mit wohlgeübter Ekstase)

Woher hast du dieses Halsband?

CLARICE: Oh, ich habe einen ungewöhnlich großzügigen – eh –

SECHZIG: Onkel?

CLARICE: Er ist schon eher ein Großonkel. Sie sind nicht alle echt.

SECHZIG: Was, die Saphire und Smaragde?

CLARICE: Ja – einige sind echt – aber die anderen sind aus Glas, Kunststoff – oder irgend so etwas.

SECHZIG: Clarice. Du hast so gar kein Talent zum Lügen.

CLARICE: Was?

SECHZIG: Welchem Juwelier würde es einfallen, echte Perlen und Diamanten mit Kunststoff und Glas zu verarbeiten?

CLARICE: Nun, ich kenne mich wirklich nicht aus mit Juwelen. Ich mache mir nicht viel daraus. Wie ein Geschenk gemeint ist, darauf kommt es mir an.

SECHZIG: Wenn mir das ein paar Tage eher gesagt hättest, hättest du mir eine sehr große Ausgabe ersparen können.

CLARICE *(lacht)*: Das mag ich so an dir, du bist ein Zyniker. Ich mag zynische Männer.

SECHZIG: Oh, komm, Clarice – du weißt ja gar nicht, was ein Zyniker ist.

CLARICE: Doch! Ein Mann von Welt! Ein Mann, der die Dinge so sieht, wie sie sind. Ich kann Männer nicht ausstehen, die mich immer auf einen Sockel stellen wollen und mich für etwas Besonderes halten. Ich bin nichts Besonderes – nur eine Frau, die sich gern amüsiert, ohne Komplikationen. Deshalb kann ich auch junge Männer nicht leiden, ich bin für die älteren, die wissen, worauf es ankommt.

SECHZIG: Soll das etwa ein Kompliment sein?

CLARICE: Das kannst du auffassen, wie du willst, Häschen.

(Sie streicht ihm mit einer verführerischen Bewegung über die Wange)

SECHZIG *(mit gedämpfter, betont amouröser Stimme)*: Heute abend fühle ich mich irrsinnig jung, Clarice.

CLARICE: Na, gut – damit hast du die Vorzüge verschiedener Jahrgänge geschickt unter einen Hut gebracht, nicht?

SECHZIG: Darf ich dir dieses Halsband abnehmen, Clarice, es stört mich.

CLARICE: Stört dich, warum?

SECHZIG: Ich kann es nicht ertragen, an die Leidenschaft eines anderen Mannes erinnert zu werden – eines reicheren –

CLARICE: – auf die Idee, daß man das so sehen könnte, bin ich noch gar nicht gekommen.

SECHZIG: Aber ich. Du kannst große, erstaunte Augen machen.

Du hast keinen Rivalen. Aber ich. Wer kann so etwas kaufen? Doch nur ein Ölkönig oder ein Maharadscha.

CLARICE: Sam, du bist unheimlich.

SECHZIG: Warum?

CLARICE: Er ist ein Maharadscha – ich weiß nie richtig, wie man dieses Wort eigentlich ausspricht.

SECHZIG: In dieser Beziehung wirst du auch nicht auf meine Hilfe rechnen können. Wo hast du ihn kennengelernt?

CLARICE: In der Bond-Street – bei einem Einkaufsbummel. Ich habe nur fünf Minuten mit ihm gesprochen. Auf der Straße.

SECHZIG: Und nach fünf Minuten gab er dir das Halsband – an Ort und Stelle?

CLARICE: Nein, er hat es mir in die Wohnung geschickt – mit einem süßen Kärtchen. Er schrieb mir, daß er mich liebt – so blumenreiche Worte hast du noch nie gelesen.

SECHZIG: Oh, du hast es in diesen fünf Minuten nicht versäumt, ihm deine Adresse zu geben?

CLARICE *(mit einer Spur Verärgerung)*: Sam, ich bin hierhergekommen – voll guter Laune – und ich hatte nicht die Absicht, den Abend mit Sherlock Holmes zu verbringen.

SECHZIG: Machst du mir meine Eifersucht zum Vorwurf?

CLARICE: Ja, ich möchte, daß du Vertrauen zu mir hast. Der Maharadscha ist indiskutabel. Er ist klein – und dick. Gar nicht mein Typ.

SECHZIG: Dann darf ich es also abnehmen?

CLARICE: Ja, mach es ab, mach es ab! Da hast recht, es war dumm von mir, es überhaupt anzulegen. Dumm wie ich bin, wollte ich mich nur aufspielen.

SECHZIG *(hat das Halsband in seiner Hand)*: Dieses monströse Gebilde paßt überhaupt nicht an deinen zarten Hals.

CLARICE: Ich habe etwas Kopfschmerzen – vielleicht kommt das wirklich von diesem Halsband.

SECHZIG: Ja. Du hast häßliche rote Stellen – hier im Nacken.

CLARICE: Oh, Sam, wie gemein du sein kannst.

SECHZIG: Na, ich habe etwas sehr Hübsches, um die Flecken zu verbergen.

(Sechzig geht zum Schreibtisch und öffnet die bewußte Schublade mit einem Schlüssel. Er nimmt die Schachtel heraus und gibt sie ihr. Sie öffnet die Schachtel und nimmt sein Halsband heraus)

CLARICE: Sam! Ist das schön! So viel einfacher als dieses andere – viel – viel geschmackvoller – und viel klassischer.
SECHZIG: Ich glaube schon.
CLARICE: Oh, das ist lustig!
SECHZIG: Was?
CLARICE: Sie sind beide aus dem gleichen Geschäft!
SECHZIG *(dumpf)*: Ja, das ist sehr amüsant.
CLARICE *(mit falscher Aussprache)*: Cartier.
SECHZIG: Cartier.
CLARICE: O ja, da ist ja noch ein »je« dazwischen. Das ist französisch, nicht?
SECHZIG: Ja – und jetzt – hm – ich habe uns einen Tisch im Café de Paris bestellt.
CLARICE: Wir werden dort hoffentlich keinem deiner Freunde begegnen, Sam, oder? Ich kann mir nämlich keinen Skandal leisten.
SECHZIG: Ich habe mir Mr. Maurice gesprochen. Wir haben einen Tisch oben, im ersten Stock – ein Separée.
CLARICE: O Sam.
SECHZIG: Und dann später – wer weiß?
CLARICE: Du bist unverschämt.
SECHZIG: Du bist irrsinnig aufregend.
(Die beiden wollen jetzt gehen)
Wäre jetzt nicht ein kleiner Dank fällig für das Halsband?
CLARICE: Liebling, verzeih.
(Sie küssen einander. Sechzig ist leidenschaftlicher, als Clarice es ihm gestattet)
Oh, da fällt mir ein –
(Sie geht zum Schreibtisch zurück und läßt das Halsband des Maharadschas in ihre Handtasche gleiten – dann geht sie durch die Tür, die Sechzig ihr offen hält)
Komm, mein Schatz.
(Sechzig blickt sich noch einmal unsicher um und folgt ihr dann. Vierzig kommt als erster aus seinem Versteck)
VIERZIG *(bewegt)*: Das ist wirklich ekelhaft!
(Vierzig nimmt das Foto von Miriam, das – dem Zuschauer die Rückseite zukehrend – auf dem Schreibtisch stand)
SAM: Was hast du denn vor?
VIERZIG: Ich gehe. Eine Szene wie diese soll mir erspart bleiben. Ich hoffe, es wird ihm noch bewußt, mit was für einer Person er sich da

eingelassen hat – wie heißt sie noch –, Clarice? Schon der Name läßt mich schaudern.

(Er legt das Foto von Miriam in die Schublade zurück und schließt ab. Steckt den Schlüssel in die Westentasche)

SAM: Ach, es ist ihm schon klar! Aber irgend etwas ist in ihm zerbrochen, damals, als du dich nicht dazu aufraffen konntest, mit Stella reinen Tisch zu machen.

VIERZIG: Machst du sein Verhalten jetzt mir zum Vorwurf?

SAM: Selbstverständlich. Dir und mir – uns beiden. Obwohl ich nicht die geringste Ahnung habe, was für eine Alternative es hätte geben können.

VIERZIG: Die Alternative ist einfach – man muß den Mut haben, der Stimme des Herzens zu folgen.

SAM: Schön gesagt.

ZWANZIG: Aber wo ist denn Stella während der ganzen Zeit?

VIERZIG: Oben.
SAM: Oben. } *(gleichzeitig)*

ZWANZIG: Na, ich habe jedenfalls den Mut, der Stimme meines Herzens zu folgen. Ich werde Stella heiraten!

VIERZIG: Halt den Mund!
SAM: Halt den Mund! } *(gleichzeitig)*

ZWANZIG: Warum?

SAM: Misch dich nicht in Dinge, die du einfach nicht verstehen kannst, weil du noch viel zu jung bist.

VIERZIG: Das stimmt. Höre gut zu, vielleicht kannst du noch etwas lernen. Sam, ich werde Stella verlassen.

ZWANZIG *(gefühlvoll)*: Das kannst du nicht. Eben erst habe ich sie gefragt, ob sie mich heiraten will.

SAM: Du bist ein Idiot. Dir haben wir den ganzen Kummer zu verdanken.

ZWANZIG: Ich liebe sie!

VIERZIG: Du bist viel zu jung, um zu wissen, was Liebe ist.

ZWANZIG: Man ist nur einmal jung.

VIERZIG: Und das ist schon einmal zuviel.

SAM: Nein – nein – sag das nicht.

(Eine weibliche Stimme ruft: Sam!)

Gott sei Dank hast du das Foto wieder weggeschlossen.

VIERZIG: Warum? Wird sie hier hereinkommen?

SAM: Ja – *(zu Zwanzig)* – es ist besser, wenn du dich jetzt wieder versteckst.

(Zwanzig zieht sich nervös in den Schatten zurück. Stella kommt herein, sie ist Ende Dreißig, im Nachtgewand, ihr Haar ist nicht aufgesteckt – sie scheint sich für ihre Aufmachung nicht mehr zu interessieren. Sie ist nicht häßlich, gibt sich aber alle Mühe, so zu erscheinen – aber eigentlich ohne Erfolg)

STELLA 40: Ich möchte nur das eine festhalten, Sam –, daß wir immer miteinander Streit haben, das läßt sich offenbar nicht vermeiden, wir sind zu verschieden, in vielerlei Hinsicht – wir sind jeder in einem anderen Umfeld aufgewachsen, und wir haben unterschiedliche Auffassungen – jeder von uns hat seinen eigenen Freundeskreis – meine Freunde sind dir zu konventionell, und deine sind mir zu schmuddelig und zu sehr verkannte Genies. Daran kann man nichts ändern – es ist schade, aber ändern kann man nichts daran. Aber wir sind verheiratet, und eine Ehe bringt gewisse Verantwortungen mit sich. Du weißt sehr gut, ich habe eine Todesangst bei Gewitter, und doch bist du so herzlos gewesen, mich oben allein in meinem Zimmer zu lassen – ohne das geringste Zeichen der Besorgnis – dir ist es gleichgültig, ob ich dort oben umkomme – du wünschst es sogar.

VIERZIG: Hast du einen einzigen Blitz einschlagen hören?

STELLA 40: Darum geht es nicht, Sam. Aber der erste, der einschlägt, hätte mich treffen können.

VIERZIG: Oh, du möchtest, daß ich zu dir hinaufkomme, um dein Schicksal mit dir zu teilen – ich weiß – wie Romeo und Julia. Du möchtest, daß unsere spannungslose Liebesgeschichte unter Blitz und Donner endet, nicht wahr? Wenn du dich so sehr vor Gewittern ängstigst, ist es einfach kindisch, Stella, allein oben zu bleiben. Du hast ja Beine. Du kannst gehen. Was hindert dich daran, die Treppe herunterzukommen? Jetzt bist du doch auch gekommen – aber freilich, nicht auf der Flucht vor dem Gewitter, sondern um meine Ruhe hier zu stören. Komm jetzt nach oben.

STELLA 40 *(jetzt in Tränen)*: Es ist zu spät, Sam, du hast verspielt – du hast keinen Finger für mich gerührt.

VIERZIG *(wütend)*: Und warum nicht? Weil es eine entsetzliche Enttäuschung für dich gewesen wäre – du willst ja mißverstanden sein und dich lieblos behandelt fühlen. Wenn ich zu dir hinaufgekommen wäre, hätte ich dich um deinen Lieblingssport gebracht: dich auszuheulen! Du genießt es, wenn man dir unrecht tut, und es ist dein größtes Glück, in mir deinen Feind zu sehen.

STELLA 40: ... ich habe dir meine Jugend geopfert, meine Gesundheit!

VIERZIG: Bleib bei der Sache...!

STELLA 40 *(bewegt)*: Schau mich doch an! Bin ich begehrenswert? Ich war hübsch, als ich dich heiratete – man sagte sogar, eine Schönheit.

VIERZIG: Na und?

STELLA 40: Schau mich an!

VIERZIG: Ist es meine Schuld, daß du nie zum Friseur gehst, den ganzen Tag im Morgenrock herumläufst – und nicht einmal einen Lippenstift benutzt?

STELLA 40: Natürlich! Wozu soll ich mich schön machen?

VIERZIG: Wozu schreibe ich? Wozu überhaupt alles! Du erzählst mir immer, daß meine Bücher die Leute nicht ansprechen. Du nennst sie esoterisch, versnobt, langweilig. Du gibst mir keine Bestätigung, keinen Auftrieb – und trotzdem schreibe ich. Warum tue ich das?

STELLA 40: Ich habe deine Bücher niemals esoterisch genannt.

VIERZIG: Nur, weil du gar nicht weißt, was das ist – aber merk es dir für die Zukunft. Es ist genau das Wort für das, was du meinst, ohne beleidigend zu werden. Esoterisch.

STELLA 40: Ich glaube, du kannst mehr.

VIERZIG: Wer könnte das nicht? Meinst du nicht, auch du kannst mehr?

STELLA 40: Ich tue mein Bestes. Und was ist der Dank dafür?

(Man hört es regnen)

VIERZIG: Hörst du den Regen?

Das Gewitter ist vorbeigezogen. Für heute hast du ausgelitten.

STELLA 40: Du hast immer Glück, nicht wahr?

VIERZIG: Jetzt bin ich auch noch für die atmosphärischen Störungen verantwortlich. Ich zaubere nur so mit den Gewitterchen, um dich zu demütigen.

STELLA 40: Du hast ein böses Mundwerk.

VIERZIG: Nicht für andere – im allgemeinen bin ich ganz beliebt.

STELLA 40: Bei den Nichtstuern, die du bevorzugst. Ihr paßt zueinander.

VIERZIG: Nichtstuer – sag doch gleich Schmarotzer.

STELLA 40: Jedenfalls keine normalen Menschen mit vernünftigen Ansichten – nein, verbitterte, pervertierte Geschöpfe, die in ihrem Leben noch nie etwas Nützliches getan haben.

VIERZIG: So?
STELLA 40: Ja, und du bist genau so einer. Na, wir haben ja nicht einmal ein Kind.
(Für einen Augenblick hat es jetzt den Anschein, als ob Vierzig explodiere – aber er beherrscht sich. Stella fährt ziemlich kalt fort. Auch ihr ist die Grausamkeit nicht fremd)
Ich habe meine Pflicht getan. Ich war bei Dr. Brachett. Er hat mich sogar zu einem Spezialisten geschickt. Ich bin zweimal untersucht worden, nein, dreimal. Es war kein Vergnügen. An mir liegt es nicht. »Sagen Sie Ihrem Mann, er soll mich einmal anrufen«, sagte Dr. Brachett. Ich habe es ihm versprochen – und du hast mir versprochen, daß du ihn anrufen würdest – hast du es getan? Keine Spur. Du hast viel zu große Angst vor der Wahrheit.
VIERZIG: Und die wäre?
STELLA 40: Daß du impotent bist.
VIERZIG *(lächelt. Er ist ziemlich gelassen)*: Stella, kann man sich ein Kind von jemandem wünschen, den man verabscheut.
STELLA 40: War ich von Anfang an für dich so verabscheuenswert? Sei ehrlich.
VIERZIG: Damals hattest du noch keine Ahnung von der Liebe. Schon bei der bloßen Vorstellung bist du errötet und fast umgekommen vor Angst. Du hast in meinen Armen immer nur gejammert und gestöhnt. Und wenn du überhaupt etwas sagtest, dann war es »Nein, nein, nein –!«
STELLA 40: Und du hast es bis heute nicht vermocht, aus mir eine wirkliche Frau zu machen.
VIERZIG: Ich hätte es überhaupt nicht versuchen sollen.
STELLA 40: Was willst du damit sagen?
VIERZIG: Ich brauche nicht zu Dr. Brachett zu gehen. Er könnte mir nichts sagen, was ich nicht schon weiß. Ich bin sogar bereit zu glauben, daß ich impotent bin – bei dir!
STELLA 40: Warum verläßt du mich dann nicht?
VIERZIG: Das ist genau das, was ich vorhabe.
STELLA 40: Und wann?
VIERZIG: Heute abend noch.
STELLA 40: Vergiß deine Zahnbürste nicht.
VIERZIG: Du glaubst mir nicht?
STELLA 40: Ich weiß nicht. Vielleicht ist es das Richtige für dich. Versuche es. Ich weiß nicht, ob du dazu imstande bist. Ich weiß

nicht, wie du zurechtkommen willst ohne geregelte Mahlzeiten, ohne frische Wäsche und ohne jemanden, der hinter dir aufräumt, in dem Chaos, das du zurückläßt – selbst diese düsteren Zimmer hier. Du wirst sie vermissen.

VIERZIG *(lächelnd)*: Du bist nicht sehr klug, Stella, aber du hast Instinkt, einen weiblichen Instinkt. Unversehens hast du etwas von deinem Charme aufleuchten lassen, nur einen kleinen Schimmer, der mich vage daran erinnert, was ich einmal in dir gesehen habe. Aber es ist zu spät. Das Gefühl der Erleichterung, das mein Entschluß mir verschafft, ist stärker als alles, was du jetzt noch tun könntest.

STELLA 40 *(sehr ruhig)*: Also gut. Vielleicht ist es das beste so. Ich werde dir einen Pyjama zurechtlegen und ein Hemd – oder zwei. Nimmst du den kleinen Handkoffer – oder soll es ein größerer sein?

VIERZIG: Tu bitte gar nichts für mich!

STELLA 40: Wie du willst. Dann gehe ich wieder ins Bett, wenn du mich entbehren kannst. Ich fühle mich nicht sehr wohl.

VIERZIG: Kein Wunder.

STELLA 40: Ich habe mich schon den ganzen Tag über nicht sehr wohl gefühlt.

VIERZIG: Vielleicht ist dir irgend etwas nicht bekommen.

STELLA 40: Vielleicht. Ich weiß nicht, woran es liegt. Manchmal wird es mir richtig schwindlig, und ich muß mich plötzlich setzen. Haben wir noch einen Apfel im Hause?

VIERZIG: Was fragst du mich? – Vielleicht – in der Küche. Ich dachte, du magst keine Äpfel.

STELLA 40: Normalerweise nicht. Aber plötzlich habe ich einen richtigen Heißhunger auf Äpfel.

(Stella 40 geht ab)

(Vierzig nimmt das Bild Miriams aus der Schublade und will es gerade in eine Mappe stecken, da taucht Zwanzig aus dem Dunkel auf)

ZWANZIG: Du Schwein!

VIERZIG: Zum Teufel, was –

ZWANZIG: Was hast du aus ihr gemacht?

VIERZIG: Ich?

ZWANZIG: Sie ist alt und häßlich.

VIERZIG: Du bist auch nicht mehr so schön, was? Schau mich an!

(Zwanzig geht plötzlich auf Vierzig los. Sie ringen miteinander)
SAM: Hört auf! Hört auf!
(Das Bild von Miriam fällt zu Boden. Vierzig hebt es auf)
VIERZIG: Jetzt ist das Glas von Miriams Bild kaputt – du Idiot!
(Er packt das Bild in eine Mappe und geht zur Tür)
SAM: Bis morgen früh.
VIERZIG: Glaubst du das wirklich?
(Vierzig lächelt herausfordernd und geht. Zwanzig ist buchstäblich zusammengebrochen)
SAM: Nimm's nicht so tragisch!
ZWANZIG: Kommt er wirklich zurück?
SAM: Ja. Er ist nur ein Mann – und damit ist gegen Stella nicht anzukommen. Ihr letzter Satz, der wird seine Wirkung tun. Apfel!
ZWANZIG: Du redest von Stella wie von einem Feind.
SAM: Ja, leider. – Setz dich – laß dich anschauen – wir kennen uns ja kaum.
ZWANZIG: Ja, wahrhaftig – kaum.
SAM: Warum bist du so nervös? Hast du Angst davor, in deine eigenen alt gewordenen Augen zu schauen – und darin so vieles zu entdecken, das du nicht verstehst?
ZWANZIG: Das eigentlich nicht, nein. Es ist nur etwas unwirklich.
SAM: Wir sind ganz verschiedene Menschen, weißt du, mit dem gleichen Namen. Ich weiß nicht mehr, was es heißt, so zu sein wie du – und du weißt noch nicht, was es heißt, so zu sein wie ich. Sag doch was.
ZWANZIG: Ich weiß nicht so recht, was ich sagen soll.
SAM: So schüchtern – und so voller Hoffnung. *(Er lächelt)* Weißt du, ich habe das Gefühl, daß wir beide miteinander besser auskommen als mit den beiden anderen.
ZWANZIG: Wirklich?
SAM: Ja, weil sie beide so viel weiter von den Geheimnissen Geburt und Tod entfernt sind als wir. Für sie ist alles voller Komplikationen, voll von ästhetischen Überlegungen, von Zweifeln – sie sind beide irgendwie auf dem Höhepunkt ihrer Macht, wo ein Mann dem Problem gegenübersteht, erwachsen zu sein – und dann hat er keine Zeit und zuviel Kraft, um sich um die einfachen Dinge zu kümmern. Weißt du, was ich meine?
ZWANZIG: Nein – eigentlich nicht.
SAM: Na, keiner sieht die Welt so klar wie ein Kind. »Papa, warum

machen die Leute Krieg?« fragt ein Kind, weil es weiß, daß es sich dabei um eine ganz blödsinnige Beschäftigung handelt. Papa wird darauf so schnell keine Antwort finden, und weil es keine Antwort gibt, bildet er sich ein, es ist eine dumme Frage – und das sagt er dann auch. Und zu Weihnachten schenkt er ihm dann noch ein Schießgewehr. Erst wenn man alt ist, hat man wieder den Mut, die gleiche Frage zu stellen – und weil man weißes Haar hat, ist es plötzlich eine sehr tiefsinnige und keine kindische Frage mehr. Aber die Frage selbst ist die gleiche. Nur der, der sie stellt, der hat sich verändert.

ZWANZIG: Ja, ich weiß, was du meinst.

SAM: Wenn man sehr alt ist, weiß man, daß Kinder schon die richtigen Einfälle haben – wenn sie nur auch den entsprechenden Einfluß hätten. Ich halte von dir viel mehr als von den anderen beiden. Wir haben die gleichen Vorstellungen – mit dem Unterschied, daß deine noch frisch und lebhaft sind, während meine abgeklärt sind, etwas überschattet von den vagen Erinnerungen des langen Weges, den wir gegangen sind. Trotzdem färben Morgendämmerung und Abenddämmerung den Himmel auf gleiche Weise – die eine ist eine Verheißung, die andere ein Abschied, aber bei nur flüchtigem Hinsehen sind beide kaum voneinander zu unterscheiden.

ZWANZIG: Andererseits habe ich den Eindruck –

SAM: Ja, sag nur, ich bin begierig darauf, noch etwas zu lernen.

ZWANZIG: Du darfst nicht glauben, ich sei überheblich.

SAM: Nein, nein – natürlich nicht – wer bin ich denn, um –

ZWANZIG: Ich habe den Eindruck, du machst den gleichen Fehler, den viele alte Männer machen, die ich kennengelernt habe – mein alter Rektor zum Beispiel – und sogar Vater. Sie alle behandeln einen, als wäre man viel jünger, als man in Wirklichkeit ist.

SAM: O ja – das ist wahrscheinlich so eine kleine Revanche dafür, daß wir uns in euerer Gegenwart so viel älter vorkommen, als wir sind.

ZWANZIG: Ich bin kein Kind mehr.

SAM *(mit einem Seufzer)*: Nein. Das bist du nicht. Du bist schon auf halbem Wege durch diesen langen Tunnel. Warum blickst du immer zur Tür?

ZWANZIG: Stella ist oben, mit Mama. Ich warte hier auf Papa.

SAM *(beunruhigt)*: Hier drin?

ZWANZIG: Ja, er duldet niemanden in seinem Arbeitszimmer, ich weiß, aber ich bin überzeugt davon, heute ist eine Ausnahme.

SAM: Aber was passiert, wenn er mich entdeckt? Er bekommt einen Herzanfall. Kannst du dich nicht woanders mit ihm unterhalten?
ZWANZIG: Nein. Nein, das kann ich nicht. Es ist eine Art Unabhängigkeitserklärung. Jedenfalls fasse ich es so auf – allein schon mein Eindringen in dieses Zimmer. Schließlich verlobt sein einziger Sohn sich nicht jeden Tag.
SAM: Du lieber Himmel! *(Schlägt sich an die Stirn)*
ZWANZIG: Was ist?
SAM: Ich möchte, daß du mir etwas versprichst.
ZWANZIG: Was?
SAM: Wenn alles vorbei ist – die Unterredung, meine ich –, komm dann bitte nicht noch einmal hier herein, um Stellas Mantel zu holen.
ZWANZIG: Warum sollte ich noch einmal hereinkommen?
SAM: Weil sie ihn hier vergessen wird.
ZWANZIG: Stella?
SAM: Ja. Hole ihn nicht. Schick sie ohne Mantel nach Hause.
ZWANZIG: Das kann ich nicht. Es ist November. Und was soll ich ihr antworten, wenn sie sagt, daß sie ihren Mantel hier liegengelassen hat? Daß ich nicht den Mut habe, ihn herauszuholen?
SAM: Nein, nein – das kannst du natürlich nicht. Dann will ich dir etwas anderes raten – paß auf, daß sie ihn unter allen Umständen mitnimmt, wenn sie aus dem Zimmer geht.
ZWANZIG: Warum?
SAM: Weil – ich kann es dir nicht erklären. Tu, was ich sage.
(Die Tür geht auf, und ein leidlich attraktives, etwas plumpes Mädchen in einem Kleid zu Anfang dieses Jahrhunderts kommt herein. Sie schließt die Tür. Zwanzig steht auf. Sam zieht sich die Decke über den Kopf. Das Mädchen geht zum Schreibtisch, nimmt einen Schlüssel aus ihrer Tasche und öffnet die bewußte Schublade. Sie nimmt einen Brief heraus, öffnet ihn und liest ihn. Sie lächelt. Ihr Gesichtsausdruck verändert sich der Lektüre entsprechend. Es muß sich um eine sehr persönliche Angelegenheit handeln. Zwanzig räuspert sich. Das Mädchen bemerkt ihn, sie heißt Ada Cooney)
ADA: O Master Sam, was machen Sie denn hier? Weiß Mr. Kinsale, daß Sie hier sind?
ZWANZIG: Ich weiß nicht und es interessiert mich auch nicht.
ADA *(nach kurzem Zögern)*: Möchten Sie, daß ich es ihm sage? Oder möchten Sie lieber unauffällig verschwinden?

ZWANZIG: Ich möchte auf keinen Fall unauffällig verschwinden, nein!
ADA *(nach einem abermaligen Zögern)*: Dann muß ich gehen und es ihm sagen.
ZWANZIG: Wie Sie wollen. Ich habe es nicht eilig.
ADA: Oh!
(Sie schließt die Schublade ab, nach einem kleinen Augenblick der Befangenheit läßt sie dann den Brief in ihrer Korsage verschwinden und geht.
Pause.
Zwanzig geht zum Schreibtisch, zieht an der Schublade, sie ist abgeschlossen. Sam starrt ihn an)
ZWANZIG: Was verwahrt er denn hier?
SAM: Ich – eh – weiß nicht. Gib acht!
(Er verbirgt sich wieder.
Zwanzig geht wieder in die Mitte des Zimmers. Die Tür geht dann auf, und Mr. Reginald Kinsale, der Vater aller vier Sams, kommt herein, ein Gentleman aus dem Zeitalter König Edwards, mit einem imposanten Schnurrbart. Er ist mittelgroß, selbstsicher, konservativ und intolerant)
REGINALD: Was hast du hier zu suchen, zum Teufel!? Du weißt ganz genau, ich dulde nicht, daß sich jemand während meiner Abwesenheit hier in meinem Arbeitszimmer aufhält. Tritt nicht immer von einem Fuß auf den anderen! Steh gefälligst still. Vor mir brauchst du nicht so nervös zu sein. So, und jetzt heraus damit!
ZWANZIG: Heraus womit, Vater?
REGINALD: Bist du nicht ganz bei Trost, junger Mann? Du kommst ohne Erlaubnis hier herein und Miß Cooney berichtet mir, daß du noch dazu unglaublich arrogant gewesen bist. Du sollst zu ihr gesagt haben, daß es dir gleichgültig sei, ob ich etwas über deine Anwesenheit erfahre oder nicht. Ist etwas Wahres daran?
ZWANZIG: So etwas Ähnliches habe ich gesagt, ja.
REGINALD: He?!
ZWANZIG: Nun, es ist einfach beschämend für mich, daß ich nicht zu dir kommen kann, wann ich will, sondern daß ich mich an das Personal wenden muß.
REGINALD: Miß Cooney ist meine Sekretärin und kein Personal. Übrigens habe ich in deinem Alter meinen Vater mir »Sir« angeredet.

ZWANZIG: Möchtest du das?

REGINALD: Nein, nein – aber es wäre nett gewesen, wenn du von dir aus auf diese kleine Höflichkeit gekommen wärst – ich käme nie auf die Idee, so etwas zu verlangen – ich weiß, die Zeiten haben sich geändert, wir leben in einer modernen Welt, im zwanzigsten Jahrhundert, wenn niemand was dagegen hat –, und Manieren sind nicht mehr gefragt –

ZWANZIG: Ich habe den Eindruck, Sir...

REGINALD: Ja?

ZWANZIG: Ich habe den Eindruck, du bist zwar überrascht, mich hier zu finden, aber du bist gar nicht begierig darauf, zu erfahren, warum ich hier bin.

REGINALD: Glaubst du nicht, ich kann mir das denken? Du brauchst Geld, nicht? Du bist irgendwie in Schwierigkeiten.

ZWANZIG: Nicht, daß ich wüßte, Sir.

REGINALD: Eh? Na, was für einen Grund könnte es sonst geben? *(Plötzlich beunruhigt)* Du hast doch nicht etwa einen Skandal – ich meine – es hat doch nichts mit einem Mädchen zu tun –

ZWANZIG: Doch!

REGINALD: Guter Gott, Mann, schämst du dich denn nicht? Ich will gar nicht wissen, wie es geschah. Man hätte doch denken sollen, wahrhaftig, bei der Erziehung, die du genossen hast – aber, da haben wir's – der ganze Aufwand in diese Richtung, eine der ältesten Schulen, genaugenommen – es spielt alles keine Rolle – irgendein dummer Augenblick, und alle Beherrschung, alle Scheu – jedes Ehrgefühl, einfach zum Teufel! Du solltest dich schämen!

ZWANZIG: Warum? Warst du nicht verlobt mit Mutter?

REGINALD: Eh? Du bist verlobt? Das ist alles –

ZWANZIG: Ja.

REGINALD: Und es kommt nicht noch irgendeine kleine, häßliche Überraschung nach – na, wie soll ich sagen – so in neun Monaten?

ZWANZIG: Nein.

REGINALD: Weißt du das genau?

ZWANZIG: Selbstverständlich.

REGINALD *(mit einem Seufzer der Erleichterung)*: Ah!
(Plötzlich erinnert er sich)
Verlobung? Das ist ausgeschlossen. Du bist minderjährig.

ZWANZIG: Deshalb wollte ich ja mit dir sprechen.

REGINALD: Nein, nein – das kommt gar nicht in Frage. Ein Junge von zwanzig Jahren, noch ein reines Kind!

ZWANZIG: Ich kam nur aus Höflichkeit, Vater. In sechs Wochen werde ich einundzwanzig. So lange können wir noch warten.

REGINALD *(mit einer plötzlichen Anwandlung von Zuneigung)*: Schau Samuel – ich hatte immer auf eine echte Beziehung zwischen uns gehofft, zwischen Vater und Sohn. Auf eine Freundschaft, gegründet auf gegenseitiger Achtung. Aus irgendeinem Grunde ist das nicht möglich gewesen – *(er seufzt)* trotzdem, wenn auch dein Gefühl für mich nicht so ist, wie es sein sollte, so hoffe ich doch, daß du dich meinem väterlichen Rat nicht verschließen wirst. Übrigens ist es nicht notwendig, daß deine Mutter etwas von unserer Unterhaltung erfährt.

(Er steckt sich eine Zigarre an)

Wir sprechen hier von Mann zu Mann, in diesem ehrwürdigen Raum, der eines Tages deiner sein wird. – Ich mag etwas verärgert darüber gewesen sein, dich hier zu finden, aber jetzt – bei reiflicher Überlegung – kommt mir dein Eindringen eigentlich ganz gelegen – ja, ich bin froh, daß du hier bist. – Zigarre?

ZWANZIG: Nein, danke, Sir.

REGINALD *(lacht scherzhaft)*: Ich erinnere mich an meine erste. Mein Vater gab sie mir. Mir war hundeelend – kotzte das ganze Zimmer voll – er nahm es mit Humor – ich höre ihn noch heute lachen. Komm, rauch eine.

ZWANZIG: Nein, danke, Sir.

REGINALD: Warum nicht?

ZWANZIG: Es hat für mich keinen besonderen Reiz, das ganze Zimmer vollzukotzen, Sir.

(Reginald zieht die Stirn in Falten. Wirklich, Vater und Sohn haben wenig gemein, denkt er, nicht ohne eine gewisse Bitterkeit)

REGINALD: Nun, was ich dir zu sagen habe, hätte ich dir vielleicht schon einmal bei früherer Gelegenheit sagen sollen. Wir sehen in unseren Kindern immer nur Kinder, bestenfalls Halbwüchsige, und eines Tages, wenn wir es am wenigsten erwarten, sind sie erwachsen und wollen in die Welt hinaus. Ja.

(Er seufzt tief und macht einen Zug an seiner Zigarre)

Denk nicht ans Heiraten, bevor du dreißig bist, oder besser noch fünfunddreißig.

ZWANZIG: Was? Warum nicht?

REGINALD: Es ist nicht fair, dir gegenüber und auch nicht gegenüber der jungen Dame.

ZWANZIG: Warum nicht?

REGINALD: Man sollte erst etwas Erfahrung sammeln – sich die Hörner abstoßen, wie man so zu sagen pflegt.

ZWANZIG: Vor wenigen Augenblicken noch hat dich der Gedanke, ich hätte mir die Hörner abgestoßen, sehr verärgert.

REGINALD: Ja, weil – eh – gewisse Vorsichtsmaßnahmen dazu gehören.

ZWANZIG: Was für Vorsichtsmaßnahmen?

REGINALD: Mein Gott, Junge, haben sie dir denn auf der Schule überhaupt nichts beigebracht? Na – darüber kann ich mich jetzt unmöglich auslassen – aber wenn du nicht Bescheid weißt über diese Dinge, dann ist es das beste, du gehst nach Indien oder sonst irgendwohin, abseits der großen Straße, damit dir auf jeden Fall – eh – peinliche Überraschungen erspart bleiben.

ZWANZIG: Das verstehe ich leider nicht. Vielleicht bin ich noch zu arglos in diesen Dingen.

REGINALD: Das scheint mir wahrhaftig der Fall zu sein.

ZWANZIG: Nun, ja – aber was du mir da sagst, steht auf jeden Fall in krassem Gegensatz zu dem, was die Bibel darüber sagt.

REGINALD *(plötzlich sehr heftig)*: Also bitte! Laß die Heilige Schrift aus dem Spiel. Die hat mit dieser Unterhaltung nichts zu tun. Ich habe nie in meinem Hause Blasphemie geduldet und werde sie auch nie dulden. Ist das klar? Hier sprechen zwei erwachsene Männer – oder zumindest anderthalb – über eine ganz profane Angelegenheit des täglichen Lebens, und es zeugt von einem unerhört schlechten Geschmack, die Bibel mit hineinzuziehen.
(Macht einen tiefen Zug an der Zigarre)
Und außerdem, Unser Herr war Junggeselle, und man darf mit Recht annehmen, daß seine Hinweise in diese Richtung reine Theorie waren – Tatsache bleibt, daß ein normaler Mann nicht in der Lage ist, eine Familie zu gründen, ehe er nicht ein gewisses Alter erreicht hat. – Dann hat er wenigstens Gelegenheit, sich in den Jahren der größten Anfälligkeit auszutoben – und er bekommt ein gewisses Geschick, Vergnügen zu bereiten – ohne das kein Vergnügen zu haben ist.

ZWANZIG: Aber du hast doch nicht so lange gewartet – du hast geheiratet, mit Zweiundzwanzig oder Dreiundzwanzig.

REGINALD: Mit Dreiundzwanzig. Deshalb gebe ich dir ja diesen Rat.

ZWANZIG *(entsetzt)*: Oh.

REGINALD: So – und jetzt möchte ich, daß du nicht mehr an unsere Unterhaltung denkst und auch nicht mehr an Verlobung!

ZWANZIG: Aber sie ist oben.

REGINALD: Wer?

ZWANZIG: Stella. Sie ist bei Mama.

REGINALD: Stella? Ist sie der Gegenstand deiner Zuneigung? Hm. Deiner Mutter ist zuzutrauen, daß sie die junge Dame in ihren Hoffnungen bestärkt. Sie ist so umwerfend sentimental. Ich werde hart bleiben müssen, fürchte ich, sehr hart. Wie heißt sie noch?

ZWANZIG: Stella.

REGINALD: Ja – ja – den Vornamen habe ich behalten.

ZWANZIG: Stella Chough.

REGINALD: Wie das Gekeuche eine Lokomotive?

ZWANZIG: Wenn du willst.

REGINALD: Etwas merkwürdiger Name, nicht?

(Die Tür geht auf, und Mrs. Kinsale, eine üppige Dame, vollbusig, in Rosa und Blau gekleidet, schiebt Stella ins Zimmer)

MRS. KINSALE: Hier sind wir, Reginald. Hat Sam schon seine kleine Ansprache gehalten?

REGINALD: Ja – das hat er. Hat mich ganz schön überrascht. Sehr erfreut, junge Dame – setzen Sie sich, setzen Sie sich.

MRS. KINSALE: Ich war sehr offen, Reginald. Ich habe Stella gesagt, daß du höchstwahrscheinlich gegen jede überstürzte Entscheidung bist, daß du aber einer längeren Verlobungszeit gewiß zustimmen würdest.

REGINALD: Ja, ja – so ungefähr ...

MRS. KINSALE: Aber andererseits scheinen mir die beiden wirklich sehr verliebt zu sein.

REGINALD *(abwesend)*: So – so, komisch, daß wir es nicht schon früher erfahren haben.

MRS. KINSALE: Ich muß dir etwas gestehen – ich wußte es schon.

REGINALD *(kichert humorlos)*: Habt es vor Vater geheimgehalten, was?

STELLA *(kichert)*: Ja.

MRS. KINSALE *(kokett)*: Ja.

(Eine lange, sehr beklemmende Pause)

REGINALD: Ja – nun eh –Sie sind Miß Chough, wie ich höre …
STELLA: Ja. Chough.
REGINALD: Darf man – eh – fragen – was Ihr Vater – emeh –?
MRS. KINSALE: Er ist Offizier, Reggie.
REGINALD: Laß, Agnes, ich glaube, Miß Chough ist sehr wohl imstande, selbst
MRS. KINSALE: Das ist doch nur, weil ich mich bereits erkundigt habe …
ZWANZIG: Er ist Major.
REGINALD: Major? Wirklich? Ja – das ist ein guter Rang – ein guter, mittlerer Dienstgrad, genau zwischen einem – einem Oberst …
(Es fällt ihm jetzt etwas schwer, mit der ganzen Sache zu Ende zu kommen)
– und einem Hauptmann.
STELLA: Zwischen einem Oberstleutnant und einem Hauptmann …
REGINALD *(hat nicht gerne, wenn man ihm widerspricht, beherrscht sich aber)*: Ja – darf ich fragen, bei welchem Regiment?
STELLA: The Queen's Own Seventh Lancers.
REGINALD: Kavallerie – Kavallerie –
STELLA: Er ist in Indien.
REGINALD: Oh? Wird er lange dort bleiben?
STELLA: Im August kommt er auf Urlaub nach Hause.
REGINALD: Also, ich glaube wirklich, die beiden Väter sollten erst einmal miteinander sprechen, ehe wir uns zu so einem entscheidenden Schritt entschließen.
STELLA: Das ist eine schrecklich lange Zeit, bis August!
REGINALD: Na, na, Stella – ich hoffe, ich darf Sie Stella nennen – Heirat ist ein wichtiger Schritt, der das ganze Leben bestimmt, nein, der das weitere Leben überhaupt ausmacht.
ZWANZIG: Bitte, weine nicht, Stella.
REGINALD *(die Tatsache, daß sie so rasch zu weinen anfing, bringt ihn etwas aus dem Gleichgewicht)*: Ja, das ganze weitere Leben – ist Ihre Mutter eh –?
(Reginald weiß nicht, wie er diesen Satz jetzt zu Ende bringen soll, beendet ihn mit angehobener Diktion, neigt den Kopf zur Seite, in Erwartung einer halbwegs vernünftigen Antwort)
STELLA *(getroffen)*: Mami ist tot.
(Mrs. Kinsale streckt voll Mitleid, aber machtlos, die Hand aus)

REGINALD *(sehr ernst)*: Ach! Und wann war dieses beklagenswerte ...?
STELLA: Bei meiner Geburt.
REGINALD: Oh, das ist noch gar nicht so lange her – wie tragisch! Dann sind Sie aber –? Ich meine, ist denn niemand – in Abwesenheit Ihres Vaters?
STELLA: Ich wohne bei meiner Großmutter – Lady Chough.
REGINALD *(mit einem gewissen versöhnlichen Interesse)*: Lady Chough.
MRS. KINSALE: Sie ist eine bemerkenswerte alte Dame. Ich hatte Gelegenheit, ihre ungewöhnlich reizvollen Stickereien und Handarbeiten zu bewundern – die zauberhaftesten Teedeckchen ...
REGINALD *(blättert im Adelskalender)*: Ah ja, hier. Du warst bei ihr zum Tee? Ich gehe wohl nicht fehl in der Vermutung, daß schon eine ganze Weile Beziehungen gepflegt worden sind – ehe ich ins Vertrauen gezogen wurde?
MRS. KINSALE *(unsicher)*: Lady Chough züchtet Neufundländer.
REGINALD: Neufundländer?
STELLA: Hunde.
ZWANZIG: Sie hat uns einen als Hochzeitsgeschenk versprochen.
REGINALD: Ich kann mir kaum ein zweckmäßigeres Geschenk vorstellen – für ein Brautpaar.
Chough.
(Er liest aus dem Adelskalender, die anderen blicken ihn besorgt an, einiges von dem, was er liest, findet seine Zustimmung, aber düstere Ahnungen schweben betont über allem)
Ihre Großmutter ist eine geborene Baronin – wie ich sehe –, und sie heiratete Esme Chough, Anwalt, gebürtig aus Ripon in Yorkshire. Das ist – oder war – ihr Großvater, nehme ich an.
STELLA *(ungerührt)*: War ...
REGINALD: Wie bedauerlich ...
STELLA: Oma rannte von zu Hause weg, um Opa zu heiraten. Die Familie war dagegen. Aber beide wurden sehr glücklich ...
REGINALD: Ausnahmen bestätigen die Regel, selbstverständlich. Anwalt. Hm. In Ripon, in Yorkshire.
(Er schließt den Adelskalender)
Heirat ist ein wichtiger Schritt, Stella – ich stelle es mir gern wie einen geschäftlichen Zusammenschluß zwischen zwei Einzelpersonen vor – und in der Geschäftswelt kommt es zu solchen Zu-

sammenschlüssen nicht etwa deshalb, weil Mitglieder des einen Aufsichtsrates für Mitglieder des anderen besondere Sympathien hegen – sondern weil ein solcher Zusammenschluß Vorteile mit sich bringt, die den jeweiligen Einzelfirmen versagt bleiben müßten.

Die gleichen Grundsätze sind, meiner Auffassung nach, auch auf das Problem anzuwenden, vor das Sie mich jetzt gestellt haben. Sie sind sich sicher darüber im klaren, daß Samuel, als mein einziger Sohn, ein beträchtliches Vermögen erbt und eine soziale Stellung einnimmt, die man bei aller gegebenen Zurückhaltung als beneidenswert bezeichnen kann.

ZWANZIG: Bitte, weine nicht, Stella.

REGINALD: Ich bin davon überzeugt, daß ich Ihnen damit nichts sage, was Sie nicht ohnehin bereits von sich aus wissen, Stella. Von Ihrem Standpunkt aus betrachtet, ist der Zusammenschluß wünschenswert. Jetzt liegt es bei uns, die Frage zu erörtern, ob er auch für uns auf die gleiche Weise wünschenswert ist – und wir dürfen dabei keinen Umstand übersehen – müssen alles auf das genaueste prüfen ...

ZWANZIG *(hitzig)*: Vater! Merkst du denn nicht, wie sehr du Stella in Verlegenheit bringst.

STELLA: Sam, bitte nicht!

REGINALD: Ich soll also still sein? Verstehe ich dich richtig?

MRS. KINSALE: O Reggie, Lieber –

REGINALD: Was?

MRS. KINSALE *(die Stimme ist nicht wie Zucker, sondern Saccharin)*: Ils sont amoureux ...

REGINALD: Eh?

MRS. KINSALE: Weißt du nicht mehr, wie das war?

REGINALD *(in wachsender Verlegenheit)*: Was denn, bitte?!

MRS. KINSALE: Verliebt zu sein.

REGINALD: Liebe ist keine Entschuldigung für schlechte Manieren!

MRS. KINSALE: Sie ist blind, wenn wir dem Dichter glauben dürfen.

REGINALD: Aber der Dichter hat nie behauptet, daß sie auch noch taubstumm sei.

STELLA: Sam, ich möchte jetzt gehen, bitte.

MRS. KINSALE: Kommen Sie mit mir nach oben, Stella. Sie haben Ihren Tee ja gar nicht getrunken – und es ist bestimmt auch noch ein Blätterteig und ein Eclair da.

ZWANZIG: Ich möchte nur noch eines sagen!

MRS. KINSALE: Nein, Sam. Bitte nicht, mein Liebling.

REGINALD: Warum nicht, Agnes? Vor ein paar Monaten hatte er noch Stimmbruch. Er soll sich langsam daran gewöhnen, was es heißt, ein Mann zu sein. Und schließlich – ils est amoureux.

(Nach einem Augenblick des Zögerns eilt Zwanzig aus dem Zimmer, weil er vermeiden möchte, daß man die Tränen in seinen Augen bemerkt. Stella eilt ihm nach)

STELLA: Sam! Es ist doch ganz egal.

MRS. KINSALE: Jetzt bist du hoffentlich zufrieden.

REGINALD: Was hast du zu beanstanden – du hast doch eben gehört, ihr ist es ganz egal.

MRS. KINSALE: Sie sind noch so jung.

REGINALD: Das ist es. Das Bewußtsein dieser Tatsache hat mein Handeln bestimmt. Mein Verhalten ist in keiner Weise unberechtigt. Alles geschah mit Absicht, und wenn diese Ehe zustande kommen sollte, würde sie in einer Katastrophe enden.

MRS. KINSALE: Wie kannst du das so genau wissen?

REGINALD: Laß nur – ich weiß es. Eine Ehe ist schon ruiniert, wenn die allerersten Intimitäten ehh – hm, wie soll ich mich ausdrücken? – wenn die Hochzeitsnacht ein einziges Erröten ist. In diesem Alter weiß man noch gar nicht, was man will. Man weiß nur, man will heiraten. Das ist so eine Art Unabhängigkeitserklärung gegen die elterliche Bevormundung. Die wirkliche körperliche Begierde hat man noch nicht kennengelernt. Oh ja, man tanzt miteinander, hält Händchen im Torbogen und ist einfach nicht imstande, »Gute Nacht« zu sagen und sich voneinander zu trennen – aber das ist nur Schwärmerei.

MRS. KINSALE: Hat dir unsere Brautzeit nicht mehr bedeutet?

REGINALD: Ich spreche von diesen beiden, nicht von uns.

MRS. KINSALE: Du sprichst von uns. Sie sind dir ein willkommener Anlaß, mir weh zu tun.

REGINALD: Du bis das Egozentrischste, was es gibt!

MRS. KINSALE: Und du das Grausamste!

(Mrs. Kinsale geht. Reginald starrt einen Augenblick düster auf den Boden, nimmt dann den Schlüssel aus der Tasche und öffnet die bewußte Schublade. Er stellt mit Befriedigung fest, daß sie leer ist. Dann klingelt er und wartet. Er fährt sich mit der Hand durchs Haar, korrigiert den Sitz der Krawatte, sitzt lässig auf der Schreib-

tischkante. Er erwartet den Auftritt von Miß Ada Cooney, die jetzt hereinkommt)

REGINALD: Ah, Miß Cooney.

ADA: Ah, Mr. Kinsale.

REGINALD: Mit Ihnen kehrt die Sachlichkeit in dieses Arbeitszimmer zurück – haben Sie etwas mitgehört?

ADA: Ich pflege nicht zu horchen.

REGINALD: Aber Sie haben bestimmt Miß Chough gesehen. So viel weibliche Neugier traue ich Ihnen wenigstens zu.

ADA: Ganz flüchtig im Vorbeigehen, ja.

REGINALD: Aber nicht so flüchtig, daß Sie ihre kurzen Beine und ihre zu dicken Fesseln übersehen hätten, von ihrer Backfischröte ganz zu schweigen ...

ADA *(lächelnd)*: Flüchtig, ja ...

REGINALD: Hm – wie finden Sie sie?

ADA: Wohlerzogen.

REGINALD: Haben Sie mit ihr gesprochen?

ADA: Nein, aber sie hat die Figur eines Mädchens, das viel Zeit mit Reiten zubringt, und Pferde kosten Geld.

REGINALD: Breit in den Hüften ...

ADA: Nein. Sie geht etwas nach vorn gebeugt. Sie sieht immer aus, als wollte sie gerade eine Hürde nehmen.

REGINALD: Mein Gott. Sind Sie intelligent. Darauf wäre ich nie gekommen.

(Er kichert)

ADA: Wollen Sie jetzt arbeiten?

REGINALD: Sie haben meinen Brief.

ADA: Ja.

REGINALD: Ich hatte in der Schublade eine Antwort erwartet.

ADA: Ich hatte noch keine Gelegenheit ...

REGINALD: Ich weiß, ich weiß. Nein, arbeiten will ich nicht. Ich mag eigentlich nie richtig arbeiten, wenn Sie hier sind.

ADA: Dann sollte ich vielleicht kündigen.

REGINALD: Warum sagen Sie das?

ADA: Ich denke dabei an die Gießerei.

REGINALD: Ich pfeife auf die Gießerei.

ADA: Darf ich diese Bemerkung zitieren?

REGINALD: Wem?

ADA: Dem Aufsichtsrat.

REGINALD: Es wäre Ihnen zuzutrauen.
ADA *(arrangiert Briefe)*: Oh?
REGINALD: Um Sie ist irgend etwas Gefährliches – das ich unwiderstehlich finde.
ADA: Sie glauben, ich bin eine femme fatale.
REGINALD *(verzieht etwas das Gesicht)*: Bleiben Sie lieber bei Ihrer Muttersprache. In diesem Haus wird genug schlechtes Französisch gesprochen. Sie haben Geist, Ada...
ADA: Geist...
REGINALD *(jetzt dicht an ihrem Ohr)*: Und einen hinreißenden Körper –
ADA *(gelassen)*: Sie bringen mich zum Erröten.
REGINALD: Schauen Sie mich an.
ADA: Ich sortiere die Post für die Ablage.
REGINALD: Warum?
ADA: Wenn ich es nicht tue – wer sonst?
REGINALD: Wann darf ich mit einer Antwort auf meine Einladung rechnen?
ADA: Oh, ich weiß nicht. Ich bin keine gute Briefschreiberin.
REGINALD: Eine zu gute, um Sekretärin zu bleiben.
ADA: Aber gut – für was?
REGINALD: Kindchen, Kindchen, überlegen Sie doch – eine eigene Wohnung!
ADA: Mit separatem Eingang?
REGINALD: Sie quälen mich. Aber es macht mir nichts aus. Ich bin hart im Nehmen.
Ada. Eines Tages werden Sie irgendeinen Mann Ihres Alters heiraten – und ihm das Leben zur Hölle machen, wie alle Frauen – aber bis dahin, Ada, will ich Sie haben. Ganz für mich allein.
ADA *(ruhig)*: Schämen Sie sich denn gar nicht?
REGINALD: Nicht im geringsten – weil Sie praktisch denken. Sie haben den Verstand eines Mannes – dazu alle Eigenschaften Ihres eigenen Geschlechts. Das ist eine ideale Mischung. Sie sind nicht sentimental. Man könnte Sie sogar für gefühllos halten. Mir gefällt das.
ADA: Was wollen wir mit dem Vertrag des Holländers machen?
REGINALD: Wir werden ihn ablegen und vergessen. Ada, Sie verstimmen mich etwas.
ADA: O je!

REGINALD: Lassen Sie doch endlich diesen Schreibtisch!
ADA: Lassen Sie erst mein Handgelenk los.
REGINALD *(läßt sie los)*: Na?
ADA: Ich habe nicht ja gesagt.
REGINALD *(intensiv)*: Ada, ich bin hoffnungslos in Sie verliebt. *(Pause)* Ich will Sie haben.
(Pause. Sie ordnet wieder Papiere. Er bekommt sie plötzlich zu fassen. Sie wehrt sich)
ADA: Ich werde schreien!
REGINALD: Ich auch!
(Er drückt sie an den Schreibtisch und erstickt ihren Schrei mit einem Kuß. Zwanzig kommt herein)
Hat dir noch nie jemand gesagt, daß man anklopft, ehe man in ein Zimmer tritt?
ZWANZIG: Stella hat ihren Mantel vergessen.
(Zwanzig nimmt den Mantel. Ada hat sich freigemacht und rennt aus dem Zimmer)
Jetzt verstehe ich, was Sie mit »Hörner abstoßen« meinen, Sir.
(Reginald gibt seinem Sohn eine Ohrfeige. Sam setzt sich in seinem Bett auf)
SAM: Das geht zu weit. Ich hatte das fast schon vergessen.
REGINALD *(wankt vor Schrecken)*: Wer sind Sie?
SAM: Ich? Ich bin dein Sohn. Sam, hilf mir aus dem Bett.
REGINALD *(zitternd)*: Samuel – du wußtest von der Anwesenheit dieses Menschen?
ZWANZIG *(hilft Sam)*: Natürlich – das bin ich.
REGINALD: Was soll das heißen ?
ZWANZIG: Ich bin es – so wie ich einmal sein werde.
REGINALD *(melodramatisches Flüstern)*: Ein Geist!
SAM *(richtet sich in seinem Rollstuhl ein)*: Ein Geist – was für eine altmodische Vereinfachung! Du Knallkopf. Wie könnte ich ein Geist sein? Ich bin dein Sohn. Wenn jemand hier ein Geist ist, dann du!
REGINALD *(etwas schwankend)*: Wie kannst du es wagen zu behaupten, ich sei ein Geist?
SAM: Ich habe diese Wort nicht als erster gebraucht. Ich glaube nämlich nicht an Geister. Und ich habe leider allen Grund, an deine Existenz zu glauben. Deine Ohrfeige fühle ich so, als wäre es gestern gewesen.

ZWANZIG: Passiert ist es heute.

SAM: Du hast recht, mein Junge. Du hast recht. An dem Tag, an dem du dummerweise auf die Idee kamst, Stella deinem alten Herrn vorzustellen.

REGINALD: Sie sind also ganz meiner Meinung – wer Sie auch sein mögen.

SAM: Ich bin deiner Meinung, du Idiot. Natürlich bin ich das. Aber ich mache dich für alles, was geschah, verantwortlich – selbst auf die Gefahr hin, darin zu weit zu gehen. Begreifst du nicht, daß du es warst und kein anderer, der mich – mit einundzwanzig Jahren – Stella in die Arme getrieben hat?

REGINALD: Du hast mir also nicht gehorcht.

SAM: Natürlich nicht. Welcher Sohn – mit auch nur einem Funken Selbstachtung – hätte dir gehorcht!?

REGINALD: Dann ist es deine Schuld, nicht meine!

SAM: Du hast mir keine andere Wahl gelassen!

REGINALD: Ich ließ dir freie Wahl.

SAM: Nicht sehr lange! Als ich sah, wie du versuchtest, Miß Cooney hier auf deinem Schreibtisch zu vergewaltigen – da war plötzlich niemand mehr, vor dem ich Achtung haben oder zu dem ich aufblikken konnte – nach außen Biedermann in gut sitzendem Cut – und darunter ein Wüstling.

REGINALD *(wütend vor Scham)*: Ich verbiete dir, in dieser Weise zu mir zu sprechen!

ZWANZIG *(leise)*: Bitte – Sam ...

SAM *(ungläubig)*: Du kannst noch um Nachsicht bitten für den da? Du hast andere Dinge im Kopf – deine Gedichte ...

ZWANZIG: Stella ...

SAM *(bitter)*: Stella. Du bist ein lieber Junge. Wenn dich einer schlägt, ist deine erste Regung zu verzeihen –, du glaubst an ein Mißverständnis und bist nur allzu gerne bereit, alles als einen Irrtum zu vergeben und zu vergessen. Warte mal ab, wie du nach sechzig Jahren darüber denkst.

ZWANZIG: Du hattest es vergessen, bis es jetzt vor deinen Augen wieder geschah. Dieses Mal hast du es überhaupt nicht gespürt.

SAM: Was sich tief in unserem Innern verbirgt, quält uns am meisten. Mit einem Schmerz wird man fertig, was ungefühlt in die Tiefe sank – bleibt. Heute weiß ich, warum ich so geworden bin, wie ich bin. – Man bleibt nie der gleiche.

(Er wendet sich an Reginald)
Denk mal darüber nach. Ein Kind kommt zur Welt. Zuerst erscheint ihm der Vater als etwas Ungeheures. Er verrenkt sich den kleinen Hals, um zu ihm aufzublicken. Später ist er der Quell des Stolzes und der Angst – ein Schulzeugnis mit nach Hause zu bringen – oder eine Zeichnung vorzuzeigen, in der die Perspektive schon allmählich ihre Einfalt verliert. Ein Sohn wächst auf im Schatten seines Vaters. Man hat den brennenden Ehrgeiz, dem einen Menschen zu gefallen, einem Halbgott, geliebt, gefürchtet, gelegentlich gehaßt – und alles aus dem gleichen Grunde. Fast ein Drittel des Lebens verbringt man in diesem Zustand der Abhängigkeit, und nur mühsam bereitet man sich auf eine Unabhängigkeit vor, die etwas Unwirkliches hat. Dann, eines Tages, merkt man plötzlich, daß dieser selbstgeschaffene Halbgott auf tönernen Füßen steht.
Es fängt damit an, daß der unselige Götzenanbeter eine scheinheilige Predigt versetzt bekommt. Und eine Viertelstunde später trifft er den Halbgott dann mit einer kleinen ordinären Sekretärin, die unter seinem Gewicht nach Atem ringt, während er plump seine widerliche Begierde zu befriedigen sucht.
REGINALD: Wenn du wirklich, wie du behauptest, mein Sohn bist, dann verbiete ich dir, so mit mir zu sprechen.
SAM: Du hast kein Recht, mir etwas zu verbieten. Ich mag dein Sohn sein, aber ich bin älter als du – in Wirklichkeit bin ich älter als du jemals sein wirst. – Du wirst mein Alter nie erreichen. Du stirbst.
ZWANZIG: Sam, hör auf! Es kommt nichts dabei heraus.
SAM: Ich kann der Versuchung nicht widerstehen. Ich hätte nie gedacht, daß sich mir diese Gelegenheit bietet. Du stirbst. Man findet dich tot auf, unter sehr fragwürdigen Umständen.
REGINALD *(blaß. Taumelt auf seinen Schreibtisch zu)*: Was soll das heißen?
(Er hält sich die Ohren zu)
Ich will es nicht wissen!
(Pause. Die Neugier gewinnt die Oberhand)
Willst du damit sagen, ich sterbe in den Armen von – eh – Miß Cooney?
SAM: Nein – du weißt nicht einmal den Namen der Person.
REGINALD: O Gott.
SAM: Woran denkst du?

REGINALD: An den Skandal.
SAM: Natürlich – aber du bist nicht mehr da, um die Suppe auszulöffeln.
REGINALD *(aufwendig)*: Dabei war ich immer so vorsichtig ...
ZWANZIG: Hat es dir gutgetan – ihm das anzutun –?
SAM: Nein. Es ist unverzeihlich. Es tut mir leid, Papa.
REGINALD *(abwesend an seinem Schreibtisch sitzend)*: Schon gut – wann ereignet es sich?
SAM: Du hast noch etwas Zeit.
REGINALD: Das ist doch nicht wahr. Heraus damit ...
SAM: Drei bis vier Wochen ...
REGINALD *(dumpf)*: Drei bis vier Wochen –
SAM: Tut mir leid, Sam – tut mir schrecklich leid – aber ich mußte dich in Schutz nehmen ...
ZWANZIG: Ich kann mich sehr gut um mich selber kümmern.
SAM: Kannst du das?
ZWANZIG: Ja. Ich bin stark. Ich liebe. Kopf hoch, Vater.
REGINALD: Ich bitte dich um Verzeihung, mein Junge.
ZWANZIG *(leichthin)*: Aber nicht doch, Sir. Ich verstehe.
(Zwanzig geht)
SAM *(traurig)*: Er sagt – er versteht. Aber das stimmt nicht.
REGINALD: Aber du verstehst doch, nicht wahr?
SAM: In gewisser Beziehung, leider ja–
REGINALD: Bin ich wirklich so anders als andere Männer?
SAM: Wer bin ich – dir darauf zu antworten. Auch nur ein Mann. Wenn ich etwas Besseres wäre, dann wäre es mir vorhin leichtgefallen, auf die billige Rache an dir zu verzichten.
REGINALD: Oh, ich ahnte schon, daß mir nicht mehr viel Zeit bleibt, mein Alter. Ich habe es in allem so eilig. Ich kenne mich selbst nicht mehr. Du lachst?
SAM: Weil du »mein Alter« zu mir sagst. –
REGINALD: Ja, wirklich –
SAM: Könnte ich jetzt die Zigarre haben?
REGINALD: Was? Ach ja, natürlich.
SAM: Ich darf eigentlich nicht, aber einmal –
REGINALD: Ich darf auch nicht. Herz.
SAM: Ja. Also vererbt.
REGINALD: Ja ...
(Sie zünden Zigarren an)

SAM: Trotzdem – das Risiko lohnt sich. Es geht nichts über eine gute Zigarre, wenn man denken will …

REGINALD: … oder nicht denken will, je nachdem …

SAM: Ja! *(Er lacht)*

REGINALD: Was hast du aus deinem Leben gemacht, Sam?

SAM: Nicht viel. Ich habe geschrieben.

REGINALD: Oh. Bist du dabei geblieben, nur weil ich dagegen war?

SAM: Nein. Nein. Ich glaubte wirklich, ich hätte Talent.

REGINALD *(ungläubig)*: Wirklich. Gedichte …

SAM: Mit Gedichten fing ich an. Dann habe ich unverständliche Romane geschrieben.

REGINALD *(befriedigt)*: Hm. Brachten gewiß nichts ein. Du hast dein ganzes Vermögen verbraucht –

SAM: Nicht das ganze, nein. Später machte ich mich an leichte Stoffe, schrieb Kriminalromane, möglichst schaurig wohlweislich.

REGINALD: Ah, das ist mehr nach meinem Geschmack. Es gibt nichts Schöneres für mich als einen richtigen Schauerroman.
(Er räuspert sich bedeutungsvoll)

SAM: Schließlich fand ich eine Form, in der sich Elemente des Publikumsgeschmacks mit einer – wie soll ich sagen – gewissen künstlerischen Qualität verbinden. Jedenfalls verdiene ich sehr viel Geld.

REGINALD: Seltsam. Gratuliere. Und – was ist aus der Gießerei geworden?

SAM: Oh, die hätte sowieso keine Zukunft gehabt. Sie wurde verstaatlicht.

REGINALD: Eine Schande! Verstaatlicht? Sind wir noch eine Monarchie?

SAM: O ja –! Die Zigarre ist ausgezeichnet.

REGINALD: Nicht wahr.

SAM: So etwas gibt es heutzutage auch nicht mehr.

REGINALD: Wenn man die Gießerei verstaatlicht hat, dann wundert es mich weiter nicht. Ist ganz gut, daß ich starb. Es wäre für ich alles zu verwirrend gewesen.

SAM: Ja.

REGINALD: Du hast Stella geheiratet, nicht?

SAM: Hm.

REGINALD: Geschieden?

SAM: Nein.

REGINALD: Tatsächlich ?! *(Überrascht)*

SAM: Warum sollte ich geschieden sein?
REGINALD: Nun, Schriftsteller sind doch meistens ein bißchen angeknackst, nicht wahr? Etwas Bohème. Nicht so wie Industrielle. Ich meine, für dich gab es doch keinen Grund, den äußeren Schein zu wahren. Ich war immer so verdammt vorsichtig – und der Jammer ist, es war ganz umsonst, ich bin nie in den Adelsstand erhoben worden, oder?
SAM: Nein.
REGINALD: Na, ist ja auch ganz unwichtig. Nur eine Kinderei, weiter nichts.
SAM: Soll das heißen, du hättest dich scheiden lassen, wenn du gekonnt hättest?
REGINALD: Ich weiß nicht, ob ich es tatsächlich getan hätte. Aber es ist beruhigend, zu wissen, daß dieses Wort im Wörterbuch steht.
SAM: Du mochtest Stella nicht?
REGINALD: Ich sag' dir ganz offen: ich mochte sie nicht. Solange sie jung sind, erröten sie so hübsch und erwecken ganz den Anschein von Zimperlichkeit –, aber sie sind in einer harten Schule erzogen und warten nur ihre Zeit ab.
Plötzlich schlagen sie zu. Wenn sie keine Kinder haben, dann werden sie giftig und unangenehm – wir dürfen ihnen das nicht einmal zum Vorwurf machen, wir sind keine Frauen und werden das nie verstehen.
Aber wenn sie Kinder haben, dann ergreifen sie gierig von allem Besitz – und das Familienleben wird zu einem aussichtslosen und herzzerbrechenden Kampf.
SAM: Wieso weißt du das alles?
REGINALD: Erinnerst du dich an deine Tante Alice, meine Schwester? Eine Xanthippe, wie sie im Buch steht. Sie heiratete einen Admiral, der später Selbstmord beging, anstatt auf Urlaub nach Hause zu kommen. Ihr Sohn entwirft Lampenschirme – versteh mich recht –, und sie beherrscht ihn mit eiserner Faust. Ich will ganz offen sein. als du deine Stella hier hereinbrachtest, warf es mich fast um. Ich sagte mir »Du lieber Himmel, das ist ja Alice.«
SAM: Sah sie ihr ähnlich?
REGINALD: Ihr genaues Ebenbild.
SAM: Glaubst du wirklich, es ist alles die Schule der Frauen?
REGINALD: Du lieber Himmel, nein. Aber sie sind so fest davon überzeugt, daß es allein unsere Schule ist – wenn sie unter sich sind

und heimlich Zigarren rauchen – oder was sie sonst treiben. Ich finde es ganz natürlich, daß auch wir tratschen, solange wir unter uns sind.

SAM: Eine Frage – warst du ihr treu?

REGINALD: Nein.

SAM: Und sie dir?

REGINALD: Da bin ich ziemlich sicher. Aber andererseits – hatte sie ihr Lächeln. Ich kannte sie gar nicht anders als lächelnd. Als hätte sie im Auftrag ihres Schöpfers eine geheime Botschaft in diese feindselige Welt zu bringen. Das machte mich völlig verrückt.

SAM *(kichert)*: Ja, genau! Mama, wie sie liebt und lebt.

REGINALD: Deine Stella dagegen hatte ihre stille Wut – sie sind nie ohne einen gewissen Ausgleich. *(Er lacht)*

SAM *(lacht mit)*: Ich sollte nicht lachen. – Ekeln dich die Männer nicht an?

REGINALD: Doch – meistens, aber die Frauen noch mehr.

SAM: Alle?

REGINALD: Nein. Es gibt eine, an die ich immer wieder denken muß, bis auf den heutigen Tag.

SAM: Oh?

REGINALD: Eine Frau, mit der ich nie ein Verhältnis hatte ... die ich nur ein einziges Mal in meinem Leben sah – und das bei einer Einladung, unter vielen fremden Menschen. Ich habe nicht einmal ihren Namen richtig verstanden. Ich habe keine Ahnung, ob sie verheiratet war oder ledig. Wir haben auch nicht viel miteinander gesprochen – wir standen nur da und starrten einander an. Es war unwahrscheinlich. Oh, ich hätte alles über sie erfahren können, aber aus irgendeinem Grunde wollte ich nichts tun, was diesen Augenblick hätte zerstören können – vielleicht war es der einzige wahre Augenblick meines Lebens, wo Worte überflüssig waren – es gab nur ein seltsames Verstehen, einen Hauch von Melancholie und Resignation – eine erschreckende und zugleich beglückende Einsicht ...

SAM: Du hast nie ihren Namen erfahren?

REGINALD: Jemand rief sie weg – und ich fing ihren Vornamen auf ... Miriam.

SAM *(leise)*: Miriam – wie seltsam –

REGINALD: Warum?

SAM *(mit einem gewissen Gefühl der Schuld und des Unbehagens)*:

Na – das ist ja nicht gerade ein alltäglicher Name.
REGINALD: Nein – das nicht ...
(Pause)
SAM: Für mich bist du plötzlich nicht mehr der gleiche Mensch, auf den ich eben noch so wütend war. – Du erscheinst mir nicht einmal mehr als der Vater, an den ich mich erinnere –
REGINALD: Ist der Vater unserer Erinnerung jemals so, wie er wirklich war?
SAM: Nein. Und jetzt kommt es mir auch so vor – ich will gar nicht behaupten, daß ich recht habe, schließlich bist du, wer du bist – aber es kommt mir so vor, als ob wir sehr gut miteinander hätten auskommen können – wenn wir Zeitgenossen gewesen wären.
REGINALD: Weiß Gott, da hast du recht!
(Die Tür geht auf, und Sechzig kommt hereingetorkelt, offensichtlich unter heftigen Schmerzen. Reginald steht auf)
Wer ist das?
SAM *(uninteressiert)*: Das? Das bin ich.
REGINALD: Du? Vor wie langer Zeit?
SAM: Ah, vor zwanzig Jahren ...
REGINALD *(lachend)*: Dir scheint es aber verdammt schlecht zu gehen.
(Sechzig läßt sich aufs Bett fallen)
SAM *(traurig)*: Ja. Ich sagte dir doch – es ist vererbt –
Reginald kichert vor sich hin, während der

VORHANG FÄLLT

DRITTER AKT

Das gleiche Zimmer. Sam sitzt im Rollstuhl an seinem Schreibtisch. Er hat seine Brille auf der Nase. Er schreibt. Sechzig liegt auf dem Bett. Er stöhnt. Sam fühlt sich irritiert. Sechzig stöhnt abermals.

SAM: Ich kann mich wirklich nicht auf meine Arbeit konzentrieren, wenn du dauernd diese scheußlichen Töne von dir gibst.

SECHZIG *(sich mühevoll aufrichtend)*: Hast du kein Mitleid?

SAM: Du verlangst von mir, daß ich mich selbst bemitleide? Nein, darüber bin ich lange hinaus. Das ist Zeitverschwendung.

SECHZIG: Aber ich habe Schmerzen.

SAM: Ohne Zweifel – aber du wirst sie überstehen – das weiß ich zufällig.

SECHZIG: Wie kannst du nur so brutal sein! Weißt du, was der Arzt zu mir gesagt hat?

SAM: Selbstverständlich weiß ich das. Ich war ja dabei.

SECHZIG: Keine Frauen, keinen Alkohol – und keinen Tabak. Was machst du mit der Zigarre?

SAM: Was ich damit mache – ich genieße sie.

SECHZIG: Weißt du nicht, daß Zigarren verboten sind?

SAM: Doch, doch. Aber ich habe mich an meine Krankheit gewöhnt im Laufe der Jahre. Übrigens – Papa hat sie mir gegeben.

SECHZIG: Wer?

SAM: Ach, laß nur!

SECHZIG: Vater?

SAM: Ja. Papa. Unser Vater.

SECHZIG: Dieses Dreckschwein.

SAM: Ja, vielleicht war er eins. Aber nach einem etwas beklemmenden Auftakt sind wir glänzend miteinander ausgekommen.

SECHZIG: Wann warst – eh! *(Hat einen stechenden Schmerz)* – Ahh! Wann warst du denn mit ihm zusammen?

SAM *(schreibt)*: Bitte, sei jetzt still –

(Er bewegt die Lippen, wenn er schreibt. Als Sechzig wieder zu sprechen beginnt, schüttelt er den Kopf, um konzentriert zu bleiben)

SECHZIG: Was schreibst du? *(Das Atmen fällt ihm schwer)* Was schreibst du?

SAM *(gibt es auf)*: Du hast dich immer bei Stella darüber beschwert,

daß sie dir keine Ruhe läßt. Du bist noch viel schlimmer als sie. Was willst du denn wissen?
SECHZIG: Ich habe dich gefragt, was du schreibst.
SAM: Unsere Memoiren.
SECHZIG: Mal langsam! Ich glaube, es wäre ganz gut, wenn du es mit der Wahrheit nicht so genau nimmst...
SAM: Was willst du damit sagen?
SECHZIG: Na, schau doch mich an?
SAM: Sam, wenn man so auf das Ende zugeht, dann versucht man, Rechenschaft abzulegen – nicht vor Gott –, vor sich selbst. Vielleicht ist das das gleiche. Du spannst jeden Nerv an, um herauszufinden, wer du bist, was du bist – welche Begabung du hattest, welche du entwickelt hast, welche vernachlässigt und welche du vergeudet hast.
(Er mustert das, was er geschrieben hat, sehr amüsiert)
Du hast mich gefragt, was ich schreibe. Das meiste hatte ich schon geschrieben. Jetzt streiche ich hauptsächlich. Ich habe so viele Fehler gemacht. Ich schrieb, als wäre ich ein Mann – ich bin tausend.
SECHZIG: Was soll das heißen?
SAM: Ich bin du – ich bin der ungepflegte, erfolglose Kerl mit der noch kinderlosen Frau, ich bin der junge Mann, der vom Erfolg seiner obskuren Gedichte träumt, ich bin all die anderen, die dazwischenliegen – ich treibe meinem Schicksal entgegen, wie ein Fluß dem Meer zutreibt und die Richtung ändert, wo sich ihm ein Hindernis entgegenstellt. Ich ändere meinen Charakter, verkaufe nach und nach meine Seele, nur um des lieben Friedens willen – und jede dieser Veränderungen hat etwas Beschämendes, ich bin aufrichtig genug, mir das zu gestehen. Ich schaue mich im Spiegel an, und ich weiß nicht recht, was ich da eigentlich sehe – das Bildnis eines Achtzigjährigen mit einer Unzahl anderer daruntergemalt.
SECHZIG: Ich hätte mir nie träumen lassen, daß das Schreiben eines Tages so schwierig werden könnte.
SAM: Oh, Sam, das Schreiben ist gar nicht so schwierig –, sondern das Denken – und die Gedanken abzuschirmen, gegen Eleganz, Witz, Stil – wie ich das hasse.
SECHZIG: Was hast du gegen Stil?
SAM: Stil ist eine Art der Lüge. Stil ist ornamentaler Putz, der die Architektur verdeckt.

(Er wirft einen Blick auf sein Manuskript)
Auch so eine großartige Formulierung hier.
SECHZIG: Lies sie mir vor.
SAM *(streicht wütend)*: Zu spät. Ich habe sie gestrichen.
SECHZIG: Warum?
SAM: Das war ich – in meiner schlechtesten Form.
SECHZIG: War sie nicht typisch für uns? Ich dachte, du wolltest ehrlich sein in deinen Bekenntnissen?
SAM *(seufzt)*: Du hast recht. Verdammt noch mal. Du hast etwas von meiner Intelligenz.
SECHZIG: Was schreibst du jetzt?
SAM: Es bleibt stehen.
(Pause)
Ich habe einen Punkt in meinem Leben erreicht, Sam, wo ich der ehrlichste Mensch sein könnte – wenn ich nur genau wüßte, was Ehrlichkeit ist.
(Die Tür geht auf und Vierzig kommt herein)
VIERZIG: Sie ist schwanger.
SAM: Das habe ich dir doch gesagt!
VIERZIG: Ich weiß nicht, ob ich lachen oder weinen soll oder – sie ist plötzlich wieder wie früher – sie hat nie so strahlend ausgesehen – ist es nicht komisch –
(Plötzlich entdeckt er Sechzig)
Oh, steh auf – du ekelst mich an.
SAM: Er ist krank.
VIERZIG: Wundert dich das? *(Plötzlich wieder mild gestimmt. Seine Stimmung kommt einer Hysterie nahe)* Ein Kind – Ob es wohl ein Junge oder ein Mädchen wird ...
SAM *(versöhnend)*: Tommy hört sich nicht wie ein Mädchen an, nicht wahr?
VIERZIG: Ha! Ein Stammhalter, die Erbfolge ist gesichert.
SAM: Ja, wenigstens etwas!
VIERZIG: Wir werden eine Flasche Champagner aufmachen. *(Er erinnert sich plötzlich)* Oh ...
SAM: Oh ...
(Vierzig geht rasch zum Schreibtisch, öffnet die Schublade. Man hört Stellas Stimme rufen)
STELLA 40: Sam!
VIERZIG *(er hat das Bild von Miriam in der Hand)*: Komme!

SAM: Hättest du das nicht ein bißchen netter sagen können, 'n bißchen persönlicher?
VIERZIG: Hm? *(Ruft)* Ich komme, mein Schatz.
(Er wirft einen Blick des Bedauerns auf das Bild von Miriam)
SAM *(erinnert sich plötzlich. Zu Sechzig)*: Verschwinde unter die Bettdecke.
SECHZIG: Warum?
SAM: Sie kommt doch herein, erinnerst du dich nicht?
SECHZIG: O Gott, tatsächlich –
(Sam rollt rasch mit seinem Rollstuhl zurück in die Dunkelheit. Mit fieberhafter Hast zerrt Vierzig das Bild aus dem Rahmen, wirft den Rahmen in die Schublade, schließt ab, wirft einen Blick auf das Bild von Miriam und küßt es behutsam, zerreißt es dann brutal. Er hat gerade noch Zeit, die Schnitzel in die Tasche zu stecken – dann kommt Stella 40. Sie hat einen Morgenrock an und sieht jünger aus, als wir sie in Erinnerung haben)
STELLA 40 *(amüsiert)*: Was machst du denn hier?
VIERZIG: Nichts, mein Liebling.
STELLA 40: Hast du den Champagner?
VIERZIG: Nein, noch nicht.
STELLA 40: Ich denke, du bist deswegen heruntergegangen ...
VIERZIG: Ja, aber du kennst mich doch – ich wurde abgelenkt.
STELLA 40*(mit leichtem Vorwurf)*: Schau, Liebster, ich bin noch nie in anderen Umständen gewesen – dein Buch kann doch sicher warten ...
VIERZIG: Aber ja. Es war auch nicht das Buch – ich dachte, ich hätte hier etwas vergessen.
STELLA 40: Und was?
VIERZIG *(etwas irritiert)*: Nimm mich bitte nicht ins Verhör, Stella.
STELLA 40: Willst du lieber keinen Champagner ...?
VIERZIG: Natürlich – doch. Entschuldige – ich laufe schon und hol' ihn.
STELLA 40: Du kannst auch langsam gehen. Als werdender Vater mußt du vorsichtig sein.
VIERZIG *(mit verlegenem Lachen)*: Ja. *(Er zögert)* Wollen wir ihn nicht doch lieber oben trinken?
(Zu seinem Entsetzen entdeckt er auf dem Fußboden zwei oder drei Schnitzel der zerrissenen Fotografie)
STELLA 40: Nein. Ich betrachte es als einen Akt der ausgleichenden

Gerechtigkeit, ihn hier zu trinken. Ich habe dieses Zimmer immer gehaßt. Es hat mir soviel Kummer bereitet – ich wünschte, der Geist deines Vaters wäre um uns – während wir auf unser Baby trinken.

VIERZIG: Stella, dies sollte ein glücklicher Augenblick sein – mir ist der Gedanke unbehaglich ...

STELLA 40 *(scherzhaft hartnäckig und beschwichtigend)*: Hol den Champagner, ich habe Durst.

VIERZIG: Bist du auch sicher, daß es dir nicht schadet?

STELLA 40: Was?

VIERZIG: Champagner?

STELLA 40: Bis zum vierten Monat darf ich alles trinken – mit Maßen. Dann muß ich noch einmal zu Dr. Brachett.

VIERZIG: Komm mit mir.

STELLA 40: Warum? Fürchtest du dich im Dunkeln?

VIERZIG: Ich weiß nicht, wo der Champagner ist.

STELLA 40: In der Speisekammer.

(Er sieht ein, daß weiteres Zögern sinnlos ist, und geht. Stella blickt sich im Zimmer um, geht dann zum Schreibtisch, probiert an den Schubladen, die alle leicht aufgehen, bis auf eine. Sie zieht fest am Griff, vergeblich, ist erstaunt, blickt sich weiter im Zimmer um, entdeckt auf dem Fußboden Schnitzel der Fotografie, versucht, sie zusammenzusetzen, aber es gelingt ihr nicht. Ihr Gesichtsausdruck bleibt unverändert – sie verteilt die Schnitzel dann wieder so, wie sie sie fand. Kurz darauf kommt Vierzig mit einer halben Flasche Champagner und Biergläsern)

VIERZIG: Alles, was ich an Gläsern finden konnte, waren diese Humpen.

STELLA 40: Was würde geschehen, wenn ich stürbe – du wüßtest weder aus noch ein.

VIERZIG: Wenn du mir nur sagen würdest, wo sie sind –

STELLA 40: Das spielt keine Rolle – es ist bezeichnend für die Bohème-Atmosphäre, die du so gern kultivierst.

VIERZIG *(kämpft mit der Flasche)*: Sprich bitte nicht vom Sterben, Stella.

STELLA 40: Warum nicht – das würde viele Probleme lösen – deine – meine – die unseres Kindes ...

VIERZIG *(unterbricht seine Arbeit mit der Flasche)*: Müssen wir unbedingt wieder die alten Spannungen heraufbeschwören? Als ich hier hereinkam, sagte ich – es hat sich alles verändert – es ist wieder ganz wie früher.

STELLA 40: Oh? Zu wem hast du das gesagt?

VIERZIG: Was? Das hab' ich – eh – so zu mir selbst gesagt...

STELLA 40: Und wie hast du auf diese Feststellung reagiert?

VIERZIG: Worauf willst du hinaus?

STELLA 40: Bin ich so unverständlich wie deine Bücher? Tut mir leid. Ich gebe mir wirklich Mühe, eine Sprache zu finden, die du verstehst.

VIERZIG: Stella, möchtest du, daß ich diese Flasche aufmache – oder nicht?

STELLA 40: Und ob!

VIERZIG: Können wir dann nicht nett zueinander sein?

STELLA 40: Ja, auf jeden Fall. Wir wollen versöhnlich sein.

VIERZIG: Nicht versöhnlich – nett.

STELLA 40: Ich lechze nach dem Champagner. Mir tut der Magen ein bißchen weh – sicher von all den Äpfeln.

(Jetzt hat er die Flasche auf, gießt Champagner in die Bierhumpen)

Was meist du, was es wird?

VIERZIG: Ein Junge.

STELLA 40: Und wenn es ein Mädchen wird?

VIERZIG: Dann eben ein Mädchen – Hauptsache, es wird überhaupt etwas. Also, auf uns drei!

STELLA 40: Vielleicht auf vier – Zwillinge sind in meiner Familie gang und gäbe.

VIERZIG: je mehr, desto schöner.

(Sie trinken)

STELLA 40: Köstlich. Willst du mich nicht bitten, Platz zu nehmen?

VIERZIG: Ich mag dieses Zimmer nicht. Wir wollen nach oben gehen.

STELLA 40: Warum? *(Sie setzt sich)* Ich finde dieses Zimmer sehr eindrucksvoll. Natürlich paßt es besser zu einem Industriellen als zu einem modernen Schriftsteller.

VIERZIG: Ich hoffe, wir können bald in ein kleineres Haus ziehen, wo es gemütlicher ist.

STELLA 40: Was fällt dir ein, Sam. Danke Gott, daß wir in diesem Haus wohnen dürfen. Die Miete für eine vernünftige Wohnung könnten wir gar nicht aufbringen – von dem, was du verdienst.

VIERZIG: Ist das ein Vorwurf?
STELLA 40: Sei doch nicht gleich so empfindlich. Ich bin in anderen Umständen, nicht du.
VIERZIG: Ich bin wohl kein sehr guter Hausvater.
STELLA 40: Du bist ein großes Genie. Für die Nachwelt zählt nur das.
VIERZIG: Wenn du schon deinen Spott mit mir treibst, dann tue es wenigstens mit einem Lächeln.
STELLA 40: Ich treibe nicht meinen Spott mit dir.
VIERZIG: Oh – das hatte ich eigentlich gehofft.
(Pause)
STELLA 40: Ja, und jetzt die Schulfrage.
VIERZIG: Was für 'ne Frage?
STELLA 40: Wir müssen praktisch vorgehen. Falls es ein Junge ist, habe ich schon an den Rektor deiner alten Schule geschrieben und ein Aufnahmegesuch für ihn eingereicht.
VIERZIG: »Für ihn« bezieht sich auf unseren ungeborenen Sohn?
STELLA 40: Auf wen sonst?
VIERZIG: Aber du hältst es doch selber für möglich, daß es ein Mädchen wird ...
STELLA 40: Dann spielt ihre Schulbildung doch keine Rolle ...
VIERZIG: Warum nicht?
STELLA 40: Ein Mädchen braucht doch nur einen Haushalt zu führen und zu wissen, wo die Champagnergläser stehen.
VIERZIG: Stella!
STELLA 40 *(Mit einer beschwichtigenden Handbewegung)*: Vorsicht, auch ich bin zerbrechlich!
VIERZIG: So – ich habe ausgetrunken.
STELLA 40: Nimm noch einen Schluck.
VIERZIG: Nein.
STELLA 40: Aber ich.
VIERZIG *(nimmt davon keine Kenntnis)*: Als du sicher warst, du bekommst ein Kind, war tatsächlich deine erste Reaktion, dich hinzusetzen und einen Brief zu schreiben – an den verknöcherten Direktor dieser vorsintflutlichen Schule? In der meine ganze Willenskraft gebrochen wurde?
STELLA 40: O nein! Meine erste Regung war, meine Freude mit dem Vater des Kindes zu teilen. Aber er war nirgendwo aufzufinden. Er hatte mich verlassen, weißt du es nicht mehr? Für immer.

VIERZIG *(reumütig)*: Das bedaure ich. Obwohl du wußtest, daß ich zurückkommen würde, nicht? Ich meine, ich habe dich nie für längere Zeit verlassen?

STELLA 40: Manchmal verläßt du das Zimmer. Es war das erste Mal, daß du das Haus verlassen hast.

VIERZIG: Und das letzte Mal, das verspreche ich dir, Stella.

STELLA 40: Gut, daß ich das weiß.

VIERZIG *(neben ihr, auf den Knien)*: Wir wollen uns wieder liebhaben, Stella. Es muß möglich sein – wir waren einmal so voller Erwartung – unsere Hoffnungen waren die gleichen – und es ist so entsetzlich wichtig, gemeinsam zu hoffen, besonders jetzt, da wir ein neues kleines Wesen haben, auf das wir unsere Hoffnungen setzen können.

STELLA 40: Du bist so herrlich sentimental, Sam – wenn du nur auch so schreiben könntest, wie du sprichst. Du wüßtest nicht, wohin mit dem Geld.

VIERZIG: Du bringst mich nicht aus dem Konzept – ich meine es ehrlich. Denn schließlich, Stella, wieviel Freude wir auch an dem Kind haben – so ist das doch nicht der einzige Grund, weshalb es auf die Welt kommt. Es ist nicht nur für uns da, es hat sein eigenes Leben vor sich – und um einen guten Start zu haben, braucht es ein ruhiges, harmonisches Elternhaus. Dafür haben wir zu sorgen.

STELLA 40: Du redest, als ob er schon zehn Jahre alt wäre und als hätte ich wieder wie gewöhnlich meinen herrschsüchtigen Tag und wäre – wie sagst du doch immer – die Berechnung in Person.

VIERZIG: Du hast ein zu gutes Gedächtnis, mein Schatz. Wir finden nie einen neuen Anfang, wenn du dich immer wieder an alles erinnerst.

STELLA 40: Sorge du dafür, daß ich vergessen kann –

VIERZIG: Das wird ein langwieriger – und schmerzlicher Prozeß, für uns beide.

STELLA 40: Wenn du mich kritisierst, bist du immer darauf bedacht, auch dich herabzusetzen.

VIERZIG: Der Fehler liegt nie allein auf einer Seite.

STELLA 40: Manchmal doch.

VIERZIG: Nur in Ausnahmefällen. *(Pause)* Helfe ich dir damit, wenn ich dir sage, daß ich meine Schwächen kenne? Ich bin unpraktisch, schusselig, oft reichlich kindisch. – Das Zusammenleben mit mir ist sehr schwierig. Ich bin jähzornig – aber das mag daran liegen, daß meine Karriere irgendwie falsch gelaufen ist, ich bin mit mir selbst nicht zufrieden, und deshalb neige ich dazu, mich mißverstanden zu fühlen, aus einer gewissen Feigheit heraus. Ich bin entsetzlich anspruchsvoll – und ich hasse mich oft selbst genauso, wie du mich haßt.

STELLA 40: Ist das alles?

VIERZIG: Wieso?

STELLA 40: Du erwähnst nicht deine prüfenden Blicke und das gewinnende Lächeln, das du aufsetzt, sowie Frauen in der Nähe sind.

VIERZIG: Übertreibe es bitte nicht, Stella. Ich war sehr großzügig in meiner Beichte – du weißt ganz gut –, das hat wirklich nichts zu sagen. Wenn ich einen gewissen natürlichen Charme habe, kann ich doch nichts dafür. Schließlich – wieso bist du auf mich geflogen?

STELLA 40: Ich war schrecklich jung. Dein Vater hatte recht.

VIERZIG *(seine Züge verhärten sich für einen Augenblick)*: Ja – er hatte recht.

STELLA 40: Er ist der Sieger hier, in allem – deshalb wollte ich auch auf ihn trinken – er hat über unsere Ehe triumphiert – mit fliegenden Fahnen!

VIERZIG: Willst du dich nicht zur Wehr setzen? Hast du keinen Kampfgeist mehr? Willst du aufgeben?

STELLA 40: Ich brauche meine ganze Kraft für die kommenden Monate. Nachher werden wir sehen ...

VIERZIG: Laß uns hinaufgehen, Stella. Dieses Zimmer hat einen schlechten Einfluß auf uns.

(Sie steht auf)

Du weinst ja?

STELLA 40: Nur ein bißchen.

VIERZIG: Dann besteht ja noch Hoffnung!

(Er will sie küssen, sie weist ihn ab)

STELLA 40: Und was ist mit der Flasche – und den Gläsern?

VIERZIG: Pfeif auf die Flasche! Das Mädchen kann morgen früh aufräumen, Liebling! Liebste Stella –

(Dieses Mal küßt er sie – und sie reagiert darauf; aus einer pflichtschuldigen Geste wird ein Kuß unter Liebenden)

STELLA 40: Also gut – gehen wir nach oben. Die Flasche spielt keine Rolle. Aber ich würde das Foto nicht über den ganzen Boden verstreut liegen lassen, damit jeder es sieht.

(Noch ehe Vierzig eine passende Antwort findet, ist Stella aus dem Zimmer – er hebt die Schnitzel auf, fügt sie aneinander)
VIERZIG *(zu sich selbst)*: Man kann gar nichts daraus erkennen.
SAM *(kommt aus dem Dunkel gerollt)*: Auf das Foto kommt es nicht an –, daß du es zerrissen hast, besagt alles.
VIERZIG: Ah, du bist immer noch hier! Hast du alles verfolgt?
SAM *(mit einem Seufzer)*: Ja, ich entsinne mich ...
VIERZIG: Was soll ich machen?
SAM: Dir ein anderes Versteck suchen. Der Griff an dieser Schublade muß von Fingerabdrücken wimmeln – und die meisten stammen sicher nicht von dir.
VIERZIG: Du meinst, sie spioniert mir nach?
SAM: Überrascht dich das? Du weißt es doch, oder? Sonst hättest du es ja nicht nötig, die Schublade abzuschließen. Außerdem macht es dir auch irgendwie Spaß – es ist eine ständige Geste der Herausforderung. Du sagst ihr damit auf eine wortlose und beinahe teuflische Art: »Es gibt etwas in mir, das du nie besitzen wirst!« Die Frau ergreift von allem Besitz – der Mann von sich selbst. Arme Stella.
VIERZIG: Du ergreifst doch nicht etwa ihre Partei?
SAM: Doch!
VIERZIG: Warum?
SAM: Weil sie nicht im Zimmer ist. Wenn sie hier wäre, würde ich dir beistehen.
VIERZIG: Hast du es je aufgegeben, Sachen in dieser Schublade zu verstecken?
SAM: Nein. Ich bin noch einen Schritt weitergegangen, aus reiner Teufelei. Die Schublade ist noch immer verschlossen – aber jetzt ist sie leer.
VIERZIG: Macht sie das rasend?
SAM: Ja. Wir sind Gewohnheitstiere. Man gewöhnt sich so leicht daran, unausstehlich zu sein. Und sie ist viel schwieriger geworden als zu deiner Zeit. Du darfst nicht vergessen, sie ist eine sehr alte Dame. Kraft der Erfahrung, die sie in den vielen Jahren gesammelt hat, ist ihre Unausstehlichkeit heute von vollendeter Technik, sie hat eine fast majestätische Größe. Nur ein solcher Nörgler wie ich vermag den Reiz voll zu würdigen. Unter Sachverständigen würde sie für ihre Bosheit preisgekrönt.
VIERZIG: Du hast gut lachen!

SAM: Was erwartest du sonst von mir? Soll ich weinen? Während du hier unten die Zeit verbummelst, sitzt sie oben in ihrem Zimmer und schmiedet die Waffen, die sie eines Tages gegen mich richten wird. Hast du bemerkt, daß sie dich nicht einmal mehr ruft wie sonst immer?

(Äfft sie nach)

Sam! Sam! Nein, jetzt fühlt sie sich sicher. Mit einem Kind unter dem Herzen weiß sie, daß du ihr Sklave bist. Und du darfst dich nicht einmal zur Wehr setzen – aus medizinischen Gründen. Jedesmal, wenn dir ein hartes Wort entschlüpft, bekommt sie Zustände oder fängt an zu heulen. Oh, was für eine Waffe besitzt sie jetzt. Und ihr A und O ist immer: »Oh, ihr Männer, ihr habt's gut – wenn ihr das durchzumachen hättet, würdet ihr uns so behandeln, wie wir es verdienen.«

VIERZIG *(blaß)*: Was soll ich machen?

SAM: Geh hinauf zu ihr. Sprich mit ihr – aber versuch nicht, zuzuhören. Das würde dich nur aus der Fassung bringen.

VIERZIG: Du bringst mich aus der Fassung.

SAM: Tut mir leid. Aber die rührende Szene, die du vorhin mit ihr hattest, hat mich so wütend gemacht. Ich weiß sehr gut, daß ich für ihr Verhalten weitgehend verantwortlich bin – aber zugleich bin ich auch derjenige, der am meisten unter ihr zu leiden hat. *(Düster)* Das Schlimme ist, daß jemand, der nur auf Rache sinnt, nie weiß, wann sie befriedigt ist, und so macht er eben weiter und weiter, endlos. Geh hinauf zu ihr. Das ist im Augenblick das kleinere Übel – los – geh schon! – Und suche dir ein anderes Versteck.

(Vierzig geht unsicher. Sam blickt Sechzig finster an, der sich mühsam aufrichtet)

Und unter dieser Ägide kam Tommy auf die Welt.

SECHZIG: Wie geht es ihm jetzt?

SAM: Hat sich kaum verändert – der geborene Junggeselle!

Trägt eine Schirmmütze und fährt einen offenen Wagen – besonders gern bei schlechtem Wetter. Ist sehr intim mit Stella. Unentwegter Briefwechsel – er schreibt mit grüner Tinte. Sie schließt die Briefe wahrscheinlich in ihren Frisiertisch ein. Aber ich kümmere mich nicht darum. Ich bin nicht neugierig. Das ist meine Rache. Teilweise.

SECHZIG: Und was tut er?

SAM: Er arbeitet im Südaustralischen Konsulat. Lehnt Einwanderungsanträge ab. Eine ziemlich negative Beschäftigung – aber er kompensiert dadurch wohl die Abneigung gegen seinen Vater und dessen wildes Künstlerleben.

SECHZIG: Wenn er Gesuche ablehnt, wird er doch wohl auch welche genehmigen.

SAM: Nein. Dafür ist ein anderer Mann zuständig. Er lehnt nur ab. Südaustralien ist ein riesiges Land, weißt du. Manchmal liegt ein »Grenzfall« vor, wie er das nennt, dadurch ergibt sich für ihn auch mal eine Abwechslung.

SECHZIG: Hat er eine eigene Wohnung?

SAM: Ich glaube, ja. Er würde hier wohnen, wenn ich nicht wäre.

(Sechzig steht mühsam auf, nimmt eine von Sams Krücken)

Was machst du mit meinem Stock?

SECHZIG: Deinen Stock wirst du mir doch noch gönnen, was?

SAM: Gewiß, aber du könntest fragen.

SECHZIG: Du bist reichlich senil.

SAM: Wo willst du hin?

SECHZIG: In den Garten. Ich werde so viel erklären müssen. Das muß ich mir erst mal alles durch den Kopf gehen lassen. Nebenbei, interessehalber, wieviel Geld wirst du hinterlassen, wenn du einmal stirbst?

SAM: Hm? – So um die fünfzigtausend Pfund.

SECHZIG: Nicht schlecht.

SAM: Wenn du nicht auf Clarice reingefallen wärst, wären es 57 000. *(Er kichert)* Wenn man bedenkt, was für kostspielige Neigungen du hattest, ist es erstaunlich, wie billig du dabei weggekommen bist.

(Sechzig geht hinaus. Sam ruft ihm nach)

Mach mir den Stock nicht schmutzig –!

(Er beginnt wieder zu schreiben, kampflustig und zielstrebig. Dann hört man eine Balgerei und Lärm im Flur draußen.

Die Tür fliegt auf, und ein Mann Ende Dreißig kommt hereingestürmt. Er hat einen rötlichen Schnurrbart und trägt eine Schirmmütze. Es ist Tommy)

TOMMY: Papa – ich sah Licht unter deiner Tür –

SAM: Das mag sein, aber es gehört sich, anzuklopfen, Tommy. Was machst du hier, mitten in der Nacht?

TOMMY: Es ist erst knapp halb drei.

SAM: Warum grinst du so albern? Bist du in Schwierigkeiten?

TOMMY: Nein.
SAM: Ich habe deinen Wagen nicht einmal herandonnern gehört – hast du ihn vor einen Baum gesetzt? Hast du jemanden totgefahren?
TOMMY: Nein. Du darfst noch einmal raten.
SAM: Haben sie dir etwa angeboten, Premierminister in Südaustralien zu werden?
TOMMY: Nein. Ich möchte heiraten.
SAM: Du? Das glaube ich dir nicht.
TOMMY: Irgendwelche Einwände?
SAM: Nicht die geringsten. Wer ist sie? Eine Negerin?
TOMMY *(entsetzt)*: Um Himmels willen, nein!
SAM: Schade. Wir könnten etwas frisches Blut in der Familie brauchen. Also dann – keine Schwarze – auch keine Gelbe? Nichts von der Art?
TOMMY *(beleidigt)*: Papa, ich weiß wirklich nicht, wie ich das auffassen soll!
SAM: Mir nicht übelnehmen, Tommy. – Das ist so meine Art zu sagen, daß es mich freut und daß es mir ganz egal ist, wer sie ist.
TOMMY: Mir ist das nicht egal.
SAM: Kann ich mir denken – das ist dein gutes Recht.
TOMMY: Möchtest du sie kennenlernen?
SAM: Natürlich gern – wenn du nichts dagegen hast.
TOMMY: Ich habe ihr gesagt, sie soll sich vor dir in acht nehmen.
SAM: Warum denn das?
TOMMY: Sie hat immerhin deine Bücher gelesen – und weiß ungefähr, was ihr bevorsteht.
SAM: Hm. Ich weiß nicht recht, worauf du hinaus willst. Aber vielleicht kommst du mir nur deshalb so aggressiv vor, weil wir uns so selten sehen. – Aber vor mir braucht keiner Angst zu haben – das weißt du.
TOMMY: Ich habe auch keine Angst, Papa. Ich weiß nur nicht – ich kam mit einer Neuigkeit hier herein und dachte, sie würde dich auch irgendwie aufregen. Und plötzlich ist alles ganz sauer.
SAM: Das ist sehr schön ausgedrückt. Tut mir leid, daß ich dir keine Zigarre anbieten kann. Es ist meine – meine letzte.
TOMMY: Ich dachte, rauchen sei dir verboten.
SAM: Setz dich. Ich möchte mich gern ein bißchen mit dir unterhalten.
TOMMY: Ich kann jetzt nicht, sie wartet ...

SAM: Deine Braut? Wo?
TOMMY: Draußen.
SAM: Hol sie herein.
TOMMY: Hast du auch wirklich nichts dagegen?
SAM: Warum sollte ich?!
TOMMY *(ruft)*: Alice!
SAM *(leise)*: Alice?
(Ein Mädchen, das Stella im Alter von zwanzig sehr ähnlich sieht, kommt herein. Sie hat dunkles Haar, im Gegensatz zu Stella, die blondes hatte. Alice spricht mit der Sicherheit eines Mädchens aus gutem Hause – obschon sie Jeans und Dufflecoat trägt)
ALICE: Ist mir sehr unangenehm, Mr. Kinsale, daß wir so spät hier hereinschneien.
TOMMY: Papa – das ist Alice. Alice Montego.
SAM: Sehr erfreut. Entschuldigen Sie, wenn ich nicht aufstehe – aber ich bin ein ziemlich alter Knacker.
ALICE: Aber – ich bitte Sie! Wie ich schon sagte, ich wollte auf keinen Fall, daß Sie aus dem Schlaf aufgeschreckt werden. Ich wollte erst morgen kommen, aber Tommy bestand darauf...
SAM: Er hatte völlig recht. Nehmen Sie sich doch einen Stuhl. Hilf ihr, Tommy.
ALICE: Es geht schon, Tommy, danke.
TOMMY: Oh, Champagner, das laß ich mir gefallen! Hat mir der Arzt verschrieben –!
(Er trinkt von dem Rest im Glas, verzieht das Gesicht)
Uhhh! – Abgestanden und sauer!
SAM *(amüsiert)*: Kein Wunder. Der steht schon eine ganze Weile –
TOMMY: Jedenfalls kannst du dich nicht beklagen. Zigarren und Champagner.
SAM *(stillvergnügt)*: Ich beklage mich nicht.
ALICE: Ich muß Ihnen sagen – ich bewundere Ihre Bücher.
SAM: Oh –
(Er nickt geschmeichelt. Zu Tommy)
Hast du das gehört?
ALICE: Ich erinnere mich ganz besonders an die »Guten Gefährten«.
SAM: Wirklich? Ja – ich auch. Ein reizendes Buch, nicht?
ALICE: Ah, mehr als reizend. Ich finde es hintergründig.
SAM: Ja, vielleicht – vielleicht ist es das. Es ist allerdings nicht von

mir –, sondern von Mr. Priestley. Aber das ist Nebensache. Die Hauptsache ist, daß es geschrieben wurde, meinen Sie nicht?

ALICE: Von Priestley ist es? O je! Sie müssen mir verzeihen. Ich lese so schrecklich viel.

SAM: Ja, und ich schreibe verhältnismäßig wenig. Na, und damit genug von mir! Sprechen wir lieber von Ihnen.

TOMMY: Sie weiß besser über deine Bücher Bescheid als ich.

SAM: Bist du darauf stolz?

TOMMY: Worauf?

SAM: Auf deine Unkenntnis – was meine Bücher betrifft?

TOMMY: Nein, das nicht, aber ich bin literarisch nicht interessiert.

SAM: Nein, das ist dein gutes Recht. Dafür weiß ich so gut wie nichts über Einwanderer nach Südaustralien ...

TOMMY: Genau.

SAM: Nun, Miß Montego ...

ALICE: Alice – ein fürchterlicher Name, nicht? Aber meine anderen sind noch schlimmer! Aspasia, Ermyntrude, Lettice Delagrage Clavering –

SAM: Gratuliere!

ALICE: Wozu?

SAM: Zu Ihrem Gedächtnis!

ALICE: Ein richtiger Zungensalat, nicht?

SAM: Und womit beschäftigen Sie sich so? Gekleidet sind Sie – wie eine Künstlerin ...

ALICE: Ja, womit beschäftige ich mich eigentlich – eine Zeitlang habe ich ein bißchen modelliert.

TOMMY: Tolle Sachen.

SAM: Wahrhaftig ...

ALICE: Aber ich habe es aufgegeben. Es ist ganz interessant, aber eine ziemliche Dreckarbeit, diese Bildhauerei, nicht? Man verschmiert mit dem Ton die ganze Wohnung.

SAM: Sie könnten auch in Holz oder Marmor arbeiten.

ALICE: Ich bin so feige – ich habe Angst, ich schneide mir in die Finger.

SAM: Begreiflich. Na ja, ein Leben in ständiger Angst ist ja nicht das Richtige, was? Sie verspüren also keinen inneren Zwang – ich meine, Sie müssen nicht unbedingt modellieren?

ALICE: Ganz und gar nicht. Also was bleibt schon? Ich ging in eine Kochschule, so sechs – nein, fünf Monate lang. Das gehörte zum allgemeinen Haushaltsunterricht. Aber den Rest habe ich mir geschenkt.

SAM: Sieh da! Sie haben also ein sehr bewegtes Leben geführt, bis jetzt?

(Alice blickt Tommy fragend an)

TOMMY: Ach, mach dir nichts draus, Liebling. Der alte Herr ist ein Spötter.

SAM: Hab' ich etwas Unpassendes gesagt?

TOMMY: Alice ist eine großartige Reiterin. Sie hat ihre eigenen Pferde.

SAM: Alle Achtung!

TOMMY: Sie stand in engerer Wahl für die olympische Springkonkurrenz.

SAM: Tatsächlich? Ich hatte einmal ähnliche Chancen, in die Olympiamannschaft zu kommen. Wenn auch nur auf eigenen Füßen. Ich habe kein großes Vertrauen – weder zu Menschen, noch zu Tieren – und verlasse mich lieber auf mich selbst.

ALICE: Oh, nun – Pferde sind wie Menschen, wenn man sie erst einmal kennt.

SAM: Pferde kenne ich nicht. Aber umgekehrt kann ich Ihre Erfahrung bestätigen, besonders in den sogenannten besseren Kreisen.

TOMMY *(kalt)*: Der Vater von Alice ist Lord Montego.

SAM: Was habe ich da schon wieder angerichtet! Da bin ich aber ins Fettnäpfchen getreten! Vielleicht können meine bemerkenswerten Kenntnisse mir wieder heraushelfen! Montego – das klingt nach Jamaica.

ALICE *(entsetzt)*: Es ist spanisch – und hieß ursprünglich Montijo. Irgendeiner von Papas Vorfahren ist in Irland gestrandet, zu Zeiten der Armada. Es ist ein irischer Adelstitel. Aber wir sind inzwischen waschechte Engländer geworden.

SAM: Ja. Das merkt man.

(Stella kommt in einem blumenübersäten Hausmantel herein)

STELLA: Was ist hier los? Wird was gefeiert?

TOMMY: Hallo, Mami!

(Er gibt ihr einen zärtlichen Kuß)

SAM: Du kennst diese junge Dame, Stella?

STELLA: Natürlich. *(Zu Tommy)* Warum bist du nicht erst zu mir raufgekommen? Ah, das ist aber nicht nett.

TOMMY: Vater hatte noch Licht, und da dachte ich, es wäre Zeit, den alten Herrn einzuweihen.

SAM: In was einzuweihen?

STELLA: Die jungen Leute heiraten morgen. Es ist ein Jammer, daß deine Gesundheit es dir nicht erlaubt, in der Kirche zu sein.

SAM: Du hast davon gewußt? Wie lange geht das schon?

TOMMY: Wir sind seit etwa sechs Monaten verlobt.

SAM: Sechs Monate!

STELLA: Wir hätten es dir schon früher gesagt – aber wir wagten es nicht, was, Tommy?

TOMMY: Nein, und ich glaube, so wie er sich zuerst benommen hat, mit Recht nicht. Als ich ihn fragte, ob er etwas dagegen hätte, wenn ich heirate, sagte er »nicht im geringsten«, »wer ist sie – eine Negerin?«

STELLA *(mit einem Seufzer voller Abscheu)*: So gleichgültig ist ihm alles.

SAM: Damit wollte ich doch nur sagen ...

STELLA: Ja, ja, ich weiß. Du willst immer etwas ganz anderes sagen.

ALICE: Eine Negerin?

STELLA: Kommt, Kinder, wir gehen hinauf in mein Zimmer. Ich mache uns einen Tee.

ALICE: Möchtest du nicht lieber schlafen – es ist schon so spät.

STELLA *(mit strahlendem Lächeln)*: Aber wo – kommt schon!

SAM: Warum wollt ihr nicht hierbleiben?

STELLA: Du brauchst deine Ruhe. Dir geht es nicht gut. Hast du dein Aspirin genommen? Nein, natürlich nicht. Ich brauche erst gar nicht nachzuschauen.

(Die drei wenden sich zum Gehen)

SAM: Findest du nicht, ich hätte wenigstens gefragt werden sollen?

STELLA: Wegen was? Tommy ist neununddreißig. Er kann heiraten, wen er will. Es war eine reine Anwandlung von Familiensinn, daß er überhaupt zu dir kam – was erstaunlich ist, wenn man bedenkt – bei uns von Familie zu reden ist doch ein Witz, nicht?

SAM: Wäre es nicht für mich eine Frage der Höflichkeit, mich mit den Eltern von Alice bekannt zu machen?

STELLA: Ihr Vater ist Lord Montego.

SAM: Na und?

STELLA: Er macht sich nichts aus deinen Büchern. Und mag dich auch nicht kennenlernen.

SAM *(wütend)*: Hat er mich überhaupt gelesen?

STELLA: Das glaube ich nicht. Er ist in Trauer. Lady Montego ist letztes Jahr gestorben.
SAM: Mein aufrichtiges Beileid.
STELLA: Das ist dir doch völlig gleichgültig.
SAM: Bitte, bleibt hier. Trinkt euren Tee hier.
STELLA: Warum?
SAM: Ich bin einsam.
STELLA: Du bist krank.
SAM: Ich möchte euch bei mir haben.
STELLA: Du bist beim Arbeiten. Wir wollen dich nicht stören. Puhh! Dieser Zigarrengestank. Wenn du dich durchaus umbringen willst, das ist deine Sache.
SAM *(rollt in die Mitte des Zimmers)*: Stella! Tommy!
(Aber es hat keinen Zweck. Er ist allein. Die Gestalt seines Vaters taucht aus dem Dunkel auf – er tritt nicht durch die Tür)
REGINALD: Du brauchst Gesellschaft. Hier bin ich.
SAM: Oh. Hallo, Papa.
REGINALD: Na, ist deine Unterredung mit Tommy besser verlaufen als meine mit dir?
SAM: Schlimmer. Ich finde keinen Weg zu ihm.
REGINALD: Es kommt dir nur schlimm vor, Sam. Du hast zu krampfhaft versucht, meine Fehler nicht zu wiederholen. Und ich hatte krampfhaft versucht, die Fehler meines Vaters bei dir nicht zu wiederholen. Es ist immer die gleiche Geschichte –
SAM: Ich weiß das alles. Ich weiß es. Ich möchte Tommy bei den Schultern nehmen, ihm in die Augen sehen und ganz einfach zu ihm sagen: »Ich verstehe.«
REGINALD: Der Jammer ist nur, er würde dir nicht glauben. Wir haben uns auch nie vernünftig unterhalten können, bis wir gleichaltrig waren, erinnerst du dich?
SAM: Ich war älter als du.
REGINALD: Noch schlimmer. Aber du verstehst mich doch jetzt, nicht?
SAM: Nur zu gut.
REGINALD: Wir hätten uns schon früher verstanden, wenn wir nicht Vater und Sohn gewesen wären.
SAM: Was für ein entsetzlicher Gedanke,
REGINALD: Entsetzlich – aber logisch. Du weißt doch, ein Sohn wird in einem Augenblick empfangen, in dem sein Vater einen

Höhepunkt der Begierde, Leidenschaft und Selbstbehauptung erlebt –, und dieser Augenblick lebt fort für immer – das ist die einzig wahre Unsterblichkeit.
(Pause)
Kopf hoch! Es gibt auch manchen Trost.
SAM *(finster)*: Welchen Trost?
REGINALD: Na, die Zigarre war doch nicht schlecht, oder?
(Sam lächelt gequält. Sechzig kommt mit Clarice aus dem Dunkel)
SAM: Was machst du denn hier?
SECHZIG: Du willst doch, daß dir jemand Gesellschaft leistet.
SAM: Du hast Clarice mitgebracht.
SECHZIG: Warum nicht? Sie war eine Episode in deinem Leben. Eine alberne Episode – aber sie half dir, die Tage herumzubringen.
SAM: Und die Nächte – Oh, entschuldige, Clarice, das war sehr unhöflich. Wie seltsam! In diesem Licht sieht sie aus wie Miß Cooney.
REGINALD: Es ist Miß Cooney! Ada!
(Clarice winkt neckisch mit der Hand)
SAM: Die Dirne mit dem goldenen Herzen. Die konventionellste Gestalt der gesamten Literatur!
SECHZIG: Damit ist nicht gesagt, daß es sie nicht gibt.
SAM: Warum hast du dich umgebracht, Clarice?
REGINALD: Du hast dich umgebracht, Ada? Warum?
CLARICE: Ich habe geheiratet – und wurde vernachlässigt. Ich hatte das Gefühl, von keinem Menschen gebraucht zu werden.
REGINALD UND SAM: Dann hatte es also nichts mit mir zu tun?
CLARICE: Großer Gott, nein. Vorher wurde ich ja gebraucht. Ich glaubte immer, ich hätte ein wenig Glück gegeben.
SAM: Ein wenig – den vielen ...
CLARICE: Ja. Oh, ich habe mich nie richtig für dieses Halsband bei dir bedankt.
SAM: Oh, wie nett von dir.
REGINALD: Ah –, nicht der Rede wert.
SAM: Was?! Du auch?
REGINALD: Türkise – Amethyste und Aquamarine.
SAM: Ach, ich war Romantiker, du der Geschäftsmann. Diamanten und Rubine.
REGINALD: Verschwender! Man muß doch das Geld nicht unbedingt zum Fenster hinauswerfen.
(Vierzig kommt mit Stella 40 herein)

SAM *(bemerkt die beiden)*: Was machst du denn hier?
STELLA 40: Du hast meinen Namen gerufen.
SAM: Wann?
STELLA 40: Eben gerade – als ich das Zimmer verlassen habe – mit Tommy und Alice.
SAM: O nein, meine Liebe – dich habe ich nicht gerufen.
STELLA 40: Ich weiß. Aber ich wollte, daß du mich noch einmal siehst, in meiner glücklichsten Zeit. *(Zu Vierzig)* Wir sind gerade auf dem Wege zur Taufe. Wir werden uns große Mühe geben, von jetzt ab, für Tommy. Nicht, Sam?
VIERZIG: O ja, das werden wir, mein Herz.
SAM *(gibt das Echo)*: »O ja, das werden wir, mein Herz.« Du siehst aus, als hättest du dir dein Lächeln ausgeliehen – zusammen mit dem Gesellschaftsanzug. »O ja, das werden wir, mein Herz.«
STELLA 40: Warum mußtest du dich immer einmischen? Immerzu seine schlechtesten Seiten hervorkehren – sogar jetzt, wenn wir uns so gut verstehen? Zwischen uns gibt es echte Zärtlichkeit. Aber du hast mich immer nur mit dieser boshaften Voreingenommenheit gesehen, nie mit den Augen deiner Phantasie – deine Phantasie war viel zu sehr damit beschäftigt, Literatur hervorzubringen. Du hast nie gespürt, was eigentlich in mir vorging – die Schuldgefühle, die ich hatte – sogar in jener schrecklichen Nacht, als ich plötzlich wußte, ich würde ein Kind bekommen als ich dich nach einem Apfel fragte –
SAM: Da wußtest du schon, daß du schwanger warst?
STELLA 40: Frauen gehen nicht einfach so zum Arzt, Sam. Ich hatte schon meine Gründe – ich war richtig aufgeregt und hatte das Bedürfnis, diese Aufregung mit dir zu teilen, aber das konnte ich doch nicht, ehe ich nicht ganz sicher war. Ich war gespannt und nervös, und ich habe dich gequält – ich weiß nicht, warum – du hast dich mir buchstäblich dazu angeboten. Du hast immer so viel Zeit darauf verwendet, um mir deine Unabhängigkeit zu beweisen – du hast geschrieben und geschwiegen und Wörter gebraucht, deren Bedeutung ich nicht verstand oder von denen du annehmen konntest, ich würde sie nicht verstehen – und trotzdem warst du völlig abhängig.
Wenn du deine Zeitung nicht finden konntest oder ein Hemd suchtest, dann bist du immer zu mir gekommen, anstatt selbst nachzuschauen. Ein Kind ist nicht das einzige, das die Mütterlichkeit in

einer Frau zum Vorschein bringt. Aber andererseits ist eine Mutter auch nicht ganz die richtige Frau für einen erwachsenen Mann.

SAM *(erschüttert)*: Ich hatte keine Ahnung, daß du so über mich dachtest.

STELLA 40: Du konntest dir überhaupt nicht vorstellen, daß ich denke. Jedesmal, wenn du wütend mit mir warst, gab mir das auch zugleich eine gewisse Befriedigung – im stillen hoffte ich wohl, der Schmerz würde dich langsam erwachsener machen. Als du dich entschlossen hattest, mich zu verlassen, wurde ich ganz ruhig, wie ich mich erinnere.

SAM: Ja. Du sagtest »Vergiß nicht deine Zahnbürste«.

STELLA 40: Ich weiß, denn ich erinnere mich, was ich in diesem Augenblick dachte – »Wie ungewöhnlich – er hat sich tatsächlich zu einer Entscheidung aus eigenen Stücken aufgerafft« – und dann, in meinem Zimmer, spürte ich erst den Schmerz. Ich hatte keine Angst vor dem Gewitter, nein, eigentlich nicht. Ich tat nur so, um weiblicher zu erscheinen – und dann dachte ich mir »Vielleicht bin ich zu weit gegangen – vielleicht ist er wirklich ein großer Künstler. Große Künstler sind sensibel – und sie können sich nicht mit den Dingen des praktischen Lebens und des Alltags abgeben. Ich bin für ihn die falsche Frau, er verdient eine bessere, eine, die ihn versteht – ich werde ihm ein Kind schenken und dann verschwinden« – ich spielte sogar mit dem Gedanken, mich umzubringen.

SAM: O nein, meine Liebe.

STELLA 40: Im Grunde wollte ich mich natürlich nicht wirklich töten – es war ein Gedanke, den Frauen zuweilen gern einmal denken, ohne ihn eigentlich ernst zu nehmen – und wie die menschliche Natur nun einmal ist, dauerte es gar nicht lange, bis ich davon überzeugt war, daß meine Taktik richtig gewesen war. Du warst schwach. Du brauchtest eine starke Hand. Manches war unzweifelhaft sehr schmerzlich für dich, aber auf lange Sicht absolut richtig – du hast keine Ahnung, wie selbstgerecht ich mir in solchen Augenblicken vorgekommen bin.

SAM *(sehr traurig)*: Stella, wie hätte ich je auf die Idee kommen können – ich habe fast achtzig Jahre gebraucht, um ein paar Züge meines eigenen Wesens – wenigstens in Andeutungen – zu entdecken.

STELLA 40: Du mußt mir verzeihen. Du hast es geschafft. Ich habe mir so oft vorgenommen, alles zu lesen, was du geschrieben hast – aber irgendwie bin ich nie dazu gekommen.

SAM: Nein, du mußt mir verzeihen, Stella, armes Mädchen. Und wie hübsch du warst. Weißt du, das habe ich fast vergessen.
(Pause)
Warum sagst du ihm *(wirft einen Blick auf Vierzig)* – nicht einige Dinge, die du mir gesagt hast?
STELLA 40: Es hat keinen Zweck. Ich kann nicht. Ich bin gar nicht mehr hier. Ich bin oben, bei Tommy und Alice. Natürlich – wenn du mich rufen möchtest – ich bin überzeugt, daß ich kommen würde, sogar heute noch.
SAM: Nein, das kann ich nicht. Es tut mir sehr leid – aber das kann ich nicht.
(Zwanzig kommt herein)
ZWANZIG *(ist im Sportdreß)*: Hast du dein Buch beendet?
SAM: Was? Wie bist du denn angezogen?
ZWANZIG: Ich habe gerade den Marathonlauf der Universitäten gewonnen. Stella war dabei – hat zugesehen. Ich hielt mich zurück bis zum allerletzten Moment, und dann – huihhh! Wie ein Pfeil! Man will mich für die Olympiamannschaft vorschlagen. Schreib dein Buch zu Ende.
SAM: Warum?
ZWANZIG: Du hast keine Zeit mehr.
SAM: Was soll das heißen?
ZWANZIG: Es ist Zeit zum Endspurt. Ich leihe dir all meine Kraft und Zuversicht.
VIERZIG: Und ich meine Integrität.
SECHZIG: Und ich meine Popularität.
(Agnes kommt herein, mit dem Baby auf dem Arm)
REGINALD: Ah, Agnes. Sollte er nicht längst im Bett sein?
AGNES: Ja, aber ich habe ihn dem Kindermädchen entführt, nur für einen Augenblick. Er ist so neu für mich, ich kann mich noch gar nicht an ihn gewöhnen. Ist er nicht zum Anbeten?
(Alle drängen sich um das Baby)
STELLA 40: Kann er sehen?
AGNES: Die Ärzte sagen, nein, oder höchstens alles auf den Kopf gestellt, aber ich glaube ihnen nicht. Schaut mal, er hat die Augen offen.
STELLA 40: Oh, er lächelt!
REGINALD: Das sind Blähungen!
AGNES: Glaubst du doch selbst nicht. Er hat Humor wie seine Mutter.

ADA: Wie heißt er?
AGNES: Samuel.
SAM: Wer ist das?
REGINALD: Du. Komm und schau mal.
SAM: Ich? *(Er rollt sich hinüber)* Kann ich ihn mal halten?
AGNES: Wenn du zart damit umgehst. Ganz vorsichtig. Lach den alten Herrn doch mal an. Er mag dich.
REGINALD: Er sieht so unschuldig aus, so hilflos, nicht? Und dennoch ist bereits der Keim zu allem gelegt: Zu Vorurteil, Angst, Sehnsucht, Begierde, der Keim ...
(Sam stößt einen gellenden Schrei der Verzweiflung aus. Das Baby fängt an zu schreien, ungleichmäßig)
AGNES: Oh, warum hast du das getan? Komm zu deiner Mutter ... so ... so ... Du dummer alter Mann. Ich bring dich wieder weg.
(Geht ab)
ZWANZIG: Das war, als der Startschuß abgefeuert wurde ... das Rennen ist jetzt fast vorüber ... jetzt liegt es an dir ...
SAM: Ich kann nicht.
VIERZIG: Du mußt!
SAM: Ich habe nicht die Kraft.
SECHZIG: Los, weiter ... Im Rennen kommt es auf die letzten Meter an ... laß uns jetzt nicht im Stich.
SAM: Was verlangt ihr von mir?
ZWANZIG: Schreibe nieder, was du mußt ... ehrlich ... deine Fehler ... deine Dummheiten, deine Unzulänglichkeiten ... wenn du das tust, werden deine Tugenden für sich selbst sprechen, und wir werden nicht umsonst gelebt haben.
SAM: Aber ich so sehr allein.
ZWANZIG: Wir werden bis zum Ende bei dir sein, und wir werden gemeinsam durch die Ziellinie gehen –
SAM *(sein Gesicht leuchtet auf)*: In einem grandiosen Endspurt.
(Alle verschwinden, mit Ausnahme von Reginald, der sich wieder eine Zigarre ansteckt. – Sam rollt sich an seinen Schreibtisch und fängt an zu arbeiten. Er bemerkt seinen Vater).
Du bist noch hier?
REGINALD: Du könntest meine Hilfe brauchen. Schließlich bin ich der beste Freund und der schlimmste Feind, den du jemals hattest. Stört dich die Zigarre?
SAM: Nicht im geringsten.

REGINALD: Auch eine?
SAM: Nein.
(Er schreibt einen Augenblick, und hält dann inne)
REGINALD: Was ist?
SAM: Je weiter wir gehen, desto weniger wissen wir. Während wir uns dem Horizont zu nähern versuchen, weicht er vor uns zurück. Was wir von Anbeginn der Welt an entdeckt haben, ist im Grunde nur das eine – wieviel noch zu entdecken ist. – Wir sind Reisende in einer Landschaft, die noch keine Gestalt angenommen hat – und wir verlieren nur zu rasch die Orientierung und geben uns mit etwas Wärme und etwas Bequemlichkeit zufrieden ...
(Er greift nach der Schublade, bemerkt, daß Reginald ihn beobachtet, kann dann aber der Versuchung nicht länger widerstehen, schließt die Schublade auf und bringt den leeren Bilderrahmen zum Vorschein und drückt ihn an sich)
Oh, Miriam – Miriam –
REGINALD *(entschlossen)*: Wirf das weg.
SAM: Meine Liebe, meine einzige Liebe.
REGINALD: Ich hatte auch eine Miriam. Sie ist Illusion. Ausflucht. Du liebst sie, weil du sie nicht kennst. Du liebst sie, weil du sie nie kennenlernen wirst. Du bist allein, Sam. Finde dich damit ab. Es läßt sich nicht vermeiden. Und hab keine Angst vor dem Zweifel.
Nicht die Liebe bringt die Welt weiter, sondern der Zweifel. Er ist der Preis der Freiheit. Wenn du den Zweifel gegen dich hast, ist das Leben eine einzige Verwirrung – hast du ihn auf deiner Seite, dann ist es ein Abenteuer. Hab keine Angst davor. Sei ein Mann, ehe es zu spät ist.
(Nach einer Pause wirft Sam den leeren Rahmen ins Zimmer, zerrt dann die leere Schublade aus dem Schreibtisch und läßt sie zu Boden fallen. Er nimmt seinen Federhalter und kontrolliert, ob er gut gefüllt ist)
So. Jetzt werde ich dich verlassen. Du bist in guten Händen. Deinen eigenen.
Reginald wendet sich um, geht langsam ins Dunkel zurück. Sam beginnt zu schreiben, er empfindet sichtbare Befriedigung über den Aufruhr seiner Gedanken, während

DER VORHANG LANGSAM FÄLLT.

ENDE

HALB AUF DEM BAUM

1967

KOMÖDIE IN DREI AKTEN

Deutsch von
Willy H. Thiem

PERSONEN

General Sir Mallalieu Fitzbuttress
Lady Fitzbuttress
Judy } deren Kinder
Robert }
Lesley – Geliebte Roberts
Helga – ein Au-pair-Mädchen
Tiny Gilliatt-Brown – Brigadegeneral
Der Vikar
Basil Utterwood

ERSTER AKT

Das Innere eines Landhauses in der Gegend von Fleet, Hampshire, einem englischen Landstrich, in dem sich mit besonderer Vorliebe pensionierte Militärs zur Ruhe setzen.
Lady Fitzbuttress macht einen ausgesprochen melancholischen Eindruck, während sie in einer Reihe von Briefen einen weiteren öffnet und ihn wie die anderen zur Seite legt. Sie seufzt. Helga, ein hinreißend aussehendes norwegisches Au-pair-Mädchen, ist zum Ausgehen angekleidet. Sie ist voll besorgten Mitgefühls.
HELGA: Haben Sie was, Madam?
LADY: Nein, nichts. Helga. *(Sehr entschlossen)* Nichts.
HELGA: Doch, irgend etwas haben Sie, das sehe ich Ihnen doch an.
LADY *(mit einem tapferen Lächeln)*: Gerade das wollte ich vermeiden, meine Liebe. Ich habe mir solche Mühe gegeben, es zu verbergen.
HELGA: Das hat keinen Zweck. Wir in Skandinavien sind schon lange dahintergekommen. Auch Depressionen haben einen Sinn. Man soll nicht dagegen ankämpfen. *(Pause)* Ich hab' Tabletten, wenn Sie welche wollen.
LADY: Tabletten? Wofür?
HELGA: Um sich umzubringen.
LADY: Ach, du lieber Himmel, sehe ich aus, als wollte ich Selbstmord begehen?
HELGA *(ernsthaft)*: Ja, Madam. Sträuben Sie sich nicht dagegen. Das ist nicht gut für das seelische Gleichgewicht.
LADY: Das ist doch nicht Ihr Ernst, Helga.
HELGA: Absolut, ich hab's schon oft getan. Es war äußerst bekömmlich.
LADY: Da haben Sie aber Glück gehabt. Den meisten Menschen bietet sich eine solche Gelegenheit nicht zweimal.
HELGA: Es gibt Leute, die immer Erfolg haben.
LADY: Und Sie sind ein Versager, meinen Sie?
HELGA: Ein völliger Versager.
LADY: Haben Sie abgewaschen?
HELGA: Nein, nicht einmal das. Ich muß jetzt zu meinem Englisch-Unterricht.

LADY: Sie sprechen doch ausgezeichnetes Englisch.
HELGA: Ja, aber meine Mutter glaubt das nicht. Deshalb bin ich ja hier.
LADY: Spricht sie Englisch?
HELGA: Nicht ein Wort.
LADY: Aha. Sind Sie sicher, Ihre Mutter hat Sie nicht deshalb hierher geschickt, weil Sie etwas zu oft Selbstmord begangen haben?
HELGA: Das kann schon sein. Die Nachbarn regten sich schon darüber auf.
LADY *(seufzend)*: Nachbarn regen sich immer auf, nicht wahr?
HELGA: Ja. Ich hasse Nachbarn. *(Plötzlich)* Ist das auch Ihr Problem? Ärger mit den Nachbarn?
LADY *(heftig)*: Mein Problem ist meine Sache.
HELGA: Verzeihung.
LADY: Ich hoffe, Sie haben wenigstens Ihr eigenes Geschirr abgewaschen?
HELGA: Nein, Madam.
LADY: Aber Helga, Sie wissen doch, daß mein Mann heute nach Hause kommen soll.
HELGA *(nicht begeistert)*: Ich weiß. Und ich bin fast so begeistert wie Sie.
LADY: Hätten Sie sich nicht wenigstens heute etwas anstrengen können?
HELGA: Ich hätte. Aber ich hab' nicht. Ist das nicht skandalös? Ich sage Ihnen doch, ich bin ein völliger Versager. Bin ich entlassen?
LADY *(nach einem Augenblick)*: Nein.
HELGA: Das ist die moderne Jugend, Madam. Wir sind selbstsüchtig und faul. Wir wurden in eine Welt hineingeboren, in der alles automatisch ist. Heute kann kein Kind auch nur hoffen, je zu begreifen, wie alles ringsherum funktioniert.
LADY: Was wollen Sie damit sagen?
HELGA: Nun, das Kind eines Höhlenmenschen war wie ein Tier. Es mußte auf dem schnellsten Wege lernen, wie man überlebt, oder es ging zugrunde. Niemand half, nur sein Instinkt. Niemand sagte ihm, wer seine Freunde sind und wer seine Feinde – es erkannte sie auf Anhieb. Wenn es fror, mußte es sich ein Feuer machen. Wenn es Hunger hatte, mußte es töten. Um sich die Zeit zu vertreiben, mußte es sich selbst etwas einfallen lassen. Es war in einer glücklichen Lage.

LADY: Wären Sie gerne ein Höhlenmensch?

HELGA: O ja, bestimmt. Ein Kind von heute macht das Licht an, wenn es im Zimmer dunkel ist. Hat es eine Ahnung von dem, was sich in den elektrischen Kabeln alles tut – von den Jahren an Geduld und menschlichem Genie, die dazu nötig waren, um dieses tragische Wunder zustande zu bringen? Daran verschwendet es keinen einzigen Gedanken. Wenn es friert, schaltet es die Heizung ein. Wenn es Hunger hat, geht es an den Eisschrank. Um sich die Zeit zu vertreiben, hat es das Fernsehen. Ist es da ein Wunder, wenn wir so sind – wie wir sind? Wir nehmen die Geheimnisse der Wissenschaft als etwas Selbstverständliches, und nach und nach bezahlen wir dafür den Preis.

LADY: Welchen Preis?

HELGA: Unsere Instinkte gehen verloren. Brauchte man im dreizehnten Jahrhundert Eheberater?

LADY: Ich habe nicht die leiseste Ahnung.

HELGA: Nein, natürlich nicht. Ein Kind von heute muß man über die ganze Anatomie, Teil für Teil, aufklären.

LADY: Was hat denn das mit dem Eheberater zu tun?

HELGA: Manche Kinder werden nie aufgeklärt – und die gehen zum Eheberater, nachdem sie geheiratet haben.

LADY: Ach, Helga, jetzt übertreiben Sie aber!

HELGA: Eine Schulfreundin von mir, in Stavanger, die heiratete einen Mann, der ging zu einem, weil die beiden nach drei Jahren Ehe immer noch keine Kinder hatten. Er verstand nicht, warum. »Ich hab' sie wohl nicht kräftig genug geküßt«, sagte er zu dem Eheberater.

LADY: Wußte denn Ihre Freundin nicht Bescheid?

HELGA: Doch. Sie erklärte es ihrem Mann auch, aber er verbat sich solche Geschmacklosigkeiten. Er lief zu seiner Mutter, um sich zu beschweren.

LADY: Ich dachte, er ging zum Eheberater.

HELGA: Auf dem Wege zur ihr kam er bei dem Eheberater vorbei. Stavanger ist keine sehr große Stadt.

LADY *(lächelt)*: Also gut, Helga. Und wann werden Sie wieder zu Hause sein?

HELGA: Wollen Sie mich wirklich nicht entlassen?

LADY: Natürlich nicht.

HELGA *(erstaunt)*: Warum eigentlich nicht?

LADY: Finden Sie, ich müßte Sie entlassen?
HELGA: Eigentlich schon. Wegen der Arbeit, die ich leiste, behalten Sie mich bestimmt nicht.
LADY *(einsichtsvoll)*: Nein.
HELGA: Warum dann?
LADY: Ich finde Sie dekorativ ... Mein Mann kommt heute zurück – er war vier Jahre im Dschungel. Mit Jugend und Charme, die ein älterer Mann gerne um sich hat, kann ich leider nicht mehr aufwarten.
HELGA: Ah so ... Sie sehen in mir so eine Art Geisha.
LADY: Als Geisha wären Sie schon lange geflogen. Ihr Tee-Zeremoniell ist eine Katastrophe, sogar in der gelockerten Atmosphäre von Hampshire. Nein, ich finde Sie sehr amüsant... voller Opposition ... und so hinreißend ungehorsam. Gerade das, was ein pensionierter General braucht, um ihm vor Augen zu führen, daß das Zivilleben Freuden bietet, die er möglicherweise viele Jahre zu übersehen gezwungen war. *(An der Tür wird geläutet)* Oh, das kann doch nicht... noch nicht! Helga, würden Sie bitte aufmachen?
HELGA: Selbstverständlich.
(Während Helga draußen ist, ordnet Lady Fitzbuttress ihr Haar, und wir spüren wieder die tiefe Besorgnis, die sich in dem eben geführten Gespräch mit Helga etwas verloren hatte. Einen Augenblick später kommt ein Militär von sechzig Jahren herein, in Zivilkleidung, eine Pfeife rauchend, einen Regenmantel über den Arm)
GENERAL: Erkennst du mich noch? General Sir Mallalieu St. John Fitzbuttress, VC, DSO und Bar, KCVO, KCB, Clubs: Atheneum, Boodles, Reiterclub und Pratts. Hobbies: Polo, Angeln mit künstlicher Fliege und Kreuzworträtsel. Anschrift: Alte Festung Gate Fleet, Hampshire.
LADY: Womit du mir auf deine charmante Art vorwirfst, daß ich dich nicht vom Bahnhof abgeholt habe. *(Sie lächelt ihn süßlich und nervös an)*
GENERAL: Oh, du hast es gemerkt? Volltreffer.
LADY: Bekomme ich nach all den Jahren keinen Kuß?
GENERAL: Moment. Eins nach dem anderen. Wer ist das?
LADY: Helga.
GENERAL: Was wurde aus Mrs. Bellenger?
LADY: Sie hat sich zur Ruhe gesetzt.
GENERAL: So alt war sie doch noch gar nicht, oder?

LADY: Sie war 68, als du nach Malaya gingst. Jetzt ist sie 72.

GENERAL: Ja, das leuchtet mir ein.

HELGA: Darf ich etwas sagen?

GENERAL: Was denn?

HELGA: Willkommen zu Hause.

GENERAL: Ach, das ist aber nett von Ihnen, Deutsche, nicht wahr?

HELGA: Norwegerin.

GENERAL: Ach, das Land der Fjorde und der Mitternachtssonne, wenn ich mich recht erinnere.

HELGA: Stimmt.

GENERAL: Entsetzliches Gelände.

HELGA: Viele Leute finden die Landschaft besonders schön.

GENERAL: Das einzige Mal, als ich dort war, hatte ich fünfhundert Mann zu evakuieren, den Teutonen buchstäblich unter der Nase weg. Und ich erinnere mich nur an ein für militärische Operationen entsetzliches Gelände. Steilküste.

HELGA: Und wie war es in Malaya, General? Gegen wen haben Sie da gekämpft?

GENERAL: Gegen die Regierung, hauptsächlich.

HELGA: Die malayische Regierung?

GENERAL: Die britische Regierung.

HELGA: Und? War es schön? Malaya?

GENERAL: Ich kann nur sagen, das Gelände ist günstiger.

HELGA: Oh. Dann konnten Sie ja froh sein. Und wenn Sie mich jetzt bitte entschuldigen –

GENERAL: Wo wollen Sie hin?

HELGA: Ich muß in zwei Stunden in London sein – zum Englisch-Unterricht.

GENERAL: Ihr Englisch genügt doch vollkommen.

HELGA: Den Unterricht erteilt ein sehr netter junger Mann.

LADY: Goodbye, Helga. Ihr Abendbrot stelle ich in den Eisschrank.

HELGA: Gute Idee, Madam. Goodbye, Sir.

GENERAL *(in besserer Stimmung)*: Bye. *(Helga geht)*

LADY: Na, es ist fast so, als wärst du nie weggewesen. Kein Kuß.

GENERAL *(gedankenverloren)*: Kein was?

LADY: Ach, laß nur.

GENERAL *(nach einer Pause)*: Es stimmt gar nicht, daß ich erwartet hätte, vom Bahnhof abgeholt zu werden ... nein, das ist es nicht ... aber irgendein Willkommen ... die Kinder ...

LADY: Sie wissen, daß du kommst. Vielleicht lassen sie sich noch blicken.

GENERAL: Wo sind sie?

LADY *(taktvoll)*: Tubby, in deiner Abwesenheit hat sich sehr viel ereignet.

GENERAL *(mit nachdenklicher Skepsis)*. Wenn du mich mit meinem Spitznamen anredest, kann ich mich erfahrungsgemäß auf das Schlimmste gefaßt machen.

LADY: So schlimm ist es eigentlich gar nicht... alles ist nur so anders. Wir müssen wahrscheinlich alle lernen, mit der Zeit zu gehen.

GENERAL: Gegen diese Feststellung habe ich nichts einzuwenden. Ich darf mir wohl zugute halten, immer mit der Zeit gegangen zu sein.

LADY: Das weiß ich... aber wir haben hier keine indonesischen Fallschirmjäger aus dem Dschungel zu vertreiben. Während du in Malaya diese... lebenswichtige Aufgabe erfüllen mußtest, haben sich hier zu Hause ganz andere Dinge ereignet.

GENERAL: Das überrascht mich nicht. Zunächst aber möchte ich eines richtigstellen: lebenswichtig war meine Aufgabe in Malaya in keiner Hinsicht. Ich hielt das Ganze für idiotisch. Reine Vergeudung meiner Zeit und meiner Fähigkeiten.

LADY: Oh? Die Zeitungen schrieben aber...

GENERAL: Was die Zeitungen schreiben, darauf pfeife ich! Ich weiß es besser. Ich hatte weder die Leute noch das Material, um den Auftrag richtig zu erfüllen – ein Auftrag übrigens ohne jeden Sinn. Das Todesröcheln eines Kolonialreiches war noch nie ein angenehmes Geräusch... und den Beweis für die Ausnahme, die die Regel bestätigt, haben auch wir nicht erbracht. Ich nehme an, du hast meinen Brief an die Times gelesen?

LADY: Nein.

GENERAL: Oh, dann sind wir ja quitt. Wir wissen beide nichts mehr voneinander.

LADY: Während deiner Abwesenheit habe ich die Times abbestellt. Ich halte mir eine billigere Zeitung.

GENERAL: An billigere Zeitungen schreibe ich nicht. *(Pause)* Also gut, Mädchen. Ich merke schon, ich muß ein paar ganz direkte Fragen stellen, sonst kommen wir nicht weiter.

LADY: Du bist ganz verändert, Tubby.

GENERAL: Tatsächlich? Das kommt davon, wenn man jahrelang kommunistische Saboteure im Dschungel verhört. Dann bekommt man diesen herrischen Ton.
LADY: Solange du mir nicht die Hände auf den Rücken fesselst, werde ich es schon durchstehen.
GENERAL: Von solchen Mitteln habe ich nie Gebrauch gemacht, es sei denn, es war von vornherein klar, daß der Kerl nicht antworten wollte. Hat Robert seinen Abschluß in Oxford gemacht?
LADY: Nein.
GENERAL: Aha. Aha. Wir kommen der Sache näher. Wird er einen zweiten Anlauf nehmen?
LADY: Nein. Er ist gar nicht mehr dort.
GENERAL: Aha. Ging er aus eigenem, freiem Entschluß?
LADY: Er wurde relegiert.
GENERAL *(lacht in sich hinein)*: Der Junge hat mehr Mumm in den Knochen, als ich dachte. Was hat er denn angestellt? Ist er auf den Kirchturm geklettert?
LADY: Ach, wenn es nur das gewesen wäre.
GENERAL: Ich warte, Doris.
LADY *(nach einem Augenblick inneren Kampfes)*: Ich weiß nicht, wie ich es dir sagen soll.
GENERAL *(wartet abermals einen Augenblick)*: Offenbar wirklich nicht. Ich will dir helfen. Er ... er eh ... *(er überlegt sich eine mögliche Schandtat)* Er hat die Tochter des Dekans vergewaltigt.
LADY *(ein Echo des Vorangegangenen)*: Ach, wenn es nur das gewesen wäre.
GENERAL *(rasch)*: Guter Gott! Ich muß gestehen, da fällt mir auch nichts mehr ein.
LADY *(versucht, ihren Kummer zu verbergen)*: Ich kann dir nur so viel sagen. Ich hatte ein paar Freunde und Nachbarn zu einem Cocktail eingeladen; dir zu Ehren.
GENERAL: Das war sehr aufmerksam. Für wann? Für heute abend?
LADY: Ja. Alle haben abgesagt. Mit Bedauern.
GENERAL: Wirklich? Wegen Bob?
LADY: Ach, die meisten haben auch ihre Sorgen. Der junge Paul Billiatt-Brown, weißt du, seine Eltern hatten so große Hoffnungen in ihn gesetzt, jetzt sitzt er im Gefängnis.
GENERAL: Bob auch?

LADY: Um Himmels willen nein! Wie kommst du auf eine solche Idee?

GENERAL: Deinem Verhalten nach zu urteilen, ist ja nichts ausgeschlossen. Ich dachte nur, falls er im Gefängnis ist, könnte man ihn vielleicht besuchen und ihm ein paar Sandwiches bringen.

LADY: Nein, nein, er ist nicht im Gefängnis. Er ... ist in Freiheit.

GENERAL: Hält sich versteckt! Hier auf dem Dachboden? War er bei dem Überfall auf den Postzug dabei?

LADY: Du lieber Gott, ich hoffe nicht. Daran habe ich überhaupt noch nicht gedacht.

GENERAL: Dann besteht also die Möglichkeit?

LADY: Nein. Nein, dazu hat er nicht die Nerven. Er ist ein viel zu großer Idealist.

GENERAL: Idealist? Jetzt beunruhigst du mich wirklich. Ich will dir was lagen. Lassen wir Robert mal aus dem Spiel. Wie geht's Judy?

LADY: Judy. *(Sie ringt die Hände)*

GENERAL: Mehr Kinder haben wir schließlich nicht – auf die wir ausweichen könnten, nicht wahr?

LADY *(in tadelndem Ton)*: Oh, Judy, Judy ...

GENERAL *(taktvoll)*: Sie ... ist jedenfalls noch am Leben, hoffe ich.

LADY *(vieldeutig)*: O ja. Sogar sehr.

GENERAL: Gut. Also, dann schlage ich vor, wir beginnen ganz am Anfang – als ich wegging, da war Judy doch auf dem College und spielte mit Begeisterung in der Hockey-Mannschaft.

LADY: Auf der Schule ist sie nicht mehr.

GENERAL: Natürlich nicht. Sie ist zu alt. Wenn wir beide vier Jahre älter geworden sind, dann Judy vermutlich auch.

LADY: Manchmal bezweifle ich es. Ach, was sie mir für Kummer gemacht hat, das Mädchen. Sie ist wie du, mit ihrem eisernen Willen. Sie sieht auch aus wie du.

GENERAL: Sie hat sich hoffentlich nicht auch einen Schnurrbart stehen lassen.

LADY: Und so frivol wie du ist sie auch. Sie läßt nichts an sich herankommen. Keine Ermahnungen zur Vernunft, und daß sie andere unglücklich macht, keine mütterlichen Tränen ... *(plötzlich)* Ich muß mich zusammennehmen. Da ist jemand.

GENERAL: Wer?

(Die Tür geht auf, und herein kommt Robert, mit langen Haaren

und in der standesgerechten Aufmachung eines Hippies. Er hat eine Gitarre über der Schulter)

ROBERT: Papa?

GENERAL *(aufstehend, herzlich)*: Robert, ich hätte dich fast nicht erkannt. Gott, bist du gewachsen!

ROBERT: Meine Haare sind gewachsen. Ich wohl kaum.

GENERAL: Das meinte ich doch. Ja, ja, ja. Oxford hast du also verlassen – wie Mutter mir gerade erzählte.

ROBERT: Der Abgang war nicht sehr ehrenvoll.

GENERAL: Was macht das schon. Das Studium ist schließlich nicht alles.

ROBERT: Du meinst doch kein Wort von dem, was du sagst.

GENERAL: Bist du sicher? Erzähle mir was von dir. Wie verdienst du deinen Lebensunterhalt?

ROBERT: Überhaupt nicht. Ich lebe auf Pump.

GENERAL: Auf Pump? Du pumpst dir Geld?

ROBERT: Nein, Sachen hauptsächlich. Schuhe, Unterhosen, Brot.

GENERAL: Haarbürsten, Seife, Kämme?

ROBERT *(schalkhaft)*: Nein.

GENERAL: Socken hast du dir jedenfalls noch keine geborgt, wie ich sehe.

ROBERT: Doch, hab' ich. Aber die Löcher wurden größer und größer.

GENERAL *(lacht)*: Sehr komisch.

ROBERT: Es hat keinen Zweck, Papa. Es wäre mir lieb, wenn du erst gar nicht versuchen wolltest, zu verstehen. Das wirst du nie. Nie. Nie.

GENERAL: Bis du sicher?

ROBERT: Absolut.

GENERAL: Unter Sportsfreunden: gib mir eine Chance.

ROBERT: Ich bin kein Sportsfreund.

GENERAL: Gib mir trotzdem eine. Spielst du das Instrument?

ROBERT: Das ist eine Gitarre.

GENERAL: Ich bin zwar General, Bob, aber ich hätte sie trotzdem nicht für eine Baßgeige gehalten.

ROBERT: Nein. Ich spiele nicht Gitarre. Ich hänge sie mir nur um.

GENERAL: Das finde ich gar nicht so ungewöhnlich. Zu meiner Gala-Uniform gehört schließlich auch ein Säbel, den ich mir umhänge – aber wie ich ihn im Zweifelsfall zu nutzen hätte, davon habe ich keine Ahnung. Die Gitarre gehört zu diener Uniform wie der Säbel zu meiner, was, alter Junge?

ROBERT: Vielleicht. Meine Geliebte spielt ausgezeichnet Gitarre.

GENERAL: Deine was?

ROBERT: Meine Geliebte.

GENERAL: Du bist also verheiratet?

ROBERT: Nein.

GENERAL: Entschuldigung – aber da zeigt sich doch, wie alt ich bin. In meiner Jugend bezeichnete man eine Dame nur dann als Geliebte, wenn sie einem verheirateten Mann illegitime Freuden bereitete. Solange wir unverheiratet waren, nannten wir die Dame, mit der wir das Lager teilten, ganz schlicht Freundin oder, in behüteten Kreisen, die »Zukünftige«.

LADY: Tubby!

GENERAL: Was ist?

LADY: So habe ich dich noch nie sprechen hören!

GENERAL: Es gehört zu den Pflichten eines Vaters, sich mit dem Sohn, wenn dieser ein gewisses Alter erreicht hat, über den sogenannten Ernst des Lebens zu unterhalten. Auf Grund meiner langjährigen Abwesenheit haben diese Gespräche zwischen uns nie stattgefunden. Ich bin dabei, diesen Fehler zu korrigieren.

ROBERT: Ich fürchte, dazu ist es zu spät, Papa. Ich bin nämlich nur gekommen, um adieu zu sagen.

GENERAL: Aber um alles in der Welt, warum?

ROBERT: Du repräsentierst all das, was uns junge Menschen krank macht – es gibt keinerlei Möglichkeit einer Verständigung – ja, nicht einmal den Wunsch danach. Wir sind Fremde.

GENERAL: Dann sei wenigstens so großzügig und sage Feinde, Bob, – und nicht Fremde.

ROBERT: Ich will weiß Gott nicht deine Gefühle verletzen, Papa. Ich weiß, du glaubst, du hast furchtbar viel für mich getan.

GENERAL: Ich glaube nichts dergleichen! Ich habe eine angenehme Nacht mit Mutter verbracht, und du warst das Ergebnis.

LADY: Mallalieu!

GENERAL: Schweig, Doris. Ich sage etwas für dich höchst Schmeichelhaftes, und du bist schockiert. Es sollte dich freuen, daß ich mich an damals noch so gut erinnere. *(Zu Robert)* Du schuldest mir nichts. Absolut nichts. Es gehört zur Funktion der Eltern, so etwas wie ein Knochen zu sein, an dem ein junger Hund sich die Zähne schärft. Wenn du dir an mir die Zähne bis zu dem Grade geschärft hast, daß du jetzt in Bluejeans herumläufst, mit schmutzigen Füßen und einer Gitarre um den Hals, die du nicht einmal spielst, dann ist das ausschließlich deine Angelegenheit. Wenn du obendrein auch noch ein Mädchen gefunden hast, das deine Matratze oder deine Parkbank mit dir teilt, dann sehe ich darin so etwas wie einen persönlichen Triumph, zu dem ich dir sogar von ganzem Herzen gratuliere. Du weißt offenbar, was du tust, und das respektiere ich.

ROBERT: Vielleicht respektierst du es. Aber verstehen tust du es nicht.

GENERAL: Warum sollte ich es auch noch verstehen – wenn ich es schon respektiere. Genügt das nicht?

ROBERT *(mit plötzlichem Feuer)*: Nein. Du wirst mit deinem Respekt auch bestimmt nicht mehr so großzügig umgehen, wenn ich dir erst einmal gesagt habe, warum ich in Oxford relegiert wurde.

LADY: Nein, Robert, bitte, – nicht!

GENERAL *(gelassen)*: Stell mich auf die Probe. Ich höre.

ROBERT: Es war bei einer akademischen Feier, als Sir Arnold Clever, der ehemalige Premierminister von Australien, seinen Ehrendoktor bekam.

GENERAL: Den Mann kenne ich. Ein gräßlicher, selbstgefälliger Schaumschläger. Es gibt nichts Schlimmeres als einen Australier, der unsere britischen Ultrakonservativen noch übertreffen will.

ROBERT: Findest du das wirklich?

GENERAL *(scharf)*: Und ob ich das finde. Hab' ich immer gefunden und werde es immer tun.

ROBERT: Na. jedenfalls, ich habe gerufen »Ächtet die Bombe! Frieden in Vietnam« – mitten in den Gottesdienst hinein.

LADY *(leidend)*: Ach, Robert –!

GENERAL: Und deshalb haben sie dich relegiert? Lachhaft.

ROBERT: Ich wollte relegiert werden!

GENERAL: Das ist wieder etwas anderes. Ich spreche jetzt von der Haltung der Universität. Zunächst einmal – jeder, der noch halbwegs bei Verstand ist, ist gegen die Atombombe.

ROBERT *(hitzig)*: Auch ein Soldat?

GENERAL: Vor allem ein Soldat. Die Bombe hat dem Krieg ja jeden Reiz genommen, leuchtet dir das nicht ein? Zweitens – Frieden in Vietnam. Jeder, der noch halbwegs bei Verstand ist, will Frieden überall.

ROBERT: Aber du hast doch in Malaya gekämpft, gegen den Willen der dortigen Bevölkerung.
GENERAL: Und auf Ersuchen einer korrupten Regierung, vergiß das bitte nicht. Gekämpft habe ich übrigens überhaupt nicht. Wir sind im Dschungel herumgezogen und haben so getan, als ob. Ich habe vier Jahre meines Lebens verplempert, wie alle anderen auch.
ROBERT: Aber hast du dagegen protestiert? Hast du auch nur den kleinen Finger gerührt?
GENERAL: Nein. Das habe ich nicht. Weil ich Verpflichtungen hatte.
ROBERT: Solche Verpflichtungen binden mich nicht. Ich bin ganz und gar frei.
GENERAL: Mit allem schuldigen Respekt: Wer pumpt, ist nicht ganz und gar frei.
ROBERT: Freiheit ist eine geistige Kraft, keine finanzielle.
GENERAL: Es sei denn, daß du plötzlich niemanden mehr findest, der dir Schuhe pumpt.
ROBERT: Dann steht es mir immer noch frei, barfuß zu gehen.
GENERAL: Warum tust du es nicht gleich?
ROBERT: Warum sollte ich? Solange noch jemand bereit ist, mir Schuhe zu pumpen?
GENERAL: Das ist ein Standpunkt.
LADY: Aber solche Slogans – in einer Kirche!
GENERAL: Kirchen zeichnen sich durch ihre Stille aus, Doris. Vermutlich hat Bob eine Kirche gewählt, um seinem Anliegen auf jeden Fall Gehör zu verschaffen. Das nenne ich eine vernünftige Strategie.
ROBERT: Das sagst du nur so. Im Grunde bist du genau so schokkiert wie Mutter.
GENERAL: Ich bin mit deiner Handlungsweise nicht unbedingt einverstanden, Bob. Ich finde nur, nachdem du dich einmal dazu entschlossen hattest, in aller Öffentlichkeit deine Stimme zu erheben, hast du in der Wahl des Ortes Mut, Initiative und Geschick gezeigt. Was man von der Universität nicht behaupten kann.
ROBERT: Ach, was hättest du an Stelle des Rektors getan?
GENERAL: Ich? Ich hätte dich ignoriert. *(Robert macht eine sarkastische Handbewegung)* Der Universität mache ich den Vorwurf, daß sie dir ein Gefühl von Wichtigkeit gegeben hat, das in keinem Verhältnis zur Größe deines Vergehens steht. Man hat übertrieben – und dadurch hat man versäumt, deinen Charakter zu formen. Und wofür sind Universitäten da – wenn sie nicht Charaktere heranbilden und

dazu beitragen, die schwierige Übergangsperiode vom Jüngling zum Mann in geordneten Bahnen zu halten. Wie üblich hat die Times das einzig Richtige getan und gezeigt, wie solche Fälle zu behandeln sind.
ROBERT *(ironisch)*: Wie hat die Times das gemacht?
GENERAL *(genauso ironisch)*: Die Times hat über den Vorfall erst gar nicht berichtet. Aber um zu einem erbaulicheren Thema zu kommen: Wann werden wir Gelegenheit haben, deine Geliebte kennenzulernen?
ROBERT: Ich weiß nicht.
GENERAL: Wo ist sie?
ROBERT: Draußen. Im Garten.
GENERAL: Aber es regnet.
ROBERT: Ja? Das macht nichts. Sie mag Regen.
GENERAL: Hol sie herein – oder stört das ihr Vergnügen?
ROBERT: Ich glaube nicht, daß sie reinkommen möchte.
GENERAL: Frag sie man. Oder soll ich hinausgehen?
ROBERT: Nein, nein. *(Während er geht, murmelt er vor sich hin)* Immer will jeder jeden kennenlernen …
LADY *(unter Tränen)*: Nun …
GENERAL: Was – nun?
LADY: Nun weißt du erst die Hälfte. Ich hätte geschworen, du gehst an die Decke.
GENERAL: Ich bin General, Doris.
LADY: Eben.
GENERAL: Und ich wäre nie General geworden, wenn ich auf der Militärakademie und beim Generalstab nicht meinen Mann gestanden hätte – und dort habe ich gelernt, daß man sich nie überrumpeln lassen darf. Überrascht bin ich vielleicht, Doris, aber nicht überrumpelt.
(Robert kommt mit einer Person herein, die aufs Haar genauso aussieht wie er und ebenfalls eine Gitarre umhängen hat)
ROBERT: Das ist Lesley, Vater.
GENERAL: Ich bin hier drüben, meine Liebe.
LES: Doris.
LADY: Hallo, Lesley.
LES: General.
GENERAL: Mann nennt mich Tubby. *(Ein unbehaglicher Augenblick)* Wie eh … habt ihr beide euch kennengelernt?
ROBERT: Auf der Straße, stimmt's?

LES: Ja.
GENERAL: Na, das ist schließlich auch eine Möglichkeit. Hattet ihr gemeinsame Freunde?
ROBERT: Nein, wir haben uns einfach angeguckt – und haben beide gelacht.
GENERAL *(lacht)*: Aha.
ROBERT: Worüber lachst du?
GENERAL: Ich schließe mich der Heiterkeit an. Ist das gestattet?
LES: Komm, Bob. Wir gehen.
ROBERT: Also, Wiedersehen.
GENERAL: Wo wollt ihr denn hin?
ROBERT: Wir haben nichts Bestimmtes vor. Ich nehme an, Lesley will nur hier raus.
GENERAL: Bevor ihr geht – Bob – könnte ich noch ein Wort mit dir allein sprechen?
ROBERT: Ich weiß, was du sagen willst.
GENERAL: Ich wette, du weißt es nicht. Ach, Doris, kannst du Lesley nicht dein Eingemachtes zeigen, oder wenn sie lieber draußen im Regen wartet –
LES: Das schadet der Gitarre.
LADY: Kommen Sie, Lesley. Es dauert nicht lange.
ROBERT: Keiner kann mich zwingen, zu bleiben, Les.
LADY: Bitte, Bob. Das ist doch das wenigste, was man von dir verlangen kann. Komm, Lesley. *(Lady und Les gehen)*
ROBERT *(herausfordernd)*: Na –?
GENERAL: Bob ... bist du sicher, daß das ein Mädchen ist?
ROBERT: Was heißt denn das ...? Ob ich sicher bin?
GENERAL: Ich meine: bist du sicher? Hast du Beweise?
ROBERT: Hab' ich nicht gesagt, sie ist meine Geliebte?
GENERAL: Das kann jeder sagen. Ich will meine Karten ganz offen auf den Tisch legen, alter Junge.
ROBERT: Du legst meine Karten auf den Tisch, und dagegen habe ich was. Kümmere dich um deine eigenen Karten.
GENERAL: Hör mal, Bob. Es könnte doch sein, daß du für Männer mehr übrig hast. So etwas kommt vor. Sogar in den besten Kreisen – vor allem in den besten Kreisen. Viele hervorragende Militärs waren so veranlagt. Das ist eine Tatsache, die man akzeptieren muß, ohne weitere Fragen. Ich komme nie mehr darauf zurück, aber ich möchte es gerne wissen, ein für allemal. Ist Lesley ein Mann?

ROBERT *(wütend)*: Du machst mich rasend! Wirklich! Was um Gottes willen bringt dich auf die Idee, Lesley könnte ein Mann sein?
GENERAL: Zunächst einmal hat sie einen profunden Baß.
ROBERT: Sie ist eine sehr begabte Folk-Sängerin. Protestsongs und so.
GENERAL: Meine Bemerkung bezog sich nicht auf die Qualität der Stimme. Ich sage nur, es ist ein Baß.
ROBERT: Zugegeben. Sie hat eine tiefe Stimme.
GENERAL: Zweitens ist sie vorne herum noch flacher als du.
ROBERT: Sie trägt keinen Büstenhalter.
GENERAL: Ich war bestimmt lange weg, ich weiß, aber daran erinnere ich mich noch: eine weibliche Brust, ob klein und fest oder füllig und wogend muß auf jeden Fall irgendwohin, rauf, runter, oder irgendwo zur Seite. Robert, bei Lesley sehe ich nicht das geringste Anzeichen einer frontalen Entwicklung.
ROBERT: Die Natur hat Lesley in dieser Beziehung nicht gerade großzügig bedacht.
GENERAL: Sie, er oder es – hat überhaupt kein Hinterteil.
ROBERT: Sie ißt oft tagelang nichts.
GENERAL: Sie hat keine Hüften.
ROBERT: Sie hat zwei, aber die sieht man nicht so, wenn sie so angezogen ist. Aber dafür hat sie das lieblichste, zerbrechlichste und knochigste Mädchengesicht, das ich kenne.
GENERAL: Das habe ich nicht sehen können, das gebe ich zu. Weiß Gott, ich möchte dich glücklich sehen, mein Junge. Ich stelle dir diese Fragen ja nur, damit ich weiß, wo ich mit dir dran bin –
ROBERT: Oh, warum dieses ganze Theater um zwischenmenschliche Beziehungen? Können wir uns nicht darauf einigen, daß wir unabhängig voneinander sind – und fertig?
GENERAL: Wenn das so ist, warum bist du dann überhaupt hergekommen?
ROBERT: Mutter hat mir in den Ohren gelegen. Ich gab nach, mehr aus Schwäche als aus irgendeinem anderen Grund.
GENERAL: Ich verstehe. Es gibt im Leben gewisse Tatsachen, Bob, die wir beide akzeptieren müssen, ob wir wollen oder nicht.
ROBERT: Die kenne ich.
GENERAL: Vermutlich! Aber ich bin ein methodischer, alter Umstandskrämer, und allem äußeren Anschein zum Trotz könnte ich dich vielleicht doch noch in Erstaunen versetzen. Du bist mein

Sohn, ich bin dein Vater. Selbst wenn man diese zufällige Beziehung ignoriert, bleibt sie einem trotzdem bewußt – zumindest fällt es einem schwer, sie völlig zu vergessen. Ich habe darüber eine andere Ansicht als du – eine, die vielleicht förderlicher ist. Wenn ich dir in keiner Weise von Nutzen sein kann, tut es mir leid. Du, jedenfalls, bist mir von größtem Nutzen gewesen – und dafür möchte ich dir danken.

ROBERT: Wirst du jetzt nicht 'n bißchen sentimental?

GENERAL: Ich glaube nicht. Ich hoffe nicht. Du versuchst dauernd, die denkbar unnatürlichsten Reaktionen in mir zu provozieren, indem du dich so unangenehm aufführst, wie du nur kannst. Aber das klappt nicht, weil ich ganz einfach mehr Stehvermögen habe als du. Ich bin älter. Ich habe mehr Veranlassung, mich zu beklagen, und beklage mich deshalb weniger. Ich verstehe deine Rebellion. Ich heiße sie sogar gut.

ROBERT: Das ist wohl ein Witz.

GENERAL: Wenn dir nicht gut ist, setz dich hin. Du willst nach deinen eigenen Gesetzen leben, das habe ich nie getan. Aber du hast nur mit halbem Herzen rebelliert, und ich darf mir schmeicheln, nie etwas halb getan zu haben. Ich habe die Welt akzeptiert, wie ich sie vorfand, und keine Fragen gestellt. Ich entschied mich für ein Leben des Gehorsams – und ich habe gehorcht – oft gegen meine bessere Einsicht.

Aber jetzt, Bob, gehe ich in den Ruhestand. Und wenn es gilt, irgendwelche Experimente in Sachen Freiheit zu unternehmen, beim Zeus, ich bin dabei ...

ROBERT *(beunruhigt)*: Was soll denn das wieder heißen?

(Die Tür fliegt auf, und plötzlich steht da ein sehr hübsches Mädchen in einem Umstandskleid und bunten, gemusterten Strümpfen. Sie kommt begeistert hereingestürzt und umarmt ihren Vater. Es ist Judy)

JUDY: Papa!

GENERAL: Judy! Laß dich anschauen! Hast du aber zugenommen!

JUDY: So kann man's auch ausdrücken. *(Sie kichert; dann kühl)* Robert! *(Er grüßt nicht zurück)*

ROBERT *(zum General)*: Na, was hältst du davon?

GENERAL *(nach einer merklichen Pause, freundlich)*: Meinst du nicht, es wäre nett gewesen, du hättest mir ein paar Zeilen geschrieben – und mich wissen lassen, daß du verlobt bist.

JUDY: Verlobt? Ich bin nicht verlobt.

GENERAL *(langsam)*: Also dann verheiratet.

JUDY: Ich bin auch nicht verheiratet.

GENERAL *(langsam)*: Na ja – dann wirst du aber doch bald verheiratet sein.

JUDY *(zündet sich ein Zigarillo an)*: Das ist nicht geplant.

GENERAL: Dann bist du also geschieden.

JUDY: Ich bin auch nicht geschieden.

GENERAL *(nach einer Pause)*: Du hast recht, Robert... ich bin zu alt. *(Er nimmt sich zusammen, sagt zu sich selbst)* Nicht die Nerven verlieren, Fitzbuttress, ruhig Blut... die Welt gehört der Jugend... du mußt es begreifen lernen, wenn du überleben willst... *(laut)* Ich vermute... ich vermute, daß deine Leibesfülle nicht ausschließlich auf einen übermäßigen Genuß von Sahnetorten zurückzuführen ist.

JUDY *(fröhlich)*: Stimmt. Ich bin schwanger.

GENERAL: Deinem Aussehen nach, ist es bereits zwei Monate überfällig.

JUDY: Kann jeden Augenblick soweit sein.

GENERAL: Und du sagst, es ist kein Mann daran beteiligt?

ROBERT: Also komm, Papa, du mußt jetzt nicht zynisch werden.

JUDY: Nein, jedenfalls kein Mann, den ich heiraten möchte.

GENERAL: Du bist mit ihm verkracht?

JUDY: Ich hab' mich mit allen verkracht.

GENERAL: Ach, es gibt also nicht nur einen Vater?

JUDY: Offen gesagt, ich weiß nicht, welcher es war.

GENERAL: Na ja, in dem Fall ist es wirklich klüger, nicht zu heiraten.

JUDY: Das ist mein Standpunkt.

GENERAL: Warum nur deiner? Darf man ihn nicht teilen?

JUDY: Gewiß. Aber das tust du ja nicht.

GENERAL: Woher weißt du das?

JUDY: Du kannst es gar nicht.

GENERAL: Warum nicht?

JUDY: Du gehörst zu einer veralteten Generation.

GENERAL: Ja, sehr richtig! Und was ist, wenn dein Kind später einmal meiner Ansicht ist? Dann hat es eben Pech gehabt, meinst du?

JUDY: Bis dahin haben wir längst eine völlig emanzipierte Gesellschaft.

ROBERT *(lahm)*: Ha ha!

GENERAL: In einer noch so emanzipierten Gesellschaft wird es immer auch weniger emanzipierte Menschen geben. Judy, du kannst doch unmöglich wissen, wie dein Kind einmal sein wird? Darüber kannst du Vermutungen anstellen – aber mehr auch nicht. Als ich an einem schönen Maimorgen im Militärhospital von Gibraltar zum ersten Mal Robert sah, ahnte ich nicht, daß er eines Tages aussehen würde wie ein falscher Prophet mit einem Baß an seiner Seite, der sein eigenes Spiegelbild ist. Nie ist mir der Gedanke gekommen, daß du eines Tages vor mir stehen würdest, in einem Rock, nicht länger als mein Hosenaufschlag, zum Platzen gefüllt mit einem vaterlosen Kind – und Zigarre rauchend. Ich meine, das sind Dinge, die kann man einfach nicht voraussehen.

JUDY: Was willst du eigentlich beweisen, Papa?

GENERAL: Beweisen will ich gar nichts. Judy, ich möchte dir nur zu bedenken geben, daß dein Sprößling vielleicht eines Tages einen Vater nötiger brauchen könnte als eine Mutter. Was dann?

JUDY: Diese Hürde werden wir schon nehmen, wenn sie eines Tages auftaucht – wie du immer zu sagen pflegst.

GENERAL: Einen Vater habe ich wohl nie mit einer Hürde verglichen. Glaubst du im Ernst, du kannst eines Tages so mir nichts, dir nichts mit einem Vater aufwarten, falls dein Kind einen braucht?

JUDY: Mein Gott, aber natürlich.

ROBERT *(in weiser Zustimmung)*: Heutzutage, ja.

GENERAL: Willst du mir weismachen, es gibt Männer, die bereit sind, erst Väter und dann Ehegatten zu werden?

JUDY UND ROBERT: O ja. Heutzutage, ja.

GENERAL: Gut, ich lasse mich belehren.

JUDY: Es gibt viele Männer, die von ihren Frauen verlassen wurden und für Kinder zu sorgen haben. Solche Männer sind ganz versessen darauf, wieder zu heiraten.

GENERAL: Oh, dann kriegt dein Kind also bei diesem Gelegenheitskauf auch gleich ein kleines Schwesterchen oder Brüderchen. Ein Schwesterchen oder Brüderchen, die nicht das geringste verbindet.

ROBERT: Judy und mich verbindet auch nicht das geringste, trotz deiner noch so legalen Ehe mit Mama.

JUDY: Das kann ich nur bestätigen.

GENERAL: Immerhin seid ihr durch eure Eltern verbunden.

JUDY: Das stimmt auch nicht ganz. Mögen tue ich nur dich, Mutter kann ich nicht ausstehen. Robert hängt an ihr. Und haßt dich.

GENERAL: Wirklich? Dann leben wir also zur zufällig unter dem gleichen Dach?
ROBERT: Verbunden durch gemeinsame Möbel und sanitäre Anlagen. *(Ein tiefer Ton wird hörbar)*
GENERAL: Was ist das?
ROBERT: Das ist Lesley. Sie singt Mutter den »Tod des Boris« vor.
GENERAL: Aber irgendeine Bindung geht ihr doch ein?
JUDY: Wenn mich jemand körperlich anzieht, kann ich eine Affäre mit ihm haben. Aber in der Ehe sehe ich keinen Sinn. Sie führt doch nur zur Scheidung, und ist das für die Kinder etwa besser als gar keine Heirat? Es ist sinnlos und heuchlerisch.
GENERAL: Es gibt immerhin noch ein paar Ehen, die nicht beim Scheidungsanwalt enden.
ROBERT: Kannst du ehrlich behaupten, daß deine Gefühle heute noch so leidenschaftlich sind wie am Beginn deiner Ehe?
GENERAL: Nein, natürlich nicht.
ROBERT: Und kannst du im Ernst behaupten, daß ein neues Erlebnis dich nicht schon ab und zu gereizt hätte?
GENERAL: Mutter kommt noch nicht zurück, oder? Natürlich reizt es mich – aber ist man auf der Welt, um einer Versuchung zu erliegen oder ihr zu widerstehen?
ROBERT: Wenn man ihr erst erlegen ist, wie du es nennst, sofort – ohne weiter darüber nachzudenken – ist es doch keine Versuchung mehr, nicht wahr?
GENERAL: Allerdings nicht.
ROBERT: Die Versuchung entsteht doch erst durch Nachdenken. Ich gerate nie in Versuchung. Ich tue einfach, wozu ich Lust habe.
JUDY: Wie ich dazu stehe, das sieht man mir ja wohl an.
GENERAL: Aber macht euch das nicht beide sehr egoistisch?
JUDY: Wenn jeder egoistisch ist, gleicht sich das wieder aus, oder?
ROBERT: Das meiste Unheil dieser Welt kommt durch Leute zustande, denen die Interessen der anderen am Herzen liegen. Seht euch die Welt an. Um die Freiheit zu schützen, stehen überall Soldaten, wo sie unerwünscht sind und wo sie durch ihre bloße Anwesenheit die Freiheit zunichte machen, die sie zu schützen vorgeben.
GENERAL *(leidenschaftlich)*: Stimmt absolut. Volltreffer.
ROBERT: Und was hat die Kirche getan? Missionare in alle vier Ecken der Welt geschickt, um unschuldigen Menschen den Alptraum von der Erbsünde auf die Seele zu laden. Und da sie schon

einmal dort waren, haben sie auch gleich noch die reizvollen und unschuldigen Sexualriten in jenen Gegenden über den Haufen geworfen. Nach dem Kinsey-Report gilt unsere übliche Art des Beischlafs bei den Polynesen als die sogenannte »Missionars-Stellung«. Amen.

JUDY: Papa, wünschst du dir nicht manchmal, du hättest ein erfüllteres Leben gehabt?

GENERAL: Erfüllter? In welcher Hinsicht?

JUDY: Ich meine, daß du gewagt hättest, zu leben anstatt zu träumen?

ROBERT: Was Judy sagen will, ist: Wünschst du dir nicht, du hättest einen Haufen Affären gehabt anstatt immer nur treu zu sein?

GENERAL: Nein.

ROBERT: Ist das nicht nur die zwangsläufige Folge deiner Erziehung?

GENERAL: Höchstwahrscheinlich.

ROBERT: Dann muß es doch Gelegenheiten gegeben haben, die du bedauerst, versäumt zu haben.

GENERAL *(lächelt, entrückt, verträumt, charmant)*: Ja. Ja, die hat es schon gegeben. *(Räuspert sich)* Und doch bin ich stolz darauf, daß ich sie nicht wahrgenommen habe.

JUDY: Stolz ... aber unbefriedigt.

GENERAL *(verwundert)*: Unbefriedigt? Glaube ich gar nicht mal. Wir sind dazu erzogen worden, nicht viel zu erwarten, wißt ihr.

ROBERT: Wozu lebt man denn überhaupt? Deine Generation wurde alt geboren.

GENERAL: Wir wurden jung geboren, wurden aber alt erzogen. Nach der puritanischen Regel, daß erlittener Schmerz und tiefes Unbehagen der Seele in besonderem Maße zum Heil gereichen. Rückblickend erscheint es etwas lächerlich: daß meine Eltern ungeheure Summen aufbrachten, um mich in eine Schule zu schicken, wo man auf steinharten Betten schlief, sich mitten im Winter mit eiskaltem Wasser wusch und immer Hunger hatte.

ROBERT: Ja, so verrückt seid ihr.

GENERAL *(nachdrücklich)*: Und doch – weißt du, Bob, etwas Gutes hatte die Sache. Es hat mich auf das Leben vorbereitet.

ROBERT: Es hat dich vorbereitet auf das Leben deiner Generation und deiner Klasse – auf den Krieg, der der letzte sein sollte, für Polo in Indien und Schießereien mit den Eingeborenen im Grenzgebiet. Aber für uns wird es jetzt keine Kriege mehr geben. Wir machen einfach nicht mit. Es ist zu dämlich. Reine Verschwendung. Disziplin, wie du sie kennst, ist endgültig im Eimer. Wenn mir einer sagt, ich soll das und das tun, dann frage ich mich, warum – und springe nicht gleich.

GENERAL: Deine Zeitrechnung ist ein bißchen durcheinander, Robert. Am Ersten Weltkrieg habe ich nicht teilgenommen. Ich bin Jahrgang 1907. Trotzdem, ich bin nicht abgeneigt, euch beiden mit Respekt zuzuhören. Man verliert ungern den Kontakt, und solange man lebt, hat man die Pflicht, zu begreifen, was um einen herum vorgeht. Aber erklärt mir eines – langsam, wie für einen etwas Zurückgebliebenen – wo liegen die Vorteile eurer Denkweise?

ROBERT: Sag du's ihm, Judy. Mir wird diese Unterhaltung zu anstrengend.

GENERAL: Tut mir leid, daß ich so anstrengend für dich bin.

JUDY: Ach, Bob, du bist so entsetzlich taktlos!

GENERAL: Wenn ich richtig verstanden habe, Judy, ist die Taktlosigkeit Bestandteil einer fortschrittlichen Lebensphilosophie – einer Lebensphilosophie, für deren Verständnis ich zu verkalkt bin. Aber ich gebe mir schließlich Mühe.

JUDY: Also, Papa, sagen wir mal – du hättest in deinem Leben viele Liebesaffären gehabt.

GENERAL *(geduldig)*: Ja –

JUDY: Jetzt bist du ein alter Mann. Stimmt's?

GENERAL: Wenn du es sagst.

JUDY: Würden diese Affären dir nicht manches gegeben haben, auf das du jetzt zurückblicken könntest? Ich meine, ich bin jung, aber ich kann bereits auf eine ganze Reihe wundervoller Erlebnisse zurückblicken – und auch auf ein paar ziemlich schreckliche –, und ich finde, ich bin dadurch reicher geworden, während du, in fortgeschrittenem Alter, nur das Bild von Mutter in ihren verschiedenen Altersstufen vor Augen hast und sonst nichts.

GENERAL *(einsichtig)* Ja, ich muß zugeben, das engt den Reiz des Rückblicks ziemlich ein. Aber besteht das Leben ausschließlich aus körperlichen Kontakten? Gibt es nicht noch andere Dinge?

JUDY: Doch, doch, aber ich glaube, das Körperliche spielt eine höchst wichtige Rolle. Ich meine: der menschliche Körper ist ein wundervolles Instrument – und es liegt nur an mir, ihn voll auszuspielen – ihm alle Poesie und Musik zu entlocken. Das Seelische ergibt sich dann schon von selbst. *(Lange Pause, der General denkt*

nach, Judy fährt dann behutsam fort) Ich weiß, du hast ein bißchen das Gefühl, du warst deiner Verantwortung nicht gewachsen. Aber das stimmt nicht, Papa. Du warst immer ein wundervoller Vater.
(Robert schnauft)
Mit der dynamischen, bewegten Zeit, in der wir leben, kannst du eben nicht mehr so richtig mithalten.
GENERAL *(schwermütig, ebenso liebevoll)*: Wenn du es genau wissen willst, daran habe ich eben gar nicht gedacht. Der Gedanke, in irgend etwas versagt zu haben, ist mir noch nie in meinem Leben gekommen. Nicht einmal, als die Japaner unsere zweieinhalb Divisionen mit ihren achtzehn im Dschungel vor sich her trieben und wir gerade den angeschwollenen Irawady-Fluß vor uns hatten, kam mir der Gedanke eines persönlichen Versagens. Für solchen Defaitismus war kein Raum. Ich war viel zu wütend.
Nein, eben war ich nur einen Augenblick still, weil ich mir dachte, was für ein Jammer – hier sind junge Menschen mit den richtigen Ideen, negativen, aber richtigen – um endlich mit dem ganzen Unfug aufzuräumen, den man uns noch mit der Muttermilch verabreicht hat. Ich rechne es euch hoch an, daß ihr darauf besteht, selbständig zu denken, und daß ihr versucht, eure spontanen Gefühle mit vernünftigen Argumenten zu rechtfertigen. Aber wenn man genauer hinsieht, habt ihr einfach nicht die Kraft, eure Träume bis zur logischen Konsequenz zu verwirklichen.
JUDY *(wütend)*: Wir haben nicht die Kraft? Schau mich an!
GENERAL: Das ist kein Kunststück, in andere Umstände kann jeder kommen – jede Frau, meine ich. Das dicke Ende kommt erst, wenn das Kind auf der Welt ist und wenn du nicht mehr nur ausschließlich an dich selbst denken kannst. Dann mußt du nämlich gegen die Gesellschaft anrennen, und zwar dort, wo sie sich am schlimmsten, am dümmsten, am unversöhnlichsten zeigt – gegen Stumpfsinn und Verbohrtheit. Eine Zeitlang wirst du so tun, als ob es dir nichts ausmacht und als ob es dich nicht interessiere, was die Leute reden. Aber wenn das Kind heranwächst und anfängt zu denken und sogar zu sprechen, wirst du dich in die üblichen Moralvorstellungen flüchten. Du wirst versuchen, es in einer erstklassigen Schule unterzubringen, falls es dann noch eine gibt – du wirst eine rührende Geschichte erfinden – von deiner tragischen Vergangenheit – »Papi kam bei einem Autounfall ums Leben« oder irgend so was. Du wirst nicht die Kraft haben, es durchzustehen.

JUDY *(kalt)*: Woher weißt du das eigentlich?
GENERAL *(donnernd)*: Weil nur jemand von meiner Erfahrung und meiner Erziehung in der Lage ist, eine Idee bis in ihre letzte Konsequenz zu verfolgen! Ich weiß, wie man Menschen führt. Gottverdammt! Ich weiß, wen ich auf Spähtrupp schicke und wem ich meine Hosen zum Bügeln gebe – und glaube mir, es ist nie ein und derselbe Kerl, der für beides taugt.
(Ruhiger) Was Robert angeht, er hat sich für Gleichgültigkeit entschieden, das ist immerhin sicherer als dein Weg, Judy, und daran ist nichts Neues und gar nichts Revolutionäres. Natürlich hat ein solches Leben seine Vorteile. Wer sich immer distanziert, riskiert keine Niederlage, aber er erringt auch nie einen Sieg. Du bist ungefähr so gesund und wohlriechend wie das Wasser in einem Tümpel!
ROBERT *(gleichgültig)*: Das war der Ausbruch, auf den ich gewartet habe.
GENERAL: Nein, das war er nicht. Du dachtest, ich platze vor lauter rechtschaffener Entrüstung. Du dachtest, mich trifft der Schlag, wenn ich dich in Gesellschaft dieses komischen Hermaphroditen sehe. Nichts davon. Du dachtest, ich reagiere wie ein Vater aus dem viktorianischen Zeitalter! Hab' ich das getan?! Ich habe deiner Kritik an der Gesellschaft beigepflichtet. Ich war in vielen Punkten der gleichen Ansicht wie du. Deiner Intelligenz habe ich geschmeichelt, und ich fand sogar deine äußere Erscheinung durchaus erfrischend. Das einzige, was ich gesagt habe – und ich sage es noch einmal –, ist dieses: du hast nicht das Zeug, um aus deinen Ansichten etwas zu machen. Du hast dich auf ein Gewitter gefaßt gemacht, und alles, was du schließlich mit beträchtlicher Mühe hervorbringst, ist ein schwaches Säuseln. Ich sage dir, das genügt nicht. Es ist ein Jammer. Eine Schande. Du bist der Sache in keiner Hinsicht gewachsen.
(Lady kommt mit Lesley zurück)
LADY: Ist euer Tête-à-tête zu Ende? Oh, Judy, ich hab' dich nicht kommen hören. Lesley hat mir gerade ein genußreiches halbes Stündchen musikalischer Unterhaltung bereitet.
GENERAL: Nein, das hat sie nicht. Von jetzt an – Doris – sagen wir alle nur noch das, was wir denken. Tagesbefehl! Man konnte Lesley bis hierher hören, leider. Sie hat nicht das geringste musikalische Talent und eine infernalische Stimme.
LES *(stampft auf)*: Oh!
GENERAL: Eingeschnappt, Lesley? Gut!

ROBERT *(aufstehend, geht zu ihm hinüber)*: Was versprichst du dir davon, wenn du Lesley brüskierst?

GENERAL: Aha, jetzt haben wir den Ausbruch, auf den ich gewartet habe. So konventionell wie nur möglich. Die Reaktion eines typischen Garnisons-Majors!

ROBERT *(nimmt Lesley bei der Hand)*: Immerhin ist Lesley meine Geliebte. Gewisse Verpflichtungen habe auch ich.

GENERAL: Das von dir zu hören, haut mich fast um!

ROBERT: Lesley und ich, wir können auf deinen Sarkasmus verzichten, oder etwa nicht, Liebling?

LES *(in ihrer tiefsten Stimmlage)*: Ja.

ROBERT: Komm, wir verschwinden jetzt.

GENERAL: Kein Grund. Ich gehe.

LADY: Tubby!

GENERAL: Oh, nicht im Bösen, Doris. In aller Freundschaft – und nur vorübergehend. Ich ziehe ins Hanover Arms Hotel, um über alles einmal nachzudenken. Vielleicht weißt du es nicht, aber vor jeder größeren militärischen Operation pflegte ich mich immer für eine Weile von meinen Beratern zurückzuziehen. Um mich sozusagen in einen ganz persönlichen Stand der Gnade zu versetzen, in dem ich dann die Probleme des Tages und meine Pflicht kristallklar vor mir sah. Da ich noch nicht ausgepackt habe, verliere ich keine Zeit mit dem Packen. Ein Taxi brauche ich nicht. Ich gehe zu Fuß. Falls es während meiner Abwesenheit zur Welt kommt, Judy, schick mir ein Telegramm mit der Angabe des Geschlechts. Viel Glück, euch allen.

LADY: Tubby, bitte, geh nicht.

GENERAL: Bloß keine Tränen jetzt, bitte, Doris. Ich war vier Jahre weg. Auf ein paar Wochen mehr kommt es doch jetzt auch nicht an.

JUDY: Papa!

GENERAL: Was ist?

JUDY: Geh nicht!

GENERAL: Auch ich bin frei, Judy. Ich möchte gehen. Ich werde gehen, glaube mir – aber ich komme zurück, wenn ich die neuen Ideen, mit denen ihr meinen alten Kopf vollgestopft habt – erst einmal richtig verdaut habe. Grüße an die Nachbarn, Doris, und eh – ach, ich habe dir zur Begrüßung ja noch gar keinen Kuß gegeben. *(Er küßt seine Frau)* Goodbye, meine Liebe. *(Er wendet sich zur Tür)* Und eh – vive la liberté!

(Er geht. Lady bricht in Tränen aus und setzt sich)
LADY: Oh, ihr schrecklichen, schrecklichen Kinder!
(Die Kinder stehen unentschlossen und betroffen herum. Lesley kommt langsam zur Lady)
LES *(mit tiefer Besorgnis)*: Soll ich was für Sie singen, Doris?
LADY *(mit einem fast unnatürlichen Aufschrei)*: Neeiinn!

VORHANG

ZWEITER AKT

Nacht. Die Bühne ist dunkel. Plötzlich ein unbestimmbares Geräusch, ein Gekicher, gelegentlich Töne einer sich steigernden Leidenschaft. Dann Licht unter dem Türspalt.
Die Tür geht auf.
Lady Fitzbuttress steht in ihrem Nachtgewand als Silhouette in der Tür. Sie hat in der einen Hand eine Taschenlampe, in der anderen einen Degen.
LADY: Ist da jemand? *(Pause)* Ich weiß, da ist jemand, also kommen Sie schon heraus. Ich warne Sie, ich bin bewaffnet.
(Nichts rührt sich) Oh, also gut. *(Sie knipst das Licht an)*
ROBERT *(vom Fußboden her)*: Mach das Licht aus, Mutter! Wir sind nackt.
(Lady wirft einen Blick zur Tür, schnappt nach Luft, dreht dann wieder das Licht aus)
LADY: Was machst du da, Robert?
ROBERT: So eine alberne Frage habe ich noch nie gehört, Mutter.
LADY: Ich finde das wirklich in höchstem Grade anstößig.
ROBERT: Das weiß ich.
LADY: Ich wußte gar nicht, daß du hier drin bist. Du bist einen Monat nicht zu Hause gewesen, und wenn es dir beliebt, unangemeldet hier aufzutauchen – anstatt zu mir hinaufzukommen und mich zu begrüßen, benutzt du das Wohnzimmer als eh ... als ein, mir fällt kein anständiges Wort dafür ein.
ROBERT: Es war schon nach drei Uhr nachts, Mama. Ich hielt es für angebracht, bis zum Frühstück zu warten und dich nicht mitten in der Nacht zu wecken.
LADY: Wer kommt schon mitten in der Nacht zu Besuch? Hättest du nicht bis morgen früh warten können und deiner Leidenschaft für Lesley anderswo nachgehen können?
ROBERT: Wo? Am Bahndamm – und verhaftet werden, wegen Erregung öffentlichen Ärgernisses? Wenn wir schon an die Nachbarn denken, Mama, ist es hier auf jeden Fall sicherer.
LADY: Um die Nachbarn, Robert, geht es mir schon lange nicht mehr. Ich führe nur noch ein verzweifeltes Rückzugsgefecht, um wenigstens selbst bei Verstand zu bleiben. Vier Jahre stand ich den

Problemen allein gegenüber. Immer in der Angst, wie wohl dein Vater auf alles reagieren würde, wenn er nach Hause kommt. Jetzt weiß er es, und er hat sich großartig gehalten ... wie ein Mann ... aber er hat uns verlassen, und zwar euretwegen. Ihr habt ihn vertrieben, mit euren abscheulichen Manieren und eurem verrückten Benehmen.

ROBERT: Wenn er der Mann wäre, den du in ihm siehst, hätte er hier an deiner Seite bleiben müssen – nicht wegrennen dürfen. Warum hast du seinen Degen in der Hand?

LADY: Ich dachte, es sind Einbrecher – und so unrecht hatte ich damit ja auch nicht. Im übrigen, wie ich Mallalieu kenne, wird er heute zurückkommen. Heute ist der Tag des Jahrestreffens seines Regiments, und das hat er noch nie versäumt – wenn er in England war.

ROBERT: Ratarahh! Du kannst das Licht wieder anmachen, Mami, wir haben uns verhüllt.

(Lady knipst das Licht wieder an. Robert setzt sich auf. Neben ihm ist Helga)

LADY *(entsetzt)*: Helga! Wo ist Lesley?

ROBERT: Im Garten, nehme ich an.

LADY *(verwirrt)*: Es ist vier Uhr morgens. Sie kann doch nicht immer im Garten bleiben. Und Sie, Helga ... mir fehlen die Worte.

HELGA: Tut mir leid, Madam. Es war so eine Laune. Ich hatte Krach mit meinem Englisch-Lehrer und fühlte mich so einsam.

LADY: Es ist Ihnen doch wohl klar, daß ich Ihren Eltern gegenüber für Sie verantwortlich bin. Sie sind siebzehn Jahre alt. Ich mußte einen Revers unterschreiben, daß ich die Verantwortung für Ihre Sicherheit übernehme, solange Sie bei mir beschäftigt sind.

HELGA: Bin ich entlassen?

LADY: Dazu ist es womöglich jetzt schon zu spät. Vielleicht müssen Sie als meine Schwiegertochter hierbleiben – was allerdings mehr wäre, als ich ertragen könnte.

ROBERT: Wir haben ja nur ein bißchen gefummelt.

LADY: Was soll denn das heißen? Ich wage es mir nicht auszudenken.

ROBERT: Wir haben ein bißchen rumgealbert.

LADY: Willst du damit sagen, ich kam gerade noch rechtzeitig?

ROBERT: Beinahe. Nur ein bißchen zu spät. Du hast die Romanze lediglich verkürzt.

LADY: Nun, ich sage dir nicht noch einmal, was ich von alledem halte. Das weißt du selbst ganz genau. Und wenn man an die arme Lesley denkt draußen im Garten.

ROBERT: Vielleicht ist sie gar nicht im Garten. Vielleicht ist sie oben im Bett – wie ich sie verließ.

LADY *(unvermittelt)*: Ich wußte gar nicht, daß ihr euch überhaupt kennt, du und Helga.

ROBERT: Wir kennen uns gar nicht. Das ist viel aufregender so.

HELGA *(bedauernd)*: Ich hatte meine Schlüssel vergessen und hab' Steinchen ans Fenster geworfen ... aber Sie kennen mich ja, ich treffe immer daneben. Anstatt Ihr Fenster zu treffen, traf ich das Fenster daneben.

ROBERT: Ich hab's gehört, bin runtergegangen und habe sie reingelassen.

LADY: Und dann hast du sie hier auf dem Fußboden verführt.

ROBERT *(imitiert seinen Vater)*: Ja, jetzt bist du im Bilde!

LADY: Übrigens ist das alles Lüge. Unter der Fußmatte liegt immer ein Schlüssel, das wissen Sie, Helga.

HELGA: Hab' ich ganz vergessen.

LADY: Das stimmt nicht. So was vergißt man nicht. Wenn man seinen Schlüssel vergessen hat, fällt es einem wieder ein. Sie haben im Gästezimmer Licht gesehen und waren neugierig.

HELGA: Ein bißchen schon, das gebe ich zu.

LADY: Und, Robert, warum hast du mir erzählt, Lesley ist im Garten. Sie ist überhaupt nicht hier, oder? Du hast sie verlassen.

ROBERT: Lesley ist hier.

LADY: Schwörst du's?

ROBERT: Ich schwöre.

LADY: O mein Gott!

ROBERT *(seine Geduld strapazierend)*: Als ich aufwachte, lag Lesley nicht mehr neben mir im Bett. Ich weiß nicht, wo sie ist. Vielleicht ist die im Bad, was weiß ich. Ich dachte nur, es ist netter, sich vorzustellen, daß sie im Garten ist.

LADY *(setzt sich erschöpft)*: Ja, ja, du hast sicher recht. Das beweist mir, daß du ab und zu sogar einmal meine Gefühle respektierst. Was machen wir jetzt?

ROBERT: Warten, nehme ich an.

LADY: Warten? Worauf?

ROBERT: Auf alles, wie gehabt. Die Dämmerung. Den Morgen. Vaters Ehrentag. Die Folgen.

LADY: Welche Folgen?

(Oben schreit plötzlich ein Baby. Alle blicken auf. Pause)

HELGA *(langsam)*: Ich glaube, ich bringe mich um.

LADY *(liebevoll)*: Ach nein, das tun Sie nicht, Helga. Diesmal ist es mein Ernst. Morgen früh werde ich die Agentur anrufen. Sie können zurück nach Stavanger fahren.

HELGA *(dumpf)*: Wenn Sie mich wegschicken, bringe ich mich um.

LADY *(aufstehend)*: Ich nehme Ihnen Ihre Tabletten weg.

HELGA: Es gibt auch andere Möglichkeiten. Ich werde aus dem Fenster springen.

LADY *(mit wachsender Angst)*: Ich verbiete Ihnen, nach oben zu gehen.

HELGA *(dramatisch)*: Dann springe ich hier unten aus dem Fenster!

LADY *(außer sich)*: Sie verdienen eine anständige Tracht Prügel.

HELGA: Sadistin!

LADY: Was? Was werfen Sie uns jetzt wieder vor?

ROBERT *(gelangweilt)*: Eine Sadistin, Mutter, ist ein Mensch, dem es Freude macht, andern körperliche Schmerzen zu bereiten.

HELGA *(philosophisch)*: Nicht nur körperliche.

ROBERT: Warum tust du's nicht, Mami? Mit der flachen Seite von Papas Säbel? Ich bin überzeugt, Helga hat nichts dagegen. Es ist eine tolle erotische Neuheit.

LADY *(gespannt)*: Es würde mir überhaupt keinen Spaß machen, anderen körperliche Schmerzen zuzufügen. Aber wenn ich den Säbel schon benutze, dann mit der scharfen Seite, glaube mir. Und wie gern ich ihn benutzen würde! Es würde mich ungeheuer erleichtern. Was bist du eigentlich? Ein Satyr oder so etwas? Woher kommt sie, diese obszöne Besessenheit, dieser übermäßige Hang zur Sinnlichkeit? Meine Eltern waren vernünftige, geistig hochstehende Menschen, mein Vater war sogar Pfarrer. Die Eltern deines Vaters waren ruhige, zurückhaltende Leute. Wenn es tatsächlich so etwas wie Vererbung gibt, wo kommt deine Verrücktheit dann her?

ROBERT *(verträumt)*: Mein Gott, bist du ein hinreißendes Luder!

LADY: Was? Mit wem sprichst du denn?

ROBERT: Mit Helga. Ich bin ja nicht Oedipus, Mama. Ich hab' sie bis jetzt noch nie bei Licht gesehen.

LADY: Soll das heißen, du bist in mein Haus gekommen und hast kaltblütig eine Person verführt, die du bis dahin nur im Dunkeln gesehen hast?

HELGA *(kokett)*: Vielen Dank!
ROBERT: Ist die Haarfarbe echt?
HELGA: Ja. Die Augen auch.
LADY *(schimpfend)*: Möchtest du mir gefälligst antworten!
(Das Baby schreit oben wieder)
ROBERT: Siehst du, jetzt hast du das Kind wieder aufgeweckt, Mutter. Wenn es doch endlich mal still wäre.
LADY: Es ist ein allerliebstes Kind. Hoffentlich brüllt es so, daß die Wände wackeln. Das erspart mir die Mühe.
ROBERT *(geduldig)*: Warum gehst du nicht wieder ins Bett, Mama? Du siehst doch: keine Einbrecher da. Du kannst in Frieden schlafen.
LADY: In Frieden schlafen?! Helga Rasmussen, Sie packen sofort Ihre Koffer. Auf der Stelle!
HELGA *(niedergeschlagen)*: Ich kann nicht packen, das wissen Sie doch Madam. Erinnern Sie sich doch an die Katastrophe, als ich einmal versuchte, Ihre Koffer zu packen.
LADY *(beherrscht sich mit übermenschlicher Anstrengung)*: Also gut. Ich werde Ihnen die Koffer packen. Ich werde Ihnen Frühstück machen, und ich werde abwaschen, wenn Sie weg sind. Dann habe ich wenigstens etwas zu tun.
ROBERT: Mach das Licht aus, wenn du gehst, Mami.
LADY: Und du bleibst mit ihr allein? Auf gar keinen Fall. Helga, kommen Sie mit.
HELGA: Ich bin Ihnen ja nur im Weg, Madam.
LADY *(brüllend)*: Helga. Sie kommen mit! Das ist ein Befehl!
(Die Wirkung wird durch den Auftritt von Judy etwas verpatzt. Judy ist wütend)
JUDY *(die offensichtlich nicht mehr schwanger ist)*: Wie soll ich denn dieses Kind zum Einschlafen bringen bei dem Höllenlärm hier? Das solltest du eigentlich wissen, Mama!
LADY: Das sollte ich eigentlich wissen? Deine Unverschämtheiten habe ich jetzt satt, Judy! Ich bin deine Mutter, verstehst du?!
JUDY: Deshalb sage ich doch – du solltest es eigentlich wissen!
LADY: Dieses Kind?! Dieses Kind?! Warum nennst du es eigentlich immer dieses Kind? Wenn Andrew schreit, hat er wahrscheinlich Hunger.
JUDY: Aber ich hab' dem kleinen Bastard ja gerade die Brust gegeben!
LADY: Nenn ihn nicht so!

JUDY: Das ist keine Beschimpfung, sondern eine Tatsache. Er hat literweise Milch getrunken, soweit ich das beurteilen kann.
LADY: Dann muß er ein Bäuerchen machen.
JUDY: Er hat etwa hundertmal kräftig aufgestoßen. Und jetzt möchte er Heia-Heia machen, aber bei dem Krach hier!
ROBERT: Das Sandmännchen hat sich heut ein bißchen verspätet.
JUDY: Halt deinen Schnabel. Du bist doch sicher der Grund.
LADY: Ich habe ihn hier dabei ertappt, als er gerade Helga verführte.
JUDY: Helga?
LADY: Auf dem Teppich.
JUDY: Wo, ist nicht so wichtig, Mutter. Und wo ist Lesley?
LADY: Im eh ... irgendwo ...
JUDY: Ich geb' euch einen Rat, ihr beiden. Denkt an die Folgen, bevor ihr Quatsch macht.
HELGA: Ich liebe Babies.
JUDY: So! Du meinst die Vorstellung von einem Baby!
HELGA: Etwas, das von einem abhängt ... in einem wächst, in dir ...
JUDY: Klingt alles sehr reizvoll und so natürlich. Ich habe auch so gedacht. Womit ich aber nicht gerechnet hatte: Babies sind verdammt selbstsüchtig. Sie brüllen, wenn ihnen danach ist, und man wird ihr Sklave, bloß weil man älter ist und klüger. Und der Klügere gibt nach.
HELGA *(entsetzt)*: Aber hast du denn gar keine mütterlichen Gefühle?
JUDY: Meine mütterlichen Gefühle haben gerade zwei bis drei Wochen vorgehalten.
ROBERT *(souverän)*: Babies sind frei.
JUDY: Sie sind frei – und was fangen sie mit ihrer Freiheit an? Sie klammern sich an dich, und du bist deine Freiheit los.
LADY *(ruhig, in bitterem Triumph)*: Ja, und warte erst mal ab, bis der Widerspruchsgeist erwacht, bis sie sich ihre eigenen Gedanken machen, sich von dir abwenden und mit dem skandinavischen Hausmädchen schlafen ... auf deinem Teppich. Du stehst mit deinen Leiden erst am Anfang. *(Mit einem Unterton von Selbstmitleid)* Meine sind Gott sei Dank schon fast zu Ende ...
(Es entsteht eine Stille, die plötzlich allen bewußt wird)
JUDY *(theatralisch)*: Warum hat er aufgehört zu schreien? *(Keine Antwort)* Mutter?! Vielleicht ist er erstickt?! *(Sie rennt weg)*

LADY *(ruhig)*: Seht ihr?! Judy fängt endlich an, erwachsen zu werden. *(Mit einem Blick auf Robert)* Bei Männern dauert das immer ein bißchen länger.

ROBERT *(sich erhebend)*: Was ist das?

LADY: Was?

ROBERT: Das Geräusch im Garten.

LADY *(seufzend)*: Das ist wahrscheinlich Lesley.

(Die Tür geht auf, und der General kommt herein, mit langen Haaren, sein weißer Bart ist ungepflegt. Er ist schäbig gekleidet und hat eine Gitarre um)

GENERAL: Guten Morgen.

LADY *(wie versteinert)*: Mallalieu!

ROBERT *(belustigt, geht aber in Beunruhigung über)*: Papa, was soll denn dieser Aufzug bedeuten?

GENERAL: Ich bin der neue Rekrut und melde mich zum Dienst. Wann ist die Inspektion?

ROBERT: Inspektion? Wozu, um alles in der Welt?

GENERAL: Das solltest du aber wissen, Mann! Ob meine Haare lang genug sind. Ich weiß nicht, ob ich schon unhygienisch genug bin, um gleich zum vollen Beatnik zu avancieren – ihr habt heute strenge Bräuche. Was machst du mit meinem Säbel, Doris?

LADY: Ich dachte, hier sind Einbrecher.

GENERAL: Oh, und dann war ich es nur.

LADY: Robert war es, und Helga, die sich hier amüsierten.

GENERAL: Ich würde sie Lesley auch allemal vorziehen.

LADY *(gekränkt)*: Darauf kommt es nicht an, Mallalieu.

GENERAL: Ich habe mich verändert, Doris. Es interessiert mich nicht mehr, worauf es ankommt. Ich bin darauf aus, meinen Sinnen zu frönen.

LADY *(entsetzt)*: Mallalieu, reiß dich zusammen!

ROBERT *(feindselig)*: Papa, du machst dich wirklich lächerlich, ehrlich.

GENERAL *(kühl)*: So? Das beweist mir, daß ich auf dem richtigen Wege bin. Du solltest mir gratulieren – oder gibt es auch in euren Reihen so etwas wie Eifersucht?

LADY: Hast du vergessen, daß heute abend dein Regimentstreffen ist?

GENERAL: Keineswegs. Deshalb bin ich ja gekommen.

LADY: Ich habe deine Uniform aufbügeln lassen.

GENERAL: Danke, aber die brauche ich nicht. Nur die Orden, weiter nichts. Ich hefte sie mir hier an.

ROBERT: Aber so kannst du doch da nicht hingehen!

GENERAL: Warum nicht? Das tut den Jungs gut, wenn sie mal einer aus ihrer verdammten Selbstgefälligkeit herausreißt.

ROBERT *(einlenkend)*: Aber du kannst doch nicht gleichzeitig in zwei Welten leben – Papa!

GENERAL: Ich wiederhole – warum nicht? Die Dienstvorschrift sagt nichts darüber. Es ist mein gutes Recht, meine Orden zu tragen. Ich habe sie mir verdient. Das Victoria-Kreuz gegen die Japaner. Das Große Verdienstkreuz in Äthiopien. Sie gehören mir. Und es ist auch mein gutes Recht, Zivil zu tragen, ich bin pensioniert.

ROBERT: Du bist barfuß.

GENERAL: Ich bin in deinen Kreisen noch nicht so bekannt, daß mir auf Anhieb jemand Schuhwerk pumpen würde.

LADY: Aber du hattest sehr anständige Schuhe an, als du hier weggingst.

GENERAL *(geduldig)*: Was soll ich mit sehr anständigen Schuhen anfangen, Doris? Dann lieber gar keine.

LADY: Aber ... wo hast du denn vergangene Nacht geschlafen?

GENERAL: Unter einem liegengebliebenen Greenline-Bus in der Nähe von Virginia Waters.

ROBERT: Aber zu Fuß von Virginia Waters bis hierher sind es doch sechs Stunden.

GENERAL: Stimmt. Diese Idioten haben den Bus repariert und sind damit weggefahren, gerade als ich es mir darunter bequem gemacht hatte. Du – Robert – brauchst vielleicht sechs Stunden von Virginia Waters bis hierher, weil du gehst – ich habe es in fünf Stunden und vier Minuten geschafft, ich bin marschiert.

LADY *(überwältigt)*: Aber was hast du in Virginia Waters gemacht, Mal? Dort kennen wir doch keinen Menschen.

GENERAL: Eben. Meine Lehrzeit diene ich nicht in der Umgebung von Menschen ab, die mich kennen, Doris. Ich habe dir gesagt, ich trete erst dann wieder in Erscheinung, wenn ich das Gefühl habe, ich bin soweit.

ROBERT: Es ist hoffnungslos, Papa. Und wo du jetzt wieder hier bist, finde ich es richtig, du gehst hinauf, rasierst dich und versuchst, wieder normal zu sein.

GENERAL *(kalt)*: Das könnte dir so passen! Damit mein Anblick dir wieder etwas bietet, wogegen du opponieren kannst, was? Es paßt die in den Kram, einen Vater zu haben mit schmalem Schnurrbart, feistem Genick und rückständigen Ideen. Aber so einfach mache ich es dir nicht.

LADY: Ach, Mal, tu doch bitte, was Robert sagt.

GENERAL: Robert tut ja auch nicht, was ich sage. Warum, zum Kukkuck, soll ich tun, was er sagt?

ROBERT: Merkst du nicht, was er im Schilde führt, Mutter? Er will mich beschämen, damit ich in den Schoß der Gesellschaft zurückkehre.

LADY: Das ist allerdings ein sehr kühnes Unterfangen.

GENERAL *(lächelt grimmig)*: Das mag ursprünglich sogar meine Absicht gewesen sein, Robert, zugegeben. Aber eines hatte ich dabei nicht bedacht.

ROBERT: Und zwar was?

GENERAL *(krähend)*: Es macht mir Spaß.

ROBERT *(ernsthaft besorgt)*: Was macht es dir?

GENERAL: Spaß! Einen Heidenspaß. Mir ist es noch nie in meinem Leben ununterbrochen so gutgegangen. Ich fühle mich in die gute alte Zeit zurückversetzt, nach Sandhurst – Grundausbildung im Frieden – gegen die Japaner am Irawady kam uns das übrigens sehr zustatten... Fallen stellen, Lagerfeuer machen, Spuren verwischen... ich lausche wieder in die Nacht hinaus... hast du das jemals getan, Robert? Das geheimnisvolle Tönen der Stille, in dem jedes Knacken eines Astes wie das Krepieren einer Granate klingt – und den nächtlichen Geruch der Erde –, der ist so ganz anders, weißt du... ein warmer, süßer Duft, von ungeheurer Intensität... die unfaßbare, hinreißende Versuchung einer Kraft, die so gewaltig ist, daß du selbst nur noch wie eine Mikrobe bist, die sich mit Mühe an ihrem äußersten Rande zu halten weiß.

ROBERT *(aufheulend)*: Aber Papa! Du hast alles falsch verstanden! Du bist jetzt ein Landstreicher, kein Beatnik!

GENERAL *(würdevoll)*: Meiner Meinung nach ist ein Landstreicher für den Beatnik, was ein Arbeiter für den Kapitalisten ist. Der Landstreicher arbeitet hart daran, nicht zu arbeiten; der Beatnik ist einfach zu faul zur Arbeit. – Du und deine Gitarre, Robert – die ist dir nur die Legitimation für die Kellerkneipen, in denen du mit deinen Kumpels herumhockst; da tauscht ihr eure Bazillen aus, atmet gegenseitig euren Mief ein, in eurem vergeblichen Bemühen um Ver-

ruchtheit – du kannst das verdammte Instrument ja noch nicht mal spielen, höchstens die Baß-Saite schlagen, um den qualvollen Singsang deiner Lesley zu untermalen.
ROBERT: Kannst du es vielleicht?
GENERAL: Ich? Hah! Ich habe mir gleich ein Lehrbuch dazugekauft, »Lerne Gitarre spielen wie Segovia in zwanzig Lektionen«. Wirklich ein tolles System: alles nach Zahlen. Ich habe mir selbst schon 32 Unterrichtsstunden gegeben, und unseren Regimentsmarsch und die Nationalhymne kann ich mit zwei Fingern schon recht hübsch zupfen. Paß mal auf – eins, achtzehn, zwölf, vierundzwanzig – »Von Alexander ist die Rede« – oh, verflucht –, sechzehn, sechzehn –, wo ist sechzehn? »Und von Herku –« neun, neun, ach, da! – »und tapfer sein wie diese« – es ist jetzt schon spät, und ich bin ein bißchen müde. Aber unter normalen Umständen – das versichere ich dir – kann ich es schon ganz flott spielen – abgesehen von ein paar oberflächlichen Fehlern. Kannst du das etwa?
ROBERT: Ich will es gar nicht können!
GENERAL: Genau. Weil du nicht das Stehvermögen hast.
LADY: Was für eine ausgefallene Idee! Ich wäre im Traum nicht auf den Gedanken gekommen, du könntest dir einmal eine Gitarre kaufen.
GENERAL: Die Gitarre habe ich mir verdient – ich hab' Streichhölzer verkauft!
ROBERT: Aber die Streichhölzer, die hast du doch erst kaufen müssen.
GENERAL: Na, irgendwo mußte ich ja mal anfangen. Ohne Kapital kann man heute kein Beatnik mehr werden.
LADY *(seufzend)*: Na, jedenfalls ein reizender Scherz!
GENERAL: Scherz? Wenn ich zum Regimentstreffen nicht zu spät kommen will, muß ich mich langsam auf den Weg machen. Noch ein Gewaltmarsch wäre zuviel für mich. Ich gehe nur rasch hinauf und steck' mir meine Orden an.
ROBERT: Papa, du riechst.
GENERAL: Ausgerechnet du stellst das fest?
LADY: Er hat recht, Mal ... es ist ziemlich ... unangenehm.
GENERAL: Ja, aber es ist ein anderer Geruch als der gebrechlich muffige, dumpfe, säuerliche Gestank, den Bob und Lesley hier verbreiten. Was ihr an mir riecht, ist Erde – nicht Dreck, ist Pferdemist – nicht der Mief aus einem Striptease-Schuppen.

LADY: Da hast du sicher recht, Mal – wie immer. Aber ich mag den Geruch nicht, und das Regiment wird ihn bestimmt auch nicht mögen.

GENERAL: Das ist nur Gewohnheitssache, wie alles andere auch. Als ich zum ersten Mal in meinem Leben Austern aß, dachte ich, das ist das Widerlichste, was sich ein pervertiertes Gehirn je ausgedacht hat. Heute kann ich nicht genug davon kriegen.

LADY: Gut, gut – aber du mußt uns wirklich ein bißchen Zeit lassen, damit wir uns an deine neue Persönlichkeit gewöhnen können – und an das, was damit zusammenhängt. Pferdeställe haben ihren eigenen Geruch, der mich auf dem Lande auch gar nicht stören würde. Aber in die Atmosphäre eines gepflegten Wohnzimmers paßt er einfach nicht hinein.

GENERAL: Das lasse ich gelten. Na, auf jeden Fall ist mir der Geschmack für ein gepflegtes Wohnzimmer völlig abhanden gekommen.

(Judy kommt herein)

JUDY: Papa!

GENERAL *(überrascht)*: Judy.

JUDY: Ich dachte, ich hätte deine Stimme gehört!

GENERAL: Oh, übrigens – gratuliere!

JUDY: Danke.

GENERAL: Du warst so nett, mir ein Telegramm zu schicken, als das Kind geboren wurde. Man hat es mir ans Themse-Ufer nachgeschickt, wo es mich erreichte. Es ist also ein Junge.

JUDY: Ein sehr lauter, viel zu dicker Junge, der mir überhaupt nicht ähnlich sieht.

GENERAL: Aber über die Mutterschaft bestehen doch keine Zweifel?

JUDY: Gott sei Dank nicht.

GENERAL: Hattest du dir mehr davon versprochen?

JUDY: Ich hab' mir gar nichts versprochen.

GENERAL: Oh, wenigstens ehrlich. Kann ich ihn sehen?

JUDY: Nein. Du bist viel zu schmutzig. Ich meine, wozu sterilisiere ich den ganzen Tag Flaschen und alles, womit er in Berührung kommt, wenn ich dann einen Müllkutscher wie dich zu ihm lasse? Was hast du vor, Papa? Bist du irgendwo entsprungen?

LADY *(mit edler Zurückhaltung)*: Dein Vater hat die Freiheit entdeckt, Judy.

JUDY: Ach, mach dich doch nicht lächerlich, Papa. Bei wem willst du Eindruck schinden? Bei Robert?

GENERAL: Ich habe bereits zugegeben, daß ich ursprünglich die Absicht hatte, bei euch beiden Eindruck zu schinden – aber erstaunlicherweise habe ich im Verlauf der Ereignisse für mich einen Grad von Unbeschwertheit entdeckt, den ich nie für möglich gehalten hätte.

JUDY: Unbeschwertheit?

LADY *(bitter)*: Das hat Papa gesagt.

GENERAL: Die Rückkehr in diesen Sumpf spießbürgerlicher Verlogenheit hat mir nur die Richtigkeit meiner Auffassung bestätigt. Ihr beide habt mir die Freuden verantwortungslosen Verhaltens vor Augen geführt, und ich bin euch unendlich dankbar.

Doris beißt sich wieder auf die Lippen, wie immer, wenn jemand ihrer Rechtschaffenheit zu nahe trat. Was ist denn los, meine Liebe? Kannst du es nicht ertragen, daß ich das Wort »Unbeschwertheit« einmal anders als im gewohnten Zusammenhang ausspreche? Wir haben immer das Rechte getan, nicht wahr? Wir haben immer für die Umwelt ein tapferes Lächeln aufgesetzt, damit ja niemand merkte, wie sehr wir uns zu Hause auf die Nerven gingen. Und im Schatten unserer Heuchelei sind diese beiden Kinder aufgewachsen und haben uns durchschaut, genauso klar, wie wir beide einander durchschaut hatten. Was haben wir ihnen anderes vermittelt als ein ausgesprochenes Gefühl von Abscheu?

LADY *(zitternd)*: Ich glaube, du solltest dich bei uns allen entschuldigen, Mallalieu.

GENERAL: Entschuldigen? Du lieber Himmel, Weib, du redest genau wie ein lächerlicher Regiments-Kommandeur – nach dem Rezept: Fühle dich im Zweifelsfalle immer in deiner Ehre gekränkt – wenn du nicht genug Grips hast, um einem Argument zu folgen, dann geh auf Nummer Sicher, verlange eine Entschuldigung. Ich entschuldige mich bereitwilligst bei jedem, der Wert darauf legt. Bei dir, den Kindern, der Greenline-Omnibusgesellschaft, den malayischen Partisanen – ich gehe sogar noch weiter, ich entschuldige mich hiermit feierlich für alles, was ich morgen oder übermorgen noch tun oder nicht tun werde. Aber darum geht es gar nicht. Es geht darum, daß die Revolte unserer Kinder zwar Formen angenommen hat, die die hochgesinnten Herrschaften in unserer Nachbarschaft reizen könnten, aber diese Revolte ist durchaus verständlich – und berechtigt. Ich heiße sie gut, begreifst du das? Ich bedaure nur, daß diese beiden weder die Erfahrung noch die moralische Kraft besitzen, sie durchzuführen.

ROBERT: Das ist lächerlich!

HELGA: Nein, das ist es nicht. Ich verstehe das.

LADY: Verlassen Sie bitte das Zimmer, Helga. Das ist ein Familienkrach.

HELGA: Sie haben selbst gesagt, ich könnte vielleicht schon zur Familie gehören. Ich stimme mit dem General überein. Meine Generation ist verwirrt und bitter – ohne ersichtlichen Grund zur Bitterkeit. Wir geben unseren Körper nur deshalb so leichtfertig hin, weil unsere Eltern uns eingeredet haben, er sei unser kostbarster Besitz. Wir betreiben Selbstzerstörung, um zu Maßstäben zu gelangen, um an dem, was wir verloren haben, das zu ermessen, was wir besaßen. Wir sind mißtrauisch gegenüber dem, was man uns lehrt –, weil die, die es uns beigebracht haben, mit ihren klugen Lehren selber nicht glücklich geworden sind. Aber wir sind nicht schlecht, verstehen Sie.

Wir wissen nicht viel von der Liebe, weil so vieles, was darüber geschrieben und gesagt wurde, falsch ist und nicht übereinstimmt mit dem, was wir wissen oder um uns herum sehen. Und wenn wir uns hingeben, geschieht es oft nur aus Mitleid oder Freundschaft oder in einem schwachen Augenblick auch aus Neugier. Aber wir haben nicht das Gefühl, daß wir eine Sünde begehen, denn wir haben erlebt, daß das Richtige oft viel Leid und das Falsche oft viel Glück bringt. Ich verstehe Sie, General, weil ich vom Land bin, und wo ich herkomme, da gibt es so viele Flüsse und Berge, wo man einsam sein könnte, aber irgendwie ist man niemals einsam. Dagegen kommen mir die Städte immer leer vor. Und wenn wir nur genügend Verstand hätten, würden wir vielleicht die Wahrheit gerade an einem Ort finden, wo wir sie überhaupt nicht mehr vermutet haben, weil er uns so vertraut war, daß wir daran vorbeigegangen sind.

GENERAL *(zündet sich die Pfeife an)*: Das haben Sie schön gesagt, Helga ... aber worauf wollen Sie eigentlich hinaus?

HELGA *(bewegt)*: Sie sind ein großer Mann, ein Vater Ihres Regiments, zum Befehlen geboren –, aber in Ihrer eigenen Familie hört niemand auf Sie. Man ißt Ihr Brot, trinkt Ihren Wein und kränkt Sie am laufenden Band. Erinnern Sie sich an Peer Gynt? Er ging von zu Hause weg, um die Welt zu erobern – und als er scheiterte, kehrte er zurück und fand seine Geliebte, die dort auf ihn gewartet hatte. Das war ein sentimentaler Schluß. Sie dagegen stehen bei Ihrer Rückkehr den Tatsachen eines unsentimentalen Jahrhunderts gegenüber und verlassen Ihr Zuhause abermals, um eine noch größere Welt zu erobern – und das allein! Das ist ungerecht!

GENERAL: Was ist daran ungerecht?

HELGA: Bei dem weitgesteckten Ziel, das Sie gewählt haben, sollte kein Mann ganz auf sich allein angewiesen sein. Selbst unter den Tieren in der Arche Noah gab es keine Junggesellen und alte Jungfern, und auch Peer Gynt hatte seine Solveig. Wenn Sie wollen, gehe ich mit und verbringe die Nacht mit Ihnen.

LADY *(schneidend)*: Das habe ich kommen sehen. Um Himmels willen, Helga, halten Sie wenigstens Ordnung in Ihrer Unmoral, mehr verlange ich nicht. Ermutige sie nicht, Mallalieu!

HELGA *(bewegt)*: Nun?

GENERAL *(kichert verhalten, aber höchst verwirrt)*: Da sieht man es wieder. Jahrelang habe ich mir den Schnurrbart gestutzt, mich mit Eau de Cologne und Rasierwasser eingerieben, mir makellose Fingernägel poliert – und nie habe ich jemanden beeindrucken können, außer durch meinen Rang.

Jetzt lasse ich mich gehen, aus freien Stücken, und ehe man sich's versieht, kommt ein verdammt attraktives Mädchen und ... *(Er schaut Helga zum ersten Mal von Kopf bis Fuß an)* verdammt attraktiv ... verdammt attraktiv ...

LADY *(zaghaft)*: Mallalieu –?

GENERAL: ... und meldet sich freiwillig zu dem zweifelhaften Vergnügen, meinen Asphalt mit mir zu teilen. Ich würde lügen, wenn ich sagte, daß es mich nicht reizt, Helga.

ROBERT *(entsetzt)*: Vater, das kannst du nicht! Du doch nicht! Mein Gott, sie ist doch eine – ich meine, sie schläft doch mit jedem.

(Helga gibt ihm eine kräftige Ohrfeige)

HELGA *(wütend)*: Jetzt weiß ich endlich, warum du die Haare so lang trägst. Damit es nicht weh tut, wenn man dir eine runterhaut!

LADY: Wie können Sie es wagen ...

GENERAL: Volltreffer, junge Dame. Ich muß sagen, jetzt reizt es mich noch mehr. Aber trotzdem – nein, danke.

Hör auf, im Zimmer herumzulaufen, Doris! Der Himmel weiß, ich will dich nicht unnötig kränken – aber manchmal forderst du einen geradezu heraus.

(weich): Begreifst du denn nicht – was diesen jungen Menschen fehlt, ist ein Ziel, ein Ideal. Für uns war das so einfach. »Für König und Vaterland« – »Gott ist die Liebe« – »Hängt den Kaiser« – das hörte gar nicht auf. Und mit jedem dieser Schlagworte ging eine oft schädliche Vereinfachung, Pflicht genannt, Hand in Hand, die eine Menge von Untaten dadurch zuließ, daß sie eine Menge von Tugenden zum Schweigen brachte.
Und was haben sie statt dessen? Die Auflösung des Empire ist mit dem Ruf »Für König und Vaterland« schwerlich in Einklang zu bringen. Hiroshima ist schwerlich in Einklang mit Gott als dem Sinnbild der Liebe – und »Hängt den Kaiser« ist schwerlich in Einklang mit der Tatsache, daß heute befreundete deutsche Panzer keine zwanzig Meilen von hier als unsere Gäste an einer Sommerübung teilnehmen, um uns gegebenenfalls vor etwas zu beschützen, wovon nur Gott und der Präsident der Vereinigten Staaten von Amerika eine genauere Vorstellung haben.
Robert reagiert auf all das, indem er an geweihtem Orte Platitüden über die Bombe von sich gibt, und alle drei beschäftigen sich damit, pflichtgemäß mit ihren Altersgenossen zu schlafen, weil sie glauben, nur dadurch ihre Eltern mit dem Chaos konfrontieren zu können, das diese ihnen hinterlassen haben. Warum weinen Sie, Helga?
HELGA: Ich fühle mich auf einmal wieder sehr jung. Und das war ich gar nicht mehr gewohnt.
GENERAL: Nun, da Sie geredet haben wie eine Alte, haben Sie mich da auf die richtige Spur gebracht. – Nach alledem, was ich über Sie weiß, könnte ich unmöglich aus Ihrer spontanen Begeisterung meinen Vorteil ziehen. Nein, nein. Ich bin keine Aufgabe für Sie, Helga. Ich suche selbst noch meinen Weg zwischen den Hecken und unter den Eisenbahnbrücken. Wieviel Uhr ist es?
ROBERT *(mürrisch)*: Es dämmert schon.
GENERAL: Dann mach' ich mich auf. In welchem Zimmer ist eh ... das Kind?
JUDY: Andrew. Möchtest du ihn sehen?
GENERAL: Nein, nein. Ich möchte auf gar keinen Fall, daß du ein Risiko eingehst. Aber ein Foto von ihm hätte ich eines Tages schon ganz gern.
JUDY: Du kannst zu ihm rein. Er schläft.
GENERAL: Aber nein, Judy – ich wollte ja nur wissen, welches Zim-

mer ich zu meiden habe. Ich hole meine Orden und mache mich auf den Weg. Außerdem möchte ich ihn sowieso lieber sehen, wenn er wach ist.

(Das Baby schreit wieder)

JUDY *(am Ende ihres Lateins)*: Aaahh! *(Sie geht, gefolgt vom General)*

LADY: Helga, kann ich ein paar von Ihren Tabletten haben?

HELGA *(hart)*: Nein.

LADY *(ruhig)*: Sie sind ein gemeines, unmoralisches kleines Luder, und das werde ich Ihrer Mutter schreiben.

HELGA: Das wird sie Ihnen sicher glauben – sie ist Ihnen in vieler Hinsicht sehr ähnlich.

LADY: Das dachte ich mir. Na, wir haben ja auch die gleichen Probleme –, mit dem Unterschied, daß ich mir auch noch die Probleme Ihrer Mutter aufgeladen habe. *(Lady schaut Robert an)* Aahh, Robert – ich fühle mich miserabel!

ROBERT: Ja. Das kann ich mir vorstellen, Mutter.

LADY: Ist das alles, was du dazu zu sagen hast?

HELGA: Sie müssen ihm etwas Zeit lassen – damit er über den Schock hinwegkommt, Madam. Für ihn war alles viel schlimmer als für Sie.

LADY: Helga, kein Mensch kann mehr einstecken als ich im letzten Monat. Wenn Sie nicht so ein kleines Biest wären, würde ich Ihnen jetzt das Familienalbum zeigen – ein Bild des Anstands und der Ordnung: Robert beim Cricket –

ROBERT *(faßt sich an den Kopf)*: Bitte nein, Mutter –!

LADY: Harmloser, kindlicher Zeitvertreib, zugegeben, und doch ist es so nett und anheimelnd. Der General, das Jagdgewehr im Anschlag, ich auch mit auf der Jagd, Judy auf ihrem ersten Ball. Ach, ich fange an, zu weinen. Was ist jetzt aus all dem geworden?

HELGA: Der General hat es Ihnen ja erklärt.

LADY: Seine Erklärungen habe ich nie begriffen. Nie, vom Tage unserer Hochzeit an, habe ich seine Erklärungen nicht begriffen. Er hat versucht, mir zu erklären, wie er die Japaner geschlagen hat, aber bis zum heutigen Tage habe ich noch nicht kapiert, warum die Japaner nicht gewonnen haben.

HELGA *(lebhaft)*: Aber es war Ihre Pflicht, zu begreifen, selbst wenn Sie es nicht konnten. Das war es, was er von Ihnen erwartete – und das sind Sie ihm schuldig geblieben.

ROBERT *(springt auf)*: Du bist doch von allen hier das Allerkonventionellste.

HELGA: Na, wenn schon?! Vielleicht warten wir alle nur auf den richtigen Augenblick, um konventionell zu sein. Aber was für ein Traum: mit einem unkonventionellen Mann konventionell zu sein!

ROBERT: Das ist Blödsinn!

HELGA: Blödsinn? *(Ruhig)* Das sagst du nur, weil du geschockt bist. Alles was du hast, ist eine Zwangsvorstellung, und das hat dir dein Vater genommen. Und jetzt stehst du da mit nichts als deiner Mutter in Tränen – und da helfen dir deine langen Haare auch nicht. Als du auf die Welt kamst, hast du jedenfalls noch nicht so ausgesehen wie jetzt. Du warst bei deiner Geburt ebenso wie das kleine nackte schreiende Ding da oben mit seinen lästigen Bedürfnissen und unappetitlichen Gewohnheiten.

LADY: So war Robert nie!

ROBERT: Hör auf, Mutter!

LADY: Robert war anders – und das sage ich nicht nur, weil ich seine Mutter bin. Geschrien hat er ganz selten – und nur, wenn er zu starke Schmerzen in seinem Bäuchlein hatte.

ROBERT: Mutter, merkst du nicht, wie peinlich das für mich ist?

HELGA: Wer ist jetzt konventionell? Brauchst du wirklich die Illusion, daß du anders warst als andere, auch wenn du bloß auf dem Nachttopf throntest?

LADY *(triumphierend)*: Er war anders, das begreifen Sie nicht! Er hatte so eine niedliche Art, zu rufen »Fertig, Mami!«

ROBERT: Um Himmels willen, Mutter, sei still!

LADY *(erschreckt, faßt sich rasch, kalt)*: Jetzt ist er ganz anders. Er ist erwachsen. *(Sie weint heftig)* Er ist zu ungerecht. Ich nehme meine Zuflucht zu Unverbindlichkeiten, zur Geistesabwesenheit! Ich wechsle das Thema. In Wirklichkeit bin ich überhaupt nicht geistesabwesend ... ich kann nur einfach dem Leben nicht mehr ins Gesicht sehen.

(Robert steht in miserabler Verfassung da, wie ein begossener Pudel. Helga mustert ihn gnadenlos)

ROBERT: Was soll ich machen?! Meine Schuld ist es ja schließlich nicht, oder? Es ist doch Papa –

HELGA: Was du machen sollst?! Was ganz Konventionelles – du brennst doch schon darauf, es zu tun! Deine Mutter trösten.

ROBERT *(leise)*: Sie ist so schrecklich blöd.

HELGA *(leise)*: Das ist jetzt nicht mehr zu ändern.

LADY *(wütend)*: Ich bin nicht blöd.

ROBERT: Entschuldige, Mama – aber das war nicht für dich bestimmt. Kopf hoch! Ich bin's! Dein Robert!

LADY *(bekommt seine Hand zu fassen. Mit geschlossenen Augen)*: Laß mich deine Hand halten ... Robert ... mein Junge ... laß deiner armen alten blöden Mutter das lumpige bißchen Trost.

ROBERT: Du bist ja gar nicht blöd, Liebes, nur eben nicht sehr ... ich meine ... eben nicht ...

LADY: Wir können auch nicht alle ... Es ist nicht der Intellekt, der die Welt zusammenhält ... es ist das menschliche Herz .. das dumme Menschenherz ... wir sind alle so abhängig voneinander, mein Liebling ... wir brauchen einander ... immer, wenn ich dich sehe, erinnere ich mich an die Schmerzen bei deiner Geburt ... nein, komm, bleib hier, mein Bob ... ich war viel zu klein, um dich zu bekommen, ja, aber ich wollte keinen Chirurgen, ich wollte dich so haben, wie die Natur es bestimmt hat ...

ROBERT *(will weg)*: Das hast du mir alles schon erzählt. Du brauchst es wirklich nicht zu wiederholen.

LADY: Weißt du, wieviel du bei deiner Geburt gewogen hast?

ROBERT: Ja, ich weiß. Elf Pfund und vier Unzen.

LADY: Elf Pfund und fünfeinhalb Unzen!

ROBERT: Jedesmal, wenn du die Geschichte erzählst, werde ich eine Unze schwerer. Das ist sicher nur natürlich. Die Geschichte wird eben immer älter.

LADY *(hält ihn mit eisernem Griff)*: Du kannst lachen, Robert ... Das hast du von deinem Vater ... deine Liebenswürdigkeit, dein Witz, dein Charme ... das habe ich alles nicht. Ich bin viel zu ehrlich, leider! Aber trotzdem bleibst du mein Junge .. Sieh mich an!

ROBERT: Ich sehe dich sehr gut, Mutter, auch wenn du mich nicht hältst.

LADY: Ich liebe dich, Robert, wie ich sonst nichts liebe. Sag das Judy nicht. Aber wenn du nicht wärst, wäre ich schon lange tot.

HELGA *(sachlich)*: Also ich glaube, heute morgen mache ich mal das Frühstück.

LADY: Das können Sie ja gar nicht.

HELGA: Das weiß ich ja, aber trotzdem werde ich es einmal versuchen.

(Ehe sie aus dem Zimmer ist, kommt der General herein. Er hat seine Orden angelegt und sich den Degen umgehangen)

GENERAL: Also. Ich gehe.

LADY: Ja. Ja, verlaß uns nur.

GENERAL: Er ist ein niedlicher kleiner Kerl – der Andrew. Sieht aus wie ich, wenn ich gerade geduscht habe. Judy hat mich ihn halten lassen. Er war sofort von mir begeistert, ebenso wie Helga. Wenn man's überlegt, scheint Sauberkeit doch eher anerzogen und nicht angeboren zu sein. Im Augenblick, als er mich sah, hörte er auch schon zu schreien auf und spielte mit meinem schmuddeligen Bart. *(Baby schreit wieder)* Da! Er will unbedingt seinen schmutzigen alten Opa. Eines Tages bringe ich meine Orden zurück und schaue ihn mir wieder an.

HELGA: Vergessen Sie mich nicht.

GENERAL: Aber nein, Helga, ganz bestimmt nicht. *(General geht)*

ROBERT *(widerstrebend)*: So kannst du ihn unmöglich gehen lassen, Mama. Er macht sich ja lächerlich.

LADY *(rachsüchtig)*: Laß ihn doch!

ROBERT: Ein Mann in seiner Stellung, das ist doch was anderes als bei mir. Wenn er sich lächerlich macht, dann macht er auch uns lächerlich, begreifst du das nicht?

LADY: Du hast recht, lauf ihm nach, Robert! Halte ihn auf, ganz gleich wie! *(Robert rennt weg, bleibt in der Tür stehen)* Was ist denn?

ROBERT: Ich habe plötzlich Stiche. Es muß diese abrupte Bewegung gewesen sein – ah!

HELGA: Du holst ihn sowieso nicht mehr ein.

ROBERT: Außerdem ist Lesley vielleicht wirklich im Garten. Möglich ist es. Ich kann sie jetzt nicht sehn.

LADY: Dann ruf die Polizei an. Sag, er hat einen Nervenzusammenbruch. Sag was. Irgend etwas, was du willst.

HELGA: Ich lasse niemand ans Telefon!

LADY: Was lassen Sie nicht?!

HELGA: Gönnen Sie ihm seinen Traum ... Er hat ihn verdient. *(Sie reißt die Telefonschnur aus der Wand)* Jetzt gehe ich und mache Frühstück! *(Helga geht)*

LADY *(melodramatisch)*: Robert –!

ROBERT: Ich helfe ihr ... *(Robert geht)*

LADY *(gebrochenen Herzens)*: Robert ... *(Beharrliches Klopfen am*

Fenster) Wer ist das? Bist du wieder zurück, Mallalieu? *(Sie schirmt ihre Augen, während sie zum Fenster geht)* Lesley, bist du's? *(Sie riegelt das Fenster auf. Sofort kommt ein unwahrscheinlicher Mann hereingestiegen – untersetzt, rundlich, mit einem aggressiv wirkenden Schnurrbart und der roten Hautfarbe des Cholerikers. Er trägt einen flachen Landhut und einen legeren karierten Anzug)* Tiny!

TINY: Schhh –!

LADY: Ich habe dir doch gesagt, du darfst tagsüber nie hier herkommen, Tiny!

TINY: Ich mußte einfach. Er ist doch eben weggegangen, nicht wahr? Sah aus wie eine Vogelscheuche. Ich sah ihn zur Straße hin marschieren, ein Banjo über der Schulter und das Lied von den Britischen Grenadieren auf den Lippen. Wirklich eine Schande!

LADY: Das ist eine Gitarre!

TINY: Das ist mir egal, was es ist, es ist und bleibt eine Schande! Ich habe in den letzten Tagen verschiedentlich versucht, dich anzurufen, weil ich dich warnen wollte, aber du bist nie selbst an den verdammten Apparat gegangen, immer war irgendeine Ausländerin dran, und ich kann einfach meine Stimme nicht verstellen.

LADY: Mich warnen? Wovor?

TINY *(verstohlen)*: Er ist gesehen worden ... hier in der Gegend. Billy Watson-Fernibough fuhr in seinem Bentley aus der Stadt raus und schwor, er hätte an der Verkehrsampel in Staines einen Landstreicher gesehen, der aussah wie Mallalieu Fitzbuttress. Ich wußte, er gilt als vermißt. Das ist längst stadtbekannt, weißt du. Ich habe gar nicht mehr daran gedacht, bis dann Clive Clayton-Mallowes in unserem Stammlokal erklärte, ihm wäre in Virginia Waters ein heruntergekommener Typ fast in den Wagen gelaufen, habe ihn ganz von oben herab militärisch gegrüßt – und auch dieser Strolch hatte eine überraschende Ähnlichkeit mit Mallalieu Fitzbuttress. Ich zog daraus meine Schlüsse und sagte mir: – »Achtung, der alte Pulverkopf ist in der Gegend! Es ist besser, ich warne Doris.«

LADY: Das war sehr nett von dir, Tiny, aber jetzt mußt du wirklich gehn. Es wird gerade Frühstück gemacht. Es könnte jemand kommen.

TINY *(mißgelaunt)*: Ich rieche Kaffee. Trinkst du keinen Tee mehr?

LADY: Ach, Tiny, wenn ich keine anderen Sorgen hätte. Ist Dick immer noch im Gefängnis?

TINY: Ich wünschte, du hättest das nicht erwähnt, Doris. Daisy macht mir schon genug die Hölle heiß. Sie säuft, weißt du. Und es ist ausschließlich ihr Fehler, wenn Dick auf Abwege geraten ist ... verweichlicht hat sie den Jungen, von Anfang an.

LADY: Das ist ein Fehler, den ich bei Robert nie gemacht habe.

TINY: Du bist eine wunderbare Frau und eine herrliche Mutter, Doris. Wenn Robert nicht so geworden ist, wie er sollte, dann ist es ausschließlich Mallalieus Schuld, und das weißt du auch. Hat zuviel verlangt von dem Jungen, ihn kaputtgemacht.

LADY *(mit geschlossenen Augen)*: Es ist Jahre her, seit mir jemand gesagt hat, ich sei eine wunderbare Frau.

TINY: Ich habe es dir vor noch nicht zehn Tagen gesagt. Und ich werde nie aufhören, es dir zu sagen. Oh, Doris, wie lange soll diese Komödie noch dauern?

LADY: Tiny, bitte! Laß mir noch etwas Zeit.

TINY: Ich habe dir schon sechsundzwanzig Jahre Zeit gelassen, Doris. Das ist mehr als ein Vierteljahrhundert. In der Zeit hättest du dir doch über deine Gefühle klarwerden können.

LADY: Aber da war der Krieg. Mallalieu war weg. Solange er weg war, konnte ich nichts unternehmen.

TINY: Gerade da hätte man etwas tun können, scheint mir. Wie dem auch sei ... ich war ja damals auch weg, das Vaterland verteidigen.

LADY: Sei gerecht gegen Mallalieu, Tiny. Er hat auch das Vaterland verteidigt.

TINY *(gereizt)*: Das weiß ich. Wir waren ja im gleichen Regiment, weißt du das nicht mehr?

LADY *(strahlend)*: Natürlich weiß ich das. Dadurch konnte ich die Regiments-Kokarde, mit Diamanten besetzt, tragen, dir zu Ehren, mein Herz – ohne mir auch nur für einen Augenblick untreu vorzukommen.

TINY *(etwas zu dick aufgetragen)*: O Gott, ich begehre dich so. Doris.

LADY: Immer noch?

TINY: Immer ... und ewig!

LADY: Du mußt jetzt wirklich gehn.

TINY: Laß mich die Mütze abnehmen.

LADY: Nein, nein. Gehst du nicht zum Regiments-Treffen?

TINY: Selbstverständlich. Würde ich nicht um alles in der Welt versäumen. Nach dem Mittagessen fahre ich los.

LADY: Du wirst dort Mallalieu treffen.

TINY: Ihn? Wieso? Er will doch da nicht etwa ... in der Aufmachung ... ich meine, wie ich ihn vorhin gesehen habe ...

LADY: Doch! Und er hat den Regimentsmarsch auf der Gitarre einstudiert. Er kann ihn fast schon spielen, mit einem Finger.

TINY *(humorlos polternd)*: Der Kerl ist ja vollkommen übergeschnappt – verrückt! Jetzt geht er wirklich zu weit. Exzentrisch war er ja schon immer ... war schon immer ein Exzentriker ... aber diesmal. *(Mißtrauisch)* Bist du sicher, daß er sich nicht einen Scherz mit dir erlaubt. Sich nicht unterwegs irgendwo umzieht und dann zum Festessen erscheint, gestiefelt und gespornt, wie immer?

LADY: Er hat seine Uniform hiergelassen.

TINY *(geht im Zimmer auf und ab)*: Das verstehe ich nicht. Da hat ein Kerl das Glück – o ja, das ist Glückssache, glaub mir, wenn einer die Spitze des Baumes erklimmt. Und was macht er? Schmeißt alles weg – einfach so! *(Plötzlich mit Zärtlichkeit)* Und außerdem hat er das wunderbarste Mädchen der Welt ganz für sich allein, und was macht er? Zerrt seinen Namen, den seines Sohnes, seiner Tochter und seiner Frau in den Schmutz. Das kommt in die Zeitungen. Und du kennst ja die Presse – keine Achtung vor dem Rang, im Gegenteil, je tiefer der Sturz, desto mehr Spaß macht das diesen Leuten.

LADY *(leidend)*: Ich weiß. Ich weiß. Was können wir dagegen tun?

TINY *(mit Leidenschaft)*: Den Trennungsstrich ziehen. Mallalieu zwingen, die Konsequenzen seiner Verrücktheit auf sich zu nehmen.

LADY: Er war nicht immer so, weißt du.

TINY: Jeder Mensch trägt den Keim seines Schicksals in sich selbst, Doris. Mallalieu war von Anfang an dazu bestimmt, überzuschnappen. Mir war bestimmt, dich zu lieben und dich zu trösten und dir alles zu geben, was nur ich dir geben kann.

LADY *(nervös)*: Tiny – ich höre Schritte!

TINY *(entschlossen)*: Laß sie kommen! Eine ganze Armee! Von mir aus. *(Eindringlich)* Um Gottes willen, Doris – es ist nicht nur dein Problem. Daisy ist auch noch im Spiel. Sie läßt sich jetzt völlig gehn. Ich weiß nie, was in der nächsten Minute passieren wird. Diese Unsicherheit kann ich nicht länger ertragen. Ich bin ein Mann, ich hätte so ungeheuer viel zu geben – und das muß alles verkümmern, verstehst du das denn nicht?!

LADY: Natürlich, mein Liebling.

TINY: Na dann ...

LADY *(nur noch ein Hauch)*: Noch nicht. Jetzt noch nicht ...

TINY *(nach einer Pause)*: Du verlangst von mir, daß alles so weitergeht wie seit 26 Jahren! Daß ich dich zwei-, dreimal im Monat sehe ... zufällig und heimlich.

LADY *(züchtig)*: Dann und wann eine schwache Stunde.

TINY *(mit unglaublicher Tapferkeit)*: Gut, Doris. Es ist besser als nichts. Ich hab' nichts dagegen. Du weißt genau, wie ich zu Unmoral und Untreue stehe – nicht an mich herankommen lasse ich diese Dinge – mir, als praktizierendem Christen sind sie ein Greuel – aber das ist etwas anderes – um uns herum ist alles befleckt, häßlich, schmutzig – während wir beide, du und ich, meine liebste Doris – wir sind rein.

LADY *(spielt in seinen Haaren)*: Waren wir immer so rein, Tiny? In Torquay?

TINY *(ein Echo romanischer Erinnerungen)*: Torquay ... Kairo ...

LADY *(seufzend)*: Kairo ... Valetta, das Crown Royal Hotel –?

TINY *(genüßlich)*: Valetta ... *(düster)* Catterick ... *(beide blicken verschämt zu Boden, besorgt)* Nein, offen gestanden, damals haben wir gesündigt – aber damals habe ich mir nie träumen lassen, daß wir noch mal fünfzehn Jahre warten müssen. *(Strahlend)* Trotzdem, ich bedaure nichts und möchte keinen einzigen Augenblick missen ... es war einfach zu schön ... und ich bin durch und durch davon überzeugt, Doris, daß unser Herr Sünden vergißt, wenn sie nur schön genug sind.

LADY *(in einem Anflug von Leichtsinn)*: Küß mich, Tiny! *(Sie küssen sich)* Ich bin so ungeheuer einsam, liebstes Herz. *(Unvermittelt)* Aber jetzt höre ich wirklich Schritte – und den Teewagen.

TINY: Es wird jetzt nicht mehr lange dauern, das schwöre ich dir.

(Tiny steigt rasch aus dem Fenster. Die Tür geht auf. Während Robert sie aufhält, schiebt Helga den Teewagen mit dem Frühstück herein. Judy folgt)

ROBERT: Wer war das, Mutter?

LADY: Wer war was?

ROBERT: Jemand ist doch hier gewesen – das Fenster ist doch offen *(Er geht hinüber)*

LADY *(eilig)*: Es war Lesley – wenn du es unbedingt wissen mußt *(Robert bleibt auf seinem Weg zum Fenster wie angewurzelt stehen)* Sie ist ... ganz außer sich.

ROBERT *(betroffen)*: Auch das noch.
JUDY: Robert, du solltest dich wirklich schämen.
Während Lady Fitzbuttress zustimmend nickt

fällt der
VORHANG

DRITTER AKT

Ein sonniger Morgen, sechs Monate später. Die Fenster sind offen, und die Sonne strömt herein.

Die Bühne ist leer.

Lady Fitzbuttress kommt in ihrer glanzvollsten Aufmachung, wie für ein Gartenfest, ganz Duft, Leichtigkeit, Blütenpracht. Sie ist in bester Stimmung. Ihr folgt Judy, in ganz ähnlicher Aufmachung, und dann ein junger Mann von erstaunlicher Bedeutungslosigkeit, Basil Utterwood. Er trägt eine Brille, und sein Haar wächst in kleinen, gelblichen Locken.

LADY: Ein herrlicher Tag für eine Hochzeit.

BASIL: Ja.

LADY: Was haben Sie gesagt, Basil?

BASIL: Ich sagte ja. Ich bin geneigt, Ihnen zuzustimmen.

LADY *(seufzend)*: Man findet so selten Zustimmung in diesem Haus. *(Sie blickt aus dem Fenster)* Über meinem Glück liegt nur noch ein Schatten. *(Man hört draußen Hämmern)*

JUDY: Er wird sich überwinden. Ich wette, zur Hochzeit steigt er sogar herunter.

LADY: Warum er ausgerechnet auf einem Baum leben muß, kann ich mir einfach nicht vorstellen.

JUDY: Sie doch froh, daß er wenigstens von der Straße verschwunden ist – und von den Titelseiten der Zeitungen.

LADY: Manchmal ist mir so, als sähe ich da oben zwei Menschen.

JUDY: Zwischen dem dichten Laub kann man das nicht so genau erkennen. Zu arbeiten hat er dort oben jedenfalls für zwei, das wird es wohl sein.

LADY: Vielleicht.

BASIL: Oh, da ist eine Frage, die ich einfach noch stellen muß, und ich würde es vorziehen, sie in Gegenwart von Lady Fitzbuttress zu stellen.

LADY: Ja, Basil?

BASIL: Nun eh, es handelt sich um ... eine Heirat ist doch ... ein ziemlich wichtiger Schritt im Leben eines Menschen, ganz gleich, ob Mann oder Frau ...

LADY: Basil. Es ist der allerwichtigste Schritt.

BASIL: Ich freue mich, daß Sie meinen Eindruck bestätigen. Sie haben viel mehr Erfahrung als ich. Aber da es nun einmal so ein wichtiger Schritt ist, sollte man ihn nicht mit völlig offenen Augen tun?

LADY *(nach einem Augenblick)*: Das kommt darauf an, mein Lieber. Wenn es stimmt, daß die Liebe blind macht – wie kann man da die Augen völlig offen haben?

BASIL: Das ist sicher ganz richtig. Zumal diese Beobachtung zweifellos das Ergebnis Ihrer Erfahrung darstellt; aber ich hatte gar nicht die Zeit, mich richtig zu verlieben.

LADY: Ob man richtig verliebt ist, weiß man immer erst nach der Hochzeit.

BASIL: Tatsächlich? Aber es muß doch Ausnahmen von dieser Regel geben?

LADY: Wollen Sie damit sagen, daß Sie eine Ausnahme sind?

BASIL: Nein, nein, verstehen Sie mich bitte nicht falsch. Ich habe Judy sehr gern. So gern wie man jemanden nur haben kann, mit dem man nur ein paar Stunden lang zusammen war – und die meiste Zeit fast im Dunkeln.

LADY: Wovon sprechen Sie eigentlich? Haben Sie sie bei Nacht und Nebel kennengelernt?

BASIL: Nein. Es ist so: Ich trinke nie. Überhaupt nicht, wissen Sie. Höchstens einmal einen Sherry, bei irgendeinem festlichen Anlaß, oder einen Schluck Apfelwein, in Gesellschaft – aber an dem Abend, an dem ich Judy kennenlernte, hatte ich getrunken.

LADY: Waren Sie betrunken?

JUDY: Aber keine Spur! Er war gerade Dritter im 1500-Meter-Lauf im White City Stadium geworden und gehörte damit zur Olympia-Reserve. Wir haben in Joe Taverners Wohnung ein bißchen gefeiert – und Basil sprühte buchstäblich vor Charme und Witz. Ich verliebte mich auf der Stelle in ihn.

BASIL *(entsetzt)*: Tatsächlich? Ich erinnere mich an nichts.

JUDY *(vorwurfsvoll)*: Oh, Basil. Du enttäuschst mich.

BASIL: Nein, im Ernst. Ich muß es ganz ehrlich sagen. Ich erinnere mich nur, daß im am anderen Tag auf einer Couch in einer fremden Wohnung aufgewacht bin.

JUDY: Und was hattest du an?

BASIL: Weiß ich nicht. Ich weiß nur noch, daß ich meine Klub-Krawatte trug, weil ich mich furchtbar ärgerte, daß sie so zerknittert war! Und als ich versuchte, aufzustehen, merkte ich, daß ich schreckliche Kopfschmerzen hatte. Ich verließ die Wohnung, ohne jemandem zu begegnen, und schämte mich entsetzlich. Ich fand nicht einmal Gelegenheit, mich bei jemandem für die erwiesene Gastfreundschaft zu bedanken.

JUDY: Das kannst du jetzt bei mir nachholen.

BASIL *(erstaunt, laut)*: War es etwa deine Wohnung?

JUDY *(vorsichtig)*: Es war eine Wohnung, die ich damals mit ein paar Leuten gemeinsam bewohnte.

BASIL: Oh. Großartig. Ganz großartig.

JUDY *(zärtlich)*: Es war eine traumhafte Nacht.

BASIL: Ich freue mich, daß wenigstens jemand Spaß daran hatte. Und dann plötzlich vor ein paar Tagen machte Judy mich in White City ausfindig und steht draußen, vor den Umkleide-Räumen, mit einem Kind im Arm – und sagt mir, es ist mein Kind. Na, ich meine, da ist es ja schließlich kein Wunder, daß ich an diesem Tag hoffnungslos hinter meiner Bestzeit zurückblieb.

LADY: Eigentlich hätten Sie doch überglücklich sein müssen!

BASIL: Ja. Aber das Kind sieht mir überhaupt nicht ähnlich.

LADY: Es ist Ihnen wie aus dem Gesicht geschnitten.

BASIL: Ich bin blond. Und Judy auch. Das Kind ist dunkel.

LADY: Die Haarfarbe eines Kindes ändert sich doch ständig. Als Judy auf die Welt kam, war sie kahl. Wer wäre da auf die Idee gekommen, daß ihr eines Tages ein aschblonder Schopf sprießen würde?

BASIL: Ja, aber Judy und ich haben beide blaue Augen. Das Kind hat braune.

JUDY: Meine Augen werden ganz dunkel, wenn ich was Dunkles anhabe.

BASIL: Das Kind hat lauter weiße Sachen an. Seine Augen sind trotzdem dunkel.

JUDY *(zärtlich)*: Basil, eine Frau mag reden, was sie will – aber eines weiß sie immer genau: wer der Vater ihres Kindes ist. Immer. Ich bin kein Typ, der sich verplempert. Nur du kannst es gewesen sein.

BASIL: Bist du bereit, das zu beschwören?

LADY *(streng)*: Basil, eine Ehe beruht auf Vertrauen. Wenn Sie Judy in diesem Punkt bereits mißtrauen – dann muß ich mir wirklich ernsthaft überlegen, ob ich zu dieser Heirat meine Zustimmung geben kann.

BASIL: Ich zweifle nicht an Ihrem Wort...

LADY: Was denn sonst? Sie haben sie aufgefordert, die Wahrheit ihrer Worte zu beschwören...

BASIL: Zwei Menschen, die zusammengehören, sollen sich doch gegenseitig helfen. Ich brauche einfach Judys Hilfe, ich brauche ihre Hilfe, um mir klarzuwerden, wie alles weitergehen soll.

LADY: Vor euch liegt ein ganzes Leben, in dem ihr beide reichlich Gelegenheit haben werdet, euch gegenseitig zu helfen. Aber ohne Vertrauen ist das nicht möglich. Vertrauen Sie ihr!

BASIL: Nun ja...

LADY: Haben Sie Vertrauen zu mir?

BASIL: Selbstverständlich.

LADY: Und ich habe Vertrauen zu Judy. Hilft Ihnen das etwas?

BASIL: Ja, ja, ich glaube schon.

LADY: Na also, dann ist das erledigt. Und jetzt machen Sie sich bitte nützlich, Basil, und sprinten Sie mal nach oben. In meinem Zimmer werden Sie meine Handtasche finden, die mit der Stickerei. Bitte bringen Sie sie mir.

BASIL: Ja. Ja, selbstverständlich, Lady Fitzbuttress. *(Basil sprintet los)*

LADY: Er ist nicht der Vater, nicht wahr?

JUDY: Nein. Natürlich nicht.

LADY: Also willst du trotzdem dabei bleiben, Judy? Er sieht nicht nach viel aus.

JUDY: Ich habe die Männer ohnehin satt.

LADY: Aber du muß ihm gegenüber fair sein.

JUDY: Glaubst du, daß er jemals etwas so Begehrenswertes wie mich findet?

LADY: Offengestanden, nein. Er scheint mir nicht der Typ zu sein, der weiß, wie man das anstellt. Aber andererseits, Liebling – muß du deine eigene Zukunft nicht dem Kind opfern. Ein Funke von Zuneigung muß schon da sein.

JUDY: Er läuft wie ein Gott. Auf der Aschenbahn ist er wirklich wie verwandelt – und er wird direkt schön, wenn man ihn nicht gerade durch den Feldstecher betrachtet.

LADY: Das ist alles schön und gut, mein Herz, aber du kannst nicht dein ganzes Leben lang neben ihm her sprinten. Nebenbei bemerkt, wenn er wirklich so gut ist, wie du sagst, könntest du auf die Dauer nicht Schritt halten.

JUDY: Er ist nur aus der Entfernung attraktiv, das hab' ich dir doch gesagt, Mutter.
LADY: Aber muß du ihn deswegen heiraten? Hättest du nicht mehr davon, wenn du ihm Briefe schreiben würdest. Eine unerfüllte Liebe hat auch ihren Reiz.
JUDY: Ach, um Himmels willen, Mutter. Ich habe meine Gründe.
LADY *(nach einem Augenblick)*: Gütiger Gott! Du bist doch nicht etwa schon wieder schwanger?!
JUDY: Doch. Ich glaube.
LADY: Aber wieso denn? Seit wann?
JUDY *(irritiert)*: Ich weiß es nicht, Mutter. Ich kann nur einfach nicht mehr so weitermachen mit dieser Ungewißheit. Ich brauche einen sicheren Halt in meinem Leben – einen Anker. Und dieser Anker ist ein Ehemann. Ich muß mich sicher fühlen können, was auch geschieht.
LADY: Aber warum kannst du nicht den Vater deines Kindes heiraten? Ich glaube einfach nicht, daß du nicht weißt, wer es ist. Einmal vielleicht – aber gleich zweimal...
JUDY: Mutter, auf den ausgesprochenen Ehemannstyp stehe ich einfach nicht.
(Basil kommt zurück)
BASIL: Tut mir schrecklich leid. Ich konnte Ihre Handtasche nicht finden.
LADY: Ach, wie dumm von mir. Ich hatte sie die ganze Zeit in der Hand. Verzeihen Sie, Basil.
BASIL: Selbstverständlich.
LADY *(schmeichelnd)*: In Ihrer Abwesenheit, mein Lieber, haben Judy und ich uns ein bißchen ausgesprochen, wie das unter Frauen..., na, Sie verstehen das sicher, Basil, es besteht nicht der geringste Zweifel, daß Sie Andrews Vater sind.
BASIL: Oh. Da bin ich aber fast froh.
LADY: So gehört es sich auch.
(Helga kommt in einem Hochzeitskleid herein. Sie ist leicht schwanger)
LADY: Helga, Sie sehen hinreißend aus, meine Liebe, in diesem jungfräulichen Weiß! Jedenfalls paßt es gut zu Ihrem Teint, wenn auch sonst zu nichts.
HELGA *(streicht über ihren Leib)*: Man sieht's doch noch nicht, oder doch?

JUDY: Aber nein. Gerade genug, daß man sich vielleicht fragt.

HELGA: Du bist ein Aas, Judy!

LADY: Sie kennen Helga, nicht wahr, Basil? Sie ist die Braut meines Sohnes Robert – und wird die geplante Doppelhochzeit komplettieren.

BASIL *(lächelt verlegen)*: Ja, wir kennen uns. Als ich heute früh ankam, hat Helga mir geöffnet und mir mein Zimmer gezeigt. *(Pause)* Ich wußte gar nicht, daß hier eine Art Massenhochzeit stattfinden soll.

LADY: Sie haben doch nichts dagegen, Basil?

BASIL: Nein. Nein. Je mehr, desto besser. Ich bin Teamarbeit gewöhnt – der Absprung erscheint dann nicht so schlimm, wenn man zu mehreren ist.

LADY: Das Wort Absprung gefällt mir nicht besonders. Heute ist ein Freudentag für uns alle. Und Mister Bayliss kommt und macht sogar ein paar Farbaufnahmen. Wo ist Robert?

HELGA: Er kommt mit Schlips und Kragen nicht zurecht. Er ist völlig aus der Übung. *(Sie blickt aus dem Fenster und winkt freundlich hinaus)*

LADY: Darf ich Sie bitten, nicht aus dem Fenster zu winken, Helga.

HELGA: Er hat zuerst gewunken. *(Winkt wieder)* Ach, das nenne ich einen Mann!

(Robert kommt in einem schlecht sitzenden Tagesanzug. Er hat kurzes Haar, und seine ganze Erscheinung hat eine gewisse Transparenz)

LADY: Robert, laß dich anschauen!

ROBERT: Schrecklich, sich nach Jahren wieder zu rasieren! Mein Kinn und mein Hals brennen wie Feuer! Ich kriege bestimmt einen Ausschlag, und ich muß mir doch wieder den Bart wachsen lassen. Und diese Schuhe – man hat das Gefühl, man hat Tonnen an den Füßen.

LADY: Geh hinaus und zeig dich Papa.

ROBERT: Oh, fang nicht an, mich rumzuzeigen wie einen Zuchtbullen.

LADY *(befehlend)*: Ich möchte, daß er dich sieht!

(Während Robert hinausgeht, nimmt Helga einen Feldstecher zur Hand)

LADY: Ist er zu sehen, Helga?

HELGA *(entzückt)*: O ja. Ja. *(Etwas erschreckt sie plötzlich)*

LADY: Was ist denn?
HELGA: Ich dachte eben, er fällt runter. Er schüttelt sich vor Lachen.
LADY: Was ...? Robert, komm sofort zurück!
ROBERT: Ich würde mich an seiner Stelle auch vor Lachen schütteln. Er hat gewonnen. Verstehst du das nicht? Ich bin wieder im Käfig.
LADY: Unsinn! Er hat sich doch lächerlich gemacht. Du hast den Namen und den Ruf der Familie wiederhergestellt. Was hat das mit einem Käfig zu tun!
ROBERT *(hitzig)*: Ich bin drin, und er ist draußen – das hat das mit einem Käfig zu tun.
(Läuten an der Tür)
LADY: Ah, das wird der Vikar sein.
JUDY: Wer, Mutter?
LADY: Der Vikar. Er wollte auf dem Weg zur Kirche vorbeikommen und sich – wie er es ausdrückte – ins Bild setzen. *(Sie ruft)* Herein! Kommen Sie herein, Vikar. Die Tür ist offen.
JUDY: O Mutter! Genügt es nicht, wenn wir den Vikar in der Kirche ertragen?
(Der Vikar kommt herein, ein eher düsterer Mensch, mit Schuppen auf den Schultern und dem erstarrten Lächeln eines gefährlichen Fisches; er hat eine Stimme mit eingebautem Echo)
VIKAR: Guten Morgen, allerseits. Und es ist ein sehr schöner Morgen, Lady Fitzbuttress – wie geschaffen für Hochzeiten.
LADY: Ach, das ist Mister Utterwood, Vikar – Judys Mann, das heißt sozusagen fast.
VIKAR: Ich habe Sie oft im Fernsehen bewundert, Mister Utterwood, aber da mein Gerät nur einen sehr kleinen Bildschirm hat und Sie so schnell laufen, sind Sie nie sehr lange drauf.
BASIL *(geschmeichelt)*: Oh ...
LADY: Und vielleicht erinnern Sie sich an Helga ... die einst als Hausmädchen, Au-pair, aus dem fernen Norwegen zu uns kam.
VIKAR: O ja, natürlich – und Sie haben sich offenbar auch sehr verändert, meine Liebe. Als ich Sie zum ersten Mal sah, waren Sie nur ein Strich, und jetzt sind Sie ein großes, kräftiges Mädchen, wie? Das macht bestimmt die köstliche Landbutter. *(Er lacht ein bißchen)* Tja, Robert – das nenne ich eine Romanze, der verlorene Sohn kehrt heim und verliebt sich in ...
ROBERT: Das gemästete Kalb.

VIKAR: Aber, aber. Das wollte ich ganz bestimmt nicht sagen – aber es ist ganz lustig – Worte sind etwas Wunderbares, um hm Gedanken und Hintergedanken unter die Leute zu bringen. Ja. Judy? Wie geht's dem kleinen Andrew?

JUDY *(ohne Begeisterung)*: Sehr gut.

LADY: Danke, Vikar.

VIKAR *(plötzlich ernst, er ist Meister jener Art von Stimmungsumschwung, die ein Mensch herbeiführt, der die Gespräche zumeist nach seinen Bedingungen führt)*: Nun, setzten wir uns! *(Alle gehorchen)* Ich wollte mich unbedingt mit Ihnen allen vor der offiziellen Trauung noch einmal unterhalten, um auf jeden Fall sicherzugehen, daß Sie sich über das große Abenteuer im klaren sind – und ich bezeichne es gern als ein großes Abenteuer –, in das Sie heute eintreten. Ich tue das ausnahmsweise und aus besonderem Anlaß, weil gerade Ihr bisheriges Leben mir einige Rätsel und äußerst dornige Probleme aufgegeben hat. Es gibt – und ich hoffe, Sie verstehen das, Judy – es gibt wenige Pfarrer, die großen Wert darauf legen würden, bei der Trauung einer ledigen Mutter zu amtieren, selbst wenn der Bräutigam der Vater des Kindes ist. Dann gibt es ja immer noch das Standesamt, könnten Sie sagen. Aber das Standesamt ist ein zu nüchterner Ort für die weihevolle Handlung, die wir jetzt vorhaben.

Nun, auf die Freuden körperlicher Harmonie brauche ich ja gerade Sie nicht mehr sonderlich hinzuweisen ... aber ich kann Ihnen vielleicht etwas darüber sagen, wie diese Freuden sich steigern lassen, durch strikte Rationierung und durch das, was ich selbstgewählte Enthaltsamkeit nennen möchte. Lassen Sie mich diesen Gedanken noch weiter führen: Ein Kind, das in seiner Jugend alles hat, findet in seinem späteren Leben an nichts mehr Gefallen. Für ein solches Kind gibt es keine Wunder mehr, keine Anreize. Niemand hat es die Enthaltsamkeit gelehrt, verstehen Sie?

Oder lassen Sie es mich anders ausdrücken: Der Weihnachtspudding wäre an dem einen Tag im Jahr bei weitem nicht so köstlich, wenn wir ihn wie Porridge jeden Tag zu uns nähmen. Der Beischlaf sollte uns also eher wie der Weihnachtspudding und nicht wie Porridge erscheinen, und der Appetit drauf ließe sich entscheidend steigern, durch was? Sie haben es erraten: durch Enthaltsamkeit. Konnten Sie mir alle folgen?

CHOR *(ergeben)*: Ja ... hm ...

VIKAR *(todernst)*: Gut. Nun, also, Judy – Sie haben doch einige höchst törichte Irrtümer begangen, nicht wahr?

JUDY: Ja. Das stimmt.

VIKAR *(mit düsterem Lächeln)*: Ich freue mich, dieses Eingeständnis zu hören. Es liegt mir nichts daran, daß Sie ausrufen »Mea culpa« – oder sich in Sack und Asche hüllen. Nein, nein, diese Zeiten sind vorbei – auch wir haben gelernt, mit der Zeit zu gehen. Aber ich möchte, daß Sie den Tatsachen kalt und gelassen ins Auge blicken und zu sich selber sagen: »Ich war eine Törin. Aber jetzt bin ich durch die feierliche Handlung der Eheschließung mit meinem Schöpfer wieder vereint« – Eheschließen ist ein gutes Wort, Judy – »Ich werde heute eine Tür hinter mir schließen und den Schlüssel für immer wegwerfen, und ich will für den Rest meines Lebens in der Geborgenheit einer großen Liebe leben.« Ist das klar?

JUDY: Ja, Sir.

VIKAR: Ausgezeichnet. Basil Utterwood, über Sie weiß ich sehr wenig – abgesehen von Ihrem beneidenswerten Ruf als Langstreckenläufer. Aber auch Sie sind gedankenlos der Versuchung erlegen. Sie haben fahrlässig ein unschuldiges Kind gezeugt; aber dann hat doch der Herr zu Ihnen gesprochen, durch die Stimme des Gewissens, und Ihnen ist urplötzlich die Rücksichtslosigkeit Ihrer Handlungsweise aufgegangen. Und Sie haben sich entschlossen, dem Kinde und seiner Mutter das volle Maß der Verantwortung entgegenzubringen. Sie tun recht, Basil, und indem Sie recht tun, löschen Sie zugleich den größten Teil des Unrechts aus, das Sie begangen haben. Jetzt werden Sie in eine und demselben Augenblick zum Vater und zum Gatten und nehmen damit eine Last auf Ihre Schultern, die in dieser Form den meisten Menschen erspart bleibt. Ich hoffe, Sie sind für diese Herkules-Arbeit gerüstet?

BASIL: Nicht ganz, nein. *(Judy und Lady sind bestürzt)*

VIKAR *(mit düsterer Genugtuung)*: Aha!

BASIL: Sie haben gesagt, Sir, ich habe fahrlässig ein unschuldiges Kind gezeugt. Fahrlässig bin ich im allgemeinen nicht. Das kann ich mir als Leichtathlet gar nicht leisten.

VIKAR: Ganz richtig.

BASIL: Aber bei dieser Gelegenheit muß ich noch mehr als fahrlässig gewesen sein, denn ich kann mich beim besten Willen nicht erinnern, etwas Derartiges überhaupt getan zu haben.

VIKAR *(erschüttert)*: Sie können sich nicht daran erinnern, die fleischliche Verbindung vollzogen zu haben?
BASIL: Absolut nicht! Und daher kann ich eigentlich auch unmöglich gedankenlos der Versuchung erlegen sein, oder? Zu der Zeit waren meine Gedanken offengestanden gänzlich auf die Ausscheidungskämpfe konzentriert.
LADY *(bestimmt)*: Nun, lieber Basil, wir waren uns doch darüber einig – Sie waren nicht ganz Herr Ihrer Sinne.
BASIL: Ich hatte ein paar Gläser getrunken, von einem Zeug getrunken, das sich »Cup« nannte!
VIKAR: Sie meinen, der Alkohol war schuld?
BASIL: Das Zeug hieß »Cup«. Ich dachte, es wäre alkoholfrei.
VIKAR: Sie erklären also jetzt, daß Sie die Sünde der Unzucht unter dem Einfluß eines alkoholfreien Getränks begangen haben? *(Er räuspert sich)* Wir betreten hier gefährlichen Boden. Blicken wir den Tatsachen ins Auge. Ihre Vermählung ist für elf Uhr angesetzt. Haben Sie das Gefühl, daß Sie bereit dazu sind?
BASIL: Sie können es nicht wissen, Sir, aber ich bin Scoutmaster, und ich nehme die Pfadfinderbewegung sehr ernst. Unser Motto heißt: »Sei bereit«. Ich bin stets zu allem bereit, Sir. Lady Fitzbuttress hat mir ihr Wort gegeben, daß ich der Verantwortliche bin, ergo werde ich die Sache durchstehen. Aber wenn Sie mich auf meinen Pfadfinder-Eid fragen, so muß ich wiederholen, daß ich mich nicht verantwortlich fühle. Vielleicht ist das ein Fehler von mir. Da ich nie Alkohol trinke, haben die paar Gläser »Cup« vielleicht wirklich genügt, um mich in ein Monstrum zu verwandeln. Und in diesem Fall müßte ich wirklich Sie und Judy warnend auf diesen erschütternden Zug in meinem Wesen hinweisen. Und da es bei der Hochzeitsfeier Brauch ist, auf Braut und Bräutigam anzustoßen mit Champagner, muß man sich bei mir auf das Allerschlimmste gefaßt machen.
VIKAR: Haben Sie schon mal einen Arzt konsultiert?
BASIL: Der Gedanke ist mir noch nie gekommen. Aber ich will dir mal eins sagen, Judy! Ein Christ muß ernten, was er gesät hat. Aber nur ein Pfadfinder kann ernten, was andere gesät haben.
ROBERT: Oder ein Börsenmakler!
JUDY *(zu Basil)*: Was soll das heißen?
BASIL: Das soll heißen: In weniger als einer Stunde wirst du geloben, mich zu lieben, mich zu ehren und mir zu gehorchen bis ans

Ende deiner Tage. Wenn du mich jetzt noch nicht liebst – *(er blickt auf seine Armbanduhr)* mußt du dich beeilen.
Wenn du mich nicht ehrst, bleiben dir genau 45 Minuten, um damit anzufangen. Was den Gehorsam angeht, an den glaube ich unbedingt. Ohne ihn kann man keine Pfadfinder-Gruppe führen. Und ich hoffe, du weißt, wie Lügner bei uns bestraft werden. Wir schütten ihnen kaltes Wasser in den Ärmel, und da seit der Gründung der Pfadfinderbewegung der Eisschrank erfunden wurde, ist die Strafe noch unangenehmer geworden. Nebenbei bemerkt, im Sommer nehme ich immer heißes Wasser.
JUDY *(bestürzt)*: Basil, so kenne ich dich ja gar nicht!
BASIL: Weil du mich nur im umnebelten Zustand kennst. Aber wenn ich nüchtern bin, bin ich anders. Und merke dir: Ich bin höflich, aber streng. Und ich erwarte ein gewisses Maß von Interesse an meiner Arbeit. Große Wanderungen, Nächte im Zelt, eine Menge Wohlfahrtsarbeit in Jugend-Clubs, gemeinschaftliches Singen, Spiele von pädagogischem Wert und so weiter. Ich habe immer von einer Frau geträumt, die sich mit ganzer Seele der Pfadfinderbewegung widmet so wie ich. Wie steht's damit, Judy? Das ist ein herrliches Leben.
LADY: Judy ist auf ihre Weise schon immer eine Naturfreundin gewesen.
JUDY: Mami, da kann ich ja gleich zu Papa auf den Baum.
LADY *(bestimmt)*: Judy, du hast deine Wahl getroffen.
VIKAR: Und eine sehr vernünftige Wahl, möchte ich sagen. Nun, Robert, du hast, in deiner Unwissenheit, deinem Übermut an geweihtem Orte Luft gemacht und dumme Schlagworte gebrüllt. Ich schließe aus deiner wohltuend veränderten Erscheinung, daß du all das und, wie ich hoffe, auch den Satan ein für allemal hinter dir gelassen hast. Beabsichtigst du, eine Familie zu gründen?
ROBERT *(unbehaglich)*: Es sieht so aus.
HELGA: In absehbarer Zeit.
VIKAR *(mißtrauischen Blickes)*: Hm ... und Sie, Helga, kommen aus der Ferne, dem Lande Ibsens und Strindbergs, wenn ich mich nicht irre.
HELGA: Strindberg war Schwede.
VIKAR: Na ja, da sieht man, wie entlegen das ist. Sie wissen wenig von unseren Sitten und Traditionen, aber die Ehe, oder vielmehr die Liebe ist Gottes entscheidende Kraft, die ihr zartes Netz über alle

Völker breitet. Lieben, Helga, heißt verstehen. Verstehen heißt verzeihen. Und verzeihen heißt lieben. Diese Harmonie wird dein Herz umkränzen – und erst im Tode werden ihre Blüten welken.

LADY *(mit dem Taschentuch vor dem Mund)*: Das sind erhebende Worte.

VIKAR: Sind Sie bereit, in den Stand der Ehe zu treten, Helga?

HELGA: Schon eine ganze Weile, Herr Vikar.

VIKAR *(eilig und dringlich)*: So habe ich das nicht gemeint, meine Liebe. Sind Sie im Stande der Gnade?

HELGA: Ab und zu bin ich das immer gewesen.

VIKAR: Ja, ja. Wie dem auch sei – aber erst in der Ehe gewinnt dieser Stand der Gnade seinen vollen Sinn.

HELGA: Sie meinen, ich soll von jetzt an Robert treu sein?

VIKAR: Nicht als eine Pflicht, Helga, sondern freudigen Herzens.

HELGA: Das hängt ja wohl von ihm ab, nicht?

VIKAR: Nein, nicht ganz.

HELGA: Nicht ganz, aber ein bißchen.

VIKAR: Ein bißchen, wie Sie es ausdrücken, nun ja. *(Verändert)* Ich bin mehr als zufrieden, daß Sie so rasch verstanden haben, worum es geht, um so mehr, als es für die ganze Familie nicht leicht gewesen sein kann – *(er spricht jetzt wie zu einem unheilbaren Kranken)* – ich nehme an, es besteht keine Hoffnung eh – ich meine, daß das Familienoberhaupt – uns mit seiner Anwesenheit beehrt?

LADY: Er ist immer noch auf seinem Baum.

VIKAR: Immer noch? Wurde etwas unternommen, um mit ihm in Verbindung zu treten?

LADY: Alles nur Erdenkliche, Vikar. Ich habe ihn gerufen, gebeten, ihn angefleht. Ich habe sogar den Chef des Generalstabs dazu gebracht, herzukommen und ihn zu bitten, in die menschliche Gemeinschaft zurückzukehren.

ROBERT: Mutter hat sogar Steine nach ihm geworfen.

LADY: Um seine Aufmerksamkeit zu erregen, Robert, nicht, um ihn zu vertreiben. Es hat alles nichts genutzt.

VIKAR: Und was sagen die Ärzte?

LADY: Professor Priestman stieg auf eine Leiter und unterhielt sich mit ihm. Seiner Meinung nach ist er völlig normal und kann keineswegs als Gefahr für die Allgemeinheit bezeichnet werden. Es sei unmöglich, Mallalieu einzusperren, sagte er – da er ja auf seinem eigenen Baum lebe und niemanden irgendwie behelligt. Ich habe in der Zeitung gelesen, daß Professor Priestman allgemeines Aufsehen erregt hat, weil er jetzt auch auf einem Baum lebt.

VIKAR *(hastig)*: Ja, ja, das habe ich auch gelesen. Das wird jetzt langsam beunruhigend. Im Zeitalter der Massenmedien ist Torheit doppelt ansteckend. Es brauchen sich nur ein paar Buddhisten selber anzuzünden, und schon machen es ihnen überall auf dieser unglücklichen Erde irgendwelche Verrückten nach. Sir Mallalieu steigt auf einen Baum, und in Kürze wird zweifellos jeder Baum in England seinen Bewohner haben.

LADY: Ich habe sogar Professor Dornrosch aus Wien, den größten Psychiater der Welt – wie man sagt –, hergebeten, aber leider hat er eine krankhafte Höhenangst und wollte um keinen Preis hinaufklettern.

VIKAR: Ist das nicht der Mann, der jetzt in einem Brunnenschacht lebt?

LADY *(leidend)*: Ja. Einfach niederschmetternd, wie sich das Vorbild meines Mannes auswirkt. Junge Leute haben kaum reagiert – nur Menschen eines gewissen Alters, die es eigentlich besser wissen müßten. Und an allem ist nur das Fernsehen schuld.

VIKAR: Nun, um so mehr Grund für Sie alle, die Normen einer vernünftigen, anständigen Lebensweise hochzuhalten. Mag das Schiff auch seinen Kapitän verloren haben – man soll nicht sagen können, daß es auch seine Mannschaft verlor!

(Der General kommt herein. Er ist so nackt, wie die Bequemlichkeit des betreffenden Schauspielers es nur irgend gestattet. Abgesehen von seinem Haar und seinem Bart, die jetzt ungewöhnlich lang sind, trägt er einen Lendenschurz aus Bast, der auf den ersten Blick als Eigenanfertigung zu erkennen ist. Sir Mallalieu hat einen dicken Ast mit dichtem Blattwerk in der Hand)

GENERAL: Der Kapitän ist immer zur Stelle. Guten Morgen, Herr Vikar.

VIKAR: Sir Mallalieu! Ich weiß wirklich nicht, was ich sagen soll!

GENERAL: Sagen Sie guten Morgen, wie ich. Das ist in solchen Fällen die sicherste Form der Konversation – etwas begrenzt in der Thematik, aber absolut unverfänglich.

LADY: Mallalieu! Was hast du denn da an?

GENERAL: Bei den Bakalus in Ost-Nigerien und im Westlichen Tschad nennet man es einen M'Dolo. Sind ganz einfach herzustellen, aus Baumrinde.

VIKAR: Es kann Ihrer Aufmerksamkeit nicht entgangen sein, daß ich zutiefst schockiert bin.

GENERAL: Da hätte Sie beim Anblick von Urvater Adam der Schlag getroffen. Leider haben wir aus unserem Grundstück keine Feigenbäume – so mußte ich auf eine mehr heidnische Form der Prüderie zurückgreifen.

VIKAR: Ihre Erscheinung finde ich weit weniger anstößig als Ihr Verhalten.

GENERAL: Ist etwa das Leben auf Bäumen eine Form von Ketzerei?

VIKAR: Zu tadeln ist nicht, was Sie tun, sondern was Sie unterlassen.

GENERAL: Und das wäre?

VIKAR: Der jüngeren Generation, die auf Sie angewiesen ist, ein Beispiel zu geben.

GENERAL: Nun hören Sie mal, Herr Vikar. In fünfzig Jahren eines aktiven Lebens habe ich nichts anderes getan, als ein Beispiel zu geben. Und vorher bin ich zehn Jahre in einer widerwärtigen Schule darauf vorbereitet worden, wie man ein Beispiel gibt – mit welchem Ergebnis? Mein Sohn läßt sich Bart und Haare stehen wie ein Prophet, und meine Tochter führt das Leben einer unbekümmerten Prostituierten!

JUDY: Papa –!

LADY: An ihrem Hochzeitstag!

GENERAL: Ruhe! Wenn ihr es durchaus wissen wollt – ich habe eure Unterhaltung mit angehört. Ich habe das salbungsvolle und verschrobene Gefasel des Vikars mit angehört oder vielmehr überhört und mich entschlossen, hier in Erscheinung zu treten, um euch allen zu dem Leben voller Heuchelei und Verschlagenheit zu gratulieren, das ihr heute beginnt. *(Da der Vikar versucht, ihn zu unterbrechen, hebt er warnend die Hand)* Ehe Sie mich abkanzeln, Herr Vikar, lassen Sie mich Ihnen versichern, daß ich dem, was Sie gesagt haben, zustimme. Das Salbungsvolle gehört zu Ihrer Persönlichkeit wie die Direktheit zu meiner. – Wir können nichts dafür. Und auch Ihre Verschrobenheit finde ich absolut in Ordnung und die einzige Möglichkeit, ungefährdet das Pensionsalter zu erreichen. Ich billige die Heuchelei und billige die Verschlagenheit. Sie sind der Zement, der das Gebäude konventioneller Macht zusammenhält, und Sie verdienen sogar den Respekt derer, die nicht mehr auf den gleichen Altären opfern. *(Er sieht sich abermals gezwungen, eine Unterbrechung*

durch den Vikar abzuwehren) Was Ihre Kritik an meiner Unfähigkeit, ein Beispiel zu geben, angeht – dazu möchte ich nur folgendes sagen: Ich mußte erst auf einen Baum steigen, um Robert dazu zu bringen, sich zu rasieren, und Judy dazu, endlich zu heiraten.
Noch nie, hören Sie, Herr Vikar, ich sage noch nie, bin ich mir meiner Verantwortung mehr bewußt gewesen – oder erfolgreicher in der Ausführung eines Planes.
VIKAR: Aber jetzt ist das alles vorüber, Sir Mallalieu – die jungen Leute sind auf dem Weg zur Kirche, um zu heiraten. Jetzt könnten Sie sich doch sagen »Mission erfolgreich abgeschlossen« – und in den Kreis gesitteter Menschen zurückkehren.
GENERAL: Wie wenig Sie mich verstehen, Herr Vikar. Wie alt sind Sie, wenn ich fragen darf?
VIKAR: Ich bin siebenundfünfzig.
GENERAL: Noch drei Jahre mehr, und Ihnen wird die Wahrheit dämmern. Sehen Sie denn nicht, daß meine Kinder mit ihrer chaotischen und oft etwas albernen Auflehnung das Tor zur Freiheit aufgestoßen haben –, daß aber ich derjenige bin, der durch dieses Tor hindurchgegangen ist, weil ich den Charakter, die Erziehung und das Gewicht meiner Persönlichkeit besaß, um erfolgreich zu sein, wo sie scheitern mußten? Ich habe ein Leben nach den geltenden Regeln gelebt, und es endete in einer Katastrophe. Jetzt habe ich ein neues nach meinen eigenen Regeln begonnen, und selbst wenn auch das in einer Katastrophe endet, so habe ich es wenigstens in vollen Zügen genossen, und vielleicht werde ich damit sogar ansteckend wirken. *(Er erblickt Basil)* Übrigens, ich glaube nicht, daß wir uns kennen. Mein Beileid, junger Mann.
BASIL: Es ist mir eine Ehre, Sie kennenzulernen, Sir.
GENERAL: Als Pfadfinder interessiert es Sie vielleicht, daß ich mich diesem Fenster in direkter Linie vom Fuß des Baumes aus genähert habe.
BASIL: Aber das ist unmöglich, Sir! Ich hatte den Rasen die ganze Zeit im Auge, es hat sich nichts bewegt.
GENERAL *(erfreut, schüttelt seinen Zweig)*: Tarnung! Tarnung, mein Junge! Eine Technik, die mir ein alter Kaffer beigebracht hat – sie heißt in der Landessprache Ololo.
BASIL: Ich würde mich freuen, wenn Sie mir das mal vorführen könnten.
GENERAL: Gern, junger Mann.

Sehen Sie, Herr Vikar – es ist doch selbstverständlich, daß unsere Empfänglichkeit für Gefühle mit zunehmender Erfahrung wächst. Unsere Mißerfolge mögen schmerzhafter sein, weil sie hinter uns liegen und unabänderlich sind. Aber unsere Freude am Leben wird doch zugleich durch das Wissen vertieft, daß nur noch verdammt wenig davon vor uns liegt.
Warum sollte ich in diesen Sumpf zurückkehren, wenn ich mich da oben wohl fühle?
(Tiny kommt durch die Terrassenfenster herein. Er hat seinen Vormittagsanzug an, trägt aber jetzt einen grauen Zylinder)
TINY *(zitternd vor Wut)*: Hat hier jemand Sumpf gesagt? Na, das wollen wir doch mal sehen!
LADY *(entsetzt)*: Tiny, was willst du denn hier?
TINY: Ich nehme den Platz ein, an den ich gehöre, hier an deiner Seite, Doris!
GENERAL *(ruhig)*: Und was ist mit Daisy? Hast du sie erschossen?
TINY: Halt den Mund, du! Von meinem Scheunendach aus habe ich diesen Kerl auf seinem Baum beobachtet.
GENERAL: Das weiß ich. Ich sehe nämlich dauernd dein Fernglas in der Sonne blitzen. Das war sehr störend.
TINY: Ja – und wißt ihr was? Er hat da oben eine Frau bei sich!
(Allgemeines Erstaunen)
LADY *(schrill)*: Eine Frau!
VIKAR *(donnernd)*: Eine Frau?
ROBERT *(lacht herzlich)*: Eine Frau?
HELGA *(mit einer Spur Eifersucht)*: Eine Frau.
JUDY *(Motto: »Ich hätte es mir denken können«)*: Eine Frau.
GENERAL *(traurig zu Basil)*: Wollen Sie nicht auch etwas sagen, mein Sohn?
BASIL: Wie käme ich dazu, Sir?
GENERAL: Da seht ihr, der einzige zivilisierte Mensch. *(Zu den anderen, ruhig)* Ja, sie ist nicht nur eine Frau – sondern sogar eine schwarze Frau – das feinste, liebevollste Geschöpf, das je einem Mann begegnet ist.
LADY *(wütend)*: Hol sie sofort herunter! Ich habe ein Wörtchen mit ihr zu reden!
GENERAL: Ich denke nicht daran.
TINY *(fast stotternd)*: Ich zünde den Baum an! Ich haue ihn um! Ich schieße dich herunter!

GENERAL *(nachsichtig)*: Ach, Tiny, wärst du doch lieber nicht gekommen.

TINY: Das könnte dir so passen, du Knallprotz! Vielleicht gehen wir beide mal einen Augenblick raus.

GENERAL *(gelassen)*: Was hast du vor? Willst du mich zusammenschlagen? Ich warne dich. Das Leben auf dem Baum hat mich sehr hart gemacht. Ich zerreiße dich glatt in der Luft. Nein, besinnen wir uns doch lieber auf unser Alter und reden vernünftig miteinander. Als ich sagte, mir wäre es lieber, du wärst nicht hierhergekommen, wollte ich damit nicht sagen, daß ich mich nicht freue, dich zu sehen.

TINY: Ha!

GENERAL *(wartet, bis der Hohn sich gelegt hat)*: Allerdings könnte ich mich gezwungen sehen, ein paar Dinge zu sagen, die ich noch nie gesagt habe.

LADY: Bitte geh, Tiny.

TINY: Auf gar keinen Fall, Doris. Du brauchst einen Mann an deiner Seite – am Hochzeitstag deiner beiden einzigen Kinder. Ich bin nicht der Mann, der dich so einfach im Stich läßt, Doris.

VIKAR *(ominös)*: Gibt es hier Dinge, die ich wissen sollte?

GENERAL: Hier gibt es hauptsächlich Dinge, die Sie nicht wissen sollten, Vikar.

LADY *(dringlich)*: Tiny, geh nach Hause. Komm später wieder, zum Empfang, wenn du willst.

TINY: Du bist mir unverständlich, Doris. Ich mache dir die wirklich skandalöse Mitteilung, daß dein Mann auf dem Baum mit einer anderen Frau zusammenlebt, und noch dazu einer Farbigen, und nach kurzer Bestürzung gewinnst du deine Haltung so rasch wieder zurück, daß dein einziges Interesse jetzt darin besteht, mich wegzuschicken.

GENERAL *(leise)*: Vorsicht, Tiny.

TINY: Ich will nicht vorsichtig sein. Ich finde es einfach ungeheuerlich!

LADY: Du hast recht, Tiny. Es ist ungeheuerlich. Und später werde ich mich auch wieder darüber aufregen, aber erst nach der Trauung. Der heutige Tag gehört den Kindern – niemandem sonst.

VIKAR: Es wird überhaupt keine Trauung geben, wenn diese ominöse Szene nicht bald ein Ende hat. Wo ist Ihre Frau?

TINY: Stockbesoffen. Unter dem Eßzimmertisch. Wo sie hingehört.

VIKAR: Und woher nehmen Sie die Berechtigung, hier in einem Aufzug zu erscheinen, als ob es sich um Ihre Hochzeit handelte, Brigadegeneral Gilliatt-Brown?
TINY: Bei Hochzeiten trete ich immer so auf, korrekt, wie es sich gehört – ganz gleich, um wessen Hochzeit es sich handelt. Aber wieso nehmen Sie mich ins Kreuzverhör, Herr Vikar? Verblassen nicht meine Verrücktheiten völlig neben denen des Armeegenerals, der mit einer Eingeborenen zusammen auf einem Baum lebt?
GENERAL *(mit hoher, leiser Stimme)*: Vorsicht, Tiny!
VIKAR: Sir Mallalieu ist eh – nun, sagen wir einmal – seit einiger Zeit nicht so recht beisammen, während Sie bislang nicht das geringste Anzeichen unausgeglichenen Verhaltens zu erkennen gaben. Tatsächlich sehe ich Sie ja jeden Sonntag in der Kirche.
TINY: Nun eh … es ist einfach so, ich kenne die Familie schon lange, und ich weiß, durch all die Jahre, was die arme Doris mitgemacht hat.
VIKAR: Durch all die Jahre?
LADY *(lächelt, unbehaglich)*: Mein Leben ist nie einfach gewesen.
VIKAR: Aber diese Schwierigkeiten sind doch auf jeden Fall die ganz private und persönliche Angelegenheit von Sir Mallalieu und Lady Fitzbuttress. Rechtfertigt das Ihr Auftreten und Ihre Behauptung, Ihr Platz sei an der Seite von Lady Fitzbuttress?
TINY: Lieber Gott, Herr Vikar …
VIKAR: Keine Blasphemien, bitte.
TINY: Lieber Himmel, Herr Vikar – aber der Platz neben Doris ist schon seit langem leer.
VIKAR: Und der neben Mrs. Gilliatt-Brown auch – wenn ich Sie richtig verstanden habe?
Lady Fitzbuttress, wie erklären Sie sich diese plötzliche Einmischung?
LADY: Ach, ich weiß nicht. Tiny Gilliatt-Brown ist ein alter Freund von uns beiden. Wir waren früher sehr eng befreundet – in Indien, überall eigentlich. Da ergibt sich eben eine weitgehende … familiäre Vertrautheit. Tiny muß gemerkt haben, daß ich nicht immer allzu glücklich war – und jetzt ist er offensichtlich über das Verhalten meines Mannes so entsetzt, daß er aus einem übertriebenen Gefühl von Großmut das Richtige tun möchte … was er für das Richtige hält.
VIKAR: Ich verstehe. Während er seine eigene Frau unter dem

Eßzimmertisch zurückläßt. Hm. Ein etwas fragwürdiges Ehrgefühl, nicht wahr?

TINY *(bestürzt)*: Fragwürdig? Doris, ist das der Dank für sechsundzwanzig Jahre geduldigen, treuen Wartens?

LADY: Mach dich nicht lächerlich, Tiny.

GENERAL: Armer Tiny. Jetzt hast du dich verraten.

VIKAR: Sie lieben Lady Fitzbuttress seit sechsundzwanzig Jahren?

TINY *(heiser)*: Ja. Und ich liebe dich heute mehr denn je.

LADY: Mein Mann weiß das alles. Ich habe es ihm immer erzählt. Wir haben oft darüber gelacht.

GENERAL *(ruhig)*: Sei nicht so grausam, Doris.

VIKAR: Worüber haben Sie gelacht?

LADY: Es war so töricht. Tiny war wie ein Kind. Er war immer hinter mir her und versuchte, von der Abwesenheit Mallalieus auf kindische Art zu profitieren. Einmal, in Torquay, erinnere ich mich...

TINY: Wage es nicht, die Erinnerung an Torquay in den Schmutz zu ziehen!

LADY: Aber ich habe nie auch nur daran gedacht, mich ihm hinzugeben. Das wäre mir gänzlich unvorstellbar erschienen.

TINY: Das ist eine Lüge!

LADY: Tiny! Verlasse bitte das Haus!

TINY *(mit Tränen der Wut in den Augen)*: Das ist eine infame Lüge, und das weißt du ganz genau, Doris. Und ich glaube auch nicht, daß Mallalieu jemals etwas gewußt hat. Hast du es gewußt? Hast du?

GENERAL *(ruhig)*: Also gut, Doris. Du willst es nicht anders. Ich wollte ja nicht von meinem Baum herunter und mich wieder in diese peinlichen, alten Geschichten hineinziehen lassen. Robert wird es ja weiter nicht stören.

ROBERT: Was wird mich nicht stören, Vater?

LADY: Mallalieu! Du bist wahnsinnig!

GENERAL: Merken Sie sich das, Herr Vikar, ja? Ich bin wahnsinnig. Helga wird es auch nicht stören, sie ist ja großzügig. Und Judy und Basil betrifft es ja weiter nicht – aber da sie nun einmal hier sind . . .

LADY: Kommen wir nicht schon zu spät zur Kirche, Herr Vikar?

VIKAR: Alles zu seiner Zeit.

GENERAL: Also: Robert kam auf die Welt, nachdem ich schon elf Monate in Kriegsgefangenschaft war. Das ist alles.

LADY *(bitter)*: Oh, du Unmensch!

TINY *(Plötzlich voller Vatergefühl)*: Robert!
GENERAL *(freundschaftlich)*: Tut mir leid, alter Freund – aber wir sind beide am gleichen Tag in Gefangenschaft geraten. Hast du das vergessen?
TINY: Du meinst...
GENERAL: Vielleicht hatte ich etwas mehr Grund als du, die Monate zu zählen.
TINY: Robert ist auch nicht mein...?
ROBERT *(entsetzt)*: Wer bin ich denn dann?
GENERAL: Was spielt das für eine Rolle, Junge. Dir hat es doch soviel Spaß gemacht, dich rundherum auszutoben. Da hab' ich mir gedacht: »Dem macht es bestimmt am wenigsten aus, daß er unehelich ist. Wahrscheinlich ist er begeistert.«
ROBERT *(laut)*: Wer ist mein Vater?
LADY *(mit zurückgehaltener Verzweiflung)*: Ich bin zu durcheinander, um darauf zu antworten. Ich muß erst über das hinwegkommen, was dein Vater gerade gesagt hat.
ROBERT: Welcher Vater?
LADY *(verliert die Beherrschung)*: Irgendeiner! Laß mich in Ruhe!
GENERAL *(völlig ruhig)*: Jetzt werden Sie sich natürlich fragen, Herr Vikar, verdienen Menschen aus einer solchen Familie es überhaupt, in der Kirche zusammengegeben zu werden?
VIKAR *(wischt sich mit der Hand den Schweiß von der Stirn)*: Sie können Gedanken lesen, Sir Mallalieu.
GENERAL: Gestatten Sie mir nur den Hinweis, daß meine Frau und Brigadegeneral Gilliatt-Brown und ich selbst viele Jahre regelmäßig in die Kirche gegangen sind und daß wir mit offenen Armen empfangen wurden. Wir haben gebetet, unsere Choräle gesungen und haben an der Kommunion teilgenommen. Wir haben selbstlos in Komitees gewirkt und oft genug einen Wohltätigkeitsbazar über uns ergehen lassen – und nie Fragen gestellt.
Woher wollen Sie wissen, ob nicht die Mehrzahl Ihrer Gemeindemitglieder ähnliche Familiengeheimnisse hütet?
VIKAR: Das ist einfach unmöglich.
GENERAL: Bis vor kurzem hätten Sie es bei uns auch nicht für möglich gehalten – aber Sie wissen sich vor solchen Möglichkeiten zu schützen, indem Sie gar nicht erst tief genug graben. Ich habe die Rede mit angehört, die Sie den Kindern gehalten haben. Als alter klerikaler Seemann sind Sie um jede Klippe herumgesegelt. Sie ver-

allgemeinern. Sie ziehen sich mit Platitüden aus der Affäre, Sie stekken den Kopf in den Sand.

VIKAR: Ich weiß wirklich nicht, ob Sie das Recht haben, so mit mir zu sprechen.

GENERAL: Ich will Sie nicht beleidigen, Herr Vikar, ich will an Sie appellieren. Schauen Sie den Tatsachen ins Auge, und versuchen Sie dann, sich über Ihre Pflichten als ein Diener der Kirche klarzuwerden. Es muß Ihnen doch genauso auffallen wie mir, daß Helga schwanger ist. Es bestand wirklich kein Grund, ihre Leibesfülle dem Einfluß der Landbutter zuzuschreiben.

VIKAR: Mein Verdacht regte sich erst, nachdem ich die harmlose Bemerkung über Landbutter gemacht hatte, nicht vorher.

GENERAL: Nun, dann müssen Sie wirklich ein wohlbehütetes Leben geführt haben. Tatsache ist nur, daß, auch nachdem sich bei Ihnen ein wohlbegründeter Verdacht geregt hatte, Sie es vorzogen, keine Fragen zu stellen. Wie dem auch sei – wer nur das geringste von Frauen versteht, muß in meiner Tochter Judy auf Anhieb alle Merkmale einer gewohnheitsmäßigen und nicht sehr geschickten Lügnerin erkennen.

JUDY: Vater, was sagst du da?

GENERAL: Du weißt doch ganz genau, daß Basil nicht der Vater deines Sohnes ist?

JUDY: Er ist der Vater!

(Basil nimmt die Blumen aus einer Vase und gießt Judy das kalte Wasser in den Ärmel – sie schreit)

JUDY: Du Biest! Du hast mein Kleid ruiniert!

BASIL: Manchmal ist der Charakter einer Dame am einfachsten dadurch zu bessern, daß man ihr das Kleid ruiniert.

GENERAL: Wer hat das gesagt?

BASIL: Das stammt von mir.

GENERAL: Es stimmt absolut. Nur klingt der Satz nicht so, als stamme er von einem Langstreckenläufer.

BASIL: Ich habe keinen Augenblick daran geglaubt, daß ich der Vater dieses Kindes bin, aber ich gebe zu, Judy hat mir imponiert. Ein Mädchen, daß im Interesse seines Kindes so zielbewußt zu lügen versteht, muß Energie und Charakter haben. Und ich stellte mir vor, was sich da herausholen ließe, wenn man diese Anlagen in eine neue, positive Richtung lenken würde – sagen wir: in die Fürsorgearbeit mit Jugendlichen.

GENERAL: Ja, aber Sie sind ein Mann, Basil, keine Institution. Pakken Sie nicht mehr Großmut in Ihren Tornister, als Sie bequem tragen können.

BASIL: Das ist eine Frage des Temperaments, Sir Mallalieu. Ich hatte überhaupt kein Interesse an Judy, bis ich sicher war, daß sie log. Ich hasse es, angelogen zu werden, aber andererseits bin ein Mann, der das Gefühl haben muß, er wird gebraucht – und eigentlich sogar ein Mann, der nicht ganz glücklich ist, wenn er nicht auch Opfer bringen kann. Ich denke immer an mein Bankkonto beim lieben Gott – und ich habe dort gern eine kleine Rücklage. Ich bin davon überzeugt, ich kann etwas aus Judy machen – sie ist ein dankbares Objekt für meine speziellen Talente. Leicht wird es nicht sein. Sie wird sich sträuben, weil sie ausgesprochen denkfaul und körperlich bequem ist. Aber ich bin sicher: mit ein paar Eimern kalten Wassers, viel Gymnastik und mit ein bißchen Beten werden wir Judy auf den rechten Weg bringen.

JUDY: Mutter, er ist ja ein Ungeheuer!

LADY *(unter Tränen, schnüffelnd)*: Sprich mich nicht an. Ich bin hier die Trostbedürftige, nicht du!

JUDY: Er ist einer von diesen wahnsinnigen Weltverbesserern, die immer erst dann geschnappt werden, wenn sie schon ihre zwanzigste Nutte umgebracht haben.

BASIL *(lächelnd)*: Ich verstehe diese Wahnsinnigen nur zu gut – aber ich reagiere mich beim Laufen ab.

JUDY: Und was passiert, wenn du dazu zu alt bist?

BASIL: Ah! Das kannst du dir noch fünfundzwanzig Minuten lang überlegen. Nebenbei gesagt – Judy, willst du meine Frau werden? *(Andrew schreit oben)* Schon gut, Mädchen – ich geh mal nachsehen – *(Er sprintet nach oben)*

GENERAL *(in tiefer Bewunderung)*: Judy, warum hast du dir den nicht gleich zu Anfang angelacht?

JUDY *(entsetzt)*: Soll das heißen, er gefällt dir?

GENERAL: Ich finde ihn einfach fabelhaft. Aber ich werde dir sagen, warum du ihn dir nicht gleich angelacht hast. Den richtigen Partner fürs Leben findet man nur aus Versehen, und wenn man diesem Partner zu früh begegnet, dann lernt man nie mehr was dazu.
Sehen Sie sich die arme Doris an, Herr Vikar, wie sie ins Taschentuch schluchzt. Wenn Sie nun aber annehmen, daß die Ungeheuerlichkeit ihrer Sünde oder deren beschämende Aufdeckung sie so tief

aufgewühlt haben, dann irren Sie sich. Ich kenne sie besser. Sie ist verzweifelt, weil sie davon überzeugt ist, Tiny hat sie im Stich gelassen.

LADY: Was du heute getan hast, werde ich dir nie verzeihen, Tiny.

GENERAL: Ich danke dir, Doris, und was Tiny angeht –

TINY *(grollend)*: Du wirst mir nie verzeihen –?!

GENERAL: Was Tiny angeht –

TINY: Das ist die Höhe!

GENERAL *(freundlich)*: Läßt du mich bitte ausreden, Tiny? Tiny blubbert in sein Taschentuch, weil die unerreichbare Frau seiner Träume sich als ein durchaus weibliches Wesen entpuppt hat – so geheimnisvoll wie eine Zahnbürste.

TINY *(zu Doris)*: Weißt du, was du gemacht hast? Du hast mir das Herz gebrochen!

GENERAL: Ich danke dir, Tiny.
Robert, unser großer Revolutionär, glaubte sich so lange berechtigt, die verrücktesten Dinge zu tun, als er wußte, gegen was er zu rebellieren hatte. Jetzt, wo er weiß, daß er unehelich ist, wird er seine Zuflucht zur Konvention nehmen – wie alle Menschen, die innerlich unsicher sind. Und wahrscheinlich wird er in einem Anwaltsbüro landen, mit eingerolltem Regenschirm und den unbestimmten Geruch von Mottenkugeln um sich herum verbreiten.

ROBERT *(lächelt herausfordernd)*: Es wäre ja lächerlich, wenn ich mich ärgern würde, nach allem, was ich gesagt und getan habe, nicht wahr, Vater? Dazu bin ich nicht dumm genug, Papa. Darf ich dich immer noch Papa nennen?

GENERAL: Jetzt erst recht. Vielleicht hat es heute zum ersten Mal einen Sinn.

ROBERT: Komisch. Plötzlich empfinde ich für dich so etwas ... so etwas wie Zuneigung ... ja, sogar so etwas wie Bewunderung, seit ich weiß, du bist nicht mein Vater. Es muß doch sehr anstrengend gewesen sein, so zu tun, als wärst du mein Vater.

GENERAL: Es war viel anstrengender, zu glauben, du bist mein Sohn, Bob. Das gebe ich zu. Aber jetzt bist du wirklich frei, mein Alter – und weil du frei bist, entwickelst du plötzlich so etwas wie Zuneigung für mich.

ROBERT: Ja. So wird es wohl sein.

LADY *(reagiert auf die Versöhnung zwischen »Vater« und »Sohn«)*: O mein letzter Halt!

TINY *(grob)*: Geschieht dir verdammt recht!
HELGA *(zärtlich)*: Oh, Robert.
GENERAL: Da haben Sie's, Herr Vikar. Und wenn ich Sie wäre, dann würde ich mich von dem ganzen Tam-Tam gar nicht beeinflussen lassen. Es sind eben alles nur schwache, fehlbare Menschen – nicht besser und nicht schlechter als der Rest Ihrer Herde. Und sie haben weder das Alter noch die Reife, um auf Bäumen zu leben. Ich an Ihrer Stelle – würde jetzt alles vergessen, was ich hier gehört habe –, und würde alle in die Kirche verfrachten und sie dort so schnell wie möglich verheiraten.
VIKAR: Das ist alles schön und gut, Sir Mallalieu. Sie haben die endgültige Auseinandersetzung zwischen den Parteien mit der Geschicklichkeit eines Rechtsanwalts in Szene gesetzt –, aber über allem, was heute hier geschehen ist, liegt Ihr Schatten und der Ihres Baumes.
GENERAL: Aber ich habe Sie ja nicht aufgefordert, mich zu heiraten, mein guter Mann.
VIKAR: Sie leben mit einer Farbigen in Sünde, auf einem Baum.
GENERAL: Kein Mensch hat je gehört, daß ein Pärchen auf einem Baum in Sünde lebt. Würden Sie ein Affenpärchen verdammen, weil es versäumt hat, den Segen der Kirche einzuholen?
VIKAR: Sie sind kommandierender General der Britischen Armee und weit davon entfernt, ein Affe zu sein.
GENERAL: Wir können von den Affen viel lernen.
VIKAR: Wenn es Ihre Absicht war, bei den Affen in die Lehre zu gehen, dann hätten Sie meiner bescheidenen Meinung nach damit früher anfangen müssen – ehe Sie ins Blickfeld der Öffentlichkeit traten und eine Frau hier auf der Erde zurücklassen mußten.
GENERAL: Herr Vikar, sind Sie um meine Seele besorgt – oder denken Sie an meine Wirkung auf andere? Ich, für mein Teil, finde nämlich, mein Seelenheil ist eine Sache zwischen mir und Gott; und der Auseinandersetzung darüber können Sie von mir aus gern zuhören. Wenn es Ihnen um die Wirkung geht, die ich unbeabsichtigt auf andere Menschen meines Alters ausgeübt habe, so sehe ich nicht, wieso das der Verheiratung der jungen Leute hier im Wege stehen könnte.
VIKAR: Es geht mir um beides, Sir Mallalieu.
Sie müssen wissen, daß inzwischen überall im Lande angesehene Männer sich nach Ihrem Vorbild auf Bäumen niedergelassen haben.

Die Zeitungen sind voll davon. Das Ganze nimmt allmählich die Form eines nationalen Notstands an. Erst heute morgen ist ein Mitglied des Kabinetts auf einen Baum geklettert und hat sich sogar geweigert, zu einer wichtigen Abstimmung herunterzukommen.

GENERAL: Ich bin entzückt, das zu hören. Davon hatte ich keine Ahnung, weil uns dort oben ja keine Zeitung zugestellt wird.

Aber das eine will ich Ihnen sagen: Ich habe es als Landstreicher versucht – wie Sie ja wissen – und wurde beim Regimentstreffen ohne große Formalitäten an die frische Luft befördert und mit auf die Polizeiwache genommen, und als sich schließlich herausstellte, wer ich war, da war es aus mit meiner Freiheit. Nachdem die allgemeine Erheiterung etwas abgeklungen war, beschimpfte man mich unausgesetzt. Leute mit dem Mut von Kaninchen fanden es unerträglich, daß ein Landstreicher das Victoria-Kreuz trug, das er immerhin verliehen bekam und nicht gestohlen hat. Ich wurde bis hierher verfolgt, bis auf meinen eigenen Grund und Boden – wo ich wenigstens den Schutz der Gesetze genieße. Da haben Sie den Schlüssel zu dem Geheimnis, warum bisher nur relativ begüterte Männer Zuflucht auf Bäumen gesucht haben – auf ihren eigenen Bäumen. Hat keine Frau es bis jetzt versucht?

VIKAR: Vor drei Tagen – das muß ich leider sagen – ging die erste auf den Baum: die ehrenwerte Lady Ysobel Thatcher, Vorsteherin des Sankt-Hilda-Colleges in Oxford.

GENERAL: Hut ab vor der Dame. Wieso Bäume, werden Sie fragen? Sind Sie schon mal auf einem Baum gewesen, Herr Vikar?

VIKAR: Seit meiner frühesten Jugend nicht mehr, erfreulicherweise.

GENERAL: Aber damals wollten Sie vermutlich auch nur etwas herunterholen. Einen Drachen – oder Ball?

VIKAR *(verschämt)*: Äpfel –

GENERAL: Sehen Sie – Sie hatten nie die Absicht, selber oben zu bleiben.

VIKAR: Gewiß nicht.

GENERAL: Das ist furchtbar schade. Denn ein Baum ist ein Stück Natur – etwas ganz anderes als ein Flugzeug oder ein Turm. Er ist gerade hoch genug, um einen Menschen zwischen der Erde und den Sternen anzusiedeln. Die Leute, die darunter vorübergehen, verlieren aus dieser Perspektive an Größe, und ihre Probleme auch. Während der Himmel seltsam nah und zugänglich erscheint. Ein schöner

Baum ist ein Wunder an Proportion – und er schenkt auch seinen Bewohnern ein Gefühl für das rechte Maß.

VIKAR: Aber ist das nicht eine Art Flucht?

GENERAL: Wie in ein Kloster, meinen Sie?

VIKAR: Durchaus nicht. Auf Bäumen leben ist ja nichts Neues. Manche Eingeborene leben so, um vor wilden Tieren sicher zu sein.

GENERAL: Ich lebe dort, um vor wilden Menschen sicher zu sein.

VIKAR: Das Leben auf Bäumen ist so alt wie Gott.

GENERAL: Noch älter – glaube ich.

VIKAR: Müssen Sie denn immer widersprechen?

GENERAL: O doch! Widerspruch ist notwendig. Mein ganzes Leben habe ich mich den Vorschriften der Kirche angepaßt. Ich kann ehrlich behaupten, daß ich keine größeren Sünden begangen habe. Nach Ihren Maßstäben hätte ich, als ich aus Malaya zurückkam, mit gutem Gewissen vor meinen Schöpfer treten können. Ich war ein feierlicher Langweiler –, durch Enthaltsamkeit bitter geworden – wie Judy und Robert so treffend bemerkten – und für nichts und niemanden von Nutzen. Jetzt dagegen habe ich nach Ihren Maßstäben alles ruiniert und vorsätzlich und aus vollem Herzen meine weiße Weste mit Sünde bekleckert. Aber jetzt, Herr Vikar, wenn ich morgen sterbe, dann weiß ich wenigstens, was ich zu meinem Schöpfer sage. Ich kann mich mit ihm auseinandersetzen. Ich habe einen Standpunkt zu vertreten. Meinen eigenen.

VIKAR *(donnernd)*: Aber Sie sind nicht allein, Sir Mallalieu! Sie haben ein junges Mädchen dazu verführt, mit Ihnen in Sünde zu leben!

GENERAL *(sanft)*: So? Sie hätten sehen sollen, wie elend sie war – und wie dankbar und glücklich sie jetzt ist.

LADY *(heftig)*: Wo hast du dieses Weib aufgelesen?

GENERAL: Vor dem Christlichen Verein Junger Frauen in London.

VIKAR: Ging sie hinein – oder kam sie heraus?

GENERAL: Seien Sie versichert – sie kam gerade heraus. Sie hatte reichlich Gelegenheit gehabt, meine und Ihre Lebensweise zu vergleichen.

VIKAR: Aber wenn aus dieser Verbindung Kinder hervorgehen? Haben Sie daran schon einmal gedacht?

GENERAL: Es ist wirklich erstaunlich, was für eine geringe Meinung Sie von der menschlichen Natur haben. Fast so wie ich, ehe ich auf den Baum stieg. Sehen Sie: ich war in der Kalahari-Wüste sieben

Tage ohne Wasser, auf dem Transport nach Japan fast vierzehn Tage ohne Essen, ich mußte als Kriegsgefangener vier Jahre auf die Lektüre der Times verzichten. Glauben Sie wirklich, es ist für einen Mann in meinem Alter und von meiner Selbstzucht so furchtbar schwer, ohne Sex auszukommen?

VIKAR: Soll das heißen, es spielt sich auf dem Baum – wie man so sagt – nichts ab?

GENERAL: Natürlich nicht! Das ist viel zu gefährlich. Eine falsche Bewegung – und unten liegt man, mit gebrochenem Schlüsselbein. Ich bin zu ihr wie ein Großvater, Vikar. Sie ist doch erst siebzehn.

VIKAR: Sie gehört in die Schule.

GENERAL: Ich habe ihr Algebra beigebracht, Kochen und die Grundbegriffe in Latein, aber vor allem ein Gefühl für Werte. Ich habe ihr beigebracht, sich zu respektieren – indem ich sie respektiert habe. Sie gehört zurück in ihre Heimat – nicht in den Londoner Regen und Nebel.

VIKAR: Wie lange wollen Sie sie denn noch da oben festhalten?

GENERAL: Ich halte sie überhaupt nicht fest – ebensowenig wie ich mich festhalte. Eines Tages –, wenn das, was ich ihr zu bieten habe, nicht mehr genügt, wird sie gehen. Aber sie wird später alles, was sie erlebt hat, im Licht dessen sehen, was sie in den Bäumen gelernt hat. Und nun sagen Sie mir, Vikar, sündige ich wirklich – oder sieht es nur so aus, nach den Maßstäben, die hier unten gelten?

VIKAR *(unsicher)*: Da müßte ich erst noch die junge Dame selbst hören.

GENERAL: Sie sind jederzeit willkommen. Unangemeldet – wir haben nichts zu verbergen.

VIKAR: Ich werde den Aufstieg nach dem Mittagessen unternehmen.

GENERAL: Essen Sie nicht zuviel, wenn Sie nicht daran gewöhnt sind.

VIKAR *(zögernd)*: Und inzwischen habe ich Ihr Ehrenwort, daß das, was Sie mir erzählt haben, die Wahrheit ist?

GENERAL: Ehrenwort.

VIKAR: Also gut. Das stellt mich vor ein sehr heikles moralisches Problem.

GENERAL: Wieso?

VIKAR: Ganz einfach – weil mir kein Argument einfällt, Ihr Verhalten zu verdammen. *(Er blickt auf seine Uhr)* Oh! In elf Minuten beginnt die feierliche Handlung. Kommen Sie bitte alle! *(Grimmig)* Vergessen Sie nicht – es handelt sich um ein freudiges Ereignis. Viele Zuschauer sind anwesend – und die Presse. – Versuchen Sie, so schlank auszusehen wie möglich, Helga.

(Basil kommt, mit dem Baby auf dem Arm)

BASIL: Oh, geht es los? Und was machen wir mit Andrew? Er ist so unternehmungslustig. Am besten nehmen wir ihn mit.

VIKAR: Auf keinen Fall.

TINY *(mißmutig)*: Ich werde mich um ihn kümmern.

VIKAR: Dann bestehen Sie also nicht mehr darauf, uns zu begleiten?

TINY: Ich denke nicht im Traum daran.

LADY: Na, da fällt mir ein Stein vom Herzen.

HELGA: Wenn Sie irgend etwas brauchen, Sir Mallalieu, dann können Sie sich in Zukunft die Kletterei sparen –

ROBERT: Ja, Helga oder ich bringen es dir dann rauf.

LADY: Robert, mußt du mir unbedingt weh tun?!

ROBERT: Das sind wir Papa schuldig.

VIKAR: Also los jetzt, alle – lächeln – lächeln! *(Er bleibt an der Tür stehen, während die anderen hinausgehen)* Noch eine letzte Frage, Sir Mallalieu.

GENERAL: Ja –?

VIKAR: Muß der Baum eine bestimmte Höhe haben ... oder ist das egal?

GENERAL: Wie hoch der Baum ist, hängt ganz von unserer Phantasie ab.

VIKAR *(interessiert)*: Von unserer Phantasie? – Was Sie nicht sagen. *(Bedeutungsvoll)* Ja. Ich glaube, das wäre ein Thema für eine Predigt ...

(Auch er geht jetzt, so daß Tiny und der General allein bleiben)

TINY *(das Baby auf dem Arm)*: Ich möchte mich bei dir entschuldigen, Tubby.

GENERAL: Ach, laß doch, Tiny.

TINY: Es ist nur eh ... ich bin nun mal ein ausgesprochener Gefühlsmensch, allem äußeren Anschein zum Trotz ... ich habe oft alles gewagt ... aber am Ende bin ich immer wieder der Dumme und darf das Baby halten.

GENERAL: Ja.

TINY: Was ich dich noch fragen wollte ...

GENERAL: Hm –?

TINY: ... wäre auf deinem Baum noch ein Platz frei?
GENERAL: Ich fürchte nein, alter Junge. Aber ich werde dir was sagen – ich helfe dir, einen eigenen zu finden.
TINY *(begierig)*: Ja, würdest du das für mich tun?
GENERAL: Aber weißt du, Tiny – Zukunft hat die Sache nicht – wenn ich auch begeisterte Reden schwinge. In unserem Alter ist man einfach schon zu sehr an den alten Trott gewöhnt. Man ist verdorben. Es gibt Dinge, die ich da oben vermisse, auch wenn ich behaupte, alles sei vollkommen. Ich vermisse meinen Whisky, meine Zeitung. Mir fehlt das Leben um mich herum, der Betrieb. So hoch man auch steigt –, im Geiste ist man doch nur halb auf dem Baum.
TINY *(besorgt)*: Du, hör mal, du mußt aber da oben bleiben, Tubby. Robert und Helga haben doch gesagt, sie bringen dir, was du brauchst. Ich stelle dir jeden Morgen ein Fläschchen Whisky unter den Baum und lege dir die Times daneben – das soll mein Beitrag sein. Und auch sechs Gläser und ein Siphon. Was in meiner Macht steht. Aber du mußt einfach da oben bleiben.
GENERAL *(traurig)*: So geht es jedesmal, wenn man endlich seine Freiheit gefunden hat, Tiny. Ehe man sich versieht, hat sie sich in ein neues Gefängnis verwandelt. Jeder Tag wie Weihnachten! Ich werde aufwachen und mich fragen, was für Geschenke heute wieder unter dem Baum liegen.
TINY: Du bist eine Führernatur, Tubby. Ich nicht. Das ist der Preis, den eine Führernatur zahlen muß. Und wenn du auch nur halb auf dem Baum bist, alter Junge, so bist du es uns doch schuldig, so zu tun, als wärst du ganz oben. Wir blicken zu dir auf, Tubby. Wir brauchen dich da oben.
GENERAL *(steht müde auf)*: Na schön, Tiny. Erholungspause beendet. Zurück an die Arbeit! *(Tiny steht ebenfalls auf)*
TINY: Ja, Tubby. Und wann melde ich mich bei dir? Wegen meines Baumes?
GENERAL: Mal überlegen. Ich gebe jetzt eine Stunde Geometrie. Wenn die Sonne auf halbem Wege zwischen ihrem Scheitelpunkt und dem Horizont steht.
TINY *(begeistert)*: Prima, Tubby. Sag mir offen: ist es nicht schon zu spät für mich?
GENERAL: Es ist manchmal zu früh, Tiny, aber niemals zu spät, niemals zu spät!
TINY: Und was ist, wenn es regnet?

GENERAL *(mit Nachdruck)*: Es wird nicht regnen.
TINY: Danke, Tubby. Das ist die richtige Sprache – darauf haben wir schon lange gewartet!
Der General grüßt abwesend, geht in den Garten. Tiny setzt seinen Hut auf und starrt ihm bewundernd nach; er hat noch immer das Baby auf dem Arm – während

DER VORHANG FÄLLT.

Von Peter Ustinov sind in unserem Hause folgende Titel erschienen

Gott und die Staatlichen Eisenbahnen
Erzählungen

Der Intrigant
Zwei Novellen

Mit besten Grüßen
Kurzessays

Was ich von der Liebe weiß
Beflügelte Weisheiten

Der Verlierer
Roman

Ich und Ich
Erinnerungen

Sir Peter Ustinov, geboren am 16. April 1921 in London, ist der Sohn eines russisch-französischen Künstlerehepaares, liberaler Kosmopolit, UNICEF-Botschafter und Multitalent. Zu Weltruhm gelangte das Allround-Genie durch Film, Fernsehen, Theater, Oper und nicht zuletzt als Romancier. Peter Ustinov starb am 28. März 2004 am Genfer See.

Über das Leben und andere Kleinigkeiten

Peter Ustinovs geflügelte Worte
Aphorismen

Der Alte Mann und Mr. Smith
Roman

List Taschenbuch

L 101